# DESENHOS OCULTOS

# DESENHOS OCULTOS

## JASON REKULAK

*Ilustrações de Will Staehle e Doogie Horner*

Tradução de Jaime Biaggio

intrínseca

Copyright © 2022 por Jason Rekulak, com ilustrações por Will Staehle e Doogie Horner.

TÍTULO ORIGINAL
Hidden Pictures

COPIDESQUE
Rafael Fontes

REVISÃO
Giu Alonso
Allex Machado
Thais Entriel

DIAGRAMAÇÃO
Inês Coimbra

DESIGN DE CAPA
Antonio Rhoden

IMAGEM DE CAPA
Doogie Horner

CIP-BRASIL. CATALOGAÇÃO NA PUBLICAÇÃO
SINDICATO NACIONAL DOS EDITORES DE LIVROS, RJ

R32d

Rekulak, Jason
    Desenhos ocultos / Jason Rekulak ; ilustração Will Staehle, Doogie Horner ; tradução Jaime Biaggio. - 1. ed. - Rio de Janeiro : Intrínseca, 2022.

    Tradução de: Hidden pictures
    ISBN 978-65-5560-462-7

    1. Ficção americana. I. Staehle, Will. II. Horner, Doogie. III. Biaggio, Jaime. IV. Título.

22-78902                      CDD: 813
                               CDU: 82-3(73)

Mari Gleice Rodrigues de Souza - Bibliotecária - CRB-7/6439

[2022]

*Todos os direitos desta edição reservados à*
EDITORA INTRÍNSECA LTDA.
Av. das Américas, 500, bloco 12, sala 303
22640-904 – Barra da Tijuca
Rio de Janeiro — RJ
Tel./Fax: (21) 3206-7400
www.intrinseca.com.br

PARA JULIE

# 1

Faz alguns anos, eu estava ficando sem dinheiro e me apresentei como voluntária para uma pesquisa da Universidade da Pensilvânia. Seguindo as instruções, fui parar no centro médico do campus em West Philly, num grande auditório abarrotado de mulheres, todas entre dezoito e trinta e cinco anos. Não havia cadeiras para todas e, como fui uma das últimas a chegar, tive que me sentar no chão, tremendo de frio. Havia café e rosquinhas de chocolate de cortesia e uma grande TV ligada no *The Price is Right*, mas quase todo mundo estava no celular. Parecia fila para emplacar o carro no departamento de trânsito, com a diferença de que estávamos sendo pagas por hora, então ninguém reclamava de passar o dia esperando.

Uma médica de jaleco branco se levantou e se apresentou. Disse que se chamava Susan, Stacey, Samantha, algo do tipo, e era bolsista do programa de pesquisa clínica. Leu para nós todos os avisos legais e alertas de praxe e nos lembrou que a remuneração seria na forma de vales-presente da Amazon, não cheques ou dinheiro. Algumas pessoas resmungaram, mas para mim não era problema. Tinha um namorado que comprava esse tipo de coisa de mim por oitenta por cento do valor. Então por mim tudo bem.

A cada poucos minutos, Susan (acho que era Susan) chamava um nome da prancheta e uma de nós saía do auditório. Ninguém voltava. Logo havia vários assentos vagos, mas eu continuava no chão por achar que, se me movesse, acabaria vomitando. Meu corpo doía e eu sentia calafrios. Mas logo começaram os comentários de que não estava havendo pré-seleção — ou seja, ninguém iria me pedir um exame de urina, checar minha pulsação, nada que pudesse me excluir —, e assim meti um OxyContin na boca e chupei até sair toda a camada amarela cerosa. Cuspi então de volta na palma da mão, usei os polegares para esmagá-lo e cheirei um pouco. Só o suficiente para ficar ligada. Guardei o resto num pedacinho de papel-alumínio para mais tarde. Com isso parei de tremer, e esperar sentada no chão não foi tão ruim assim.

Umas duas horas depois, a médica enfim chamou "Quinn? Mallory Quinn?" e segui pelo corredor ao seu encontro, arrastando meu pesado casaco de inverno com capuz pelo chão atrás de mim. Se ela reparou que eu estava chapada, não disse nada. Só quis saber minha idade (dezenove anos) e data de nascimento (3 de março), conferindo para ver se batiam com as informações na prancheta. E pelo jeito resolveu que eu estava sóbria o bastante, pois me conduziu por um labirinto de corredores até chegarmos a uma salinha sem janelas.

Havia cinco rapazes sentados numa fileira de cadeiras dobráveis. Todos olhavam para o chão, então eu não conseguia ver o rosto deles. Mas concluí que eram estudantes ou residentes de medicina — todos usavam uniformes hospitalares, ainda com o vinco perfeito e com a cor azul-marinho perfeita, como se tivessem acabado de sair da embalagem.

— Muito bem, Mallory, gostaríamos que você ficasse de pé na entrada da sala, de frente para eles. Bem onde tem um X, isso, ali está ótimo. Agora deixa eu falar o que vai acontecer, antes de a gente te vendar. — Foi quando percebi que ela segurava uma máscara de dormir preta, o tipo de viseira macia de algodão que minha mãe usava na cama.

Ela explicou que todos os homens naquele momento estavam olhando para o chão, mas que em algum ponto ao longo dos próximos minutos começariam a olhar para o meu corpo. Minha função seria a de erguer a mão se sentisse o "olhar do macho" sobre mim. Ela me disse para manter a mão erguida enquanto a sensação durasse e baixá-la quando se dissipasse.

— Vamos fazer por cinco minutos, mas pode ser que a gente queira que você repita a experiência depois. Alguma pergunta antes de começarmos?

Comecei a rir.

— Sim. Vocês leram *Cinquenta tons de cinza*? Porque isso aí é o capítulo doze, tenho quase certeza.

Foi a minha tentativa de descontrair o ambiente. Susan sorriu por educação. Já os caras nem prestaram atenção. Estavam todos concentrados nas pranchetas e sincronizando os cronômetros. O clima na sala era pura e simplesmente profissional. Susan colocou a máscara sobre meus olhos e ajustou a tira para não ficar apertada demais.

— Então, Mallory, está bem assim?

— Sim, claro.

— Pronta pra começar?

— Sim.

— Vamos no três. Senhores, cronômetros a postos. Um, dois, e... três.

É muito estranho ficar parada por cinco minutos, de olhos vendados, numa sala em silêncio absoluto, sabendo que homens podem estar olhando para os seus peitos, sua bunda ou seja lá o que for. Não se ouvia som algum, nenhuma pista que pudesse indicar o que estava acontecendo. Mas eu certamente sentia os olhares. Ergui e baixei a mão um monte de vezes; os cinco minutos pareceram uma hora. Quando terminamos, Susan me pediu para repetir a experiência, e fizemos tudo de novo. Pediu então para repetirmos mais uma vez! E, quando enfim ela retirou minha venda, todos os caras se levantaram e aplaudiram como se eu tivesse acabado de ganhar um Oscar.

Susan explicou que eles vinham fazendo a experiência ao longo da semana com centenas de mulheres, mas eu havia sido a primeira a obter uma pontuação quase perfeita, acusando o olhar com 97% de precisão nas três vezes.

Ela disse aos rapazes que fariam uma pausa, me levou para a sala dela e começou a fazer perguntas. A saber: como eu percebia que os homens estavam olhando? Eu não conseguia explicar com palavras; simplesmente sabia. Era uma sensação incerta à margem da minha percepção — um certo sentido de aranha. Aposto que você mesma já a sentiu e sabe exatamente do que estou falando.

— Além disso, tem uma espécie de som.

Os olhos dela se arregalaram.

— Sério? Você *ouve* algo?

— Às vezes. É algo bem agudo. Como quando um mosquito voa muito perto do seu ouvido.

Ela tentou pegar o notebook tão rápido que quase o derrubou. Fez uma série de anotações e me perguntou se eu estava disposta a voltar dali a uma semana para mais testes. Respondi que por vinte dólares a hora voltaria quantas vezes ela quisesse. Dei o número do meu celular e ela prometeu me ligar para marcar a data — mas naquela mesma noite, troquei meu iPhone por cinco Oxypynal de 80 mg, de forma que ela não teve como me localizar e nunca mais nos falamos.

Agora que estou sóbria, tenho milhões de arrependimentos — e ter dado meu iPhone numa troca é o menor deles. Mas às vezes me lembro daquela experiência e fico pensando. Tentei achar a médica na internet, mas obviamente não me lembro do nome dela. Certa vez, peguei um ônibus e fui até o centro médico da universidade. Tentei encontrar o auditório, mas o campus estava todo diferente. Havia um monte de prédios novos, mudaram tudo de lugar. Tentei buscar no Google expressões como "detecção de olhar" e "percepção de olhar", mas todos os resultados dizem não se tratar de fenômenos reais — não há prova de que qualquer pessoa tenha "olhos nas costas".

E acho que me conformei com o fato de que a experiência nunca tenha acontecido, de ser uma das minhas muitas falsas memórias criadas pelo abuso de oxicodona, heroína e outras drogas. Meu padrinho do N.A., Russell, diz que memórias falsas são comuns em viciados. Segundo ele, o cérebro de um viciado "se lembra" de fantasias felizes para evitar ter que explorar memórias reais — tudo de vergonhoso que fizemos para ficarmos chapados, todas as maneiras escrotas com que magoamos gente boa que nos amava.

— Escuta só os detalhes da sua história — ressalta Russell. — Você chega no campus de uma universidade distinta da Ivy League. Chapada de heroína barata, mas ninguém se importa. Entra numa sala cheia de médicos jovens e bonitões, que passam quinze minutos secando o seu corpo e te aplaudem de pé! Por favor, né, Quinn. Não precisa ser o Freud para decifrar um negócio desses!

E ele está certo, obviamente. Um dos piores aspectos da recuperação é aceitar o fato de que seu cérebro não é mais confiável. Aliás, é preciso entender que ele se tornou seu pior inimigo. Ele o conduzirá a fazer más escolhas, a atropelar a lógica e o senso comum, além de deformar suas memórias mais preciosas, transformando-as em fantasias impossíveis.

Mas eis algumas verdades absolutas:

Meu nome é Mallory Quinn e tenho vinte e um anos.

Estou há dezoito meses em recuperação e posso dizer com toda a honestidade que não tenho vontade de usar álcool ou outras drogas.

Fiz o programa dos Doze Passos e entreguei minha vida a meu senhor e salvador Jesus Cristo. Ninguém me verá distribuindo bíblias na esquina, mas rezo todos os dias para que ele me ajude a me manter sóbria. Tem funcionado por ora.

Moro na zona nordeste da Filadélfia, em Safe Harbor, um lar municipal para mulheres em diferentes estágios de recuperação.

Não a chamamos de "casa de recuperação", mas de "casa de passar de ano na média", pois todas já nos provamos sóbrias e assim ganhamos uma série de direitos. Fazemos nossas próprias compras, cozinhamos nossas próprias refeições, estamos livres de um monte de regras chatas.

De segunda a sexta, sou professora-assistente na Aunt Becky Childcare, uma casa geminada infestada de ratos com sessenta alunos entre dois e cinco anos de idade. Grande parte da minha vida consiste em trocar fraldas, distribuir salgadinhos e colocar DVDs da *Vila Sésamo*. Depois do trabalho, dou uma corrida e vou a uma reunião ou então fico em Safe Harbor com minhas colegas de casa e vemos filmes do canal Hallmark, como *Sailing Into Love* e *Forever In My Heart*. Pode rir à vontade, mas garanto que você nunca vai sintonizar lá e ver um filme em que uma prostituta cheira carreirinhas de pó. Pois eu não preciso desse tipo de imagem ocupando espaço no meu cérebro.

Russell aceitou me apadrinhar porque eu gostava de correr grandes distâncias e ele tem um currículo longo de treinador de velocistas. Russell foi técnico-assistente da equipe olímpica dos Estados Unidos nos Jogos de Seul, em 1988. Posteriormente comandou as campanhas vitoriosas de times do Arkansas e de Stanford em campeonatos de atletismo da NCAA. E depois, chapado de metanfetamina, atropelou seu vizinho de porta. Ele passou cinco anos preso por homicídio culposo e depois se tornou pastor. Agora apadrinha cinco ou seis viciados por vez, a maioria atletas decadentes como eu.

Russell me inspirou a voltar a treinar (ele chama de "correr rumo à recuperação") e toda semana prepara séries personalizadas para mim, alternando corridas longas e séries intercaladas em torno do rio Schuylkill com exercícios de musculação e condicionamento na ACM. Russell tem sessenta e oito anos e uma prótese de quadril, mas ainda levanta mais de noventa quilos e, nos fins de semana, aparece para treinar comigo, dar conselhos e palavras de incentivo. Vive lembrando que corredoras atingem o ápice aos trinta e cinco anos de idade, que meu melhor momento ainda está por vir.

Também me encoraja a fazer planos para o futuro — começar de novo em outro ambiente, bem longe de amigos e hábitos antigos. Por isso me arrumou uma entrevista de emprego com Ted e Caroline Maxwell, amigos de sua irmã que acabaram de se mudar para Spring Brook, Nova Jersey. Querem uma babá para o filho de cinco anos, que se chama Teddy.

— Acabaram de voltar de Barcelona. O pai trabalha com computadores. Ou é com negócios? Alguma coisa que paga bem, não me lembro dos detalhes. Enfim, se mudaram para cá para o garoto começar a escola no segundo semestre. Ele vai para o jardim de infância. Querem que você fique até setembro. Mas vai que dá certo? Quem sabe você não continua com eles?

Russell insiste em me levar de carro para a entrevista. Ele é desses caras que está sempre com roupa de ginástica, mesmo quando não pretende se exercitar. Hoje está de agasalho de corrida da Adidas preto com listras brancas. No SUV dele, cruzamos a ponte Ben Franklin na pista da esquerda, com tráfego na direção contrária, e seguro com força na alça de segurança acima da janela, olhos fixos no meu colo, tentando não surtar. Não me dou muito bem com carros. Só ando de ônibus e de metrô para todo canto e é a primeira vez que saio da Filadélfia em quase um ano. Só cruzamos dezesseis quilômetros na direção dos subúrbios, mas para mim a sensação é de estar a caminho de Marte.

— Qual o problema? — pergunta Russell.

— Nada.

— Você está tensa, Quinn. Relaxa.

Relaxar como, com esse ônibus enorme à nossa direita? Parece um Titanic com rodas e passa tão perto que daria para botar a mão para fora da janela e tocá-lo. Espero o ônibus ir embora para que eu possa falar sem gritar.

— E qual é a da mãe?

— Caroline Maxwell. Médica do Hospital dos Veteranos. É lá que a minha irmã Jeannie trabalha. Foi assim que fiquei sabendo dela.

— E o que ela sabe sobre mim?

Ele dá de ombros.

— Sabe que você está sóbria há dezoito meses. Que foi muitíssimo bem recomendada por mim.

— Não foi isso que eu quis dizer.

— Fica tranquila. Contei para ela toda a sua história e ela quer muito conhecer você. — Devo estar com uma expressão de ceticismo, pois Russell insiste. — Essa mulher ganha a vida trabalhando com viciados. E os pacientes dela são veteranos do exército. Estou falando de fuzileiros, com traumas pesados da guerra no Afeganistão. Não quero fazer pouco de você, Quinn, mas comparada com eles, a sua história não assusta tanto assim.

Algum babaca em um Jeep joga um saco plástico pela janela e não há espaço para desviar. O saco nos acerta a quase cem por hora e ouço aquele PÁ! de vidro se espatifando. Parece a explosão de uma bomba. Russell se limita a estender a mão para o ar-condicionado e aumentá-lo um pouco. Fico de olhos fixos no colo até ouvir o motor perder potência, até sentir a curva suave da saída da estrada principal.

Spring Brook é um daqueles povoados do sul de Nova Jersey que existem desde os dias da Revolução Americana, cheio de casas em estilo colonial e vitoriano com bandeiras dos Estados Unidos pendendo da varanda. O asfalto das ruas é liso, as calçadas impecáveis. Não se vê lixo em canto algum.

Paramos num sinal de trânsito e Russell abre a janela.

— Está ouvindo? — pergunta.

— Não ouço nada.

— Exatamente. É uma paz. Perfeito para você.

O sinal abre e chegamos a uma sequência de três quarteirões de lojas e restaurantes — um de comida tailandesa, uma loja de sucos e vitaminas, uma padaria vegana, uma creche para cachorros e um estúdio de ioga. Há um "Clube de Matemática" para aulas de reforço e uma pequena livraria com um café. E, é claro, uma Starbucks cheio de jovens e adolescentes na porta, todos mexendo em iPhones. Parece a garotada de um comercial da Target. As roupas são coloridas e os calçados, novinhos em folha.

Russell então entra numa rua secundária e passamos em frente a uma sequência de perfeitas casas suburbanas. Árvores altas e imponentes levam sombra às calçadas e irradiam cor pelo quarteirão. Placas com letras garrafais dizem CUIDADO: CRIANÇAS — DIMINUA A VELOCIDADE! e, quando chegamos a uma encruzilhada com quatro vias, um guarda sorridente com traje de segurança de néon faz sinal para passarmos. Tudo é tão minuciosamente detalhado que parece um cenário de filme.

Por fim, Russell para no acostamento, à sombra de um salgueiro-chorão.

— E então, Quinn? Pronta?

— Não sei.

Baixo o espelho interno do carro e checo minha aparência. Russell sugeriu que me vestisse como uma monitora de acampamento de verão: camisa verde de gola alta, short cáqui e Keds brancos impecáveis. Meu cabelo ia até a cintura, mas ontem cortei o rabo de cavalo e doei para uma instituição de caridade para pessoas com câncer. Me restou um corte chanel preto descolado, e já nem me reconheço mais.

— Dois conselhos de graça pra você — diz Russell. — Primeiro, não deixe de dizer que o menino é talentoso.

— Como eu vou saber que é?

— Não importa. Aqui nessa cidade, todas as crianças são. Dá um jeito de levar a conversa pra esse lado.

— Ok. E o outro conselho?

— Bem, se a entrevista estiver indo mal, ou se achar que eles estão em cima do muro, você pode muito bem oferecer isto aqui.

Ele abre o porta-luvas e me mostra algo que eu realmente não quero ter que levar para dentro da casa.

— Ah, Russell, não sei.

— Leva, Quinn. Encare como um trunfo. Não é obrigatório usá--lo, mas talvez seja preciso.

E eu já ouvi histórias de terror suficientes na reabilitação para saber que ele está certo. Pego aquela porcaria e enfio bem no fundo da minha bolsa.

— Beleza então — digo a ele. — Obrigada por me trazer.

— Vou te esperar na Starbucks. Me dá uma ligada quando acabar e te levo de volta.

Digo mais uma vez que estou bem, que posso voltar de trem, e insisto para que Russell volte logo para casa antes que o trânsito piore.

— Tá, mas me liga quando acabar — diz ele. — Quero ouvir todos os detalhes, ok?

# 2

Fora do carro, o clima desta tarde de junho é quente e abafado. Russell se despede com um toque na buzina. O jeito agora é seguir em frente. A casa dos Maxwell é grande, em estilo vitoriano clássico, com três andares, revestimento externo em madeira clara e com lambrequins brancos ao estilo da arquitetura *gingerbread*. A varanda que circunda toda a casa tem móveis de vime e jardineiras cheias de flores amarelas — margaridas e begônias. Os fundos da propriedade dão para uma grande floresta — ou quem sabe alguma espécie de parque? —, e o canto dos pássaros é audível por toda a rua, assim como o zumbido e o sibilo dos insetos.

Sigo o caminho de laje de pedra e subo os degraus que levam à frente da varanda. Toco a campainha e um menininho atende. Seu cabelo é ruivo e espetado. Parece um boneco Troll.

Agacho-me e olho nos olhos dele.

— Aposto que você se chama Teddy.

O menino me devolve um sorriso tímido.

— Eu me chamo Mallory Quinn. A sua...

Ele se vira e sobe correndo a escada para o segundo andar, desaparecendo de vista.

— Teddy?

Não sei o que fazer. À minha frente há um pequeno hall de entrada que vai dar na cozinha. Vejo uma sala de jantar (à esquerda), uma de estar (à direita) e um lindo piso de pinho (em todos os lugares). Chama minha atenção o aroma fresco de ar-condicionado central misturado com um toque de desinfetante, como se o piso tivesse acabado de passar por uma boa limpeza. Toda a mobília tem aparência moderna e nova em folha, como se tivesse acabado de chegar de um showroom de uma loja de decoração.

Aperto a campainha, mas não se ouve som algum. Aperto mais três vezes e nada.

— Alô?

Bem do outro lado da casa, na cozinha, vejo a silhueta de uma mulher se virar e me avistar.

— Mallory? É você?

— Sim! Oi! Eu tentei a campainha, mas...

— Eu sei, desculpe. A gente vai mandar consertar.

Antes mesmo de poder pensar a respeito de como Teddy sabia que eu estava chegando, ela se aproxima para me dar as boas-vindas. Seu caminhar é o mais gracioso que já vi; anda em total silêncio, como se os pés mal tocassem o chão. É alta, magra e loura, com pele clara e feições suaves que parecem delicadas demais para este mundo.

— Eu sou a Caroline.

Estendo a mão, mas ela me cumprimenta com um abraço. É daquelas pessoas que irradiam calor humano e compaixão, e seu abraço dura um pouquinho mais do que o necessário.

— Tão bom ter você aqui. Russell nos falou tantas coisas maravilhosas a seu respeito. Você está mesmo sóbria há dezoito meses?

— Dezoito e meio.

— Incrível. Depois de tudo o que você passou? Simplesmente extraordinário. É motivo de muito orgulho.

Fico preocupada em acabar chorando, pois não esperava que ela perguntasse sobre minha recuperação assim, logo de cara, antes mesmo de entrar na casa. Mas é um alívio tirar isso logo do caminho, me livrar logo das piores cartas na minha mão.

— Não foi fácil, mas fica mais fácil a cada dia.

— É exatamente o que digo aos meus pacientes. — Ela dá um passo para trás, me olha de alto a baixo e sorri. — E olha só para você! Tão saudável, tão radiante!

Dentro da casa, a temperatura está amena, por volta dos vinte graus — uma pausa bem-vinda do tempo abafado. Vou atrás de Caroline para além da escada, passando por baixo do hall do segundo andar. A cozinha recebe muita luz natural e parece o cenário de um programa de culinária da Food Network. Há uma geladeira maior e outra menor e o fogão a gás tem oito bocas. A pia é quase como se fosse uma cocheira, grande o bastante para comportar duas torneiras. E há dezenas de gavetas e armários, em diferentes formatos e tamanhos.

Caroline abre uma portinha e me dou conta de se tratar de uma terceira geladeira, em miniatura, abarrotada de bebidas.

— Deixa eu ver, a gente tem água com gás, água de coco, chá gelado...

— Água com gás está ótimo — digo, e me viro para me deleitar com o janelão que dá para o quintal. — Que cozinha linda.

— É enorme, né? Grande demais para três pessoas. Mas a gente se apaixonou pelo resto da casa e quis assim mesmo. Tem um parque bem aqui atrás, você reparou? O Teddy adora ir passear na mata.

— Parece divertido.

— Mas a gente vive procurando carrapatos nele. Acho que vou comprar uma coleira antipulgas para esse menino.

Ela coloca um copo sob o compartimento de gelo, cujo suave tilintar, semelhante ao do sino dos ventos da varanda, anuncia a queda de dezenas de minúsculos fragmentos cristalinos de gelo. Minha sensação é a de ter presenciado um truque de mágica. Ela enche o copo de água com gás e me entrega.

— Que tal um sanduíche? Quer que prepare alguma coisa?

Faço que não, mas Caroline abre mesmo assim a geladeira maior, descortinando uma orgia de mantimentos. Há jarras de leite integral e leite de soja, embalagens de ovos marrons de galinhas criadas ao ar livre, tupperwares com pesto, homus e pico de gallo. Há fatias de queijo, garrafas de kéfir e sacos brancos de rede estufados com folhas de verduras. E nem falei das frutas! Enormes embalagens plásticas com morangos e mirtilos, framboesas e amoras, melão-cantalupo e melão-gália. Caroline puxa um saco de cenouras baby e um tupperware com homus e usa o cotovelo para fechar a geladeira. Reparo que há um desenho infantil na porta, um retrato grosseiro e desajeitado de um coelhinho. Pergunto se é obra de Teddy e Caroline faz que sim.

— Estamos aqui tem seis semanas e ele já está insinuando que quer um bichinho. Já falei que a gente nem terminou de arrumar a mudança ainda.

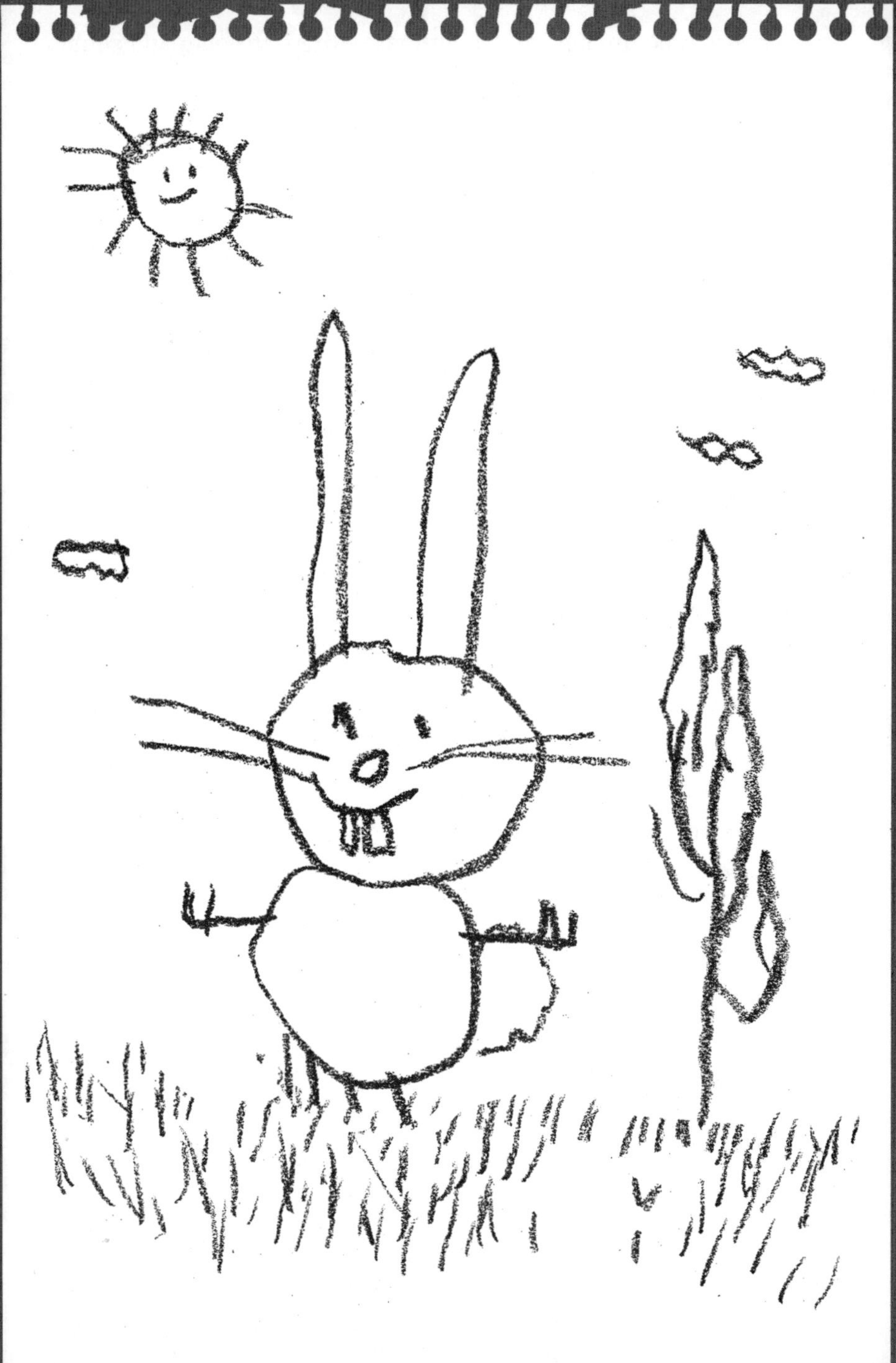

— Ele parece uma criança talentosa — digo, preocupada se não soou forçado, se não exagerei.

Mas Caroline concorda comigo!

— Ah, com certeza. É bem adiantado para a idade dele. Todo mundo diz isso.

Acomodamo-nos numa mesinha de refeições na copa e ela me entrega uma folha de papel.

— Meu marido anotou algumas regras. Nada de muito extravagante, mas é bom a gente falar logo disso.

REGRAS DA CASA
1. Proibido usar drogas
2. Proibido beber
3. Proibido fumar
4. Proibido falar palavrão
5. Proibido usar telas
6. Proibido comer carne vermelha
7. Proibido comer fast-food
8. Proibido receber visitas sem permissão
9. Proibido postar fotos do Teddy em redes sociais
10. Proibido falar de religião ou superstições. Ensinar a ciência.

Abaixo da lista digitada, há uma décima primeira regra escrita à mão em uma caligrafia delicada.

Divirta-se! ☺

Caroline já começa a pedir desculpas pelas regras antes mesmo de eu terminar de ler.

— Esqueça a número 7. Se quiser fazer cupcakes ou comprar um sorvete para o Teddy, pode. Só não dê refrigerante para ele. A número 10 meu marido fez questão. Ele é engenheiro. Trabalha com tecnologia. A ciência é muito importante para a nossa família. A gente não reza antes das refeições nem celebra o Natal. Quando alguma visita está de saída, a gente não diz "vá com Deus".

O tom de sua voz é de quem pede desculpas, e reparo na espiada de leve que ela dá na pequena cruz dourada que paira sob meu pescoço — presente de primeira comunhão que ganhei de minha mãe. Asseguro a Caroline que as Regras da Casa não serão um problema.

— A religião de Teddy é assunto de vocês, não meu. Só estou aqui para fornecer um ambiente seguro, carinhoso e acolhedor.

— E se divertir, não é? — pergunta ela, soando aliviada. — É a regra nº 11. Se algum dia você quiser fazer um passeio especial, como ir a um museu ou ao zoológico, pode deixar que eu pago por tudo.

Conversamos um pouco a respeito do trabalho e das responsabilidades, mas Caroline não me faz muitas perguntas pessoais. Conto a ela que cresci no sul da Filadélfia, na rua Shunk, logo ao norte dos estádios. Morava com minha mãe e minha irmã mais nova e era babá de todas as famílias do quarteirão. Estudei na Central High School e havia acabado de receber uma bolsa-atleta integral da Penn State quando minha vida saiu dos eixos. E o resto, Russell deve ter contado a Caroline, pois ela não me força a remoer toda a podridão.

Em vez disso, diz simplesmente:

— Vamos achar o Teddy? Para ver como vocês se dão?

A sala fica logo depois da cozinha — uma área de convívio aconchegante e informal com um sofá modular, um baú cheio de brinquedos e um tapete felpudo. As paredes são preenchidas por prateleiras de livros e pôsteres emoldurados da New York Metropolitan Opera — *Rigoletto*, *Pagliacci* e *La Traviata*. Caroline explica se tratarem das três produções favoritas do marido e que costumavam ir sempre ao Lincoln Center antes de Teddy nascer.

O menino, por sua vez, está esparramado no tapete com um bloco espiralado e alguns lápis grafite 2B. À minha chegada, ele olha para cima e dá um sorriso travesso — e então retorna imediatamente ao seu desenho.

— Oi. Oi de novo. Tá desenhando?

Ele dá de ombros de forma exagerada. Ainda tímido demais para responder.

— Meu amor — intercede Caroline. — A Mallory te fez uma pergunta.

Ele faz o gesto novamente e aproxima o rosto do papel até o nariz estar quase encostado no desenho, como se tentasse desaparecer dentro dele. Procura então um lápis com a mão esquerda.

— Ah, você é canhoto! — observo. — Eu também!

— É uma característica comum em figuras de liderança — diz Caroline. — Barack Obama, Bill Clinton, Ronald Reagan... todos canhotos.

Teddy posiciona o corpo de forma que eu não consiga enxergar o que está além dos seus ombros e assim não visualize o que ele está desenhando.

— Você me lembra a minha irmãzinha — digo a ele. — Quando tinha sua idade, ela adorava desenhar. Tinha uma caixa enorme cheia de lápis de cera.

Caroline olha embaixo do sofá e puxa uma caixa enorme cheia de lápis de cera.

— Tipo essa aqui?

— Exatamente!

A risada dela é leve, agradável.

— Vou contar uma história engraçada: durante todo o tempo em que moramos em Barcelona, a gente não conseguia fazer o Teddy pegar num lápis sequer. Compramos canetinhas, tinta, aquarelas... e nada, nenhum interesse em arte. Bastou a gente voltar para os Estados Unidos e se mudar para esta casa e, de repente, ele virou o Pablo Picasso. Agora, desenha feito louco.

Caroline ergue o topo da mesa de centro e eu percebo que ela também serve como espaço de armazenamento. Ela retira um maço de papel de uns dois dedos de grossura.

— Meu marido implica comigo por eu guardar tudo, mas não consigo evitar. Quer ver?

— Quero, claro.

No chão, o lápis de Teddy está agora imóvel. E todo o seu corpo, tenso. Percebo que ele nos ouve com atenção, inteiramente focado na minha reação.

— Ahhh, esse primeiro é lindo — digo a Caroline. — É um cavalo?

— Sim. Acho que sim.

— Não, não, não — diz Teddy, levantando-se de supetão e vindo para o meu lado. — É um bode, porque tem chifres na cabeça, olha! E barba. Cavalo não tem barba. — Então, ele se inclina sobre meu colo e vira a página, direcionando minha atenção para o desenho seguinte.

— É o salgueiro-chorão ali da frente?

— É, isso mesmo. Se você escalar, vai ver um ninho de pássaro.

Continuo a virar as páginas e Teddy logo relaxa nos meus braços, repousando a cabeça no meu peito. A sensação é a de dar colo a um filhote de cachorro grande. Seu corpo é quente e seu cheiro, o de roupa lavada que acaba de sair da secadora. Caroline se senta mais para o lado, observando nossa interação, e parece satisfeita.

Todos são típicos desenhos de criança — um monte de animais, um monte de gente sorridente em dias ensolarados. Teddy estuda minha reação a cada um deles e absorve meus elogios como uma esponja.

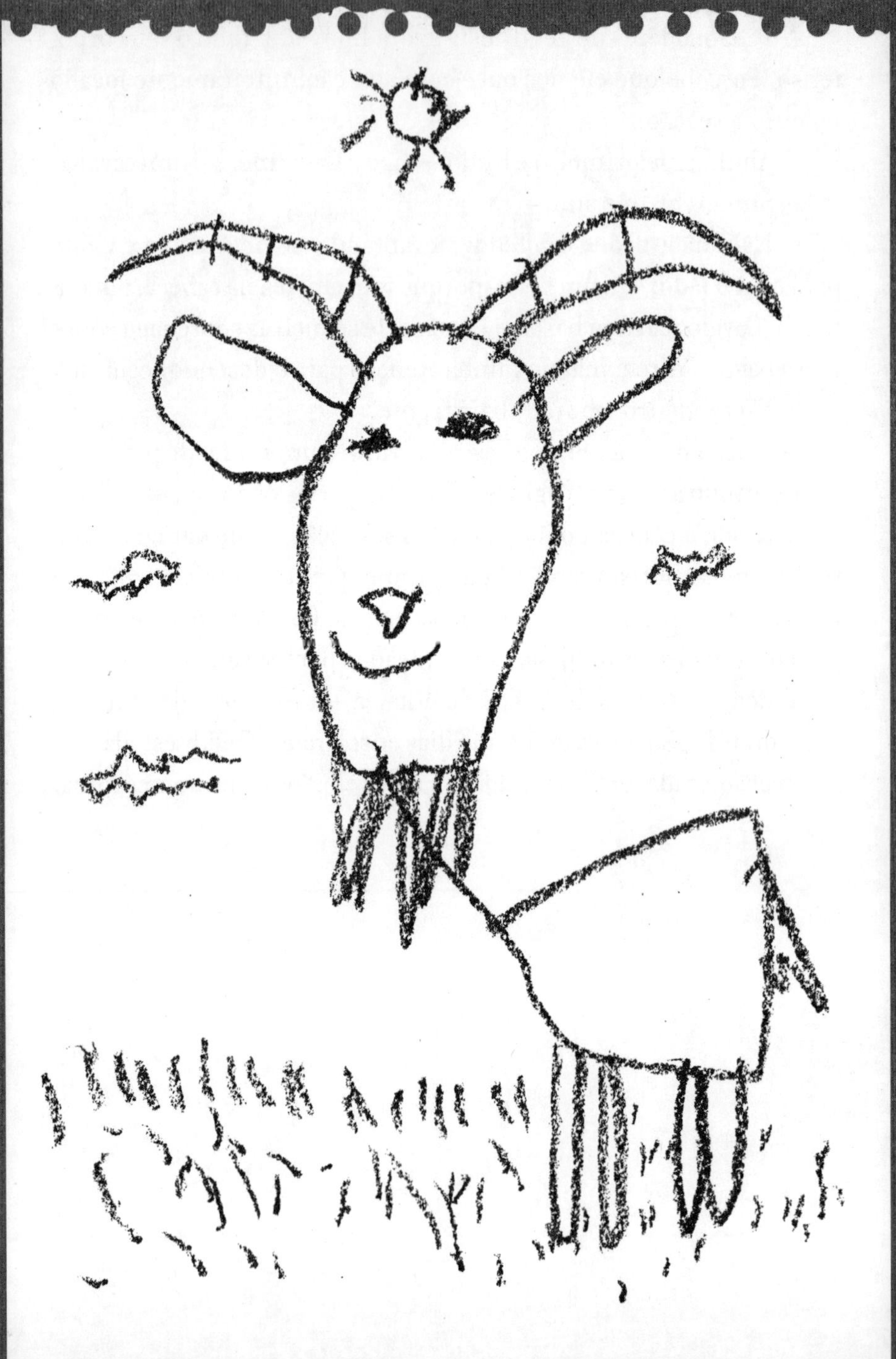

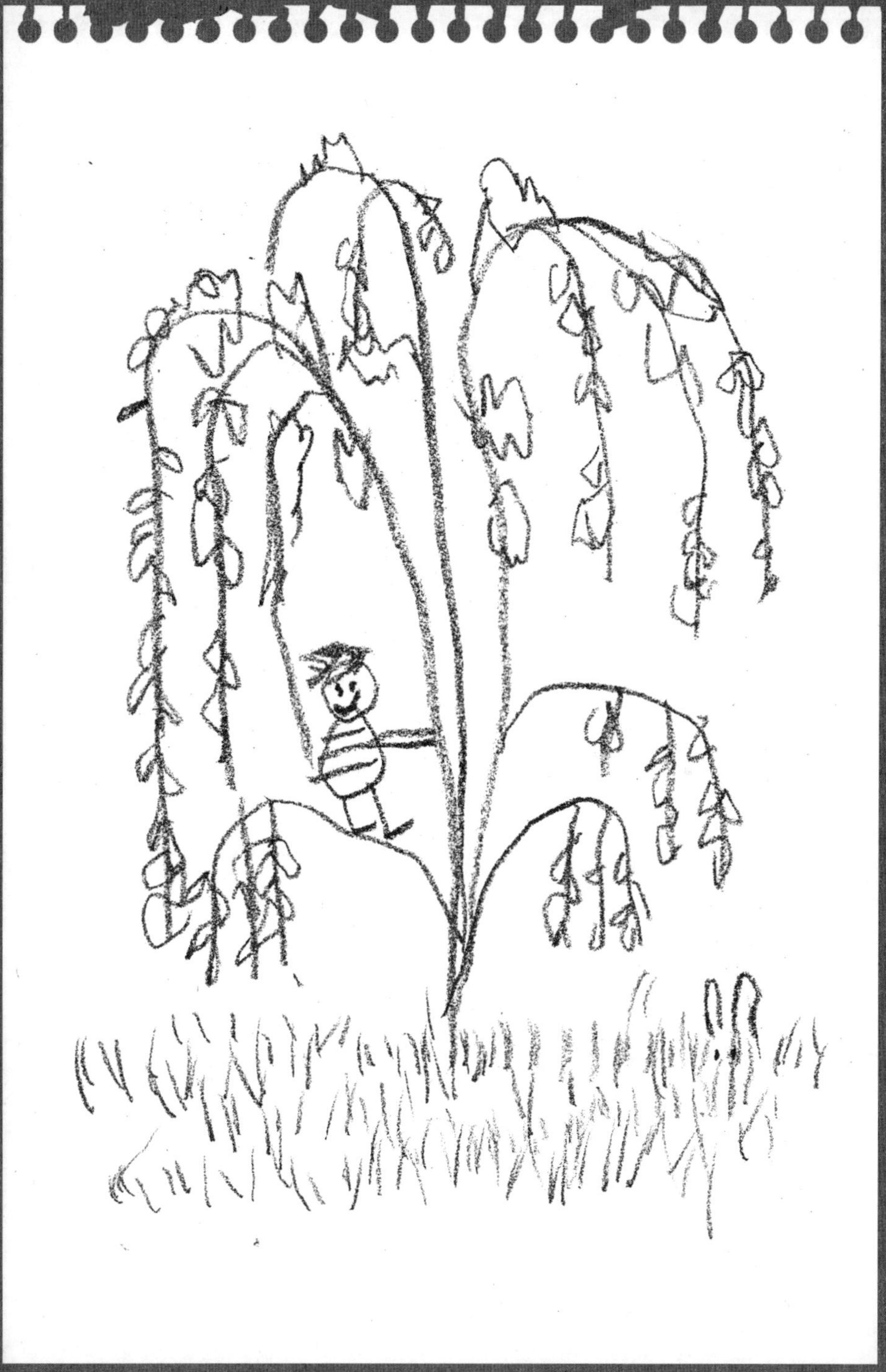

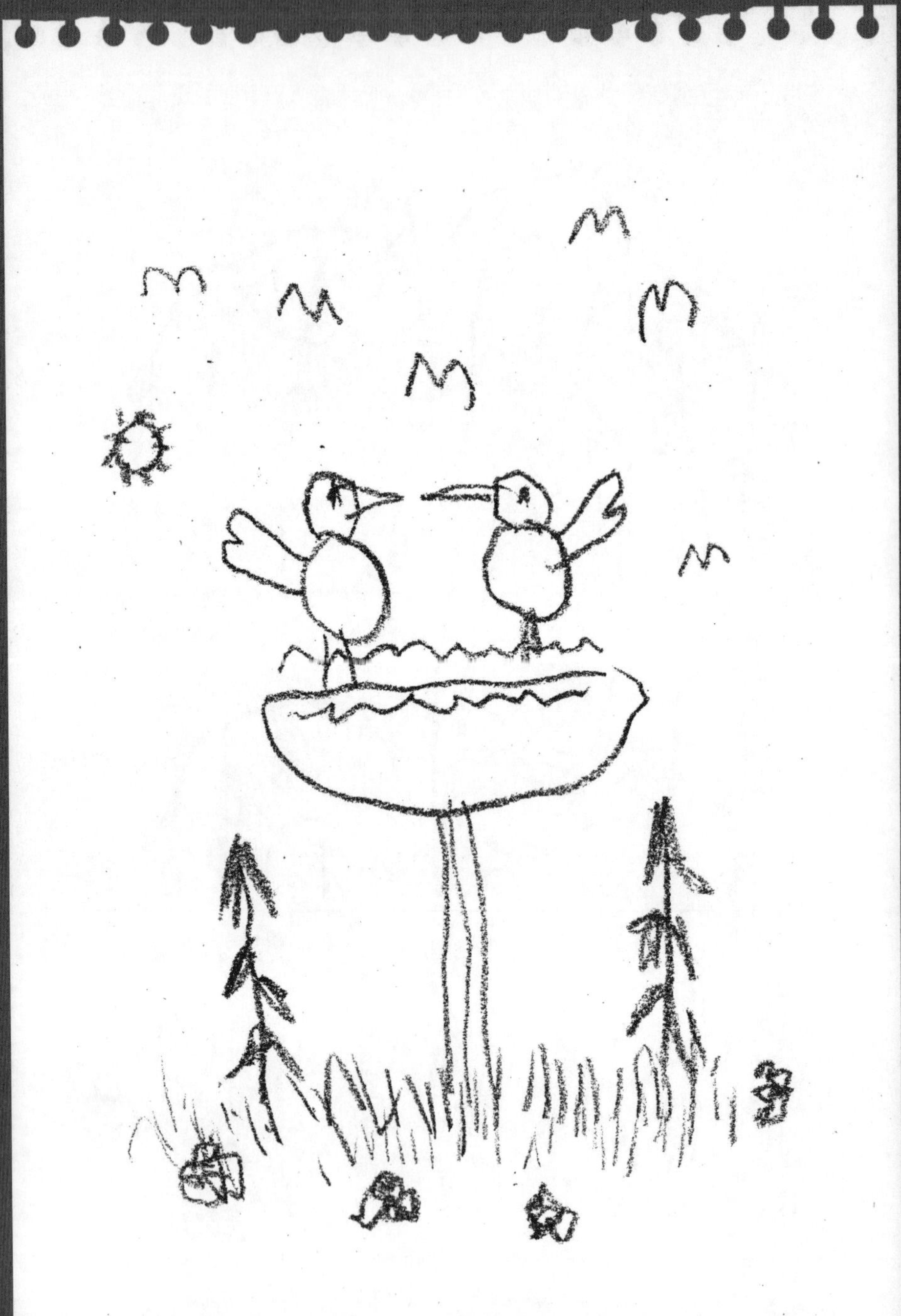

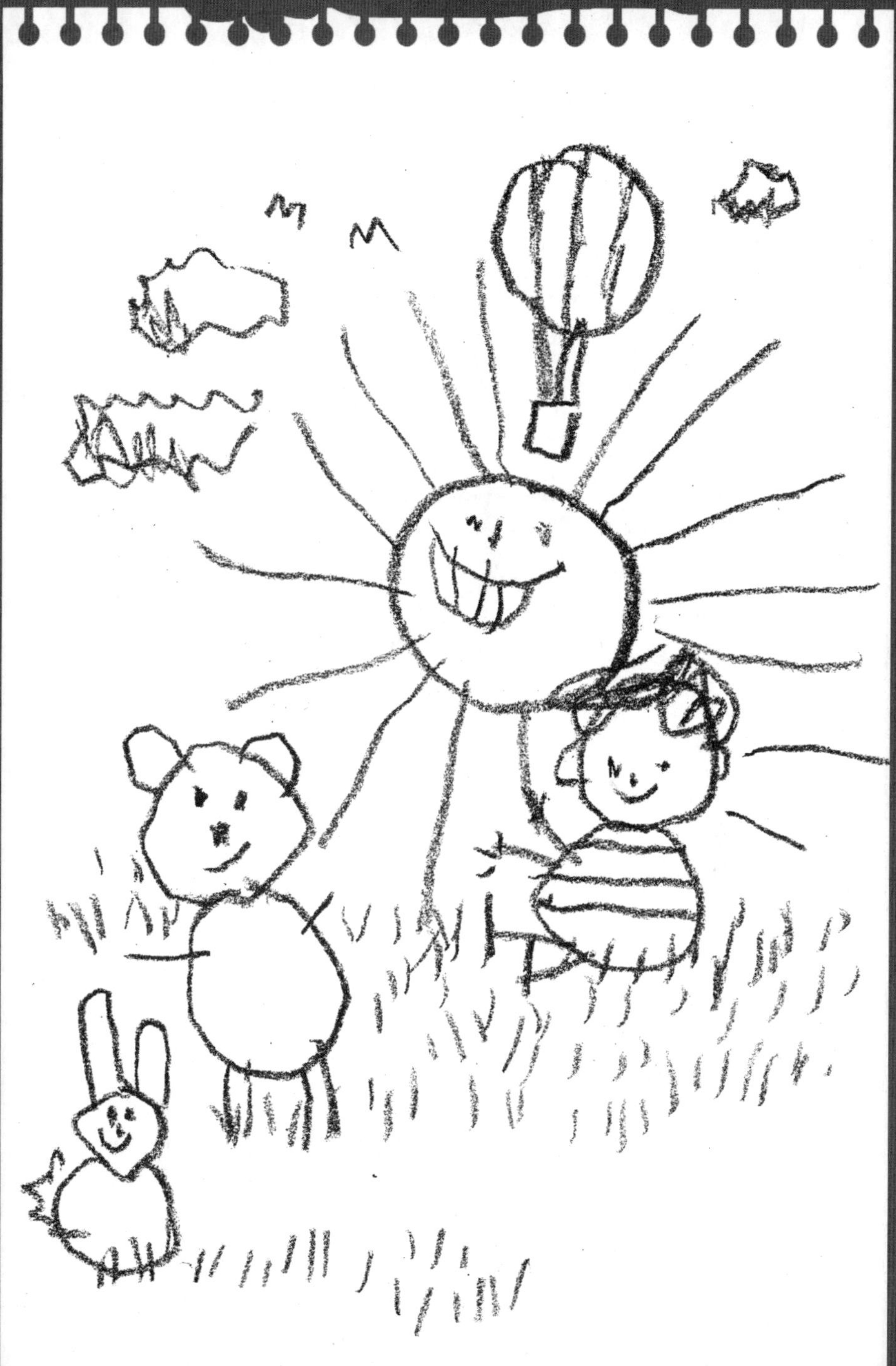

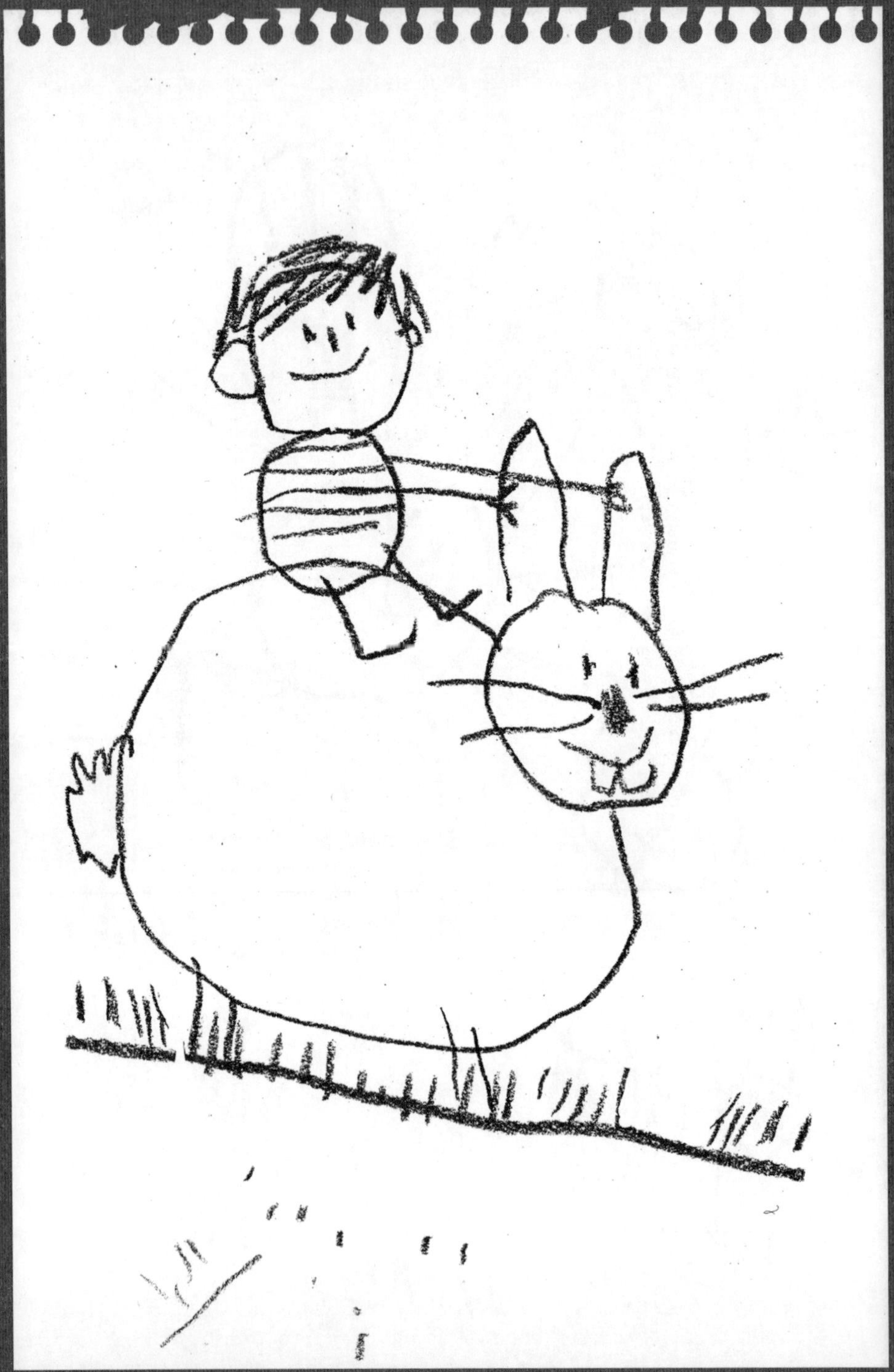

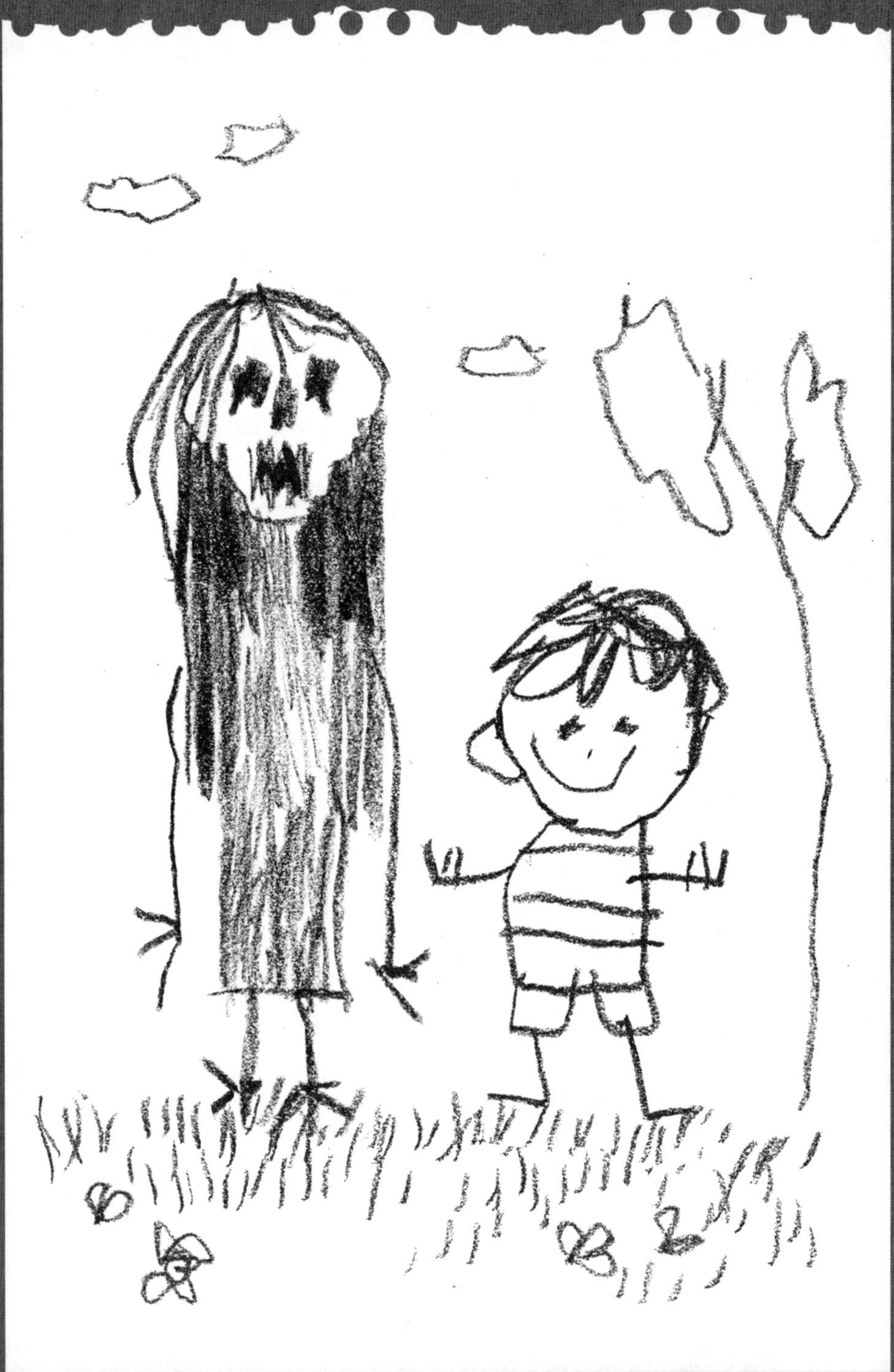

Caroline parece surpresa em encontrar este último desenho na pilha.

— Esse eu ia separar do resto — diz ela, agora sem escolha a não ser explicá-lo. — Estes são Teddy e... a amiga especial dele.

— Anya — comenta Teddy. — O nome dela é Anya.

— Isso, Anya — repete Caroline, dando uma piscadela para mim e me incentivando a entrar na onda. — Nós todos amamos a Anya porque ela brinca com o Teddy quando mamãe e papai estão no trabalho.

Percebo que Anya deve ser alguma estranha amiguinha imaginária e tento dizer algo gentil.

— Aposto que deve ser bem legal ter a Anya por perto. Ainda mais quando você acabou de chegar numa cidade nova e ainda não conheceu outras crianças.

— Exatamente! — Caroline fica aliviada por eu ter entendido a situação com tanta rapidez. — É isso, exatamente.

— A Anya está aqui agora? Está aqui na sala conosco?

Teddy percorre a sala com o olhar.

— Não.

— Cadê ela?

— Não sei.

— Você vai vê-la mais tarde?

— Eu vejo ela toda noite — responde Teddy. — Ela dorme debaixo da minha cama pra eu poder ouvir ela cantar.

Um tilintar no hall de entrada anuncia o abrir e fechar da porta da frente. Ouve-se ao longe uma voz masculina.

— Olá?

— Aqui na sala! — responde Caroline, olhando então para Teddy. — O papai chegou!

Teddy salta do meu colo e corre para receber o pai, enquanto devolvo os desenhos para Caroline.

— São... interessantes.

Ela balança a cabeça e ri.

— Ele não está possuído. Juro. É só uma fase das mais esquisitas. E muitas crianças têm amigos imaginários. Meus colegas da pediatria dizem que é extremamente comum.

Ela soa constrangida e me apresso a lhe assegurar de que, claro, é absolutamente normal.

— Aposto que é por causa da mudança. Ele a inventou para ter alguém com quem brincar.

— Só queria que ela não tivesse uma aparência tão estranha. Como é que vou pendurar isso na geladeira? — Caroline vira o desenho de costas e o enfia bem no final da pilha com os demais. — Mas é o seguinte, Mallory. Aposto que, quando você começar a trabalhar aqui, ele vai esquecer dela. Vai estar se divertindo demais com a nova babá!

Adoro o jeito como ela fala, como se a entrevista já tivesse acabado, a vaga já fosse minha e estivéssemos só acertando os detalhes.

— Os parquinhos da vizinhança devem ter muitas crianças — digo a ela. — Deixa comigo que o Teddy vai ter um monte de amigos de verdade antes do início das aulas.

— Perfeito — diz Caroline. Os passos no corredor se aproximam e ela se inclina na minha direção. — Outra coisa: preciso te alertar quanto ao meu marido. Ele não está muito à vontade com o seu histórico. A questão das drogas. Ele vai procurar motivos para dizer não. Mas não se preocupe.

— Então o que eu...

— Ah, e chame-o de sr. Maxwell. Não de Ted. Ele vai gostar.

Antes que eu possa perguntar o que Caroline quis dizer com tudo isso, ela se afasta e o marido entra na sala, carregando um sorridente Teddy junto ao quadril. Ted Maxwell é mais velho do que imaginava, uns bons dez ou quinze anos mais velho do que a esposa, alto e esbelto, de cabelo grisalho, óculos de armação escura e barba. Veste jeans de grife, sapatos sociais gastos e jaqueta esporte por cima de uma camiseta com gola em V — o tipo da indumentária que parece casual, mas custa dez vezes mais do que se imagina.

Caroline o recebe com um beijo.
— Querido, essa é a Mallory.
Levanto e aperto a mão dele.
— Olá, sr. Maxwell.
— Desculpem pelo atraso. Tive umas coisas a resolver no trabalho. — Ele e Caroline trocam um olhar, e fico me perguntando se vivem aparecendo coisas para ele resolver no trabalho. — Como está indo a entrevista?
— Muito bem — diz Caroline.
— Muito, *muito* bem! — grita Teddy. Ele se desvencilha dos braços do pai e pula de volta no meu colo, como se eu fosse o Papai Noel e ele quisesse me contar tudo o que tem na lista de Natal. — Mallory, você gosta de pique-esconde?
— *Adoro* pique-esconde — respondo. — Especialmente em casas grandes e antigas com muitos quartos.
— Que nem aqui! — exclama Teddy, seus olhos arregalados de espanto percorrendo a sala. — A nossa casa é grande e antiga! E tem um monte de quartos!
— Perfeito! — respondo, apertando-o de leve.
Ted parece desconfortável com o rumo da conversa. Pega a mão do filho e o atrai para longe do meu colo.
— Filhote, olha só, isso é uma entrevista de emprego. É conversa séria, de gente grande. Mamãe e papai precisam fazer perguntas importantes para a Mallory. Então, agora é hora de você ir lá para cima, ok? Vai brincar de Lego ou...
— Querido, a gente já tratou de tudo — interrompe Caroline. — Quero levar a Mallory lá fora e lhe mostrar a casa de hóspedes.
— Eu tenho as minhas perguntas a fazer. Me dá cinco minutos.
Ted dá um empurrãozinho no filho para ele sair da sala. Desabotoa o casaco e se senta à minha frente. Percebo que não é tão esbelto quanto eu havia achado — tem uma pancinha —, mas os quilinhos a mais lhe caem bem. Parece bem alimentado, bem cuidado.
— Você trouxe uma cópia extra do seu currículo?

Balanço a cabeça.

— Não, desculpe.

— Não tem problema. Eu tenho isso aqui em algum lugar.

Ele desafivela a maleta e retira uma pasta cheia de documentos. Ao folhear o material, vejo que está cheio de cartas e currículos de outras candidatas. Devem ser umas cinquenta.

— Está aqui, Mallory Quinn.

Quando ele retira meu currículo da pasta, percebo que está cheio de anotações feitas à mão.

— Estudou na Central High School, mas não fez faculdade, é isso mesmo?

— Ainda não — respondo.

— Vai se matricular no outono?

— Não.

— Na primavera?

— Não, mas espero que seja em breve.

Ted observa meu currículo, franze a testa, inclina a cabeça. Parece não entender direito.

— Aqui não diz se você fala alguma língua estrangeira.

— Não, desculpe. A não ser que o dialeto do sul da Filadélfia conte.

Pergunto aos dois se querem uma jarra de água gelada arremedando o sotaque local. Caroline ri.

— Muito bom!

Ted se limita a fazer um pequeno X com caneta preta em suas anotações.

— Instrumentos musicais? Piano, violino?

— Não.

— Artes visuais? Pintura, desenho, escultura?

— Não.

— Já viajou muito? Esteve fora do país?

— Fomos à Disney quando eu tinha dez anos.

Ele marca outro X no meu currículo.

— E agora você trabalha para a sua tia Becky?

— Não é minha tia. Tia Becky é só o nome da creche. Aunt Becky Childcare. ABC, entende?

— Sim, sim. Lembrei agora — declara ele, vasculhando suas anotações. — É um lugar que aceita pessoas em recuperação. Você sabe quanto o estado paga a eles para te empregarem?

Caroline faz cara feia.

— Querido, isso é relevante?

— Só estou curioso.

— Não me importo em responder — digo. — O estado da Pensilvânia paga um terço do meu salário.

— Mas nós pagaríamos tudo — diz Ted.

Ele começa a rabiscar números à margem do meu currículo, fazendo algum cálculo bem elaborado.

— Ted, você tem outras perguntas? — questiona Caroline. — Porque a Mallory já está aqui faz algum tempo. E ainda preciso mostrar para ela como é lá atrás.

— Não, tudo bem. Já tenho tudo de que preciso. — Não tenho como não reparar que ele deposita meu currículo bem no fim da pilha. — Foi bom conhecê-la, Mallory. Obrigado por ter vindo.

— Deixa o Ted pra lá — diz Caroline momentos depois, quando saímos da cozinha pelas portas de vidro de correr do pátio. — Meu marido é muito inteligente. Com computadores, é um gênio. Mas não tem traquejo social e é incapaz de entender como funciona a recuperação. Acha que você representa um risco muito grande. Quer contratar alguma aluna da Penn State, alguma garota-prodígio com pontuação máxima no vestibular. Mas vou convencê-lo de que você merece uma chance. Não se preocupe.

Os Maxwell têm um quintal grande com gramado verdejante, cercado por árvores altas, arbustos e canteiros de flores fervilhando de cores. O destaque maior do quintal é uma linda piscina circundada por espreguiçadeiras e guarda-sóis, como se veria em um cassino de Las Vegas.

— É lindo aqui!

— Nosso oásis particular — diz Caroline. — Teddy adora brincar aqui.

Caminhamos pelo gramado. A grama parece forte e flexível como a superfície de um trampolim. Caroline aponta para um caminho estreito na extremidade do quintal e me conta que vai até Hayden's Glen, uma reserva natural de 120 hectares entrecortada por trilhas e córregos.

— A gente não deixa o Teddy ir sozinho por causa dos riachos. Mas pode levá-lo até lá o quanto quiser. Só tomem cuidado com a hera venenosa.

Já cruzamos quase todo o quintal quando enfim avisto a casa de hóspedes — fica meio escondida entre as árvores, como se a floresta a estivesse consumindo aos poucos. Me lembra a casa de doces da história de João e Maria — é um chalé suíço em miniatura com revestimento de madeira rústica e telhado em forma de A. Três degraus nos levam a uma minúscula varanda e Caroline destranca a porta da frente.

— O dono anterior guardava o cortador de grama aqui. Usava como galpão de jardinagem. Mas ajeitei tudo para você.

Por dentro, o chalé só tem um ambiente, pequeno mas imaculadamente limpo. As paredes são brancas e as vigas do telhado ficam expostas, suas sólidas barras marrons entrecortando o teto. O piso de madeira é tão impecável que dá vontade de tirar os sapatos. À direita, há uma cozinha compacta e, à esquerda, a cama de aparência mais confortável que já vi, com um macio edredom branco e quatro travesseiros enormes.

— Caroline, isso é maravilhoso.

— Bem, eu sei que é um pouco apertado, mas depois de passar o dia todo com o Teddy, imaginei que você gostaria de ter privacidade. E a cama é novíssima. Experimente.

Sento-me na beirada do colchão e me deito, e a sensação é de ter caído sobre uma nuvem.

— Meu Deus do céu.

— É um colchão Brentwood com camada extra de espuma. Com três mil molas para dar sustentação ao corpo. Ted e eu temos a mesma cama no nosso quarto.

No fundo do chalé, há duas portas. Uma revela um armário raso com um monte de prateleiras; a outra dá acesso ao menor banheiro do mundo, devidamente equipado com chuveiro, privada e pia. Lá dentro, percebo que tenho a altura máxima para passar debaixo do chuveiro sem ter que me abaixar.

Todo o tour não leva mais de um minuto, mas me sinto na obrigação de passar um pouco mais de tempo inspecionando tudo. Caroline deu ao local uma série de leves toques de design bem pensados: uma lâmpada de leitura ao lado da cama, uma tábua de passar dobrável, um carregador USB para telefone celular e um ventilador de teto para o ar circular melhor. Os armários da cozinha receberam o básico: pratos e copos, xícaras e talheres, tudo com a mesma qualidade que a casa principal. E alguns itens simples para cozinhar: azeite, farinha, bicarbonato de sódio, sal e pimenta. Caroline pergunta se gosto de cozinhar e digo a ela que ainda estou aprendendo.

— Eu também — responde ela, com uma risada. — Podemos descobrir juntas.

Ouço então passos fortes na varanda e Ted Maxwell abre a porta. Ele trocou sua jaqueta esportiva por uma camisa polo verde-água, mas mesmo numa vestimenta casual sua figura ainda intimida. Eu esperava poder terminar a entrevista sem vê-lo de novo.

Ele se dirige a Caroline.

— Teddy está te chamando. Eu posso terminar de mostrar tudo a ela.

E é estranho, pois já vi tudo o que havia para ver. Mas antes mesmo de poder dizer qualquer coisa, Caroline já disparou porta afora. Ted permanece ali parado me olhando, como se achasse que eu fosse roubar os lençóis e as toalhas.

— É muito bonito — digo, abrindo um sorriso.

— É um apartamento para uma pessoa. É proibido receber visitas sem a nossa permissão. E ninguém pode dormir aqui. É muito confuso para a cabeça do Teddy. Seria um problema para você?

— Não, não estou saindo com ninguém.

Ele balança a cabeça, irritado por eu não ter entendido o que quis dizer.

— Não podemos proibir você de sair com ninguém, legalmente. Só não quero estranhos dormindo no meu quintal.

— Entendo. Tudo bem. — E quero acreditar que isso tenha sido uma evolução, um passo mínimo rumo a um relacionamento profissional. — Alguma outra preocupação?

Ele sorri de maneira presunçosa.

— Você está com tempo?

— Todo o tempo do mundo. Quero muito este emprego.

Ele vai até a janela e aponta para um pequeno pinheiro.

— Vou lhe contar uma história. No dia em que nos mudamos para esta casa, Caroline e Teddy encontraram um filhote de pássaro sob aquela árvore. Deve ter caído do ninho. Talvez tenha sido jogado, quem sabe? Enfim, minha esposa tem um coração de ouro. Achou uma caixa de sapatos, encheu de papel triturado e começou a alimentar o bicho com água com açúcar, usando um conta-gotas. Enquanto isso o caminhão da mudança está na entrada. Estou eu tentando descarregar uma casa inteira para que a gente possa iniciar uma vida juntos, e Caroline está contando ao Teddy como eles vão cuidar do passarinho até ele ficar bem e que um dia ele voará bem alto por entre as árvores. E o Teddy, óbvio, amando a ideia. Batizou o passarinho de Robert, checava como ele estava toda hora, tratava como se fosse um irmãozinho. Mas, dois dias depois, o Robert morreu. E eu juro para você, Mallory, o Teddy chorou por uma semana. Ficou arrasado. Por causa de um filhote de pássaro. A questão, portanto, é: nós temos que ser especialmente cuidadosos quanto à pessoa que vamos chamar para morar conosco. E, com o seu histórico, me preocupo se o risco não é grande demais.

Como vou discordar? O emprego é bem pago e Ted tem uma pasta abarrotada de fichas de mulheres que nunca foram viciadas em drogas. Poderia contratar uma radiante estudante de enfermagem versada em reanimação cardiorrespiratória. Ou uma senhora hondurenha com cinco netos que poderia ensinar espanhol ao menino enquanto prepara enchiladas verdes caseiras. Havendo opções assim, por que se arriscar comigo? Percebo que minha melhor jogada agora será usar o trunfo, o presente de última hora de Russell, aquele que ele me deu antes de eu sair do carro.

— Acho que tenho a solução. — Puxo de dentro da bolsa algo que mais parece um cartão de crédito de papel com cinco abas de algodão na parte de baixo. — Esse é um cartão de teste de drogas. Cada um custa um dólar na Amazon e eu pago sem problemas do meu próprio bolso. Serve para metanfetaminas, opiáceos, anfetaminas, cocaína e THC. O resultado leva cinco minutos e eu posso fazer testes voluntariamente toda semana, ou em dias que o senhor escolher aleatoriamente, para nunca ter que se preocupar. Isso ajudaria a tranquilizá-lo?

Estico a mão para que ele possa pegar o cartão, se quiser. Ele o segura a uma certa distância, como se o cartão lhe provocasse náusea, como se estivesse pingando urina amarela e quente.

— Veja, o problema é exatamente este — diz ele. — Você parece uma boa pessoa e eu lhe desejo tudo de bom. De verdade. Mas quero uma babá que não precise urinar em um copinho a cada semana. Tenho certeza de que você é capaz de entender.

Aguardo no hall da casa principal enquanto Ted e Caroline discutem na cozinha. Não dá para ouvir os detalhes da conversa, mas fica bem evidente o lado em que cada um está. A voz de Caroline é paciente e suplicante; as respostas de Ted, curtas, grossas, picotadas. Como se fossem um violino e uma britadeira.

Quando retornam finalmente ao hall, seus rostos estão corados e Caroline força um sorriso.

— A gente pede mil desculpas por te deixar esperando — diz ela. — Vamos conversar mais e entramos em contato, ok?

E todos sabemos o que essa frase significa, não é?

Ted abre a porta e praticamente me joga para fora, direto para o calor sufocante do verão. É bem mais quente na frente da casa do que no quintal. Sinto como se estivesse na fronteira entre o paraíso e o mundo real. Tento manter a compostura e agradeço ao casal pela entrevista. Digo que adoraria ser considerada para a vaga, que gostaria muito de trabalhar com a família deles.

— Se houver algo que possa fazer para que se sintam mais à vontade comigo, espero que me digam.

E eles estão a ponto de fechar a porta quando o pequeno Teddy se enfia em meio às pernas dos pais e me entrega uma folha de papel.

— Mallory, fiz um desenho pra você. De presente. Leva pra casa.

Caroline olha por cima do meu ombro e prende o ar.

— Meu Deus, Teddy, que lindo!

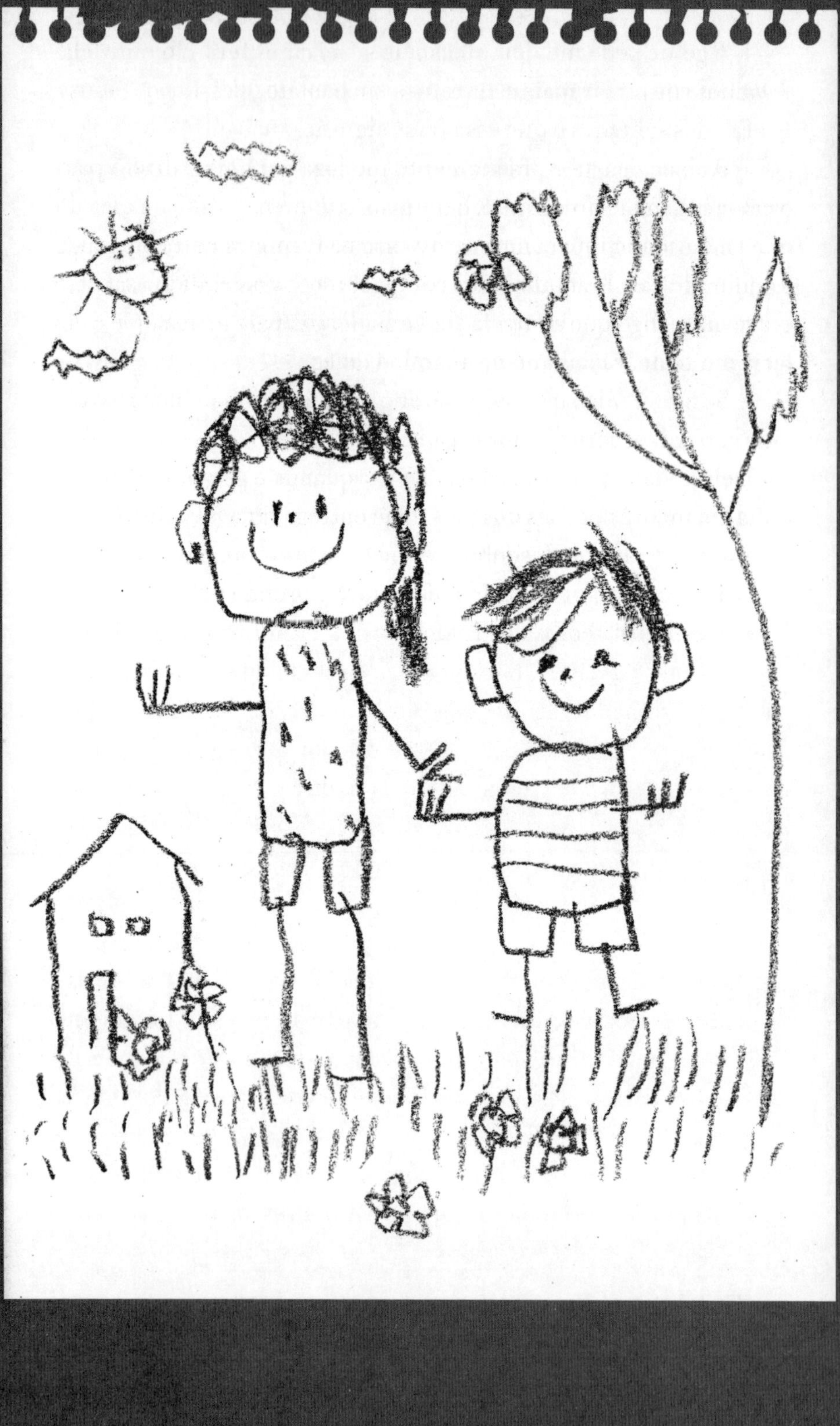

E, embora eu saiba que são apenas bonequinhos, há uma delicadeza no desenho que me toca. Me agacho para olhá-lo nos olhos e dessa vez ele não titubeia nem foge.

— Amei o desenho, Teddy. Assim que chegar em casa, vou pendurar na minha parede. Muito obrigada.

Abro os braços para um rápido abraço. Ele me abraça com força, pendurando os bracinhos no meu pescoço e enterrando a cabeça no meu ombro. É mais contato físico do que tive em meses e sinto a emoção tomar conta de mim: uma lágrima escorre pelo canto do meu olho e eu a enxugo, rindo. Talvez o pai de Teddy não acredite em mim, talvez ache que sou só mais um farrapo de gente fadado a ter uma recaída, mas o adorável filhinho dele me acha um anjo.

— Obrigada, Teddy. Obrigada, obrigada mesmo, de verdade.

Dirijo-me sem pressa à estação de trem. Caminho pelas calçadas sombreadas, passando por meninas desenhando com giz, adolescentes treinando arremessos de basquete e irrigadores sendo acionados nos gramados. Atravesso o pequeno centro comercial, passando pela loja de vitaminas e pela multidão de adolescentes na porta da Starbucks. Fico imaginando como deve ser bom crescer em Spring Brook, numa cidade em que todos têm dinheiro para pagar as contas e nada de ruim acontece. Queria eu não ter que ir embora.

Entro na Starbucks e peço uma limonada com morango. Na condição de viciada em recuperação, decidi evitar todo tipo de estimulante psicoativo, incluindo cafeína (mas não sou totalmente louca; abro uma exceção para chocolates, visto que não têm mais do que alguns miligramas). Estou posicionando o canudo no furo da tampa quando avisto Russell do outro lado do salão, bebendo café e lendo a seção de esportes do *Philadelphia Inquirer*. Deve ser o último homem no país que ainda compra jornal impresso.

— Não precisava ter ficado esperando — digo a ele.

Ele dobra o jornal e sorri.

— Imaginei que você daria uma parada aqui. E quero saber como foi. Me conta tudo.
— Foi horrível.
— O que aconteceu?
— O seu trunfo foi um desastre. Não funcionou.
Russell começa a rir.
— Quinn, a mãe já me ligou. Faz dez minutos. Logo que você saiu da casa dela.
— Ligou?
— Está com medo de que alguma outra família te roube. Quer que você comece o mais rápido possível.

# 3

Arrumar minhas coisas leva dez minutos. Não tenho muitos pertences, só algumas roupas e itens de higiene pessoal, além de uma bíblia. Russell me arruma uma mala de segunda mão só para eu não ter que carregar tudo em um saco de lixo. Minhas colegas em Safe Harbor fazem um pequeno e melancólico bota-fora com comida chinesa do restaurante da esquina e um bolo de tabuleiro de supermercado. E passadas apenas três noites da minha entrevista de emprego, deixo a Filadélfia e retorno à Terra da Fantasia, pronta para iniciar a minha nova vida de babá.

Se Ted Maxwell ainda tem dúvidas quanto à minha contratação, faz questão de escondê-las muito bem. Ele e Teddy me buscam na estação de trem e Teddy traz um buquê de margaridas amarelas.

— Eu escolhi as flores, mas foi o papai que comprou — declara.

Seu pai insiste em carregar minha mala até o carro e, no caminho de casa, eles fazem um rápido tour na vizinhança comigo, mostrando onde ficam a pizzaria, a livraria e uma popular pista de corrida e ciclismo que se estende por onde um dia se ergueram os trilhos da ferrovia. Nem sinal do outro Ted Maxwell — o engenheiro de cara fechada que me cobrou línguas estrangeiras e viagens internacionais. Este é o Novo Ted Maxwell, jovial, informal ("Pode me chamar de Ted, por favor!"). Até seu figurino parece mais relaxado. Está usando uma camiseta do Barcelona com jeans despojado e calçando imaculados tênis New Balance 995.

No fim da tarde, Caroline me ajuda a desfazer a mala e me instalar no chalé de hóspedes. Questiono a abrupta transformação de Ted e ela ri.

— Eu disse que ele acabaria se rendendo. Ele viu como o Teddy gostou de você. Mais do que de qualquer outra pessoa que a gente tenha entrevistado. Foi a decisão mais fácil que já tomamos.

Jantamos todos juntos no pátio que dá para o quintal. Ted põe espetinhos de camarão e vieiras na grelha, uma especialidade sua, Caroline serve chá gelado feito em casa e Teddy rodopia pela grama como se estivesse participando de algum ritual, ainda incrédulo por eu ter vindo morar com eles em tempo integral, todos os dias, por todo o verão.

— Não acredito, não acredito! — grita ele, e então se joga na grama, feliz da vida.

— Eu também não — respondo. — Estou muito feliz de estar aqui.

E antes mesmo da sobremesa, já tenho a sensação de ser parte da família. Caroline e Ted expressam mútua afeição de forma gentil e natural. Um termina as frases do outro, um pega comida do prato do outro e, juntos, narram o encantador conto de fadas de como se conheceram cerca de quinze anos atrás na Barnes & Noble do Lincoln Center. Na metade da história, a mão de Ted escorrega por reflexo para o joelho da esposa. Ela pousa a mão sobre a dele e seus dedos se entrelaçam.

Até suas discussões são divertidas e têm seu encanto. Em dado momento do jantar, Teddy anuncia que precisa ir ao banheiro. Levanto-me para acompanhá-lo, mas ele faz sinal de que não precisa.

— Tenho cinco anos. O banheiro é um lugar privado.

— Isso aí, garoto — diz Ted. — Não se esqueça de lavar as mãos.

Sento-me de novo, me sentindo idiota, mas Caroline diz para não me preocupar.

— Teddy está numa fase nova. Está exercendo a independência dele.

— E evitando ir em cana — acrescenta Ted.

Caroline parece incomodada pela gracinha. Como não a entendi, ela explica.

— Alguns meses atrás, tivemos um incidente. Teddy estava se exibindo para outras crianças. Exibindo o que não devia, quero dizer. Comportamento típico dessa idade, mas, pra mim, era algo novo e talvez eu tenha exagerado na reação.

— Talvez você tenha dito que era assédio sexual — comenta Ted, rindo.

— Se ele fosse um homem adulto, seria assédio sexual. Foi isso o que quis dizer, Ted. — Caroline se vira para mim. — Mas admito que poderia ter escolhido as palavras com mais cuidado.

— O menino não sabe nem amarrar o sapato ainda e já é um predador sexual — diz Ted.

Caroline retira a mão do marido do seu joelho com gestos exagerados.

— A questão é: Teddy aprendeu a lição. Nossas partes íntimas são só para os íntimos. A gente não mostra a estranhos. E depois vamos explicar a ele o que significa consentimento e toques inapropriados. Porque é importante ele saber a respeito dessas coisas.

— Concordo cem por cento — diz Ted. — Garanto a você, Caroline, que ele vai ser o menino mais esclarecido da turma. Não precisa se preocupar.

— Ele é um amor — garanto a ela. — Vocês são ótimos pais, tenho certeza de que tudo vai dar certo.

Caroline pega a mão do marido e a reposiciona em seu joelho.

— Sei que você está certa. Só fico preocupada. Não consigo evitar!

E, antes que a conversa possa avançar mais, Teddy volta correndo esbaforido para a mesa, de olhos arregalados e pronto para brincar.

— Falando no diabo... — diz Ted, rindo.


Terminada a sobremesa, chega a hora de entrar na piscina e sou forçada a admitir que não tenho traje de banho — e que não nado desde os tempos do colégio. No dia seguinte, Ted me dá um adiantamento de quinhentos dólares, a ser descontado de pagamentos futuros, e Caroline me leva de carro ao shopping para comprar um maiô. No fim daquela mesma tarde, ela aparece no chalé cheia de cabides com uma dúzia de modelitos, vestidos lindos e tops da Burberry, da Dior, da DKNY, todos novos ou pouco usados. Diz estar cansada deles, ter ganhado peso e mudado de manequim, e que posso me servir à vontade das roupas antes de ela mandar o resto para a Legião da Boa Vontade.

— Ah, e você vai me achar paranoica, mas comprei isso aqui para você. — E então me entrega uma minúscula lanterna cor-de-rosa com dois pinos de metal se projetando da parte de cima. — Caso você pretenda correr à noite.

Eu ligo e ouço um ruidoso crepitar elétrico; fico tão assustada que deixo o objeto cair de imediato e ele atinge o chão ruidosamente.

— Desculpe! Achei que estava...

— Não, não, eu é que deveria ter te avisado. É uma Vipertek Mini. Você prende no chaveiro. — Ela resgata a arma de choque do chão e demonstra como funciona. O aparelho tem botões com os nomes LUZ e CHOQUE, mais um interruptor de segurança com as posições *on* e *off*. — Dispara dez mil volts. Testei no Ted, só pra ver se funcionava. Ele me disse que a sensação foi a de ter sido atingido por um raio.

Não me surpreende saber que Caroline carregue uma arma de defesa pessoal. Ela já mencionou que muitos de seus pacientes no Hospital dos Veteranos têm problemas de saúde mental. Mas não consigo imaginar por que eu precisaria de uma arma de choque só para correr em Spring Brook.

— Tem muito crime por aqui?

— Quase nada. Mas duas semanas atrás uma moça da sua idade sofreu um sequestro-relâmpago. Bem no estacionamento do supermercado. O cara fez ela dirigir até um caixa eletrônico e sacar trezentos dólares. Então melhor prevenir do que remediar, certo?

Ela continua ali plantada, meio inquieta, e percebo que não se dará por satisfeita até eu pegar meu chaveiro e atrelar o dispositivo a ele. Parece minha mãe cuidando de mim novamente.

— Adorei — digo. — Obrigada.


O trabalho em si é bem fácil e me ajusto rapidamente à minha nova rotina. O típico dia de trabalho é mais ou menos assim:

6h30 — Acordo cedo, sem necessidade de alarme pois o canto dos pássaros toma a floresta. Coloco um roupão, preparo chá quente e aveia para mim, sento na minha varanda e vejo o sol nascer por sobre a piscina. Nas extremidades do quintal, vejo todo tipo de animal silvestre ciscando: esquilos e raposas, coelhos e guaxinins, ocasionalmente um cervo. Me sinto como a Branca de Neve. Começo a deixar pratos com mirtilos e sementes de girassol, encorajando os animais a tomarem café da manhã comigo.

7h30 — Caminho pelo quintal e adentro a casa principal pela porta de correr do pátio dos fundos. Já não encontro Ted, que sai cedo para o trabalho. Mas Caroline faz questão de servir café da manhã quentinho ao filho. Teddy adora waffle caseiro e ela os prepara numa forma especial com o rosto do Mickey. Limpo a cozinha enquanto ela se arruma para o trabalho. Quando finalmente chega a hora de mamãe sair, Teddy e eu a acompanhamos até a entrada da casa para nos despedirmos.

8h — Antes de Teddy e eu iniciarmos nosso dia para valer, temos que completar algumas pequenas tarefas. Primeiro, preciso escolher uma roupa para Teddy, o que é fácil, pois ele sempre usa a mesma coisa. O menino tem um vasto armário cheio de adoráveis peças da Gap Kids, mas sempre insiste em usar a mesma camiseta roxa listrada. Caroline se encheu de lavá-la, foi à loja da Gap e comprou mais cinco iguais. Não se importa de fazer a vontade do menino, mas me pediu para "incentivá-lo delicadamente" a usar alguma outra coisa. Quando exponho a ele as roupas, a ideia é lhe oferecer algumas opções diferentes, mas ele sempre opta pelas mesmas listras roxas. Depois, ajudo-o a escovar os dentes e espero do lado de fora enquanto ele usa o banheiro. E então estamos prontos para dar início ao nosso dia.

8h30 — Tento estruturar todas as manhãs em torno de alguma grande atividade ou passeio. Caminhar até a biblioteca para a Hora de Contar Histórias ou ir ao supermercado comprar ingredientes para fazer cookies. Teddy é fácil de agradar e nunca recusa minhas sugestões. Quando digo que preciso ir à cidade comprar pasta de dente, ele reage como se tivesse dito que vamos para um parque de diversões. O menino é uma delícia de se ter por perto — inteligente, afetuoso e cheio de perguntas desconcertantes. Qual é o contrário de quadrado? Por que as meninas têm cabelo tão comprido? Tudo que existe no mundo é "real"? Nunca canso de ouvi-lo. É como o irmãozinho que eu nunca tive.

12h — Após as atividades da manhã, preparo um almoço rápido — macarrão com queijo, minipizzas ou nuggets de frango. Teddy vai então para o quarto para sua Hora de Silêncio e tiro um tempinho para mim. Leio um livro ou ouço um podcast com os fones de ouvido. Ou às vezes simplesmente me deito no sofá e tiro um cochilo de vinte minutos. Em algum momento, Teddy desce as escadas e me sacode até acordar, compartilhando um ou dois desenhos novos. Costuma ilustrar nossas atividades favoritas — ele nos retrata caminhando na floresta, brincando no quintal ou passando tempo no meu chalé. Prendo estes desenhos na porta da minha geladeira — uma galeria da sua evolução artística.

14h — Esta é geralmente a hora mais quente do dia. Ficamos dentro de casa brincando com algum jogo de tabuleiro, depois nos besuntamos de protetor solar e caímos na piscina. Como Teddy não sabe nadar (e eu também não sou muito boa), me certifico de que ele esteja de boia antes de entrar na água. Então brincamos de pique ou fazemos luta de espadas com as boias espaguetes. Ou subimos na grande jangada inflável e brincamos de faz de conta como se estivéssemos numa cena de *Náufrago* ou *Titanic*.

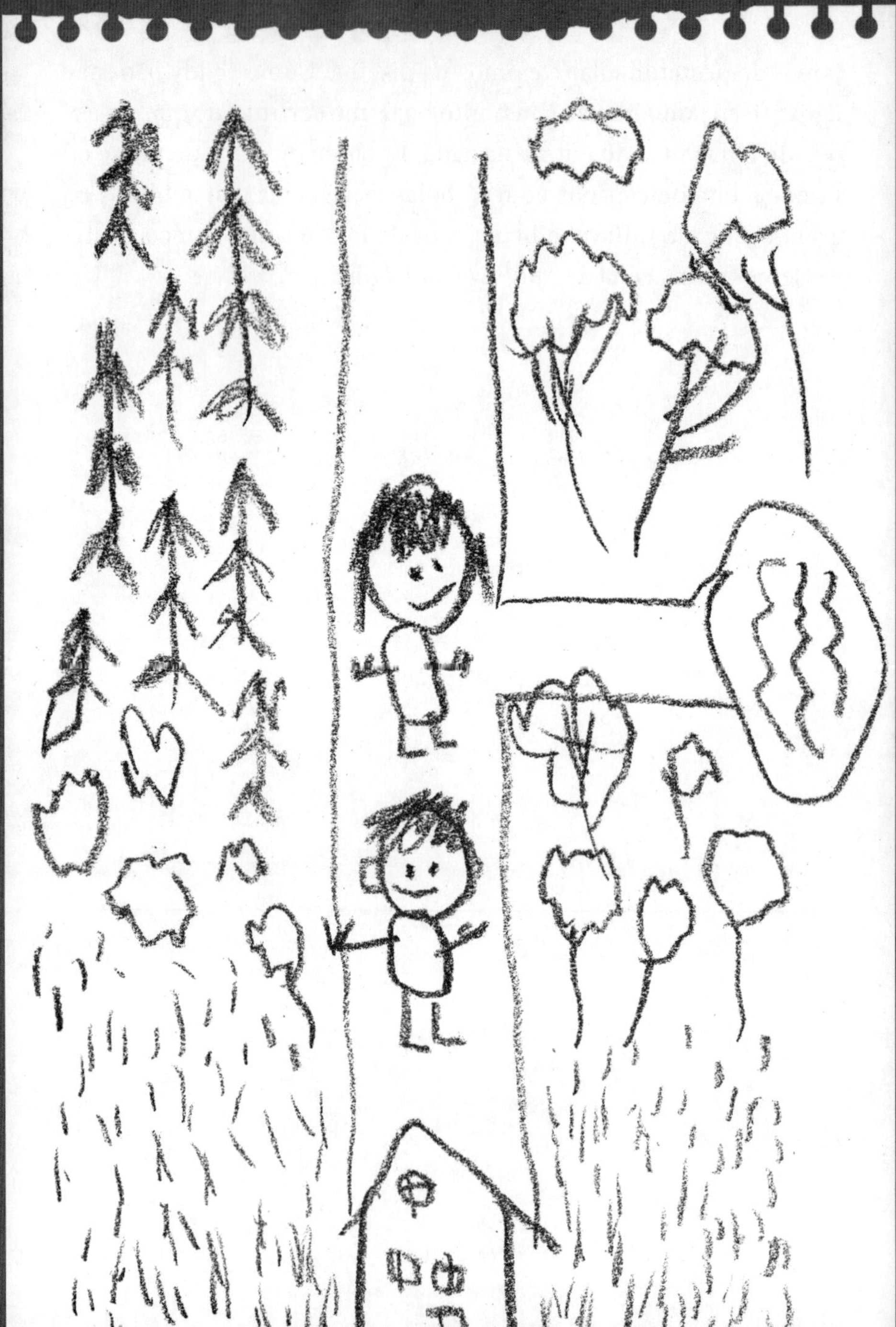

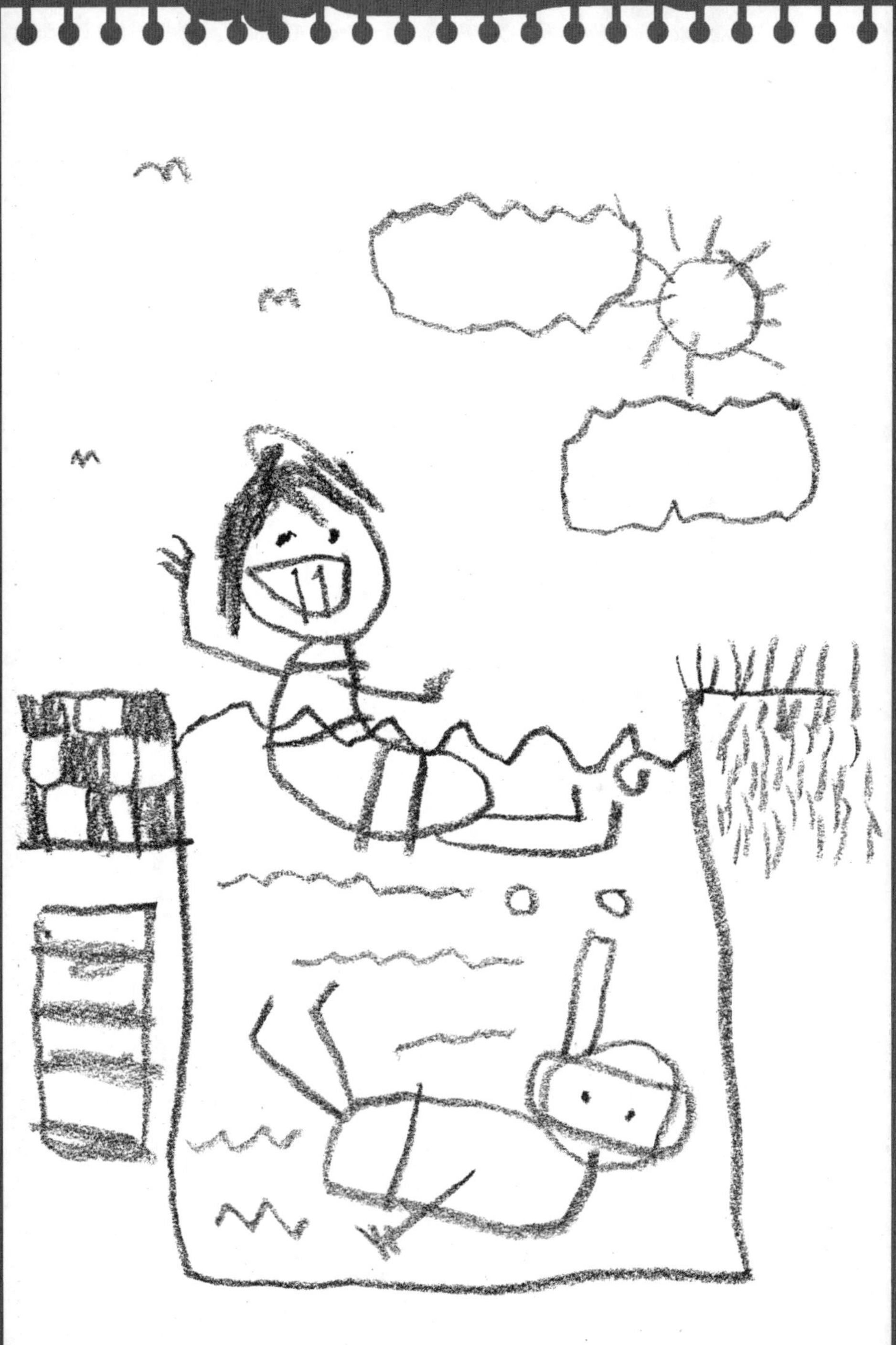

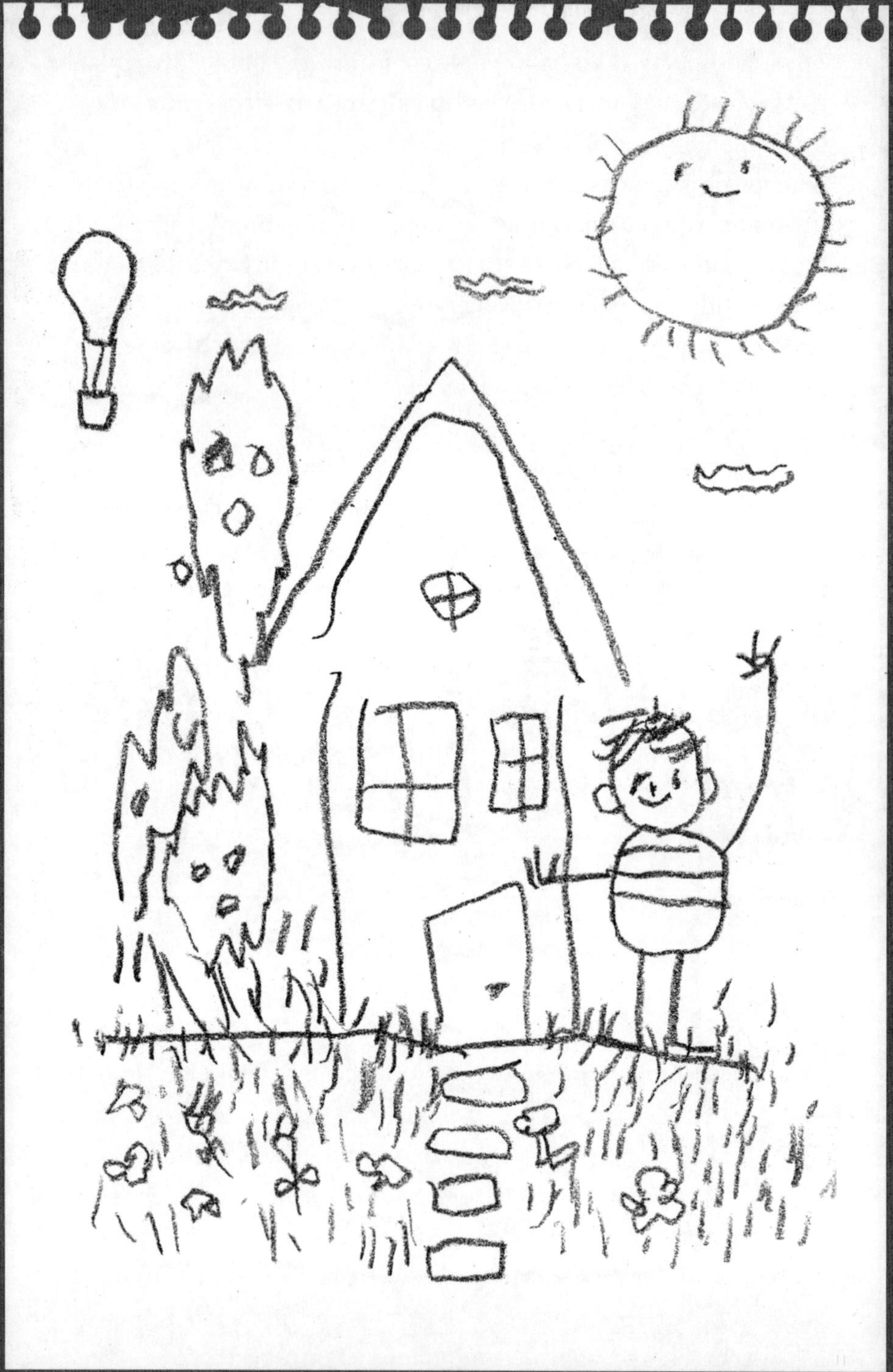

17h — Caroline chega em casa e conto como foi o dia com Teddy enquanto ela começa a fazer o jantar. Saio então para correr algo entre cinco e doze quilômetros, dependendo do que Russell recomende. Passo por todo tipo de gente nas calçadas ou regando o gramado de casa, e todos pressupõem que eu seja outra moradora de Spring Brook. Alguns vizinhos chegam a acenar, como se eu tivesse morado ali a vida toda, como se fosse a filha universitária visitando os pais durante as férias de verão. E amo como me sinto, a sensação de comunidade, como se tivesse chegado finalmente ao lugar ao qual pertenço.

19h — Depois de correr, tomo uma rápida chuveirada no menor banheiro do mundo e faço uma refeição simples na minúscula cozinha do chalé. Uma ou duas vezes por semana, vou a pé ao centro para olhar as lojas e restaurantes locais. Ou compareço a uma reunião aberta no porão da igreja de Nossa Senhora Aparecida. As pessoas que conduzem a discussão são muito boas e os participantes, amigáveis, mas sou sempre no mínimo dez anos mais nova do que os demais e, assim, não tenho a expectativa de fazer muitos novos amigos. Certamente não permaneço para a "reunião depois da reunião", quando todos descem o quarteirão até a Panera Bread para reclamar dos filhos, das hipotecas, dos empregos etc. Depois de apenas duas semanas na residência dos Maxwell, totalmente protegida de todas as tentações, nem sei se preciso mais de reuniões. Acho que posso dar conta de tudo sozinha.

21h — A essa hora, geralmente já estou na cama, lendo um livro da biblioteca ou assistindo a um filme no meu celular. Como um presente a mim mesma, faço uma assinatura do canal Hallmark para poder assistir a uma penca de romances por 5,99 dólares por mês, e eles são a forma perfeita de relaxar ao fim da noite. Ao apagar a luz e repousar a cabeça sobre o travesseiro, deleito-me com a segurança do felizes-para-sempre — de famílias reunidas e patifes postos para correr, de tesouros recuperados e honra restaurada.

Talvez tudo isso soe chato. Sei que não é nada do outro mundo. Tenho consciência de não estar salvando o mundo nem achando a cura do câncer. Mas depois de tudo o que passei, a sensação é a de ter dado um grande passo à frente, e estou orgulhosa de mim. Tenho um lugar para morar e uma fonte de renda estável. Faço refeições nutritivas e economizo duzentos dólares por semana. Considero meu trabalho com Teddy importante. E me sinto validada pela total fé que Ted e Caroline depositam em mim.

Especialmente Ted. Não o vejo muito durante o dia, pois ele vai para o escritório sempre às seis e meia da manhã. Mas às vezes vejo-o à noite, quando volto da corrida. Pode acontecer de ele estar no pátio dos fundos com o notebook e uma taça de vinho, ou na piscina nadando. Ele me chama e pergunta como foi a corrida. Ou o dia com Teddy. Ou ainda minha opinião sobre uma marca qualquer — Nike, PetSmart, Gillette, L.L. Bean etc. Ted explica que sua empresa fornece software de *back-end* para grandes corporações mundo afora e que ele está sempre considerando potenciais novos parceiros. "O que você acha da Urban Outfitters?", ele pergunta. Ou "você já jantou alguma vez num Cracker Barrel?". E *ouve* de verdade as respostas, como se as minhas opiniões fossem de fato determinar suas decisões empresariais. E, para ser sincera, faz muito bem ao meu ego. Além de Russell, não há muita gente por aí que se importe com o que eu penso. E por isso sempre gosto de esbarrar com Ted. E sempre sinto certa adrenalina quando ele me chama para conversar.

Ironicamente, a única pessoa no meu novo emprego que me causa qualquer tipo de problema é aquela que não existe: Anya. A melhor amiga imaginária de Teddy tem o hábito irritante de sabotar minhas instruções. Por exemplo, um dia peço a ele para recolher a roupa suja e colocá-la no cesto. Duas horas depois, passo no seu quarto e as roupas ainda estão espalhadas pelo chão.

— Anya disse que a mamãe é que tem que fazer isso — ele me conta. — Anya disse que isso é função *dela*.

Em outra ocasião, estou fritando quadradinhos crocantes de tofu para o almoço e Teddy me pede um hambúrguer. Digo que isso não é possível. Lembro a ele que a família não come carne vermelha porque isso não é bom para o meio ambiente, pois o gado é uma das maiores fontes de gases de efeito estufa. Sirvo-lhe um prato de tofu e arroz branco e ele se limita a ficar empurrando a comida de um lado para o outro com o garfo.

— Anya acha que eu ia gostar muito de carne — diz Teddy. — Anya acha que tofu é porcaria.

Não sou nenhuma especialista em psicologia infantil, mas já entendi qual é a dele: usar Anya como desculpa para conseguir o que quer. Peço conselhos a Caroline e ela diz que precisamos ser pacientes, que em algum momento o problema se resolverá sozinho.

— Já está melhorando — insiste ela. — Quando volto do trabalho, é sempre "a Mallory isso", "a Mallory aquilo". Faz uma semana que não ouço o nome da Anya.

Mas Ted me incita a tomar uma atitude mais enérgica.

— Essa Anya é um pé no saco. Não é ela quem determina as regras aqui. Somos nós. Da próxima vez que ela vier com alguma opinião, lembre ao Teddy que a Anya não existe.

Decido adotar um meio-termo entre esses dois extremos. Certa tarde, Teddy está lá em cima na Hora do Silêncio e eu aproveito e preparo uma bandeja dos seus cookies favoritos, de canela. E, quando ele desce as escadas com um novo desenho a tiracolo, convido-o a se sentar à mesa. Levo os cookies e dois copos de leite gelado e, casualmente, peço que me conte mais sobre Anya.

— Como assim? — pergunta ele, ficando desconfiado na hora.

— Onde vocês se conheceram? Qual é a cor preferida dela? Quantos anos ela tem?

Teddy dá de ombros, como se todas essas perguntas fossem impossíveis de responder. Seu olhar percorre a cozinha, como se de repente relutasse em me olhar nos olhos.

— Ela trabalha em alguma coisa?

— Não sei.
— O que ela faz durante o dia?
— Não sei bem.
— Ela sai do seu quarto em algum momento?

Teddy observa uma cadeira vazia do outro lado da mesa.

— Às vezes.

Olho para a cadeira.

— É a Anya sentada aqui agora? Aqui com a gente?

Ele balança a cabeça.

— Não.
— Será que ela quer um cookie?
— Ela não está aqui, Mallory.
— Sobre o que você e a Anya conversam?

Teddy aproxima o nariz do prato até ficar a centímetros dos cookies.

— Eu sei que ela não é de verdade — sussurra. — Não precisa provar isso pra mim.

Ele parece triste e decepcionado, e de repente me sinto culpada — como se tivesse feito bullying com um menino de cinco anos, forçando-o a admitir que Papai Noel não existe.

— Olha só, Teddy. Minha irmãzinha, Beth, tinha uma amiga como a Anya. O nome dela era Cassiopeia. Não é lindo? Durante o dia, a Cassiopeia trabalhava num espetáculo do Disney on Ice que viajava o mundo todo. Mas, de noite, sempre voltava lá pra nossa casinha no sul da Filadélfia e dormia no chão do nosso quarto. Eu tinha que tomar cuidado pra não pisar nela, porque era invisível.

— A Beth achava que a Cassiopeia era de verdade?

— A gente *fingia* que a Cassiopeia era de verdade. E funcionava muito bem porque a Beth nunca usou a Cassiopeia como desculpa para infringir regras. Faz sentido para você?

— Acho que sim — diz Teddy, mudando de posição na cadeira como se de repente tivesse sentido uma dor no flanco. — Preciso ir ao banheiro. Número dois. — Salta então da cadeira e sai correndo da cozinha.

Teddy nem encostou no lanche. Cubro os cookies com plástico filme e guardo o copo de leite na geladeira para mais tarde. Depois vou até a pia e lavo todos os pratos. Quando termino, Teddy continua no banheiro. Sento-me à mesa e me dou conta de que ainda não admirei seu mais recente desenho. Pego a folha de papel e viro-a do lado certo.

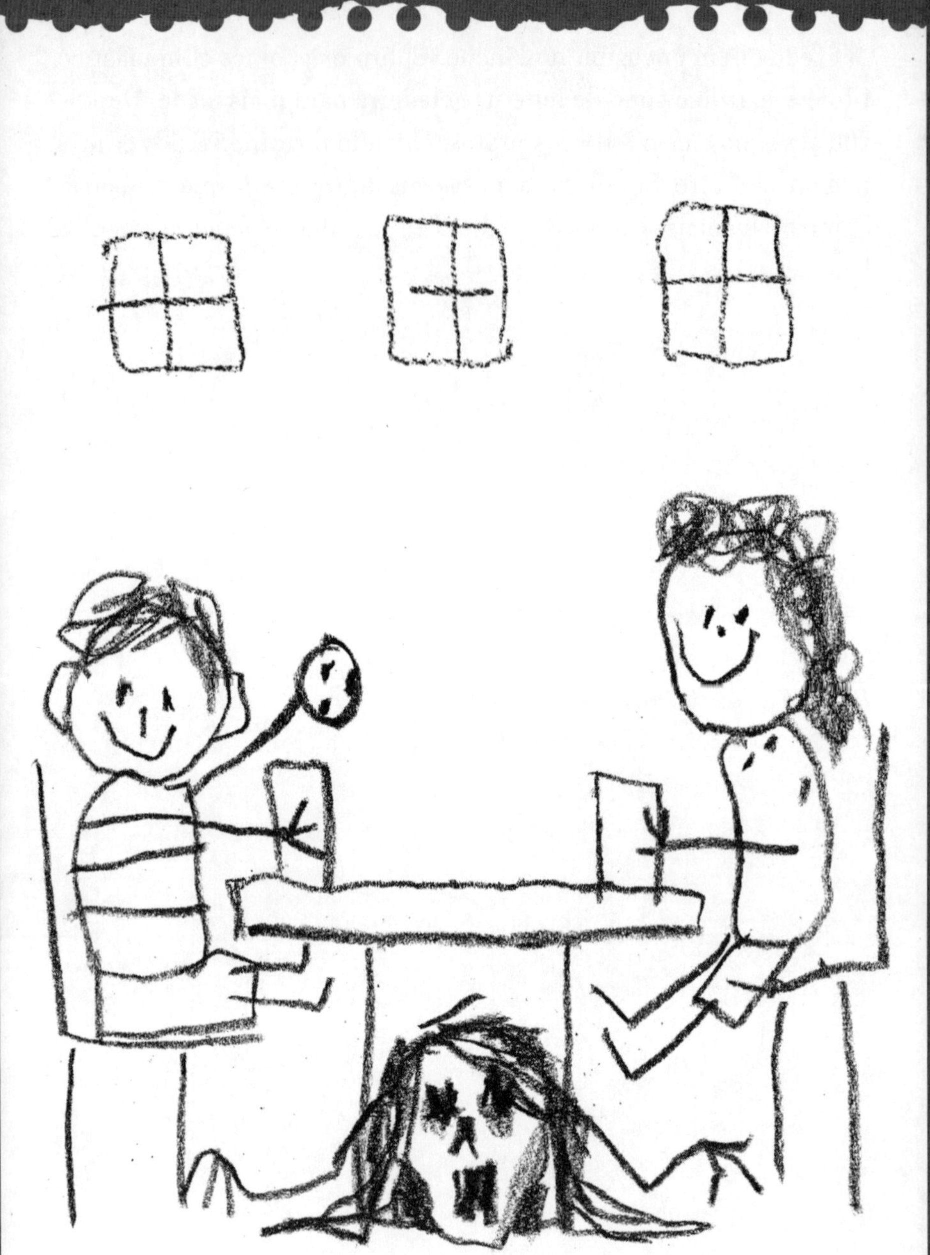

# 4

As regras dos pais de Teddy sobre tempo de tela são rígidas. Ele nunca viu *Star Wars*, *Toy Story* ou qualquer filme desses que as crianças adoram. Não o deixam assistir nem a *Vila Sésamo*. Mas uma vez por semana os Maxwell se reúnem na sala para a Noite do Cinema em Família. Caroline faz pipoca e Ted escolhe um filme de "real mérito artístico", o que geralmente significa antigo ou em língua estrangeira. Juro que *O Mágico de Oz* é o único de que alguém teria ouvido falar. Teddy adora a história e diz ser o seu filme favorito de todos.

Por isso, quando estamos lá fora na piscina, costumamos fazer uma brincadeira de faz de conta chamada Terra de Oz. Subimos na jangada inflável, Teddy faz o papel de Dorothy e eu interpreto todos os outros personagens do filme — Totó, o Espantalho, a Bruxa Má e todos os Munchkins. E, sem querer me gabar, dou um show. Canto, danço, bato minhas asas de Macaco Voador, atuo como se fosse uma noite de estreia na Broadway. Leva quase uma hora para chegarmos ao final da história, quando a jangada vira um balão de ar quente que leva Teddy/Dorothy de volta para o Kansas. Quando enfim terminamos e nos curvamos para os agradecimentos, meus dentes batem de tanto frio. Tenho que sair da água.

— Não! — grita Teddy.

— Desculpa, Ursinho Ted, estou congelando!

Estendo uma toalha no deque de concreto à beira da piscina e deito para me secar ao sol. A temperatura já passa dos trinta graus. O sol é forte e rapidamente ameniza minha sensação de frio. Teddy continua a espalhar água por perto. Sua nova brincadeira é encher a boca de água e cuspir como se fosse o querubim alado de uma fonte.

— Você não deveria fazer isso — digo a ele. — Essa água tem cloro.

— Eu vou passar mal?

— Se engolir muita água, vai.

— E vou morrer?

De repente ele soa muito preocupado. Faço que não com a cabeça.

— Se bebesse tudo o que tem na piscina, sim, provavelmente morreria. Mas não beba nem um pouco, combinado?

Teddy sobe na jangada e rema com os braços para a beirada. Estamos deitados um do lado do outro, em paralelo — ele na jangada, eu na beirada.

— Mallory?

— Oi.

— O que acontece quando as pessoas morrem?

Volto o olhar para ele, que observa o fundo da piscina.

— Como assim?

— O que acontece com a pessoa *dentro* do corpo?

Minhas opiniões sobre o tema são bem veementes. Acredito no dom da vida eterna concedido por Deus. Extraio muita força da consciência de que minha irmãzinha Beth está cercada pelos anjos. E sei que algum dia, se a sorte me ajudar, estaremos reunidas no Céu. Mas não compartilho nada disso com Teddy. Ainda me lembro da entrevista da regra número 10: nada de religião ou de superstições. Ensinar a ciência.

— Acho que você deveria perguntar aos seus pais.

— Por que você não pode me dizer?

— Não estou bem certa da resposta.

— É possível uma pessoa morrer mas continuar viva?
— Tipo um fantasma?
— Não, nada que assuste. — Ele tem dificuldade para se expressar, acho que igual a todos nós quando falamos de tais assuntos. — *Alguma* parte da pessoa continua viva?
— Essa pergunta é difícil, bem complexa, Teddy. Acho mesmo que você deveria perguntar aos seus pais.

Ele fica frustrado com a minha falta de resposta, mas parece aceitar o fato de que não vou esclarecer sua dúvida.

— Então a gente pode brincar de Terra de Oz de novo?
— A gente mal acabou!
— Só a cena em que a bruxa derrete — pede ele. — Só o final.
— Tudo bem. Mas não vou entrar na água de novo.

Levanto-me e envolvo meus ombros com a toalha, segurando-a como a capa de uma bruxa. Dobro meus dedos como se fossem garras e vocifero em um tom ameaçador:

— Eu te pego, gracinha, e o seu cachorrinho também! — Teddy me molha e grito tão alto que os pássaros saem voando das árvores. — Ah, seu ratinho amaldiçoado! Olhe só o que você fez! — Com intenso toque dramático, me encolho no pátio agitando os braços e me contorcendo em agonia. — Estou derretendo! Estou derretendo! Ah, que mundo é este, que mundo é este?

Teddy ri e aplaude enquanto desmorono de costas, fecho os olhos e ponho a língua para fora. Faço minhas pernas se convulsionarem pela última vez e fico imóvel.

— Ahn... senhorita?

Abro os olhos.

O rapaz está a não mais de dois metros de mim, do lado de fora da cerca da piscina. É magro mas robusto, usa bermuda cáqui suja de grama, uma camiseta com o logo da Universidade Rutgers e luvas de serviço.

— Eu sou da Rei da Grama... A empresa de paisagismo.
— *Hola*, Adrian! — grita Teddy.

Adrian dá uma piscadela para ele.

— *Hola*, Teddy. *¿Cómo estás?*

Tento cobrir meu corpo com a toalha, mas como estou deitada justamente em cima dela fico me debatendo e contorcendo como um besouro que caiu de costas.

— Se não tiver problema, vou trazer o cortador de grama para cá. Só queria avisar antes. É grande e faz bastante barulho.

— Claro — digo a ele. — A gente entra em casa.

— Não, a gente tem que ver! — diz Teddy.

Adrian vai buscar o cortador e eu olho para Teddy.

— Por que a gente tem que ver?

— Porque eu adoro o cortador grande! É muito legal!

Ouço o cortador antes mesmo de vê-lo. O ruidoso motor a gasolina corta o silêncio do nosso quintal-santuário. E Adrian então aparece, avançando junto à parede externa da casa, conduzindo uma máquina que é meio trator, meio kart. De pé na traseira do veículo e inclinado sobre o volante, parece saído de uma corrida de quadriciclo, e tufos de grama recém-cortada esvoaçam à sua passagem. Teddy sai de dentro da piscina e corre até a cerca para ver melhor. O paisagista está se mostrando. Faz as curvas rápido demais, anda de marcha a ré, chega mesmo a conduzir o cortador de grama com os olhos cobertos pelo chapéu. Não é o melhor exemplo a dar para um garotinho, mas Teddy está fascinado: assiste a tudo de boca aberta, como se fosse uma performance do Cirque du Soleil. Para proporcionar um final apoteótico, Adrian acelera de ré, puxa a alavanca de marchas com força e se lança em nossa direção, empinando o cortador, mantendo-o no ar por três aterradores segundos, o tempo exato para avistarmos as lâminas girando furiosamente. E então, num estrondo, a máquina cai e para a poucos centímetros da cerca da piscina.

Adrian pula pela lateral e oferece as chaves a Teddy.

— Quer dar um passeio?

— Posso mesmo? — pergunta Teddy.

— Não! — digo aos dois. — De jeito nenhum.

— Quando você fizer seis anos, quem sabe? — diz Adrian, piscando para o menino. — Você não vai me apresentar à sua nova amiga?

Teddy dá de ombros.

— Essa é a minha babá.

— Mallory Quinn.

— Prazer em conhecê-la, Mallory.

Ele retira sua luva de serviço e estende a mão. O gesto tem algo de bizarramente formal, especialmente por eu estar de maiô e ele, todo sujo de lama e coberto de tufos de grama. É minha primeira pista de que ele pode ter algumas surpresinhas guardadas. A palma de sua mão é áspera, como se recoberta de couro.

Teddy se lembra de algo de repente e tenta abrir o portão à prova de crianças da piscina.

— Aonde você vai?

— Eu fiz um desenho pro Adrian — diz ele. — Está lá dentro. No meu quarto.

Ergo o trinco para ele poder sair, e Teddy corre pelo gramado.

— Seus pés ainda estão molhados! — grito. — Vê se não vai cair na escada!

— Tá bem! — responde ele.

Adrian e eu somos forçados a falar amenidades até Teddy voltar. Não é nada fácil tentar adivinhar sua idade. O corpo é totalmente adulto — alto, esguio, bronzeado, musculoso —, mas o rosto ainda é juvenil e um pouco tímido. Pode ter qualquer idade entre dezessete e vinte e cinco anos.

— Adoro esse menino — diz Adrian. — Ele aprendeu um pouco de espanhol em Barcelona e eu tenho ensinado novas frases. Você é babá dele em tempo integral?

— É só durante o verão. Em setembro ele vai para a escola.

— E você? Estuda onde?

Percebo agora: ele acha que também sou universitária. Deve achar que sou da vizinhança, que moro aqui em Spring Brook, onde todas as moças estão matriculadas em alguma faculdade. Faço menção de corrigi-lo, mas não sei como dizer "não estudo em lugar nenhum" sem parecer uma fracassada. Sim, poderia lhe contar toda a minha triste história, mas estamos só jogando conversa fora e, nesse contexto, é melhor deixar para lá. Finjo que minha vida nunca saiu dos eixos e que tudo ocorreu de acordo com o planejado.

— Na Penn State. Sou da equipe feminina de cross-country.

— Sério? Atleta da Big Ten?

— Tecnicamente sim. Mas é o time de futebol que leva a fama. A gente nunca vai aparecer na ESPN.

Sei que é errado mentir. Uma parte fundamental da recuperação — provavelmente a mais importante de todas — é assumir o passado, reconhecer todos os erros cometidos. Mas devo admitir que é muito bom abraçar a fantasia, fingir ainda ser uma jovem normal com sonhos normais de jovens.

Adrian estala os dedos como se tivesse feito alguma conexão repentina.

— Você corre à noite? Aqui pela vizinhança?

— Corro.

— Já vi você passar! É rápida mesmo!

Fico me perguntando por que um paisagista estaria trabalhando pela vizinhança depois de escurecer, mas não tenho tempo de questioná-lo a respeito pois Teddy já vem voando pelo quintal com uma folha de papel na mão.

— Aqui — diz, esbaforido. — Guardei pra você.

— Caramba, que legal! — diz Adrian. — Olha esses óculos escuros! Até que fiquei bem, né?

Ele me mostra o desenho e tenho que rir. Ele parece o típico bonequinho do jogo de forca.

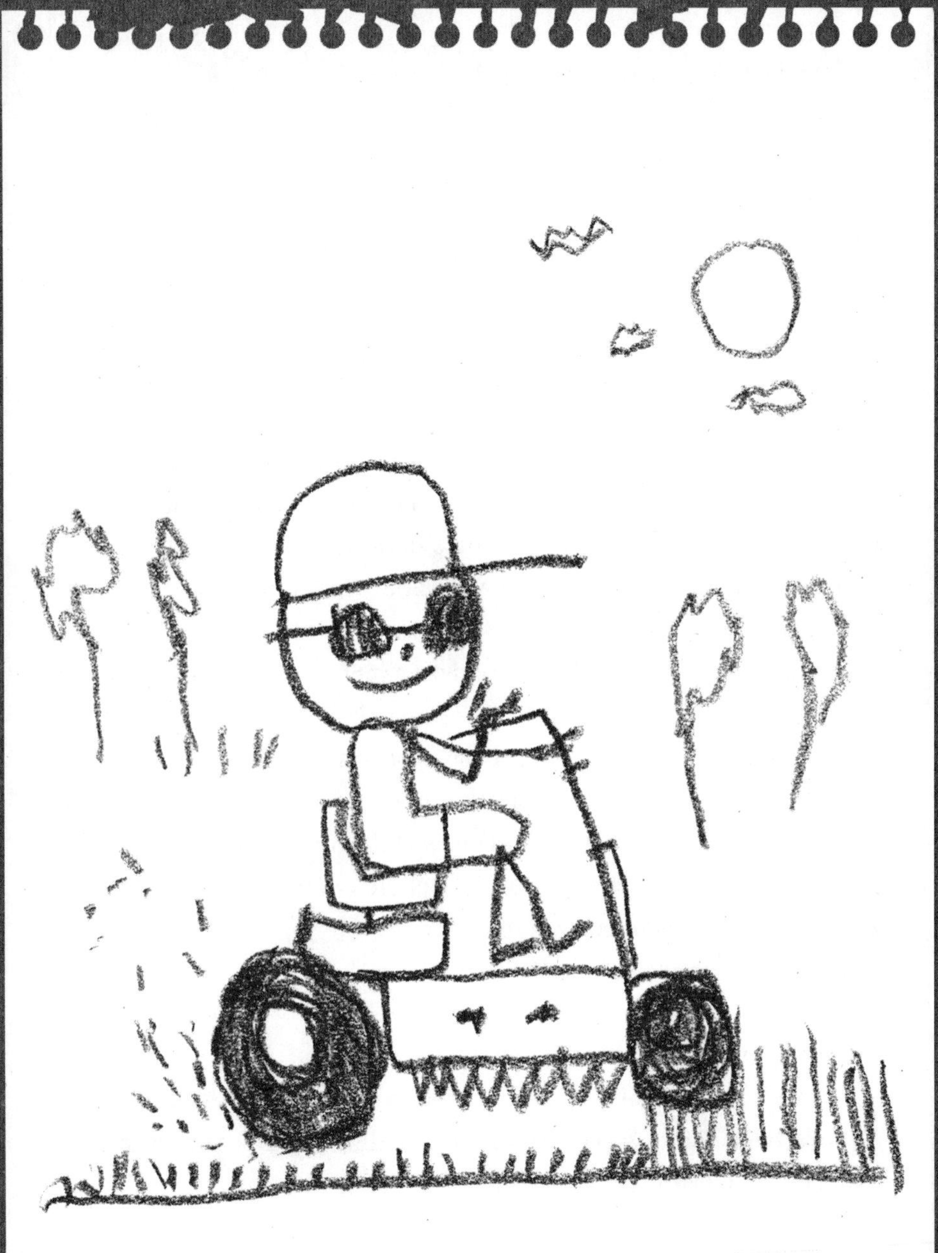

— Bonitão mesmo! — concordo.
— *Muy guapo* — diz Adrian a Teddy. — Essas são as suas novas palavras da semana. Querem dizer superbonito.
— *Muy guapo?*
— *Bueno*. Perfeito!

Do outro lado do quintal, um senhor contorna a casa dos Maxwell. É baixo, sua pele marrom é enrugada e seu cabelo, grisalho e bem curto. Grita o nome de Adrian, e está na cara que não está feliz.

— ¿*Qué demonos estás haciendo?*

Adrian acena para ele e então olha zombeteiro na nossa direção.

— *El Jefe*. Tenho que ir. Mas volto daqui a duas semanas, Teddy. Obrigado pelo desenho. E boa sorte com os treinos, Mallory. Vou ficar de olho na ESPN pra ver se você aparece, hein?

— ¡*Prisa!* — grita o velho. — ¡*Ven aqui!*
— Tá bom, tá bom! — grita Adrian de volta.

Ele pula em cima do cortador de grama, dá a partida e cruza o quintal em segundos. Ouço-o pedir desculpas em espanhol, mas o velho grita alto e abafa sua voz. Dão a volta na casa e somem de vista, ainda discutindo. Tenho noções básicas de espanhol dos tempos de escola — ainda me lembro que *el jefe* significa "o chefe" —, mas eles falam rápido demais e não consigo acompanhar.

Teddy parece preocupado.

— O Adrian vai levar muita bronca?
— Espero que não.

Contemplo o quintal e fico boba de ver que, mesmo com todas as peripécias temerárias em alta velocidade, Adrian fez um trabalho fantástico. A grama está impecável.


Os Maxwell têm um chuveiro externo simples nos fundos da casa para tomarem uma ducha depois da piscina. É um minúsculo reservado de madeira do tamanho de uma velha cabine telefônica, que Caroline preencheu de xampus e sabonetes líquidos absurdamente caros. Teddy toma banho primeiro e grito instruções do outro lado da porta, lembrando-o de lavar o cabelo com xampu e de enxaguar seu traje de banho. Ao acabar, se esgueira para fora com uma toalha de praia enrolada no corpo.

— Sou um burrito vegano!

— Você está lindo — digo a ele. — Vai se vestir, a gente se encontra lá em cima.

Estou pendurando a toalha e me preparando para entrar no chuveiro quando ouço uma mulher dizer meu nome.

— Você é a Mallory, não é? A nova babá?

Viro para trás e vejo a vizinha da casa ao lado cruzar o gramado às pressas. É uma senhora baixinha de quadris largos e passos trêmulos. Caroline havia me alertado a respeito dela. Disse que é bem esquisita e raramente sai de casa. E, no entanto, aqui está ela, vestida com um robe havaiano e coberta de joias: cordões de ouro com pingentes de cristal, grandes argolas, braceletes batendo uns contra os outros e anéis de pedras preciosas nos dedos das mãos e dos pés.

— Sou a Mitzi, meu amor. Moro aqui do lado. E como você é nova na vizinhança, vim dar um conselho de amiga: quando esses paisagistas aparecerem, você não deveria ficar sentada na piscina. Com tudo à mostra. — Ela faz um gesto indicando toda a extensão do meu corpo. — Isso é o que antigamente se chamava de uma provocação.

Ela se aproxima mais e o fedor de corda queimada toma conta de tudo. A mulher precisa de um banho ou está muito doida. Talvez os dois.

— Como é que é?

— Você tem um corpo bonito e entendo que queira exibi-lo. E aqui é uma democracia. Sou libertária, por mim você faz o que bem entender. Mas quando esses mexicanos vêm aqui, é preciso ser um pouco mais discreta. Ter um pouco mais de bom senso. Em nome da sua segurança pessoal. Está me entendendo? — Faço menção de responder, mas ela não para de falar. — Pode ser que soe racista, mas é a verdade. Esses homens... Eles já violaram a lei uma vez, quando cruzaram a fronteira. Se um criminoso vê uma moça bonita sozinha num quintal, é um prato feito!

— Você não pode estar falando sério.

Ela agarra meu punho para enfatizar o que diz. Sua mão treme.

— Meu bem, mais sério do que isso só um ataque cardíaco. Você precisa cobrir a sua bunda.

Acima de nós, Teddy me chama pela janela aberta e telada do quarto.

— Mallory, a gente pode tomar picolé?

— Assim que eu tomar banho. Mais cinco minutos.

Mitzi acena para Teddy e ele some de vista.

— Muito fofo. Rostinho adorável. Mas não sou lá muito fã dos pais, não. Meio arrogantes pro meu gosto. Você não tem essa impressão também?

— Olha...

— No dia em que se mudaram, fiz uma lasanha. Política de boa vizinhança, sabe como é. Vim até a porta da frente trazer, e sabe o que ela me disse? "Desculpe, mas não posso aceitar seu presente." Por causa da carne moída!

— Talvez...

— Ah, vai me desculpar, meu bem, mas não é assim que se conduz uma situação dessas. Você sorri, agradece, leva pra dentro e *joga fora*. Mas não empurra de volta na minha cara. Isso é grosseria. E o pai é pior ainda! Deve tirar você do sério.

— Na verdade...

— Aaahh, você ainda é uma menina. Ainda não tem experiência para decifrar as pessoas. Eu sou uma pessoa calorosa, muito empática. Leio auras profissionalmente. Você vai ver clientes todo dia batendo na minha porta, mas não se preocupe, não tem safadeza nenhuma. Depois da minha histerectomia, perdi totalmente o interesse. — Ela pisca para mim. — Mas e a casinha de hóspedes, está gostando? Você fica nervosa, dormindo ali sozinha?

— Por que eu ficaria?

— Por causa da história toda.

— Qual história?

E pela primeira vez na conversa, Mitzi se vê sem palavras. Leva a mão ao cabelo, procura uma mecha, enrola-a nos dedos até isolar um fio. Arranca-o pela raiz e joga por cima do ombro.

— Você deveria perguntar aos pais dele.

— Eles acabaram de se mudar. Não sabem de nada. Do que você está falando?

— Quando eu era menina, nós chamávamos o seu chalé de Casa do Diabo. Nós desafiávamos uns aos outros a olhar pela janela. Meu irmão me oferecia um monte de moedas se eu fosse até a varanda e contasse até cem, mas eu sempre morria de medo.

— Por quê?

— Uma mulher foi assassinada. Annie Barrett. Era artista plástica, pintora. A casa onde você dorme era o estúdio dela.

— Ela foi assassinada no chalé?

— Bem, o corpo nunca foi encontrado. Isso faz muito tempo, foi logo após a Segunda Guerra.

O rosto de Teddy ressurge na janela do segundo andar.

— Já foram cinco minutos?

— Quase — digo a ele.

Quando volto o olhar para Mitzi, ela já se pôs a fazer o caminho de volta.

— Não deixe o anjinho esperando. Aproveitem os sorvetes.

— Mas calma aí, e o resto da história?

— Não tem resto nenhum. Depois que Annie morreu, ou desapareceu, sabe-se lá, a família transformou o chalé em galpão de jardinagem. Não deixavam ninguém dormir lá. E assim continuou por todo esse tempo, setenta e tantos anos. Até agora.

Caroline chega em casa com a minivan abarrotada de compras e eu a ajudo a tirar tudo do carro e das sacolas. Teddy está lá em cima no quarto, desenhando, e aproveito a oportunidade para indagar sobre a história contada por Mitzi.

— Te falei que ela é biruta — diz Caroline. — Acha que o carteiro usa vapor para abrir a conta do cartão de crédito para saber quanto é a fatura dela. É paranoica.

— Ela disse que uma mulher foi assassinada.

— Há oitenta anos. Esse bairro é muito antigo, Mallory. Todas essas casas têm algum tipo de história de terror. — Caroline abre a geladeira e enche a gaveta de verduras com espinafre, couve e um feixe de rabanetes cujas raízes ainda estão sujas de terra. — Além disso, os moradores anteriores passaram quarenta anos aqui. Obviamente não tiveram muitos problemas.

— Sim, de fato. — Enfio a mão num saco de compras de lona e retiro uma embalagem com seis garrafas de água de coco. — Mas eles também usavam o chalé só para guardar ferramentas, não é? Ninguém dormia lá.

Caroline parece exasperada. Sinto que teve um dia longo no hospital e não gosta de ser encurralada com perguntas ao chegar em casa.

— Mallory, aquela mulher provavelmente já se drogou mais do que todos os meus pacientes juntos. Nem sei como ainda está viva, mas a mente sem dúvida foi afetada. Ela é um caco, toda nervosa, trêmula, paranoica. Como me importo com a sua sobriedade, sugiro com veemência que seu contato com ela seja mínimo, ok?

— Não, tudo bem — respondo, me sentindo mal; isto é o mais perto que Caroline já chegou de gritar comigo.

Não digo mais nada, só abro a despensa para guardar as caixas de arroz arbóreo, cuscuz e torradas integrais. Armazeno sacos e sacos de aveia, amêndoas, tâmaras e uns estranhos cogumelos ressecados. Com tudo devidamente guardado, digo a Caroline que vou sair. E ela provavelmente percebe que ainda estou chateada, porque se aproxima e põe a mão no meu ombro.

— Olha só, nós temos um quarto de hóspedes maravilhoso no segundo andar. Se quiser vir para cá, vamos gostar muito. Teddy, então, vai enlouquecer. O que acha?

E, de certa forma, como um de seus braços já está me envolvendo, seu toque vira uma espécie de abraço.

— Lá fora está ótimo para mim — respondo. — Gosto de ter o meu próprio espaço. É um bom treino para o mundo real.

— Se mudar de ideia, é só falar. Você é *sempre* bem-vinda aqui em casa.

Naquela noite, calço meu melhor par de tênis e saio para correr. Espero escurecer, mas o tempo continua abafado e desagradável. É boa a sensação de forçar meus limites, sentir a dor e continuar a correr. Russell costuma dizer algo que adoro: não sabemos o quanto o nosso corpo pode aguentar até fazermos exigências cruéis a ele. Pois nesta noite peço muito ao meu. Faço séries intercaladas pelas calçadas da vizinhança, vou e volto diversas vezes, passo pela sombra dos postes de iluminação e seus enxames de vagalumes, sob o zumbido perene dos aparelhos de ar-condicionado central. Faço mais de oito quilômetros em trinta e oito minutos e caminho de volta sentindo-me totalmente esgotada.

Tomo mais uma ducha — dessa vez no pequeno e claustrofóbico banheiro do chalé — e preparo uma refeição simples para mim: pizza congelada aquecida na torradeira e uma pequena porção de sorvete Ben & Jerry's de sobremesa. Sinto que mereço.

Quando termino tudo, já passa das nove. Apago todas as luzes exceto a da mesa de cabeceira. Deito na grande cama branca com meu celular e dou play em um filme da Hallmark chamado *Amor de Inverno*. Mas é difícil me concentrar. Não estou bem certa se já o vi antes ou talvez a história seja apenas idêntica à de tantas outras produções da Hallmark. Além disso, está um pouco abafado no chalé. Levanto-me e abro as cortinas.

Há um janelão próximo à porta da frente e uma janela menor em cima da minha cama. À noite, deixo as duas abertas para o ar circular. O ventilador de teto gira devagar, preguiçosamente. Lá fora, na mata, ouço o som dos grilos e às vezes de pequenos animais andando entre as árvores, os passos suaves amortecidos pelas folhas secas.

Volto para a cama e reinicio o filme. De minuto em minuto, alguma mariposa se choca contra as telas das janelas, atraída pela luz. Ouço um *taptaptap* na parede atrás da minha cama, mas sei que não passa de um galho; em três dos lados do chalé, há árvores crescendo muito próximas e, quando o vento aumenta, seus galhos esbarram nas paredes. Olho de relance para a porta e me certifico de que esteja trancada. Está, mas é uma tranca bem frágil, nada que vá impedir um invasor obstinado.

É aí que ouço o som, um certo zumbido em alta frequência, como se houvesse um mosquito muito próximo ao meu ouvido. Tento espantá-lo, mas em questão de segundos a sensação volta, como uma mancha cinzenta a se insinuar na minha visão periférica, sempre ligeiramente fora de alcance. E volto a me lembrar da médica da Universidade da Pensilvânia e daquele experimento de pesquisa que na realidade nunca aconteceu.

E é esta a primeira noite em que sinto que posso estar sendo observada.

# 5

Meus fins de semana são bem tranquilos. Caroline e Ted vivem planejando atividades em família; dirigem até o litoral para passar o dia na praia ou levam Teddy a um museu na cidade. Sempre me convidam, mas nunca vou por não querer me intrometer no tempo íntimo deles. Prefiro ficar arrumando o que fazer no meu chalé, pois mente vazia é oficina do diabo etc., etc. Sábado à noite, por todo o país, milhões de jovens saem para beber, flertar, rir, trepar, e eu aqui agachada borrifando água sanitária na privada, limpando o rejunte do chão do banheiro. Aos domingos, a coisa não varia muito. Já dei uma espiada em todas as igrejas locais, mas por enquanto nenhuma me atraiu. Sou sempre a pessoa mais jovem, no mínimo vinte anos mais nova do que os demais, e odeio a forma como os outros paroquianos ficam me encarando, como se fosse algum animal bizarro.

Às vezes me dá vontade de voltar às redes sociais, de reativar minhas contas no Instagram e no Facebook, mas todos os meus conselheiros do N.A. me alertaram para manter distância. Dizem que esses sites por si sós representam riscos de vício, que fazem um baita estrago na autoestima de gente jovem. Assim, tento me manter ocupada com os prazeres simples do mundo real: correr, cozinhar, caminhar um pouco.

Mas sempre fico mais feliz quando o fim de semana termina e posso finalmente voltar ao trabalho. Na segunda-feira pela manhã, chego à casa principal e encontro Teddy debaixo da mesa da cozinha, brincando com miniaturas de animais de fazenda.

— Oi, Ursinho Teddy! Como você está?

Segurando uma vaquinha de plástico, ele muge.

— Sério?! Você virou uma vaca? Bom, pelo jeito hoje vou ser babá de vaca! Que legal!

Caroline passa em disparada pela cozinha, segurando a chave do carro, o celular e um monte de pastas estufadas de papéis. Ela me pergunta se posso acompanhá-la até o hall de entrada por um minutinho. Uma vez distantes o suficiente de Teddy, ela explica que ele fez xixi na cama e os lençóis estão na máquina de lavar.

— Você se importa de colocá-los na secadora depois? Já pus lençóis novos na cama.

— Claro. Ele está bem?

— Tudo bem. Só está constrangido. Tem acontecido muito ultimamente. É o estresse da mudança. — Ela retira sua bolsa do armário da entrada e a pendura no ombro. — Mas não comente que toquei no assunto. Ele não quer que você saiba.

— Pode deixar, não vou falar nada.

— Obrigada, Mallory. Você é demais!


A atividade matinal favorita de Teddy é explorar a "Floresta Encantada" na fronteira da propriedade da família. As árvores formam um denso toldo sobre a nossa cabeça. Mesmo nos dias mais quentes, faz menos calor na mata. As trilhas não têm placas nem nomes, então nós inventamos os nossos. Chamamos de Estrada de Tijolos Amarelos o caminho plano de terra batida que começa atrás do meu chalé e segue paralelo a todas as casas da rua Edgewood. Andamos até chegar a uma grande pedra cinzenta chamada Ovo do Dragão, onde fazemos o desvio para o Passo do Dragão, uma trilha menor que serpenteia por entre um agrupamento mais denso de arbustos de folhas pontudas. Temos que andar um atrás do outro com as mãos estendidas, para evitar arranhões. Esse caminho cruza um vale e vai dar no Rio Real (um riacho fétido de água parada que mal bate na cintura) e na Ponte Musgosa, um longo tronco de árvore apodrecido que vai de uma margem a outra, coberto de algas e estranhos cogumelos. Cruzamos o tronco na ponta dos pés e seguimos a trilha até o Pé de Feijão Gigante, a mais alta árvore da floresta, cujos ramos alcançam o firmamento.

Ou é assim que Teddy fala. Ele cria histórias mirabolantes durante as caminhadas. Narra as aventuras do Príncipe Teddy e da Princesa Mallory, corajosos irmãos separados da Família Real que tentam encontrar o caminho de volta para casa. Às vezes, caminhamos a manhã inteira sem nos depararmos com uma pessoa sequer. De vez em quando vemos um ou outro passeando com o cachorro, mas raramente alguma criança, e fico pensando se é por isso que Teddy gosta tanto assim.

Prefiro não mencionar essa teoria a Caroline.

Depois de duas horas desbravando a mata, começamos a ficar com fome, então voltamos para casa e faço sanduíches de queijo quente. Teddy então vai para o seu quarto para a Hora do Silêncio e eu me lembro que os lençóis ainda estão na secadora, então subo as escadas até o quarto onde fica a lavanderia.

A caminho de lá, passando em frente à porta do quarto de Teddy, ouço-o falando sozinho. Paro e encosto o ouvido na porta, mas só consigo pescar palavras isoladas e um ou outro fragmento de frase. É como escutar uma conversa telefônica ao lado de uma das pessoas quando quem mais fala é a outra. Ele faz pausas entre toda e qualquer colocação — algumas mais longas do que outras.

— Talvez? Mas eu...

— . . . . . . . . . . . . . . .

— Não sei.

— . . . . . . . . . . . . . . .

— Nuvens? Tipo as grandes? Fofas?
—..............................
— Desculpa, eu não enten...
—...................................................
.....................................................
— Estrelas? Tá bem, estrelas!
—..................................................
..................
— Muitas estrelas, entendi.
—...................................................
....................................

Fico tão curiosa que minha vontade é de bater na porta. Mas é aí que toca o telefone fixo da casa. Saio dali e desço correndo as escadas.

Tanto Ted quanto Caroline têm celulares, mas fazem questão de manter uma linha fixa para que Teddy possa discar 911 em caso de emergência. Atendo, e a pessoa do outro lado se identifica como a diretora da escola Spring Brook Elementary.

— Posso falar com Caroline Maxwell?

Digo que sou a babá e ela me assegura não ser nada urgente. Diz ter ligado para dar pessoalmente as boas-vindas do sistema escolar à família.

— Gosto de falar com todos os pais antes do primeiro dia de aulas. Eles costumam ter muitas preocupações.

Anoto o nome e o número e prometo dar o recado a Caroline. Logo depois, Teddy entra na cozinha com um novo desenho. Ele o põe na mesa de cabeça para baixo e sobe numa cadeira.

— Posso comer um pimentão?

— Claro.

Pimentões verdes são o lanche favorito de Teddy. Caroline os compra aos montes. Pego um na geladeira, lavo com água fria e corto a haste. Depois corto o topo, criando uma espécie de anel, e fatio o restante em pequenas tiras.

Estamos sentados à mesa, ele mastigando seu pimentão feliz da vida, quando volto meu olhar para sua mais recente ilustração. É um desenho de um homem andando de costas em meio ao mato denso e emaranhado. Ele arrasta uma mulher pelos tornozelos, puxando seu corpo sem vida pelo chão. Ao fundo, por entre as árvores, há uma lua crescente e muitas estrelinhas cintilantes.

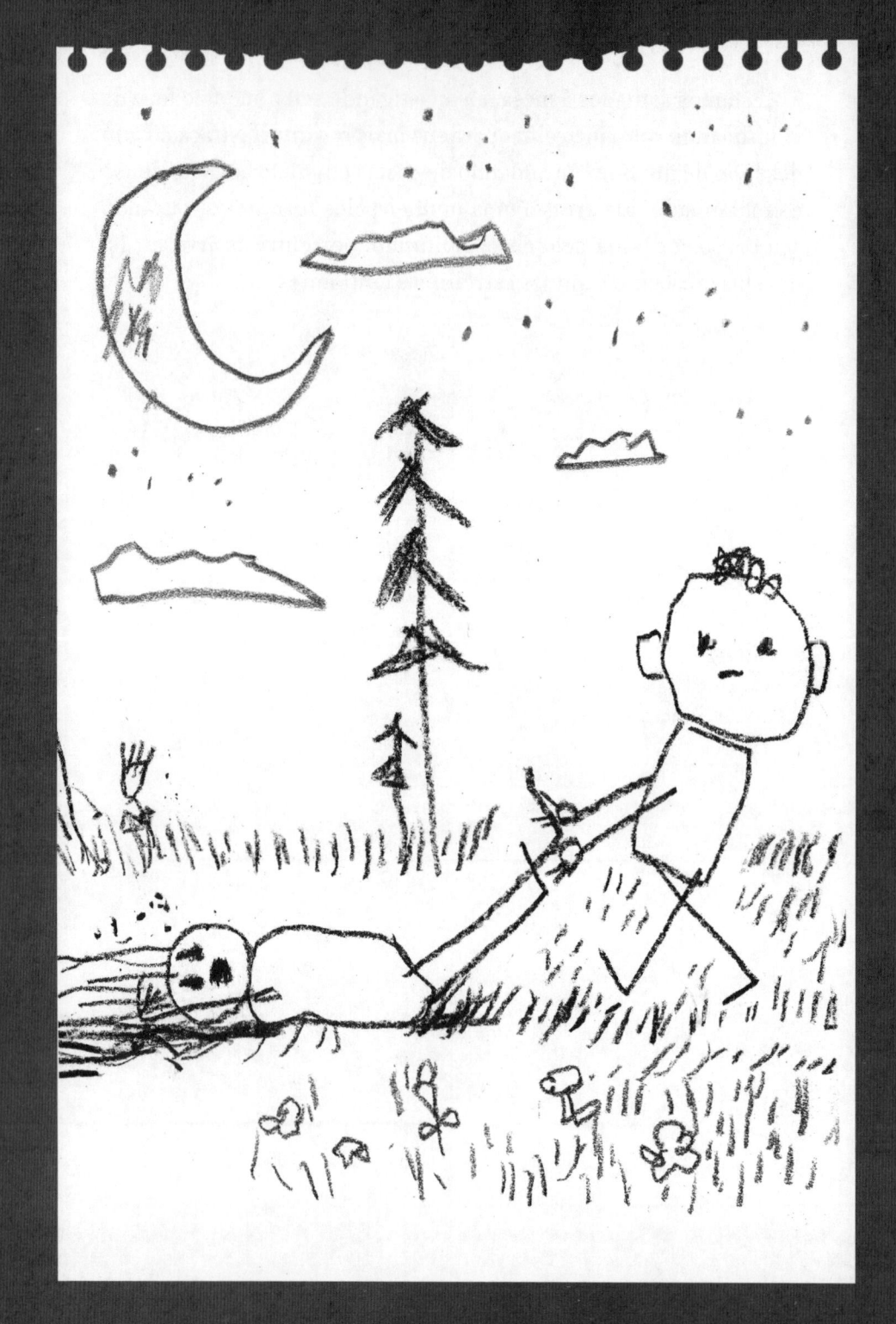

— Teddy, o que é isso?

Ele dá de ombros.

— Um jogo.

— Que tipo de jogo?

Ele mastiga uma fatia de pimentão e responde de boca cheia:

— A Anya faz uma cena e eu tenho que desenhar.

— Tipo Imagem & Ação?

Teddy bufa e pedacinhos de pimentão se espalham pela mesa.

— Imagem & Ação?! — Ele se joga para trás na cadeira, gargalhando, enquanto pego uma folha de papel-toalha para limpar toda a sujeira. — A Anya não consegue jogar Imagem & Ação!

Gentilmente, induzo-o a se acalmar e tomar um gole de água.

— Começa do começo, então — digo a ele, tentando manter um tom de voz suave. Não quero soar como se estivesse surtando. — Me explica como funciona o jogo.

— Já falei, Mallory. A Anya faz uma cena e eu tenho que desenhar. É isso. O jogo é só isso.

— E quem é esse homem?

— Não sei.

— Ele machucou a Anya?

— Como é que eu vou saber? Mas não é Imagem & Ação! A Anya não consegue jogar jogos de tabuleiro!

E se joga para trás na cadeira de novo em mais um acesso de riso, daquele tipo totalmente inocente que só crianças são capazes de ter. É tão alegre e genuíno que se impõe sobre qualquer preocupação que eu possa sentir.

Obviamente não há nada que esteja incomodando Teddy. Parece tão feliz quanto qualquer outra criança. Sim, ele criou uma estranha amiga imaginária e brinca com ela de estranhos jogos imaginários. E daí?

Ele continua se agitando na cadeira enquanto me levanto, pego o desenho e levo-o para o outro lado da cozinha. Caroline tem uma pasta na gaveta de contas e me pediu para guardar ali toda a produção de Teddy para que possa escanear os desenhos e tê-los no computador.

Mas Teddy percebe o que estou fazendo.

Ele para de gargalhar e balança a cabeça.

— Esse não é pra mamãe e pro papai. Anya disse que quer que seja *seu*.

Naquela noite caminho um quilômetro e meio até o grande centro comercial onde há uma Best Buy e gasto parte do meu salário em um tablet barato. Volto para casa às oito. Tranco a porta do chalé, visto o pijama e vou para a cama com meu novo brinquedo. Em poucos minutos, configuro o tablet e conecto-o à rede Wi-Fi dos Maxwell.

Minha busca por "Annie Barrett" gera milhões de resultados: certidões de casamento, firmas de arquitetura, lojas da Etsy, tutoriais de ioga e dezenas de perfis do LinkedIn. Dou novas buscas por "Annie Barrett + Spring Brook", "Annie Barrett + artista plástica" e "Annie Barrett + morta + assassinada", mas nada de útil aparece. A internet não guarda registro algum de sua existência.

Do lado de fora, logo acima da minha cabeça, algo atinge a tela da janela. Sei que é uma das enormes mariposas marrons que estão por toda a floresta. Têm a cor e a textura da casca das árvores e se camuflam com facilidade — mas do meu lado da janela, só o que consigo ver são seus viscosos baixos-ventres segmentados, três pares de patas e duas antenas trêmulas. Balanço a tela para que se soltem, mas elas saem voando por alguns segundos e sempre retornam. Meu medo é que achem algum furo na tela, consigam se espremer por ele, migrem para a minha lâmpada de cabeceira e se aglomerem ali.

Ao lado da lâmpada está meu desenho de Anya arrastada floresta adentro. Fico me perguntando se não foi errado ficar com ele. Talvez devesse tê-lo repassado a Caroline no instante em que ela entrou em casa. Melhor ainda, poderia tê-lo amassado e jogado no lixo. Odeio a forma como Teddy desenhou seu cabelo, o comprimento obsceno de suas longas madeixas pretas, arrastadas na esteira do corpo como se fossem entranhas. Algo na minha mesa de cabeceira ressoa e me levanto, assustada, até me dar conta de que era só o meu celular tocando no volume máximo.

— Quinn! — grita Russell. — Estou ligando muito tarde?

Típica pergunta de Russell. São só 20h45, mas ele defende a tese de que qualquer pessoa comprometida de verdade com o condicionamento físico deveria estar na cama, de luzes apagadas, às 21h30.

— Não, tudo bem — respondo. — O que você conta?

— Estou ligando para saber do seu tendão. Outro dia você disse que estava repuxando.

— Já melhorou.

— Correu quanto hoje?

— Seis quilômetros e meio. Trinta e um minutos.

— Cansada?

— Não, estou bem.

— Pronta para forçar um pouco mais?

Não consigo parar de olhar para o desenho, para o emaranhado de cabelos negros sendo arrastado atrás do corpo da mulher.

Que tipo de criança desenha uma coisa dessas?

— Quinn?

— Oi... desculpa.

— Está tudo bem?

Ouço o zumbido de um mosquito e dou um forte tapa na minha bochecha direita. Olho para a palma da mão, esperando ver a mancha preta do inseto esmigalhado. Mas não há nada.

— Está tudo bem. Só um pouco cansada.

— Você acabou de dizer que *não* estava cansada.

E sua voz muda ligeiramente de tom, como quem se dá conta de repente de que há algo de errado.

— Como a família está tratando você?

— Eles são fantásticos.
— E o garoto? É Tommy? Tony? Toby?
— Teddy. É um doce. Estamos nos dando superbem.

Por um instante, considero contar a Russell sobre a situação com Anya, mas não sei por onde começar. Se disser a verdade logo de cara, ele provavelmente vai achar que tive uma recaída.

— Você está tendo lapsos?
— Que tipo de lapsos?
— Lapsos de memória. Episódios de esquecimento.
— Não, não que eu me lembre.
— Estou falando sério, Quinn. Seria normal, considerando as circunstâncias. O estresse de um novo emprego, uma nova situação de vida.
— Minha memória vai bem. Faz muito tempo que não tenho esse tipo de problema.
— Que bom, que bom, que bom. — Ouço-o digitando no computador, fazendo ajustes à minha planilha de exercícios. — E os Maxwell têm piscina, não é? Você pode usar?
— É claro.
— Sabe qual é o comprimento? Aproximado?
— Uns nove metros?
— Vou te mandar por e-mail uns vídeos do YouTube. São exercícios de nado. Cross training de baixo impacto, coisa fácil. Duas ou três vezes por semana, ok?
— Tudo bem.

Ainda há algo na minha voz de que ele não gosta.

— E me liga se precisar de qualquer coisa, ok? Não estou no Canadá. Estou a quarenta minutos daí.
— Fica tranquilo, treinador. Eu estou bem.

# 6

Sou uma péssima nadadora. Quando era pequena, havia uma piscina pública nas redondezas, mas durante o verão era um caos, centenas de crianças em meio à água suja berrando a centímetros umas das outras a uma profundidade de menos de um metro. Era impossível dar voltas na piscina; mal dava para flutuar. Minha mãe avisava a mim e à minha irmã para não mergulharmos a cabeça na água, pois tinha medo de que pegássemos conjuntivite.

Assim, esses novos exercícios passados por Russell não me animam nem um pouco. Já passa das dez da noite seguinte quando finalmente vou até a piscina. O quintal dos Maxwell é um lugar estranho depois que escurece. Daqui até a Filadélfia é um pulo, mas a esta hora da noite parece que estamos quilômetros adentro da área rural mais remota. A única luz é a da lua, a das estrelas e o brilho das lâmpadas halógenas no fundo da piscina. A água é algo esquisito. A superfície é de um azul néon cintilante, como plasma radioativo, e lança sombras estranhas sobre os fundos da casa.

A noite está quente e a sensação de mergulhar na água gelada é boa. Mas quando venho à tona para respirar e abro os olhos, posso jurar que a floresta está mais próxima, como se as árvores de alguma forma tivessem rastejado para mais perto. Até o ruído dos grilos parece mais alto. Sei que não passa de ilusão, que a diferença de ângulo achatou a minha percepção de profundidade, eliminando os seis metros de grama entre a cerca da piscina e a linha das árvores. Mas é inquietante mesmo assim.

Agarro-me à beira da piscina e me aqueço com cinco minutos de chutes. Na casa principal, todas as luzes do andar de baixo estão acesas e consigo enxergar a cozinha, mas nem sinal de Ted ou Caroline. Devem estar na sala, bebendo vinho e lendo, que é como passam a maior parte de suas noites.

Devidamente aquecida, dou impulso na beirada e inicio o treino com desajeitadas braçadas de crawl. A ideia era cruzar a piscina dez vezes, ida e volta, mas já na metade da terceira fica claro que não vou conseguir. Meus deltoides e meu tríceps estão pegando fogo; todo o meu torso está absurdamente fora de forma. Até a musculatura das panturrilhas está contraída. Forço o quanto posso para terminar a quarta volta e na metade da quinta tenho que parar. Penduro-me na beirada da piscina, lutando para recuperar o fôlego.

E então, vindo da floresta, ouço um discreto estalo.

É o som de alguém depositando todo seu peso sobre um galho seco, fazendo forte pressão até a madeira se partir. Viro-me para as árvores, forço o olhar para as sombras e não vejo nada. Mas ouço algo, ou alguém — passos suaves sobre as folhas secas, caminhando na direção do meu chalé...

— Como está a água?

Me viro e vejo Ted abrindo o portão da piscina, sem camisa, de calção de banho, com uma toalha pendurada no ombro. Ele se exercita na piscina várias noites por semana, mas nunca o vi aqui fora a esta hora. Bato perna até a escada e digo:

— Já estava de saída.

— Não precisa. Tem bastante espaço. Você começa de lá e eu daqui.

Ele atira a toalha em uma cadeira e se posiciona na beirada da piscina, mergulhando na água sem hesitar. A um sinal seu, começamos a nadar em linhas retas paralelas, saindo de lados opostos da piscina. Teoricamente, só deveríamos passar um pelo outro uma vez, bem no centro das raias, mas Ted é rápido demais e basta um minuto para estar uma volta na minha frente. Está em excelente forma. Mantém o rosto submerso por quase toda a extensão da piscina. Nem sei dizer como respira. Move-se feito um tubarão, sem emitir quase som nenhum, enquanto me debato e espalho água feito uma bêbada que caiu de um cruzeiro no mar. Consigo tirar de dentro do meu ser mais três voltas antes de desistir. Ted continua, dá mais seis voltas e termina ao meu lado.

— Você é muito bom — digo a ele.

— Era melhor na época do colégio. Tínhamos um técnico brilhante.

— Fico com inveja. Estou aprendendo no YouTube.

— Posso dar um conselho não solicitado? Você está respirando demais. O correto é braçada sim, braçada não. Sempre do mesmo lado, o que for mais natural para você.

Ele me incentiva a tentar. Dou impulso na beirada e cruzo a piscina usando as suas sugestões. Os resultados são instantâneos. Respiro metade do que respirava e deslizo duas vezes mais rápido.

— Melhor, não é?

— Muito melhor. Alguma outra dica?

— Não. Esse foi o meu melhor conselho. Natação é o único esporte em que técnicos dão bronca na gente por respirar. Mas se você praticar, vai ficar cada vez melhor.

— Obrigada.

Agarro a escada e subo os degraus, pronta para encerrar por hoje. Meu maiô subiu um pouco e abaixo a mão para colocá-lo de volta no lugar, mas pelo jeito não rápido o bastante.

— Flyers, grande time!

Ele se refere à pequena tatuagem na base do meu quadril. É Gritty, mascote peludo alaranjado e de olhos arregalados do time da Filadélfia que disputa a Liga Nacional de Hóquei. Tomei o maior cuidado para mantê-la escondida dos Maxwell, e sinto raiva de mim mesma pelo vacilo.

— Foi um erro — digo a ele. — Assim que tiver dinheiro, vou removê-la.

— Mas você gosta de hóquei?

Balanço a cabeça em negativa. Nunca joguei. Nunca nem assisti a uma partida. Mas dois anos antes havia feito amizade com um homem mais velho cujo amor pelo esporte era tão grande quanto a sua quantidade de medicamentos controlados. Isaac tinha trinta e oito anos e seu pai havia jogado no Flyers na década de 1970. Ganhara muito dinheiro, morrera jovem e Isaac vinha lentamente torrando a fortuna. Eu integrava um grupo de pessoas que vivia no apartamento dele, dormia por lá, de vez em quando transava com ele. Basicamente fiz a tatuagem para impressioná-lo, na esperança de que me achasse legal e me deixasse continuar a frequentar sua casa. Mas o plano havia sido um fracasso. Tive que esperar cinco dias para remover o curativo e, nesse meio-tempo, Isaac havia sido preso por posse de drogas e o proprietário escorraçou todos nós de volta para as ruas.

Ted continua esperando pela minha explicação.

— Foi uma estupidez — respondo. — Não estava no meu melhor juízo.

— Bem, você não é a única. Caroline também quer se livrar de uma tatuagem. Ela teve uma fase pretensiosa na faculdade.

A frase é gentil, mas não faz com que eu me sinta melhor. Com certeza a tatuagem de Caroline é de extremo bom gosto. Provavelmente uma rosa, uma lua crescente ou um caractere chinês com algum significado — não um monstro bizarro de olhos esbugalhados. Pergunto a Ted onde ela a esconde, mas sou interrompida por outro estalo ruidoso.

Nós dois nos viramos na direção da floresta.

— Tem alguém por lá — digo a ele. — Ouvi os passos mais cedo.

— Provavelmente um coelho — responde ele.

Outro estalo ressoa e então um movimento rápido de pânico, o som de um pequeno animal correndo para dentro da mata.

— *Isso* foi um coelho. Mas mais cedo, antes de você aparecer, o ruído era mais alto. Parecia uma pessoa.

— Talvez fossem adolescentes. Tenho certeza de que a garotada de quinze, dezesseis anos adora esse matagal.

— De noite é pior. Às vezes estou na cama e parece que tem gente bem atrás da minha janela.

— Provavelmente não ajuda ter a Mitzi botando bobagens na sua cabeça — comenta ele, dando uma piscadinha. — Caroline me contou que vocês se conheceram.

— É uma pessoa interessante.

— Eu ficaria longe dela, Mallory. Todo esse negócio de leituras de energia ou sei lá que nome tem... Estranhos estacionando na entrada da casa dela, entrando pela porta dos fundos... Pagando em dinheiro... Me parece suspeito. Não confio nela.

Sinto que Ted não deve ter convivido com muitos videntes. Quando era mais nova, eu tinha uma vizinha, a Sra. Guber, que jogava tarô nos fundos da pizzaria das redondezas. Era lendária por sua previsão de que uma das garçonetes ganharia cem mil dólares na raspadinha. Também fazia consultas sobre propostas de casamento, namorados adúlteros e outras questões do coração. Meus amigos e eu a chamávamos de O Oráculo e confiávamos mais nela do que na primeira página do *Inquirer*.

Mas não espero que Ted compreenda nada disso. O cara não reconhece sequer a existência da fada do dente. Poucas noites atrás, Teddy perdeu um molar e Ted se limitou a enfiar a mão na carteira e tirar um dólar — sem mistério, sem estardalhaço, sem entrar no quarto na ponta dos pés de madrugada para evitar ser flagrado.

— Ela é inofensiva.

— Acho que ela é traficante — diz Ted. — Não tenho como provar, mas estou de olho. Você precisa tomar cuidado com ela, ok?

Ergo a mão direita.

— Palavra de escoteira.

— É sério, Mallory.

— Eu sei. E agradeço. Vou tomar cuidado.

Estou abrindo o portão da piscina, pronta para sair, quando noto Caroline vindo na minha direção pelo quintal, ainda com roupa de trabalho, carregando um caderno e um lápis.

— Mallory, espera um instante. Você recebeu algum telefonema ontem? Da escola do Teddy?

Imediatamente me dou conta do meu deslize. Lembro do telefonema e lembro de ter anotado o telefone da diretora numa folha de papel. Foi quando Teddy entrou na cozinha com seu estranho desenho e devo ter me distraído.

— Sim... a diretora — conto a ela. — O recado está no meu chalé. Ainda deve estar no meu short. Vou pegar...

Caroline balança a cabeça.

— Tudo bem. Ela já me mandou um e-mail. Mas teria sido bom ter recebido a mensagem ontem.

— Eu sei. Desculpe.

— Se nós perdermos um único prazo, Teddy fica sem a vaga. A turma do jardim de infância tem uma lista de espera com trinta nomes.

— Eu sei, eu sei...

Ela me corta.

— Pare de dizer "eu sei". Se soubesse *mesmo*, teria me dado o recado. Tenha mais cuidado da próxima vez.

Ela me dá as costas e volta a caminhar na direção de casa. Fico chocada. Caroline nunca havia gritado de fato comigo. Ted sai rapidamente da piscina e repousa a mão no meu ombro.

— Olha só, não fique preocupada.

— Me desculpe, Ted, estou me sentindo muito mal.

— Ela está irritada com a escola, não com você. É uma burocracia infernal. Listas de vacinas, alergias, perfis de comportamento. Essa droga desse formulário de matrícula no jardim de infância tem mais páginas que o meu imposto de renda.

— Não foi por mal — digo a ele. — Eu anotei o número do telefone, mas me distraí por causa de algo que o Teddy me deu. — Desesperada para consertar a situação, começo a descrever o desenho, mas Ted continua a falar. Parece ansioso em retornar para a casa. Vejo a silhueta de Caroline na porta de vidro a nos observar.

— Ela vai relaxar, não se preocupe — assegura ele. — Amanhã não vai nem se lembrar.

Seu tom de voz é tranquilo, mas seus passos são apressados. Após cruzar o quintal, sua figura se achata numa silhueta — e, ao alcançar Caroline, a abraça. Ela estica a mão até o interruptor e então não enxergo mais nada.

Uma brisa fraca se insinua e começo a tremer. Enrolo a toalha na cintura e caminho de volta para o chalé. Tranco a porta e estou colocando o pijama quando ouço novamente o som de um caminhar, passos suaves na grama macia — só que dessa vez bem próximos à minha janela. Abro as cortinas e tento vislumbrar o lado de fora, mas, detrás da tela, só consigo ver as viscosas mariposas se contorcendo.

Um cervo, tento me convencer. É só um cervo.

Fecho as cortinas, apago as luzes e vou para a cama, puxando o cobertor até o queixo. Do lado de fora, a coisa se move bem atrás da minha cama — ouço seu movimento do outro lado da parede inspecionando o chalé, rondando o perímetro como quem busca uma forma de entrar. Fecho a mão e dou um soco na parede na esperança de que um estrondo a assuste.

Ao invés disto, a coisa se esgueira para baixo do chalé, raspa a terra, espremendo-se por baixo das tábuas do assoalho. Não sei como pode caber algo ali. A construção não fica nem a meio metro do solo. Não é um cervo, de jeito nenhum, mas é o som de um bicho grande, do tamanho de um cervo. Sento-me na cama e bato os pés no chão, mas é inútil.

— Sai! — grito, esperando que o ruído o assuste.

Mas a coisa se entoca cada vez mais fundo, contorcendo-se rumo ao centro do quarto. Me levanto e acendo as luzes. Fico então de quatro e presto atenção, na tentativa de seguir a direção do ruído. Ergo o tapete e descubro o recorte de um contorno quadrado nas tábuas do piso — uma portinhola grande o suficiente para dar passagem a uma pessoa. Não há dobradiças nem alças, só duas fendas em formato oval que permitiriam a alguém segurar a portinhola e erguê-la.

Creio que, se não fosse tão tarde — e se Caroline já não estivesse irritada comigo —, talvez chamasse os Maxwell e pedisse ajuda. Mas estou determinada a dar conta desse problema sozinha. Vou à cozinha e encho um jarro de água. O que quer que a coisa seja, não pode ser tão grande quanto parece. Sei o quanto ruídos podem enganar, sobretudo no escuro, sobretudo tarde da noite. Ajoelho-me e tento erguer a portinhola, mas ela não sai do lugar. Toda a umidade do verão fez a madeira emperrar. Uso toda a minha força de um dos lados, empurrando a portinhola com as duas mãos, ignorando a dor nos dedos e a afiada madeira seca espetando minha pele macia. Até que, enfim, com um ruidoso estouro e em meio a uma nuvem de poeira cinzenta, ela se projeta para fora como uma rolha de garrafa de champanhe. Agarro-a e seguro-a junto ao peito como um escudo. Então me inclino para a frente e espio dentro do buraco.

Está escuro demais para ver qualquer coisa. A terra embaixo do chalé é árida e sem vida, como as cinzas deixadas depois de um acampamento. Há um silêncio. A criatura, qualquer que seja, desapareceu. Nada há para se ver, apenas montes de poeira acinzentada manchada de pontos pretos. Percebo ter prendido a respiração o tempo todo e expiro com alívio. Toda a cacofonia do processo de soltar e abrir a portinhola deve ter espantado a coisa.

É quando as cinzas se movem, os pontos pretos piscam e me dou conta de estar olhando diretamente para a dita cuja — erguendo-se nas patas para vir ao meu encontro, arreganhando horrendas garras cor-de-rosa e dentes longos e afiados. Grito com força, um berro de dilacerar a noite. Empurro a portinhola para baixo e me jogo em cima dela, usando todo o peso do meu corpo para bloquear a abertura. Dou socos nas extremidades, tentando forçar a madeira empenada de volta à posição original, mas ela já não se encaixa mais.

Caroline chega ao chalé em um minuto e destranca a porta com sua chave. Está de camisola e Ted, logo atrás, sem camisa, de calça de pijama. Eles ouvem os ruídos sob o piso, o chicotear por baixo das tábuas.

— É um rato — digo a eles, absolutamente aliviada por sua presença, por não estar mais sozinha. — O maior rato que eu já vi.

Ted leva o jarro de plástico com água para o lado de fora enquanto Caroline põe a mão no meu ombro, me acalmando, dizendo que vai ficar tudo bem. Juntas viramos a portinhola noventa graus, de forma a se encaixar de novo na abertura, e eu a seguro firme enquanto ela pisa nas beiradas para prendê-las de volta no lugar. Mesmo depois que Caroline termina, tenho medo de me mover, medo de que a portinhola se projete para fora. Ela fica ao meu lado, me abraçando, até ouvirmos barulho de água pela janela aberta.

Um instante depois, Ted volta com o jarro vazio.

— Gambá — diz, com um sorriso matreiro. — Não era rato. Era bem rápido, mas consegui pegar.

— Por que estava debaixo do chalé dela?

— Tem um buraco na grade. Na parede do lado esquerdo. Acho que um pedacinho apodreceu. — Caroline faz cara feia e abre a boca para dizer algo, mas Ted se antecipa. — Eu sei. Eu sei. Amanhã eu conserto. Vou dar um pulo na Home Depot.

— Sem falta, Ted. Essa coisa deu um susto enorme na Mallory! E se ela tivesse sido mordida? E se o bicho tivesse raiva?

— Eu estou bem — digo a ela.

— Ela está bem — diz Ted.

Caroline não se convence, porém. Fica só olhando para a portinhola.

— E se ele voltar?

Já é quase meia-noite, mas Caroline insiste para Ted ir à casa principal e voltar com sua caixa de ferramentas. Insiste para que pregue toda a portinhola no piso para que nada consiga entrar no chalé. Enquanto esperamos ele terminar, ela ferve água no meu fogão e faz chá de camomila para nós três. Depois, os Maxwell ainda permanecem alguns minutos a mais do que o necessário, só para terem certeza de que eu esteja calma, relaxada e em segurança. Nós três nos sentamos na beirada da cama, conversando, contando histórias, rindo até, e é como se a bronca a respeito do telefonema nunca tivesse ocorrido.

# 7

O dia seguinte é um quente e abafado 4 de Julho e me forço a sair para um treino de resistência, quase treze quilômetros em setenta e um minutos. Caminhando de volta, passo por uma casa que Teddy e eu tínhamos começado a chamar de Castelo das Flores. Fica a três quarteirões dos Maxwell. É uma gigantesca mansão branca com uma entrada de carros em formato de U e um quintal vicejante com flores coloridas: crisântemos, gerânios, nenúfares e muitas outras. Reparo que há novos botões alaranjados se espalhando por uma treliça no quintal da entrada e me aproximo alguns passos para vê-los mais de perto. As flores são tão curiosas e peculiares — parecem pequeninos cones de trânsito — que tiro algumas fotos com meu celular. É quando a porta da frente se abre e um homem sai. Percebo de canto de olho que usa terno e sinto que veio me enxotar, gritar comigo por invadir sua propriedade.

— Ei!

Volto para a calçada, fazendo um gesto de desculpa com as mãos, mas é tarde demais. O cara já saiu e vem atrás de mim.

— Mallory! — chama a voz. — Como você está?

Só então me dou conta de já tê-lo visto. Faz bem mais de trinta graus, mas Adrian parece absolutamente confortável em seu terno cinza-claro, como os personagens de *Onze Homens e um Segredo*. Sob o terno, usa uma camisa branca impecável e uma gravata azul-royal. Agora sem boné, percebo ter uma farta cabeleira negra.

— Desculpe — digo a ele. — Não reconheci você.

Ele volta o olhar casualmente para a própria roupa, como se tivesse se esquecido do que vestia.

— Ah, sim! É que hoje temos um compromisso. No clube de golfe. Meu pai vai receber um prêmio.

— Você mora aqui?

— Meus pais moram. Estou passando o verão com eles.

A porta da frente se abre e saem seus pais — sua mãe, alta e elegante de vestido azul-royal, seu pai de smoking preto clássico com abotoaduras de prata.

— É El Jefe?

— Ele é o Rei da Grama. Metade dos gramados de South Jersey é a gente que faz. Nos verões, a equipe chega a oitenta funcionários, mas juro pra você, Mallory, é só comigo que ele grita.

Seus pais se aproximam de uma BMW preta que está estacionada na entrada, mas Adrian faz sinal para que venham ao nosso encontro. Como eu queria que ele não tivesse feito isso. Sabe aquelas corredoras em anúncios de absorvente que terminam os exercícios com o rosto radiante e o cabelo pronto para um desfile de moda? Não sou nada como elas. Minha blusa está ensopada de suor, meu cabelo é uma maçaroca pegajosa e oleosa e há restos de mosquitos que matei cobrindo minha testa.

— Mallory, esses são minha mãe, Sofia, e meu pai, Ignacio. — Seco a palma da mão no short antes de cumprimentá-los. — Mallory é a babá do filho dos Maxwell. A família nova da Edgewood. Eles têm um menino chamado Teddy.

Sofia olha para mim com uma expressão desconfiada. Está tão bem-vestida e penteada com tanto esmero que não consigo imaginar que tenha suado uma vez sequer nos últimos trinta anos. Mas Ignacio me cumprimenta com um sorriso amistoso.

— Você deve ser uma atleta das mais dedicadas, correndo com toda essa umidade!

— A Mallory é corredora da Penn State — explica Adrian. — É da equipe de cross-country.

Eu me encolho de vergonha da mentira da qual já havia me esquecido. Se Adrian e eu estivéssemos sozinhos, teria revelado a verdade e explicado tudo — mas agora não tenho como dizer nada, não com seus pais me encarando.

— Tenho certeza de que é mais rápida do que meu filho — comenta Ignacio. — Esse aí leva o dia todo para cortar a grama de dois quintais! — E ri bem alto da própria piada enquanto Adrian, constrangido, se mexe inquieto.

— Humor de paisagista. Meu pai acha que é comediante de stand-up.

Ignacio ri.

— É engraçado porque é verdade!

Sofia estuda minha aparência, e estou certa de que já me desmascarou.

— Em que ano você está?

— No último. Quase terminando.

— Eu também! — diz Adrian. — Faço engenharia na Rutgers, em New Brunswick. E você, estuda o quê?

Não faço ideia de como responder à pergunta. Meu planejamento universitário era exclusivamente voltado para treinadores, olheiros e bolsas para mulheres. Nunca cheguei ao ponto de considerar o que estudaria de fato.

Administração? Direito? Biologia? Nenhuma dessas respostas parece crível. Mas agora estou levando tempo demais para responder, todos estão me encarando, preciso dizer alguma coisa, qualquer coisa...

— Ensino — respondo.

Sofia parece cética.

— Pedagogia, você quer dizer?

Ela pronuncia a palavra bem devagar — pe-da-go-gi-a —, como se suspeitasse de que eu a estou ouvindo pela primeira vez.

— Sim. Quero dar aulas para crianças pequenas.

— Ensino básico?

— Exatamente.

— Minha mãe é professora da quarta série! — declara Adrian, encantado. — Ela cursou pedagogia também!

— Sério?! — Que bom que meu rosto está vermelho por causa da corrida, pois tenho certeza de que estou pegando fogo de vergonha.

— É a mais nobre das profissões — declara Ignacio. — Escolha maravilhosa, Mallory.

A esta altura, estou desesperada para mudar de assunto, para dizer algo — *qualquer* coisa — que não seja mentira.

— Suas flores são lindas — comento. — Corro todos os dias em frente à casa de vocês só para olhar para elas.

— Pois eis a pergunta de um milhão de dólares — diz Ignacio. — Qual é sua favorita?

Adrian explica se tratar de um jogo que seus pais fazem com os visitantes.

— O conceito é que a sua flor favorita diz algo sobre a sua personalidade. Feito um horóscopo.

— São todas muito lindas — digo a eles.

Sofia se recusa a pegar leve comigo.

— Tem que escolher uma. Aquela que você gostar mais.

Aponto então para as flores alaranjadas que acabam de surgir, aquelas que estão crescendo na treliça.

— Não sei o nome, mas elas me lembram de uns pequenos cones de trânsito.

— Videiras de trombeta — diz Adrian.

Ignacio parece encantado.

— Ninguém nunca escolhe as videiras de trombeta! É uma flor linda, muito versátil e fácil de cuidar. É só deixar um pouco no sol e dar água, nem precisa ficar muito em cima delas. Elas sabem cuidar de si mesmas, são muito independentes.

— Mas também tem um quê de erva daninha — acrescenta Sofia.

— Algo difícil de controlar.

— O nome disso é vitalidade! — diz Ignacio. — É bom!

Adrian olha aflito na minha direção, como quem diz "olha só o que eu tenho que aturar", e sua mãe lembra aos dois que estão muito atrasados e precisam sair. Fazemos nossas despedidas apressadas, regadas a prazer-e-até-logo, e volto a caminhar para casa.

Alguns segundos depois, a BMW preta passa por mim e Ignacio buzina. Sofia continua a olhar para a frente, impassível. Adrian acena para mim pela janela de trás e visualizo algo do menino que ele foi — viajando com os pais no banco traseiro do carro, andando de bicicleta pela sombra daquelas calçadas, entendendo as belas ruas ladeadas por árvores como uma espécie de direito de nascença seu. Tenho a impressão de que sua infância foi perfeita e de que viveu uma vida sem absolutamente nenhum arrependimento.

De alguma forma cheguei aos vinte e um anos sem nunca ter tido um namorado de verdade. Claro, já estive com homens — quando se é uma mulher viciada em drogas de aparência razoavelmente comum, sempre há uma forma garantida de se conseguir mais drogas —, mas nunca tive nada que se aproximasse de um relacionamento tradicional.

Mas na versão cinematográfica estilo Hallmark da minha vida — em uma realidade alternativa na qual cresci em Spring Brook, com pais gentis, ricos e bem-educados como Ted e Caroline —, meu namorado ideal seria alguém bem parecido com Adrian. Uma graça, divertido e esforçado. E, enquanto caminho, começo a fazer contas mentais, tentando calcular em que dia se completarão duas semanas e ele voltará para trabalhar no quintal dos Maxwell.

Não faltam crianças pequenas em Spring Brook, mas não consegui apresentar Teddy a nenhuma delas. No fim do nosso quarteirão, há um grande parquinho cheio de balanços, gira-giras e crianças de cinco anos berrando — mas Teddy não quer nada com elas.

Certa manhã de segunda-feira, estamos os dois sentados em um banco do parque, observando um grupo de meninos "pilotando" seus carrinhos de brinquedo no escorrega. Estimulo Teddy a ir brincar com eles.

— Não tenho carrinhos — responde.

— Pede um emprestado para eles.

— Não quero pegar emprestado.

Ele se esparrama ao meu lado no banco, irritado.

— Teddy, por favor.

— Com você eu brinco. Com eles, não.

— Você precisa de amigos da sua idade. Daqui a dois meses, você vai para a escola.

Mas não há como convencê-lo. Passamos o resto da manhã brincando de Lego em casa. Depois ele almoça e vai para o quarto para a Hora do Silêncio. Sei que deveria aproveitar a oportunidade para limpar a cozinha, mas é difícil reunir energia para isso. Não dormi bem ontem à noite — os fogos do 4 de Julho foram até tarde — e me bateu uma sensação de derrota ao discutir com Teddy.

Decido me deitar no sofá por alguns minutos e, quando me dou conta, Teddy está em cima de mim, me sacudindo para eu acordar.

— A gente pode ir pra piscina agora?

Sento-me e percebo que a luz na sala está diferente. São quase três da tarde.

— Sim, é claro. Vai pegar sua roupa de banho.

Ele me entrega um desenho e sai correndo. É o mesmo matagal denso e escuro do anterior — só que, dessa vez, o homem despeja terra com uma pá dentro de um grande buraco, ao fundo do qual jaz, todo retorcido, o corpo de Anya.

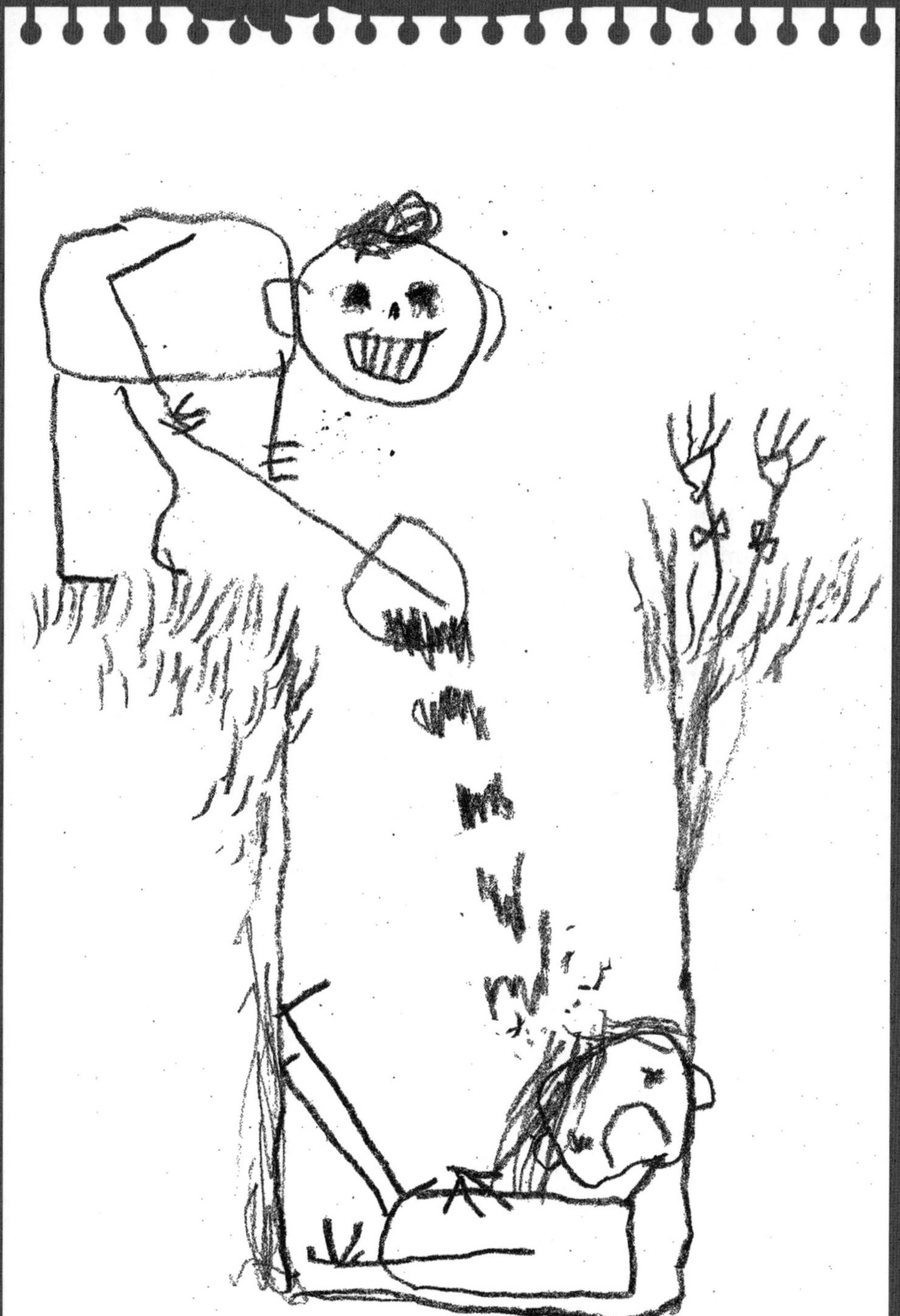

Teddy volta para a sala vestido com a roupa de banho.
—Vamos?
—Só espera um pouquinho, Teddy. O que é isso?
—O que é o quê?
—Quem é essa pessoa? Dentro do buraco.
—É a Anya.
—E o homem, quem é?
—Não sei.
—Está enterrando ela?
—Na floresta.
—Por quê?
— Porque ele roubou a garotinha da Anya — diz Teddy. — Ah, posso comer melancia antes de ir pra piscina?
—Claro, Teddy, mas por que...

Tarde demais. Ele já foi correndo até a cozinha para abrir a geladeira. Vou atrás e encontro-o na ponta dos pés, tentando alcançar a prateleira do alto, onde há uma suculenta melancia já cortada. Ajudo-o a carregá-la até a bancada e uso uma faca para tirar uma fatia. Teddy nem sequer espera por um prato; agarra a fatia e sai comendo.

—Ursinho, me conta uma coisa. O que mais a Anya te falou? Sobre o desenho?

Sua boca está cheia de melancia e o suco avermelhado escorre pelo queixo.

— O homem cavou um buraco pra ninguém encontrar ela — diz, dando de ombros. — Mas pelo jeito ela conseguiu sair.

# 8

Naquela noite, a família toda sai para jantar. Caroline me convida para ir junto, mas digo que preciso correr e fico zanzando pelo chalé até ouvir o ruído do carro descendo de ré a entrada da casa.

E então cruzo o gramado rumo à casa ao lado.

Mitzi tem uma das menores casas do quarteirão, um rancho de tijolos vermelhos, teto de metal e persianas de rolo cobrindo totalmente todas as janelas. No meu antigo bairro, South Philly, a residência dela se encaixaria perfeitamente, mas aqui, na abastada Spring Brook, fica totalmente deslocada. As calhas de chuva enferrujadas balançam, ervas brotam das rachaduras da calçada e uma visita do Rei da Grama cairia bem no quintal todo irregular. Caroline já comentou mais de uma vez que mal pode esperar para Mitzi se mudar dali. Um empreiteiro poderia então pôr a casa abaixo e recomeçar do zero.

Colado à porta da frente há um pequeno bilhete escrito à mão: BEM-VINDOS, CLIENTES. POR FAVOR USEM A ENTRADA DOS FUNDOS. Tenho que bater três vezes até Mitzi enfim aparecer. Ela mantém a corrente engatada e espia pela fresta de dois centímetros.

— Sim?

— É a Mallory. Aqui da casa ao lado.

Ela desengata a corrente e abre a porta.

— Meu Deus do céu, Virgem Maria, você me deu um susto desgraçado! — Está vestida com um quimono roxo e segura firme uma lata de spray de pimenta. — O que você tem na cabeça para vir bater na minha porta tão tarde?

Mal passou das sete horas e as meninas que moram um pouco mais à frente continuam na calçada pulando amarelinha. Ofereço um pratinho de cookies coberto por plástico filme.

— Teddy e eu fizemos biscoitos de gengibre.

Seus olhos se arregalam.

— Vou fazer café.

Ela agarra meu pulso e me puxa para uma sala de estar escura. Tenho que piscar para me acostumar à penumbra. A casa é suja. Há no ar um cheiro desagradável, rançoso, meio de maconha, meio de armário de colégio. O sofá e as poltronas são cobertos por capas de plástico transparente, mas uma camada de sujeira é visível nas superfícies, como se há meses ninguém os retirasse dali.

Mitzi me conduz à cozinha, nos fundos da casa, que me parece um pouco mais agradável. Lá as persianas estão abertas e as janelas têm vista para a mata. Plantas-aranha pendem do teto em cestos, suas longas gavinhas cheias de folhas se projetando das bordas. Os armários e eletrodomésticos parecem saídos direto dos anos 1980 e tudo parece familiar, aconchegante, como a cozinha dos meus vizinhos em South Philly. Espalhadas pela mesa de fórmica da cozinha estão folhas de jornal e várias peças lubrificadas de metal preto, entre as quais uma mola, uma lingueta e um cabo. Percebo que, se uma pessoa acoplasse estas peças na ordem correta, o resultado seria uma pistola.

— Você me pegou no meio da limpeza — explica Mitzi, e num movimento amplo do braço empurra tudo para um canto da mesa, misturando todas as peças. — Como você prefere o seu café?

— Você tem descafeinado?

— Eca, não, nunca! É igual a tomar uma xícara de produtos químicos. Vamos tomar o bom e velho Folgers.

Não quero contar a ela que estou em recuperação. Limito-me a dizer que minha sensibilidade à cafeína é muito alta. Mitzi garante que não será uma xicrinha que vai me fazer mal e creio que provavelmente está certa.

— Eu tomo com um pouco de leite, se você tiver.
— Vamos fazer meio a meio. O sabor fica mais acentuado.

Um velho relógio em forma de gato pende da parede, com sorriso matreiro e cauda balançando para lá e para cá. Mitzi liga na tomada uma máquina Mr. Coffee ancestral e enche seu reservatório de água.

— Como estão as coisas aí ao lado? Está gostando do emprego?
— É bom.
— Aqueles pais devem deixar você maluca.
— Eles são legais.
— Sinceramente, não sei nem por que aquela mulher trabalha. O marido certamente ganha muito bem. E o Hospital dos Veteranos não paga porcaria nenhuma. Por que não fica em casa? Quem ela está tentando impressionar?
— Talvez...
— Na minha opinião, tem mulher que não quer ser mãe. Querem ter filhos, querem a foto bonitinha para botar no Facebook. Mas a *experiência* de ser mãe de fato, será que elas querem?
— Bom...
— Uma coisa te digo: o menino é uma graça. Dá vontade de apertar. Se eles me pedissem com educação, se me tratassem com o mínimo de cortesia, eu seria babá dele de graça. Mas esse é o problema desses milênios, sei lá como se fala! Não têm valores!

Ela continua a falar enquanto esperamos pelo café, dividindo comigo suas queixas sobre o mercado Whole Foods (não vale o preço), as vítimas reveladas pelo #MeToo (chiliquentas e mimadas) e o horário de verão (a Constituição não fala nada sobre isso). Começo a pensar se não foi um erro ter ido visitá-la. Preciso conversar com alguém e não sei bem se Mitzi é capaz de ouvir. Estou desenvolvendo uma teoria sobre os desenhos de Teddy, mas não quero preocupar Russell. E aos Maxwell, ateus devotos, sem dúvida não dá para contar. Sei que não levarão em conta as minhas ideias. Mitzi é minha última e maior esperança.

— Você pode me contar mais sobre a Annie Barrett?

Com isso, consigo que ela se cale.

— Por que você está perguntando?

— Só estou curiosa.

— Não, meu bem, essa pergunta é muito específica. E me desculpe a franqueza, mas você não parece estar lá muito bem.

Faço Mitzi me prometer que não dirá nada — em especial aos Maxwell — e ponho então na mesa o mais recente desenho de Teddy.

— O Teddy está fazendo uns desenhos muito estranhos. Disse que essas ideias vêm da amiga imaginária dele. O nome dela é Anya, e ela aparece no quarto quando ninguém mais está por perto.

Mitzi examina os desenhos e uma sombra se forma sobre seu rosto.

— E por que você está perguntando sobre a Annie Barrett?

— Bem, é que os nomes são tão semelhantes. Anya, Annie. Eu sei que é normal as crianças terem amigos imaginários. Muitas têm. Mas Teddy diz que a Anya foi quem lhe mandou fazer esses desenhos. Um homem arrastando uma mulher pelo mato. Um homem enterrando o corpo de uma mulher. E Anya disse ao Teddy para me dar os desenhos.

Um silêncio se estabelece na cozinha — o mais longo silêncio que já vivenciei na presença de Mitzi. Só se ouve o gorgolejar da Mr. Coffee e o *tec-tec-tec* constante do relógio. Mitzi estuda as ilustrações com afinco — quase como se tentasse enxergar *além* delas, além das marcas do lápis, dentro das fibras do papel. Não tenho certeza se ela entende totalmente qual é minha suspeita e por isso a digo com todas as letras.

— Sei que parece loucura, mas estou me perguntando se o espírito da Anya não estaria de alguma forma preso à propriedade. E se ela está tentando se comunicar através do Teddy.

Mitzi se levanta, vai até a cafeteira e enche duas xícaras. Com mãos trêmulas, as traz de volta à mesa. Ponho um pouco de creme e tomo um gole. É o café mais forte e mais amargo que já provei. Mas bebo mesmo assim. Não quero insultá-la. Estou desesperada para que alguém ouça minha teoria e me diga que não estou louca.

— Já fiz leituras a esse respeito — Mitzi enfim diz. — Historicamente, crianças sempre são mais receptivas à comunidade de espíritos. A mente de uma criança não tem todas as barreiras que nós adultos erguemos.

— Então... é possível?

— Depende. Você já mencionou algo aos pais dele?

— São ateus. Acham...

— Ah, sei como é, se acham mais inteligentes do que todo mundo.

— Quero pesquisar mais antes de me sentar com eles. Tentar ligar os pontos. Talvez algo nesses desenhos tenha relação com a história da Annie Barrett. — Inclino-me sobre a mesa, falando mais rápido. Já percebo o efeito da cafeína no meu sistema nervoso central. Meus pensamentos estão mais afiados, minha pulsação, acelerada. O gosto amargo já não me incomoda e tomo outro gole. — Segundo o Teddy, o homem nesses desenhos roubou a garotinha da Anya. Sabe se a Annie teve filhos?

— É uma pergunta bem interessante — diz Mitzi. — Mas a resposta vai ficar mais clara se eu começar do princípio. — Ela se acomoda na cadeira, procurando uma posição confortável, e põe um biscoito na boca. — Mas lembre-se de que Annie Barrett morreu antes de eu nascer. Estas são histórias que ouvi quando era mais nova. Não posso garantir que sejam verdadeiras.

— Tudo bem. — Tomo mais um gole de café. — Pode contar tudo.

— O verdadeiro dono da casa onde você está morando era um homem chamado George Barrett. Era engenheiro da DuPont, a química, lá em Gibbstown. Era casado, tinha três filhas, e a prima dele, Annie, veio morar aqui em 1946, logo depois da Segunda Guerra. Se instalou na casa de hóspedes e a usava como uma espécie de ateliê e quarto. Tinha a sua idade, mais ou menos, era muito bonita, tinha cabelo preto comprido, de uma beleza estonteante. Todos os soldados voltando da guerra ficavam malucos por ela, esqueciam das antigas namoradas. Começaram a aparecer noite e dia na casa do George, perguntando se a prima dele podia conversar. Mas a Annie era tímida, reservada, na dela. Não dançava, não ia ao cinema, recusava todos os convites. E não ia sequer à igreja, o que naquela época pegava muito mal. Ficava o dia todo no chalé, pintando. Ou caminhava por Hayden's Glen, à procura de modelos. E pouco a pouco toda a cidade passou a se voltar contra ela. Começaram a espalhar que era mãe solteira, que pusera a criança para adoção e se mudara para Spring Brook em desgraça. Aí os rumores começaram a piorar. Gente dizendo que era uma bruxa, seduzia todos os maridos, os levava para o mato e fazia sexo com eles. — Mitzi ri do absurdo da ideia. — Porque conversa de mulher é isso aí mesmo. Tenho certeza de que todas as mamães aqui da quadra falam a mesma coisa de mim!

Ela toma mais um gole de café e continua:

— Pois bem, um dia o George Barrett foi ao chalé, bateu na porta e nada. Entrou e viu sangue por toda parte. Em cima da cama, pelas paredes. Disse ao meu pai que tinha até nas vigas. Mas nada do corpo. Nenhum sinal da Annie em lugar algum. George chamou a polícia, a cidade toda vasculhou a floresta, checaram as trilhas, jogaram redes nos riachos, trouxeram cães farejadores, tudo a que tinha direito. E sabe o que encontraram? Nada. Ela desapareceu. Fim da história.

— Mais alguém morou no chalé desde os anos 1940?

Mitzi faz que não com a cabeça.

— Meus pais diziam que o George quase pôs o chalé abaixo. Queria apagar a lembrança da tragédia. Acabou preferindo transformá-lo em um depósito de ferramentas. E, como te disse, quando eu era nova, nos anos 1950, 1960, a gente chamava de Casa do Diabo. Todos nós tínhamos medo dela. Mas era só uma lenda urbana, uma história mirabolante no nosso próprio quintal. Ver algo realmente assustador, eu nunca vi.

— E os donos seguintes? Depois da morte do George?

— Bem, depois da morte dele, a esposa vendeu a casa para Butch e Bobbie Hercik. Foram meus vizinhos por quarenta anos. Foram eles que construíram a piscina em que você nada com o Teddy. Éramos muito próximos, ótimos amigos.

— Tiveram filhos?

— Três meninas, dois meninos, zero problema. E eu era próxima da Bobbie. Se os filhos dela estivessem desenhando gente morta, ela teria me dito. — Mitzi toma mais um gole do café. — Claro, eles tiveram o bom senso de não mexer com o chalé. Talvez os Maxwell, ao fazerem a obra, tenham perturbado algo. Liberado alguma espécie de energia hostil.

Fico imaginando como seria abordar Ted e Caroline e alertá-los sobre a hipótese de terem liberado um espírito malévolo. Com certeza começariam a procurar uma nova babá nos classificados. E aí, o que eu faria? Para onde iria? Meu coração dispara, como se fosse um motor em aceleração com a marcha em ponto morto, e pouso a mão no peito.

Preciso relaxar.

Preciso me acalmar.

Preciso parar de beber café.

— Se importaria se eu usasse o banheiro?

Mitzi aponta na direção da sala de estar.

— Primeira porta à esquerda. Para acender a luz tem que puxar a cordinha. Você vai ver.

O banheiro é pequeno e claustrofóbico, com uma antiga banheira de pés de garra encasulada por cortinas de vinil. Bastou acender a luz para uma traça deslizar pelo azulejo e desaparecer dentro de uma rachadura no rejunte. Inclino-me sobre a pia, ligo a torneira e molho o rosto com água gelada. Meus batimentos se estabilizam e procuro uma toalha de rosto, mas percebo que estão todas cobertas por uma fina camada de poeira, como se não fossem tocadas há anos. Há um roupão rosa de tecido felpudo pendurado atrás da porta e uso sua manga para secar o rosto.

Abro então o armário de remédios de Mitzi e dou uma rápida olhada. Na minha época de escola vivia bisbilhotando o banheiro dos outros. É inacreditável como as pessoas deixam medicamentos controlados largados sem cuidado algum. Conseguia afanar comprimidos e às vezes vidros inteiros sem ninguém desconfiar. E, com o coração disparado e as pernas tremendo, a sensação não é muito diferente daqueles dias. O armário de medicamentos de Mitzi mais parece a porra de uma farmácia de tão cheio, com quatro prateleiras repletas de cotonetes, chumaços de algodão, curativos de alginato, vaselina, pinças, antiácidos e tubos semiespremidos de antifúngico e hidrocortisona. Mais uns doze vidros alaranjados de medicamentos controlados que vão de Lipitor a Euthyrox, de amoxicilina a eritromicina. E bem, bem, beeeem lá atrás, muito bem escondida, minha velha amiga, a oxicodona. Tinha a suspeita de que a encontraria. Hoje em dia praticamente todo mundo tem Oxy em casa, um frasco pela metade de comprimidos que sobrou de alguma cirurgia de pequeno porte. E poucos reparam se esses comprimidos desaparecem...

Giro a tampa e espio dentro do frasco: vazio. Mitzi bate na porta nesse momento e por pouco não deixo cair tudo na pia.

— Quando der a descarga, fica segurando a manivela, tá? Essa válvula está com problema.

— Claro — digo a ela. — Deixa comigo.

E de repente sinto raiva de mim mesma por ter bisbilhotado, por ter recaído. Sinto como se Mitzi tivesse me pegado no flagra. Ponho a culpa no café — nunca deveria ter tomado aquilo. Ponho o frasco de volta no lugar, abro a torneira e tomo longos goles de água gelada, na esperança de diluir as toxinas no meu corpo. Estou envergonhada de mim mesma, sóbria há dezenove meses e fuxicando o armário de remédios de uma senhora. Que diabos está acontecendo comigo? Dou descarga e seguro a manivela até a água descer.

Quando volto à cozinha, Mitzi me espera à mesa com uma tábua de madeira cheia de letras e números. Percebo se tratar de algum tipo de tabuleiro Ouija — mas não se parece em nada com as frágeis versões de cartolina de que me lembro da infância, quando dormia na casa das minhas amigas. Esta é uma sólida placa de carvalho com símbolos misteriosos entalhados. Parece menos com um brinquedo e mais com uma tábua de açougueiro.

— Estou pensando o seguinte — diz Mitzi. — Se esse espírito quer te contar algo, vamos cortar o intermediário. Esquece o Teddy e vamos contatá-la diretamente.

— Como numa sessão espírita?

— Prefiro o termo "encontro". Mas não aqui. No seu chalé os resultados serão melhores. Que tal amanhã?

— Tenho que cuidar do Teddy.

— Verdade, eu sei, a gente precisa envolvê-lo. Esse espírito se apegou a ele. Nossa chance de comunicação é muito maior se ele estiver junto.

— De jeito nenhum, Mitzi. Isso não.

— Por que não?

— Os pais dele vão me matar.

— Eu falo com eles.

— Não, não, não — digo a ela, o pânico se insinuando na minha voz. — Você me prometeu que não diria nada a eles. Por favor, Mitzi. Não posso perder esse emprego.

— Por que toda essa preocupação?

Conto a ela sobre as Regras da Casa na minha entrevista de emprego, como fui contratada para ensinar ciência, não religião ou superstição.

— Não posso levar o Teddy a uma sessão espírita.

Mitzi tamborila sobre os desenhos.

— Esses desenhos não são normais, meu bem. Algo estranho está acontecendo naquela casa.

Pego os desenhos de volta, enfio-os na bolsa e agradeço pelo café. Sinto de novo a pulsação acelerar — mais taquicardia. Agradeço a Mitzi pelo conselho e abro a porta dos fundos para sair.

— Só não conte nada pra eles, ok? Estou confiando em você para guardar o segredo.

Ela guarda a tábua de madeira em um estojo de veludo preto.

— A oferta está de pé se você mudar de ideia. E eu garanto que isso vai acontecer.

Às oito estou de volta ao chalé. Às quatro da manhã continuo acordada. Impossível pegar no sono. O café foi um equívoco desastroso. Tento todos os truques de sempre — respirar fundo, um copo de leite morno, uma ducha quente demorada — e nada. Os mosquitos não dão trégua e a única forma de parar de ouvi-los é cobrir minha cabeça com o lençol, o que expõe meus pés ao relento. Estou muito decepcionada comigo mesma. Não acredito que abri a merda do armário. Fico me virando de um lado para o outro, obcecada com aqueles dois minutos no banheiro de Mitzi, tentando identificar o momento exato em que meu cérebro entrou no piloto automático. Achei que era capaz de controlar meu vício, mas aparentemente continuo a ser a Mallory Topa-Tudo, aquela que remexe armários de medicamentos procurando maneiras de ficar doidona.

Acordo com o despertador às sete da manhã, me sentindo grogue e envergonhada de mim mesma — e decidida a nunca mais ter outra recaída.

Café nunca mais, para todo o sempre.

Chega de ficar obcecada com os desenhos.

E não quero mais falar de Annie Barrett.

Felizmente, quando entro na casa, há uma crise recém-iniciada para distrair minha atenção. Os lápis de carvão favoritos de Teddy desapareceram e ele não os acha em lugar nenhum. Vamos à loja de materiais de desenho comprar mais e, assim que voltamos, ele sobe as escadas para a Hora do Silêncio. Continuo exausta da noite mal-dormida, vou até a sala e capoto no sofá. Minha intenção é fechar os olhos só por alguns minutos, mas de novo só acordo com Teddy me sacudindo.

— Você tá dormindo de novo!

Levanto-me na mesma hora.
— Desculpa, Ursinho Teddy!
— A gente vai pra piscina?
— Claro. Vai botar a roupa de banho.

Sinto-me mil vezes melhor. O cochilo foi o tempo exato para recarregar as minhas energias, para me trazer de volta ao normal. Teddy corre para pegar a roupa de banho e vejo que deixou um novo desenho de cabeça para baixo na mesa da cozinha. E sei que é ali que devo deixá-lo. Que a mãe ou o pai lidem com essa questão. Mas não consigo. A curiosidade é maior. Viro o papel para cima e é a gota d'água.

Olha, sei que há muitos tipos de pais — pais liberais e conservadores, pais ateus e religiosos, pais que ficam em cima dos filhos, pais que não param de trabalhar um instante e pais muito tóxicos. E sei que todos esses pais tão diferentes têm ideias radicalmente distintas sobre a melhor forma de criar os filhos. Mas quando observo este desenho e vejo Anya com os olhos cerrados e duas mãos apertando seu pescoço — bem, creio que todos os pais concordariam que isso é doentio!

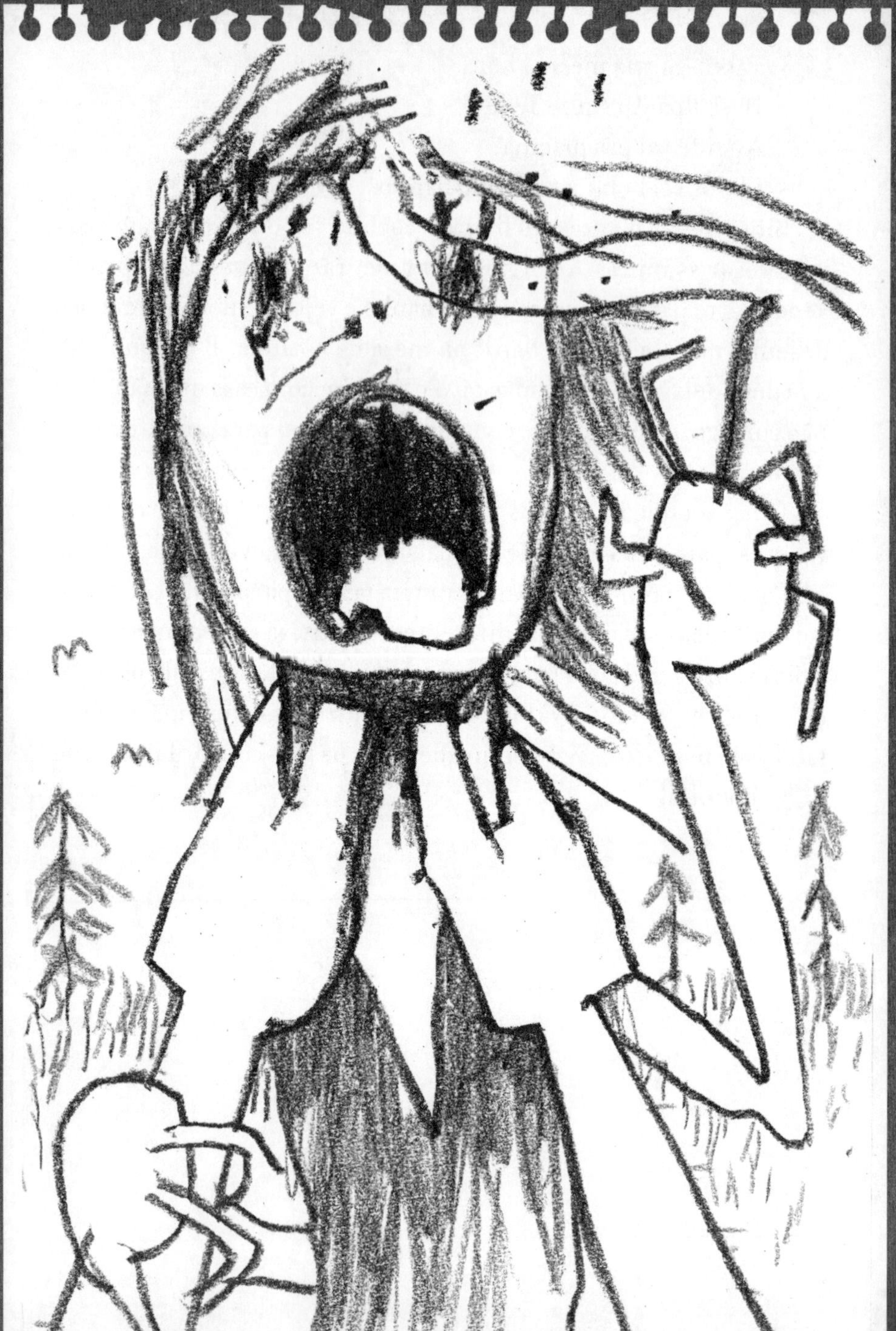

# 9

Caroline volta do trabalho às cinco e meia e resisto à tentação de emboscá-la logo que põe o pé em casa. Está ocupada, distraída, precisa ir falar com o filho e fazer o jantar. Portanto, quando me pergunta como foi nosso dia, limito-me a sorrir e dizer que foi tudo bem.

Saio para correr, mas continuo cansada da noite anterior e após meia hora desisto. Passo pelo Castelo das Flores, mas nem sinal de Adrian ou de sua família. Volto para casa e tomo banho. Ponho um burrito congelado no micro-ondas e tento me entregar a um filme do Hallmark. Mas estou distraída demais para me concentrar. Minha mente retorna o tempo todo ao último desenho, à imagem das mãos apertando forte a garganta de Anya.

Espero dar nove da noite, para ter certeza de que Teddy esteja dormindo no quarto. Pego então os três desenhos mais recentes e saio do chalé. Ouço vozes sussurrando ao vento e reconheço duas silhuetas sentadas à beira da piscina. Ted e Caroline, ambos com roupões brancos, compartilham uma garrafa de vinho. Parecem aqueles casais felizes que vemos em anúncios de cruzeiro — como se tivessem acabado de embarcar numa excursão de sete dias da Royal Caribbean. Caroline está deitada no colo de Ted, que lhe massageia delicadamente os ombros.

— Só um mergulhinho — diz ele. — Para relaxar.

— Já estou relaxada.
— Então vamos subir?
— E o Teddy?
— Que que tem o Teddy? Está dormindo.

Piso suavemente na grama macia e já atravessei meio quintal quando piso no topo de um irrigador. Meu tornozelo vira e caio sobre meu cóccix, batendo com o cotovelo no chão, e não tenho como evitar um grito de dor.

Caroline e Ted vêm correndo pelo gramado.

— Mallory? Está tudo bem?

Minha mão aperta meu cotovelo. A dor é tão repentina e cortante que só posso estar sangrando. Mas quando ergo os dedos para olhar, a pele está machucada, mas não rasgada.

— Tudo bem, eu só tropecei.
— Vamos ali onde tem luz — diz Ted. — Consegue se levantar?
— Me dá só um minuto.

Ted não espera. Passa o braço sob meus joelhos, ergue-se e me carrega como se eu fosse uma criança. Me leva até o deque da piscina e me acomoda com delicadeza em uma das cadeiras do pátio.

— Estou bem — digo a eles. — De verdade.

Caroline inspeciona meu cotovelo, em todo caso.

— O que você está fazendo no quintal? Precisa de algo?
— Pode esperar.

Apesar de tudo, consegui não deixar cair os três desenhos, e Caroline os vê.

— São do Teddy?

A essa altura concluo que não tenho nada a perder.

— Ele me pediu para não mostrar pra vocês. Mas acho que deveriam dar uma olhada.

Caroline estuda os desenhos e fica de queixo caído. Então os empurra para a mão do marido.

— Isso é culpa *sua* — diz ela.

Ted vê o primeiro desenho e ri.

— Ai ai ai... essa pessoa está sendo estrangulada?

— Sim, Ted, está sendo assassinada, e o corpo, sendo arrastado pelo mato. E eu só posso imaginar de onde o nosso menino tão querido está tirando essas ideias terríveis.

Ted ergue as mãos como quem se rende.

— Os irmãos Grimm — explica. — Eu leio uma história diferente para ele toda noite.

— Não as versões da Disney — conta Caroline. — As histórias originais são bem mais violentas. Sabe aquela cena de *Cinderela* em que a irmã de criação má experimenta o sapatinho de cristal? No original, para caber, ela decepa os dedos do pé. O sapatinho fica ensopado de sangue. É horrível!

— Ele é menino, Caroline. Meninos adoram essas coisas!

— Não quero saber. Não é saudável. Amanhã vou à biblioteca pegar alguns livros de histórias da Disney. Nada de estranguladores ou assassinatos, só diversão pura e gostosa, censura livre.

Ted vira a garrafa de vinho na taça e serve uma dose especialmente generosa.

— Para mim, horror foi o que você acabou de dizer. Mas quem sou eu para saber de alguma coisa? Sou só o pai do menino.

— E eu, a psiquiatra profissional.

Os dois me encaram como se estivessem me esperando escolher um lado, declarar qual dos dois está certo.

— Acho que isso não vem de contos de fadas — opino. — Teddy contou que é a Anya quem dá essas ideias. Ele fala que a Anya diz a ele o que desenhar.

— Mas é claro que ele fala isso — rebate Caroline. — Teddy sabe que nós não aprovaríamos esses desenhos. Sabe que é errado desenhar mulheres sendo estranguladas, assassinadas e enterradas. Mas se a Anya diz que tudo bem, ele tem permissão para fazer. Ele consegue acessar uma espécie de dissonância cognitiva.

Ted meneia a cabeça junto com a esposa, como quem considera que tudo faz total sentido, mas estou perdida. Dissonância cognitiva?

— Teddy diz que está desenhando a história da Anya. Diz que o homem no desenho roubou a menininha da Anya.

— Isso é puro irmãos Grimm — explica Ted. — Metade das histórias deles tem algum desaparecimento de criança. João e Maria, o Flautista de Hamelin, a Madrinha Morte...

— A Madrinha Morte? — Caroline balança a cabeça, desgostosa. — Por favor, Ted. Essas histórias... isso está passando do limite. Chega disso.

Ted dá mais uma olhada nos desenhos e enfim se rende.

— Tudo bem, então. De agora em diante, vou me ater ao Dr. Seuss. Ou Richard Scarry. Mas me recuso a ler essa porcaria de *Os Ursos Berenstain*. Esse é meu limite. — Ele envolve Caroline com o braço e aperta seu ombro. — Você venceu, ok, amor?

E age como se agora estivesse tudo resolvido, como se já pudéssemos ir todos para dentro e dar a noite por encerrada. Mas minha preocupação é que, se não fizer minha pergunta agora, talvez nunca mais tenha outra oportunidade.

— Eu só tinha pensado numa outra possibilidade — menciono. — E se a Anya for a Annie Barrett?

— Quem? — pergunta Caroline, parecendo confusa.

— A mulher assassinada no meu chalé. Na década de 1940. E se, durante a Hora do Silêncio, quando Teddy vai para o quarto, ele se comunica com o espírito dela?

Ted ri como se eu tivesse feito uma piada — e Caroline o fuzila mais uma vez com o olhar.

— Você está falando sério? Seria tipo um fantasma?

Agora não há mais como voltar atrás. Preciso expor minha tese:

— Os nomes são tão semelhantes. Annie e Anya. Além disso, vocês disseram que Teddy nunca gostou de desenhar em Barcelona. Mas assim que voltaram para os Estados Unidos, logo que se mudaram para *esta casa*... a casa onde Annie Barrett desapareceu, ele de repente começou a desenhar feito louco. Você usou exatamente essas palavras: "feito louco".

— Só quis dizer que ele tem uma imaginação fértil.
— Mas ele fala com alguém. No quarto. Fico na porta escutando, e são conversas longas.

Caroline fecha os olhos.

— Você ouve o fantasma também? Você ouve a voz triste e sinistra da Annie Barrett falando com o meu filho?

Admito que não, e Caroline reage como se isso provasse algo.

— Porque ele está falando com ele mesmo, Mallory. É um sinal de inteligência. Crianças talentosas fazem isso o tempo todo.

— Mas e os outros problemas dele?

— Problemas? Teddy tem problemas?

— Ele faz xixi na cama. Usa a mesma camiseta listrada todos os dias. Se recusa a brincar com outras crianças. E agora está fazendo desenhos em que uma mulher é morta. É só ligar os pontos, Caroline. Não sei. Fico preocupada. Acho que vocês deveriam ir a um especialista.

— *Eu* sou a especialista — diz Caroline, e percebo tarde demais ter pisado no seu calo.

Ted pega a taça dela e a enche.

— Aqui, meu amor.

Ela recusa com um gesto.

— Sou inteiramente capaz de avaliar a saúde mental do meu filho, pode ter certeza.

— Eu sei...

— Ah, é? Pois não parece.

— Eu só fico preocupada. Teddy é um menino tão doce, gentil, inocente. Mas esses desenhos parecem vir de algum lugar diferente. Parecem obscenos. Impuros. Mitzi acha...

— Mitzi? Você mostrou esses desenhos à Mitzi?

— Ela acha que talvez vocês tenham perturbado algo. Quando reformaram a casa de hóspedes.

— Você falou com a *Mitzi* antes de nos procurar?

— Porque eu sabia que você reagiria assim!

— Se você quer dizer racionalmente, sim, está certa, não acredito numa palavra do que aquela mulher diz. E você também não deveria. Ela é um caco, Mallory. Uma drogada toda fodida!

As palavras pairam no ar entre nós. Eu nunca tinha ouvido Caroline dizer um palavrão antes. Nunca a ouvira usar este tipo de linguagem para descrever uma viciada.

— Olha só — diz Ted. — Mallory, nós ficamos gratos pela preocupação. — Ele repousa a mão no joelho da esposa. — Não é verdade, amor? Acreditamos muito em comunicação honesta.

— Mas *não* vamos culpar fantasmas pelo fato de Teddy fazer xixi na cama — completa Caroline. — Você entende, não é? O estado revogaria a minha licença. Xixi na cama é normal. Ser tímido é normal. Ter uma amiga imaginária é normal. E esses desenhos...

— Mamãe?

Viramos todos e lá está Teddy — do outro lado da cerca da piscina, vestido com seu pijama de bombeiro e segurando seu boneco do Godzilla. Não faço ideia há quanto tempo está ali ou quanto ouviu.

— Não estou conseguindo dormir.

— Volta para o seu quarto e continua tentando — diz Caroline.

— Está tarde, garotão — complementa Ted.

O filho deles olha para os pés descalços. A luz da piscina recobre seu corpo de um lúgubre brilho azulado. Parece ansioso, como se talvez não quisesse voltar sozinho.

— Vai — insiste Caroline. — Daqui a vinte minutos vou ver como você está. Mas você precisa tentar sozinho.

— Ah, e olha só, filhote — grita Ted. — Chega de desenhar a Anya, tá? Você está assustando a Mallory.

Teddy se vira para mim. Seu olhar é de mágoa, olhos esbugalhados pela traição.

— Não, não, não — digo a ele. — Não tem prob...

Ted exibe os três desenhos.

— Ninguém quer ver esse tipo de coisa, filhote. Assusta demais. Daqui em diante, desenhe coisas legais, ok? Cavalos, girassóis.

Teddy se vira e sai correndo pelo gramado.

Caroline dá uma bronca no marido.

— Essa *não* era a maneira de lidar com a questão.

Ted dá de ombros e toma mais um gole de vinho.

— O menino ia ouvir isso mais cedo ou mais tarde. Daqui a dois meses vai estar na escola. Você não acha que as professoras vão ter as mesmas preocupações?

Ela se levanta.

— Vou entrar.

Faço o mesmo.

— Desculpe, Caroline, não quis ofender. Só estava preocupada.

Ela não para nem se vira. Continua a passos firmes na direção da casa.

— Tudo bem, Mallory. Boa noite.

Mas obviamente não está tudo bem. Dessa vez foi ainda pior do que na ocasião anterior em que ela gritara comigo. Está tão furiosa que nem olha para mim. E me sinto uma idiota por chorar, mas não consigo evitar.

Por que eu tinha que mencionar Mitzi?

Por que não fiquei de boca fechada?

Ted me puxa para perto dele e me deixa repousar a cabeça em seu peito.

— Olha só, está tudo bem, você só estava sendo honesta. Mas quando se trata da criação dos filhos, a mãe sempre está certa. Mesmo quando está errada. Entende o que eu digo?

— Só estou preocupada...

— Deixe a Caroline se preocupar. Ela já se preocupa o suficiente por vocês duas. Ela é superprotetora com o Teddy, você não notou? Demorou muito para a gente conseguir tê-lo. Deu muito trabalho. E todo o suplício... acho que ela ficou se sentindo insegura. Além de tudo isso, ela voltou a trabalhar, então mais uma razão para se sentir culpada! Então sempre que alguma coisa dá errado, minha esposa leva para o lado pessoal.

Nunca havia parado para pensar em nada daquilo, mas tudo o que Ted diz soa verdadeiro. Pelas manhãs, quando Caroline sai apressada para o trabalho, sempre parece culpada por deixar a casa. Talvez até com inveja de mim por eu ser a pessoa que vai ficar em casa fazendo cookies para Teddy. Sempre fico tão ocupada admirando Caroline que nunca parei para pensar que talvez ela quisesse estar no meu lugar.

Consegui recuperar o fôlego e parar de chorar. Ted parece ansioso para voltar para dentro de casa, ver como a esposa está, e eu tenho um último pedido antes que ele vá. Entrego a ele os três desenhos, livrando-me de toda e qualquer responsabilidade.

— Você se importa de levar isso aqui embora? Só para eu não precisar mais olhar pra eles?

— Levo, claro. — Ted dobra as páginas ao meio e as rasga em pedacinhos. — Você nunca mais vai precisar olhar para estes desenhos.

# 10

Durmo mal e acordo me sentindo péssima. Caroline Maxwell me tratou melhor do que eu merecia — me recebeu em casa, confiou a mim o próprio filho, me deu tudo de que eu precisava para iniciar uma vida nova —, e não suporto a ideia de que ela esteja brava comigo.

Deitada na cama, imagino centenas de maneiras diferentes de pedir perdão. E, em dado momento, não consigo mais deixar para depois. Preciso sair da cama e encará-la.

Quando entro na casa principal, Teddy está debaixo da mesa da cozinha, ainda de pijama, brincando com seus Lincoln Logs. Caroline está junto à pia, lavando a louça do café da manhã, e me ofereço para assumir a tarefa.

— Além disso, queria pedir desculpas.

Caroline fecha a torneira.

— Não, Mallory, quem pede desculpas sou *eu*. Exagerei no vinho ontem e foi errado ter estourado com você. Isso está me incomodando a manhã inteira.

Ela abre os braços, nos abraçamos e ambas pedimos desculpas de novo, ao mesmo tempo. E logo estamos rindo juntas e sei que tudo vai ficar bem.

— Você continua sendo bem-vinda aqui na casa — me lembra ela. — Pode ficar com o quarto ao lado do Teddy. Eu só precisaria de um dia para arrumá-lo.

Mas não quero lhe causar mais transtornos.

— O chalé é perfeito. Eu adoro.

— Ok, mas se mudar de ideia...

Retiro o pano de prato da mão dela e aponto para o visor do micro-ondas. São 7h27 e sei que Caroline gosta de sair antes de 7h35, antes que o trânsito fique caótico.

— Eu termino aqui — digo a ela. — Tenha um ótimo dia.

Caroline então sai para trabalhar e eu pego no batente. Nem há muito o que limpar — só algumas xícaras e tigelas de cereal, além das taças de vinho da noite anterior. Depois que ponho tudo na máquina de lavar louça, fico de quatro e engatinho para baixo da mesa da cozinha. Teddy montou uma casa de fazenda de dois andares só com Lincoln Logs e agora está cercando a construção com pequenos animais de plástico.

— Qual é a brincadeira?

— Eles são uma família. Moram todos juntos.

— Posso ser o porco?

Ele dá de ombros.

— Se quiser.

Conduzo o porco com a mão em meio aos outros animais e faço ruído de buzina, como se fosse um carro. Teddy normalmente adora essa piada. Ama quando faço animais buzinarem feito um caminhão ou fazerem o tchuc-tchuc de um trem. Mas dessa vez vira as costas para mim. É claro que eu sei o motivo.

— Teddy, escuta só. Quero conversar sobre ontem à noite. Acho que o seu pai me entendeu mal. Porque eu amo *todos* os seus desenhos. Até os da Anya. Sempre fico com a maior curiosidade de ver.

Teddy arrasta um gato de plástico pela perna da mesa, como se estivesse subindo numa árvore. Tento mudar de posição para ficar na sua frente. Tento forçar o contato visual, mas ele se esquiva.

— Quero que continue a me mostrar os desenhos, tá?
— A mamãe disse que não.
— Mas eu estou dizendo que sim. Tudo bem.
— Ela disse que você não está bem e que desenhos assustadores podem fazer você ficar doente de novo.

Sento-me tão rápido que bato a cabeça na parte de baixo da mesa. A dor é aguda e por alguns momentos não consigo me mexer. Fecho os olhos com força e levo a mão ao couro cabeludo.

— Mallory?

Abro os olhos e percebo enfim ter conquistado sua atenção. Parece assustado.

— Estou bem — digo a ele. — E preciso que você me ouça com muita atenção. Nada que você faça me deixaria doente. Não precisa se preocupar. Estou cem por cento bem.

Teddy galopa um cavalo pela minha perna e o faz parar no meu joelho.

— A sua cabeça tá doendo?

— Minha cabeça está ótima — digo, muito embora esteja latejando intensamente e eu sinta um galo começando a se formar. — Só preciso colocar um gelinho.

Passo os minutos seguintes sentada à mesa da cozinha, pressionando um saco de plástico cheio de gelo no topo do meu crânio. Aos meus pés, Teddy brinca de faz de conta com todos os diferentes animais de fazenda. Cada criatura tem voz e personalidade distintas. Há o teimoso Sr. Bode e a mandona Mamãe Galinha, um corcel negro garboso e um bebê pato meio bobo. Ao todo, são mais de dez personagens.

— Não quero fazer minhas tarefas — reclama o cavalo.

— Mas as regras são as regras — diz a Mamãe Galinha. — Nós todos temos que seguir as regras!

— Não é justo — se queixa o Sr. Bode.

E a coisa continua; a conversa pula de tarefas para o almoço a um tesouro secreto enterrado na floresta atrás do celeiro. Fico impressionada com a habilidade de Teddy de se lembrar dos diferentes personagens e de suas vozes. Mas é claro, é como Ted e Caroline sempre dizem: o menino tem uma imaginação fértil. Fim de papo.

Algumas horas mais tarde, quando Teddy vai para o quarto para a Hora do Silêncio, espero alguns minutos e então vou atrás dele. Quando coloco a orelha na porta do quarto, ele já está no meio de uma conversa.

— ... ou a gente pode construir um forte.
— ..................
— Ou brincar de pique.
— ..................
— Isso eu não posso. Não deixam.
— ...........................
— Disseram que não posso.
— ..........................................
..........................................
..........................................
..........................................
..........................................
..............
— Desculpa, mas...
— ..........................................
..........................................
..........................................
..........................................
..........
— Não entendi.
— ..........................................
Então ele ri, como se ela tivesse proposto algo ridículo.
— Ué, acho que a gente pode tentar.

— ...........................................
.................................................
— Mas como a gente... ah, tá...
— .................................................
.................................................
.................................................
.................................................
.................................
— Ai, é frio!

Depois disso ele não fala mais nada, mas ao me esforçar para ouvir o que está havendo, detecto uma espécie de sussurro: o som de um lápis riscando o papel.

Desenhando?

Estaria ele desenhando de novo?

Desço as escadas, sento-me à mesa da cozinha e aguardo.

A Hora do Silêncio geralmente dura em torno de uma hora mesmo, mas Teddy fica o dobro do tempo no quarto. E, quando finalmente desce de volta para a cozinha, está de mãos vazias.

Sorrio para ele.

— Chegou o Teddy!

Ele escala uma das cadeiras da cozinha.

— Oi.

— Não tem desenho hoje?

— Posso comer queijo e biscoito?

— Pode.

Vou até a geladeira e faço um prato para ele.

— E o que você estava fazendo lá em cima?

— Posso tomar leite?

Sirvo-lhe um pequeno copo de leite e levo tudo para a mesa da cozinha. Ele estica a mão para pegar um biscoito e reparo que seus dedos e as palmas de suas mãos estão todas manchadas de preto.

— Acho que você devia lavar as mãos — sugiro. — Estão sujas de grafite, pelo jeito.

Ele sai correndo até a pia e lava as mãos sem fazer qualquer comentário. Retorna à mesa então e começa a comer.
— Quer brincar de Lego?

Nos dias seguintes, tudo está basicamente normal. Teddy e eu matamos o tempo com Lego e teatrinho de bonecos, massa de modelar, livros de colorir e jogos de montar, incontáveis idas ao mercado. Ele é corajoso e aventureiro no que se refere à alimentação, gosta de provar comidas exóticas. Às vezes vamos ao supermercado e compramos nabo mexicano ou quincã só para ver que gosto têm.

É uma das crianças mais curiosas que já conheci e adora me desafiar com questões imponderáveis: por que as nuvens existem? Quem inventou as roupas? Como é a vida de um caracol? Vivo tendo que catar meu celular para checar a Wikipedia. Certa tarde, quando estamos na piscina, Teddy aponta para meu peito e pergunta por que há protuberâncias se projetando do meu maiô. Não dou muita bola. Digo apenas que são parte do meu corpo e que a água gelada as endurece.
— Você também tem — aponto.
Ele ri.
— Eu não!
— Tem, sim! Todo mundo tem.
Mais tarde, quando tomo uma chuveirada no box externo, ouço-o bater na porta de madeira.
— Mallory?
— Sim?
— Você consegue *ver* as suas partes de menina?
— Como assim?
— Se você olhar pra baixo. Consegue enxergar?
— É difícil explicar, Teddy. Não *exatamente*...
Longa pausa.
— Então como você sabe que elas estão lá?
Ainda bem que uma porta nos separa e ele não consegue me ver rir.

— Eu sei que estão, Teddy. Estão sim, com toda a certeza.

À noite menciono o incidente a Caroline e, em vez de rir, ela parece alarmada. No dia seguinte, volta para casa carregada de livros ilustrados com títulos como *É totalmente normal!* e *De onde eu vim?*, todos muito mais explícitos do que os livros a que eu tive acesso na infância. Há descrições detalhadas de sexo anal, sexo oral e expressão não binária. Com desenhos ultracoloridos e tudo. Menciono que parece um pouco demais para um menino de cinco anos, mas Caroline discorda. Diz se tratar de biologia humana básica e que quer que Teddy aprenda os fatos desde cedo para não ser desinformado por amigos.

— Eu entendo, mas sexo oral? O menino tem cinco anos.

Caroline olha de relance a cruz pendurada no meu pescoço, como se de certa forma fosse *esse* o problema.

— Da próxima vez que ele tiver perguntas, mande-o me procurar. Faço questão de responder.

Tento lhe assegurar que sou totalmente capaz de responder às perguntas de Teddy, mas ela deixa claro que a conversa está encerrada. Já começa a abrir armários e a pegar panelas e frigideiras com estrondo para fazer o jantar. É a primeira noite em algum tempo em que não me convida para ficar e comer com eles.

Horas do Silêncio de duas horas estão se tornando cada vez mais comuns e não sei o que Teddy faz para passar o tempo. Às vezes espreito atrás da porta e ouço-o falando consigo mesmo, estranhos fragmentos sem sentido de conversas. Ou então ouço-o apontando o lápis ou arrancando páginas do bloco espiralado de desenhos. Está na cara que continua desenhando — e, de alguma forma, esconde os desenhos de mim e dos pais.

Sexta-feira à tarde, decido bisbilhotar um pouco. Espero Teddy ir ao banheiro para fazer número dois, pois sei que terei uns bons dez ou quinze minutos (ele fica um longo tempo sentado na privada, folheando diversos livros de figuras). Assim que escuto o trinco da porta, subo correndo as escadas para o segundo andar.

Claro e ensolarado, o quarto de Teddy sempre tem um leve cheiro de urina. Há duas grandes janelas com vista para o quintal dos fundos, e Caroline me instruiu a deixá-las o dia todo abertas mesmo que o ar-condicionado central esteja ligado, pois creio que ajuda a atenuar o cheiro. As paredes são pintadas de um alegre azul-celeste e adornadas com pôsteres de dinossauros, tubarões e personagens de *Uma Aventura Lego*. A mobília de Teddy consiste em uma cama, uma pequena prateleira de livros e uma cômoda, então seria de se imaginar que uma busca não tomaria muito tempo. De qualquer forma, de esconder coisas eu entendo um pouco. No primeiro ano de uso de OxyContin, eu ainda morava com minha mãe e tinha comprimidos e coisas do gênero espalhados por todo o quarto, enfiados em lugares onde ela jamais pensaria em olhar.

Enrolo o tapete, tiro da prateleira todos os livros de figuras, removo as gavetas da cômoda e espio dentro das cavidades. Sacudo as cortinas e fico de pé na cama dele para inspecionar com cuidado os bandôs. Embrenho-me na montanha de bichos de pelúcia empilhada num canto do quarto — um golfinho cor-de-rosa, um burrico cinza em petição de miséria, uma dúzia de bichinhos. Puxo a colcha para fora do colchão e enfio a mão debaixo da almofada protetora. Por fim, ergo o colchão inteiro de cima da armação da cama e viro-o de lado para ter uma visão mais clara do piso.

— Mallory? — Teddy está gritando por detrás da porta do lavabo do primeiro andar. — Pode me trazer papel higiênico?

— Só um segundo!

Ainda não terminei. Falta examinar o armário. Vasculho em meio a todas aquelas roupas lindas que nunca conseguimos convencer Teddy a vestir — camisas polo, shorts cáqui e jeans de grife versão infantil, minúsculos cintos de couro para a sua cintura de cinquenta e poucos centímetros. Espiono três jogos de tabuleiro na prateleira mais alta do armário — Detetive, Ratoeira, Ludo — com a certeza de ter encontrado minha caverna do tesouro. Mas abro as caixas, sacudo os tabuleiros e só encontro as peças e as cartas dos jogos. Nada de desenhos.

— Mallory? Você me ouviu?

Recoloco as caixas no lugar, fecho a porta do armário e me certifico de ter deixado o quarto mais ou menos como o encontrei.

Cato então um rolo de papel higiênico no quarto da lavanderia e desço correndo as escadas até o banheiro do primeiro andar.

— Aqui — digo a ele, que abre somente uma fresta da porta, só o suficiente para pegar o papel.

— Onde você estava? — pergunta.

— Só arrumando coisas.

— Tá bem.

Ele puxa a porta e ouço o clique do trinco.

Passo o fim de semana convencida de que estou paranoica. Não tenho prova de que Teddy ainda esteja desenhando. Os sons de arranhado vindos do quarto podem ser qualquer coisa. A crosta preta nos dedos pode ser sujeira dos nossos projetos de jardinagem ou as manchas encardidas normais de um menino de cinco anos. Todo o resto parece estar indo bem, então por que deveria me preocupar?

Segunda-feira pela manhã, sou acordada pelo som do movimento arrastado dos caminhões de lixo descendo a rua Edgewood. Eles passam duas vezes por semana — às segundas, para pegar lixo reciclável, e às quintas, para o lixo comum. E instantaneamente me vem à mente o único lugar em que não me lembrei de procurar: a lata de lixo do escritório de Ted, no segundo andar. Teddy tem que passar bem na frente do cômodo para descer as escadas. Seria um local fácil para descartar seus desenhos depois de sair do quarto.

Pulo da cama. Ainda bem que durmo de short de corrida e camiseta. Abro a porta de supetão e cruzo o gramado. A grama ainda está molhada de orvalho e quase escorrego ao dar a volta na casa. O caminhão está a três portas de distância. Só tenho um minuto de sobra. Corro até o ponto em que a entrada de carros encontra a calçada, onde todo domingo à noite Ted deixa as latas de lixo azuis — uma com metais e vidro, outra com papéis e cartolina. Enfio as mãos bem no fundo, em meio a propagandas e contas rasgadas, menus de entrega de comida e faturas de cartão de crédito e um amontoado de catálogos de compras por correio: Title Nine, Lands End, L.L. Bean, Vermont Country Store. Não param de chegar, um atrás do outro.

O caminhão da reciclagem para ao meu lado e um magrelo com luvas de serviço sorri para mim. Uma tatuagem de dragão dá a volta no seu bíceps.

— Perdeu alguma coisa?

— Não, não — digo a ele. — Pode levar.

Mas quando ele se estica para pegar a lata, seu conteúdo se mexe e revela uma bola gigante de papel amassado.

— Espera aí!

Ele segura o recipiente, me deixando pegar a bola. Subo a entrada de carros e levo-a de volta ao meu chalé.

Em casa, fervo água, preparo uma xícara de chá e me sento para estudar os papéis. É um pouco como descascar uma cebola. Há nove páginas no total, e uso minha palma para esticá-las, desfazendo os amassados. Os primeiros desenhos não passam impressão alguma. São meros rabiscos. Mas à medida em que viro as páginas, há mais controle e mais detalhes. As composições são mais aprimoradas. Há luz e sombra. É como o caderno de esboços de uma estranha obra em progresso. Algumas das páginas estão atulhadas de desenhos, muitos inacabados.

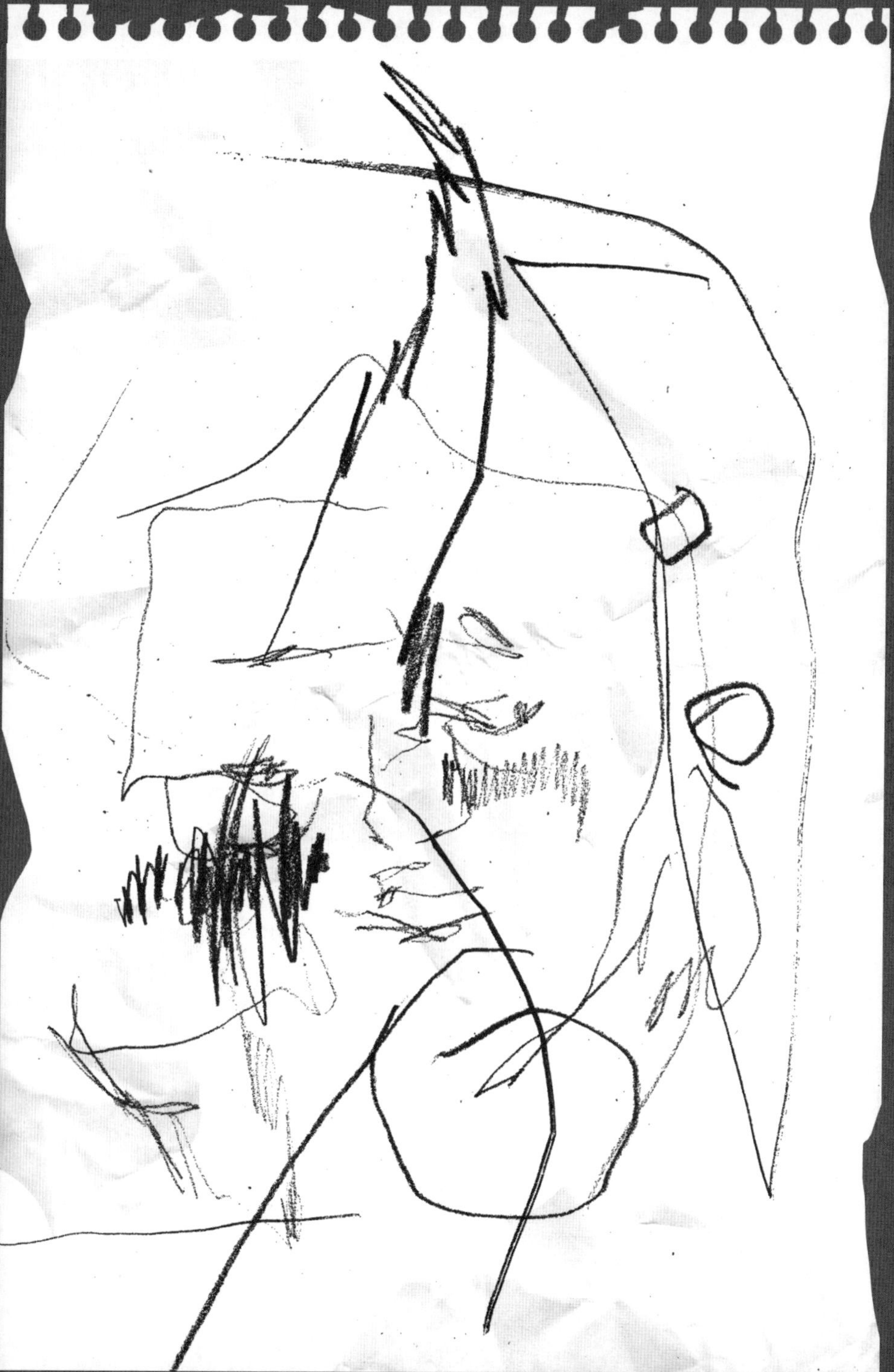

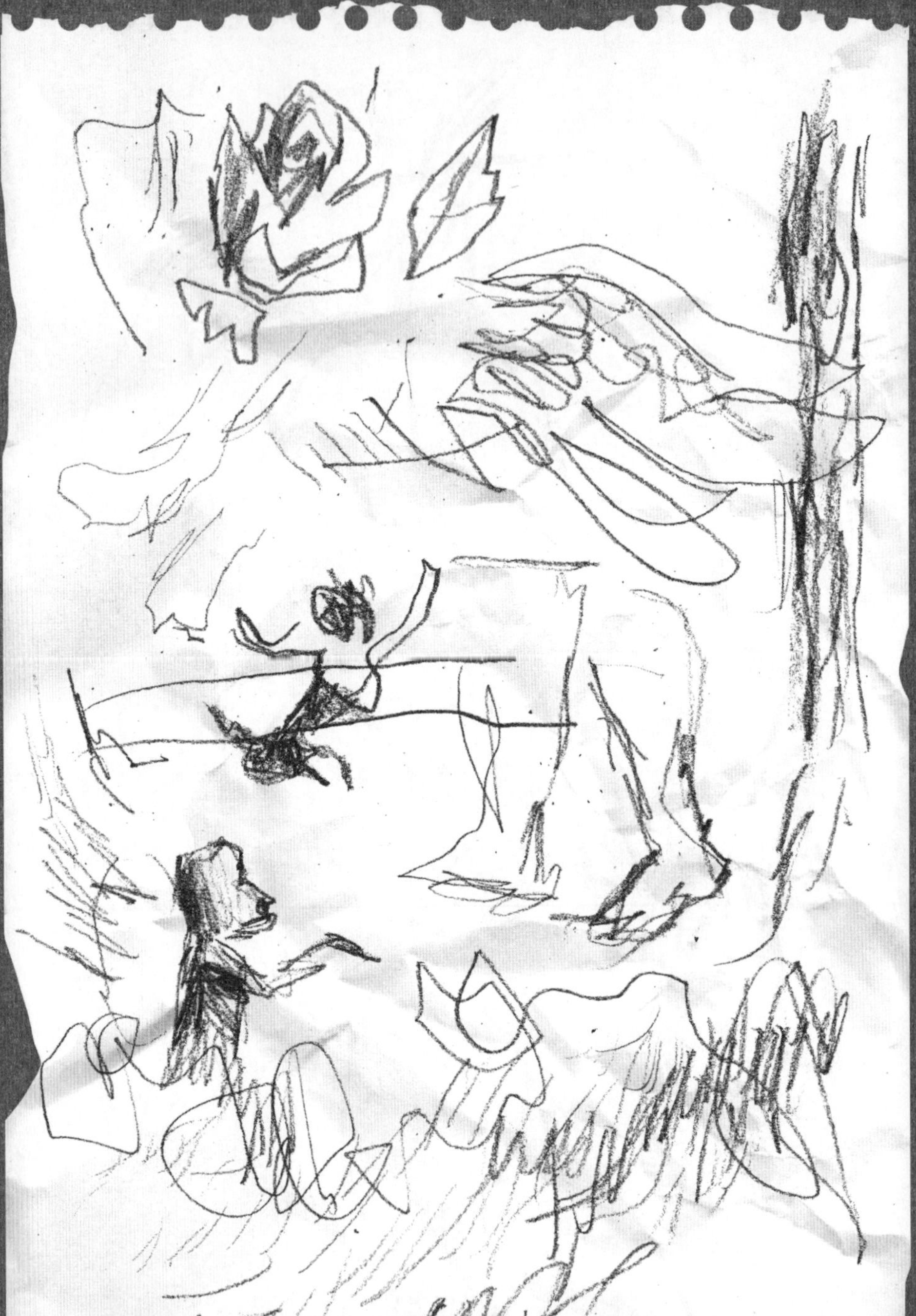

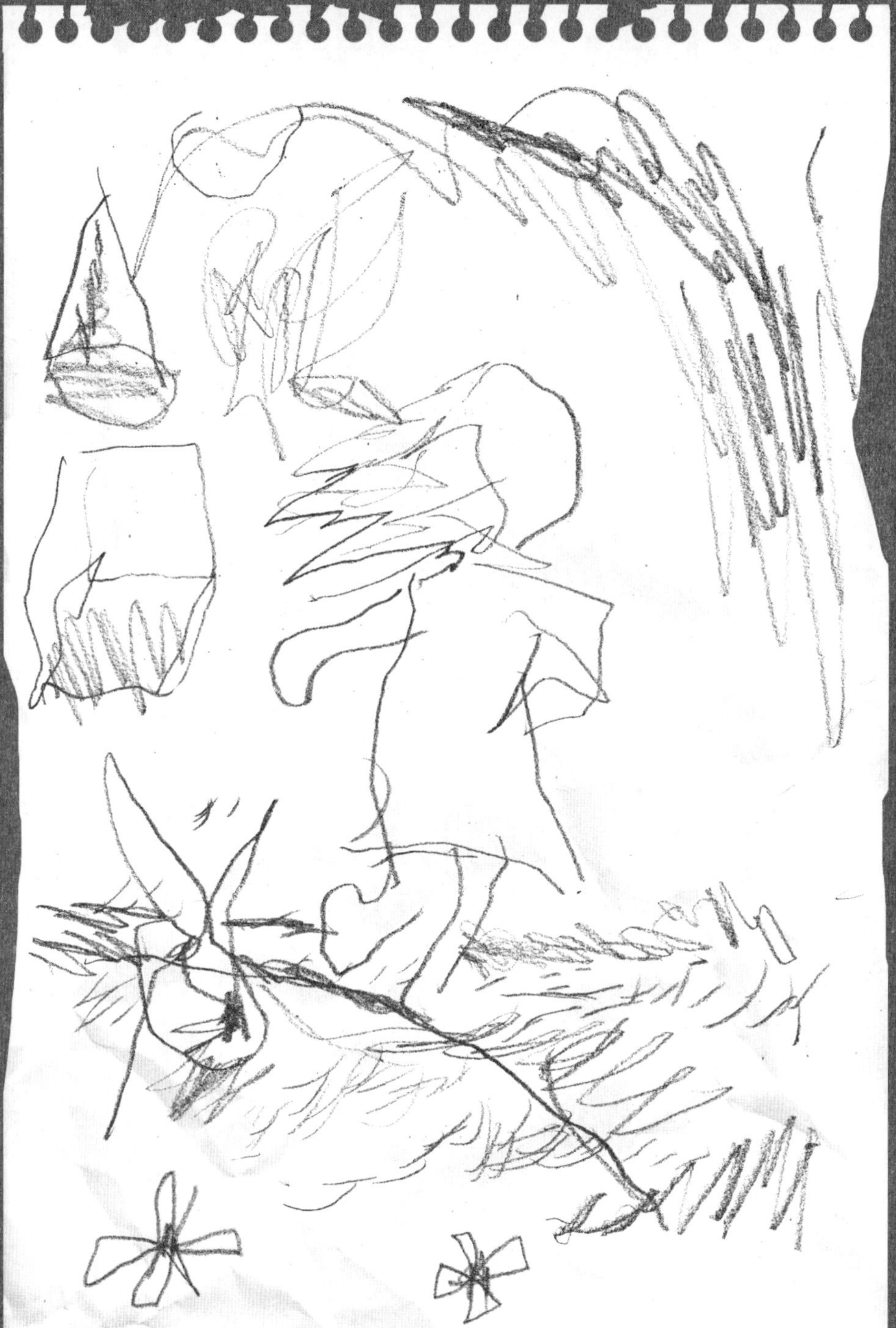

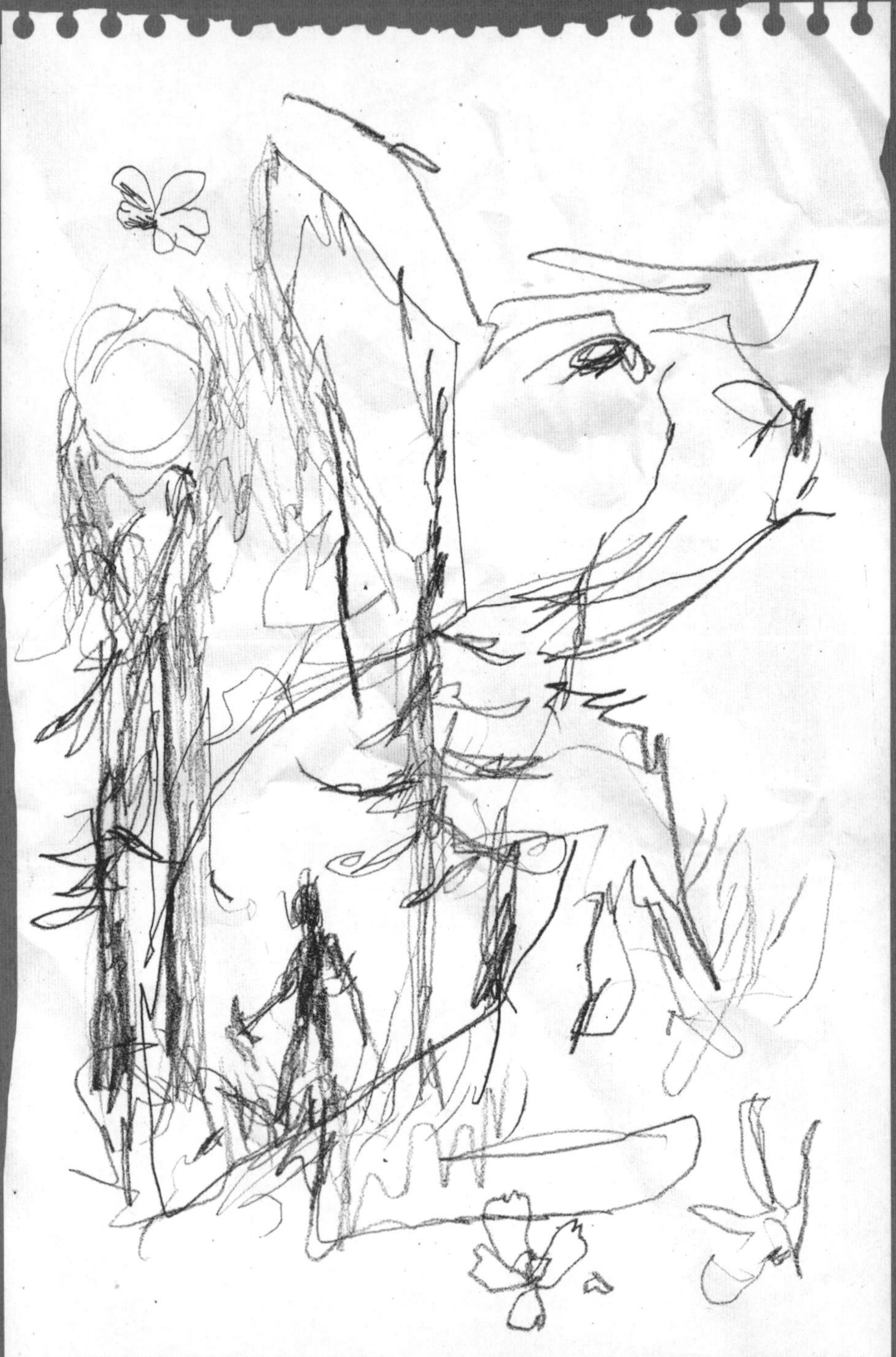

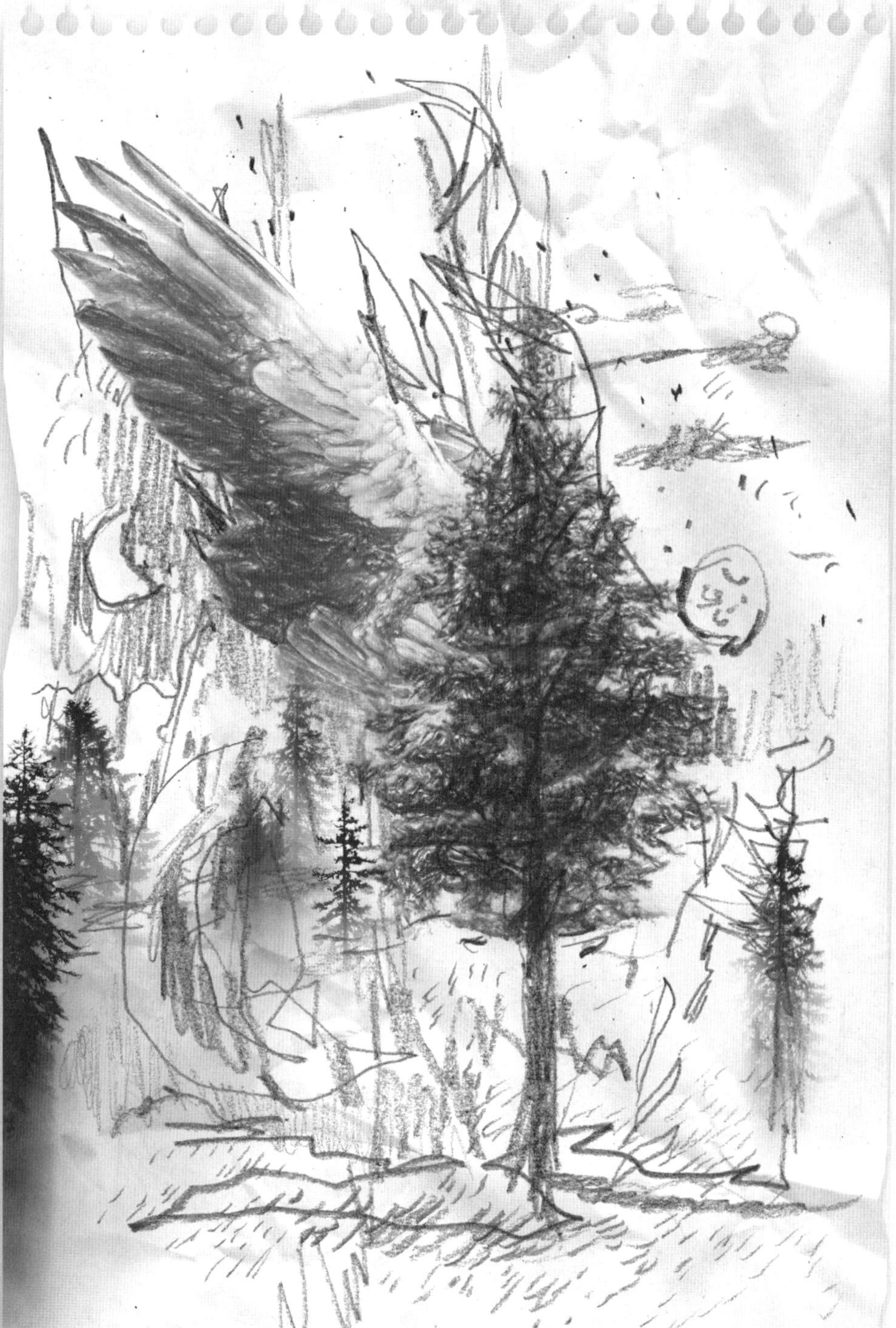

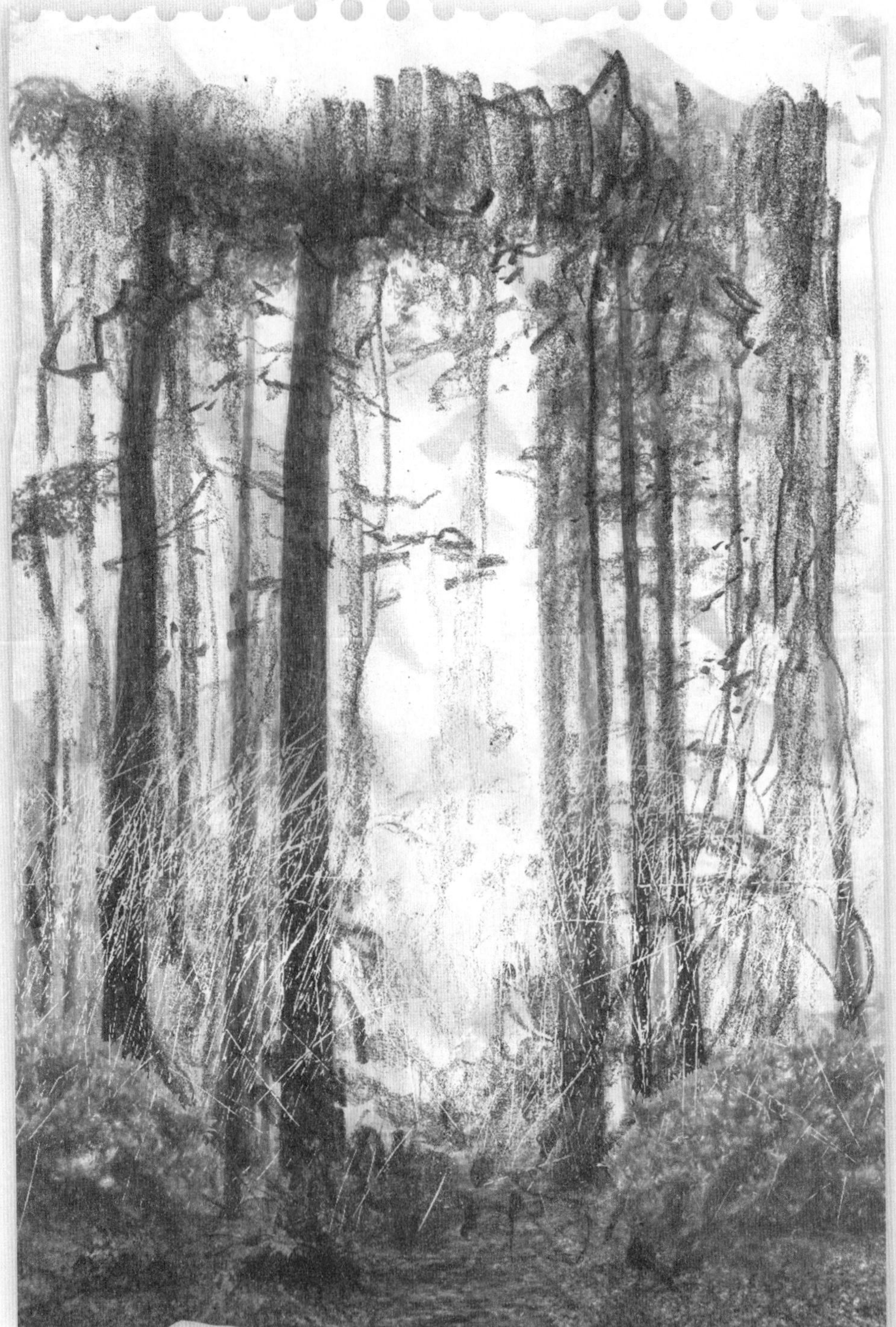

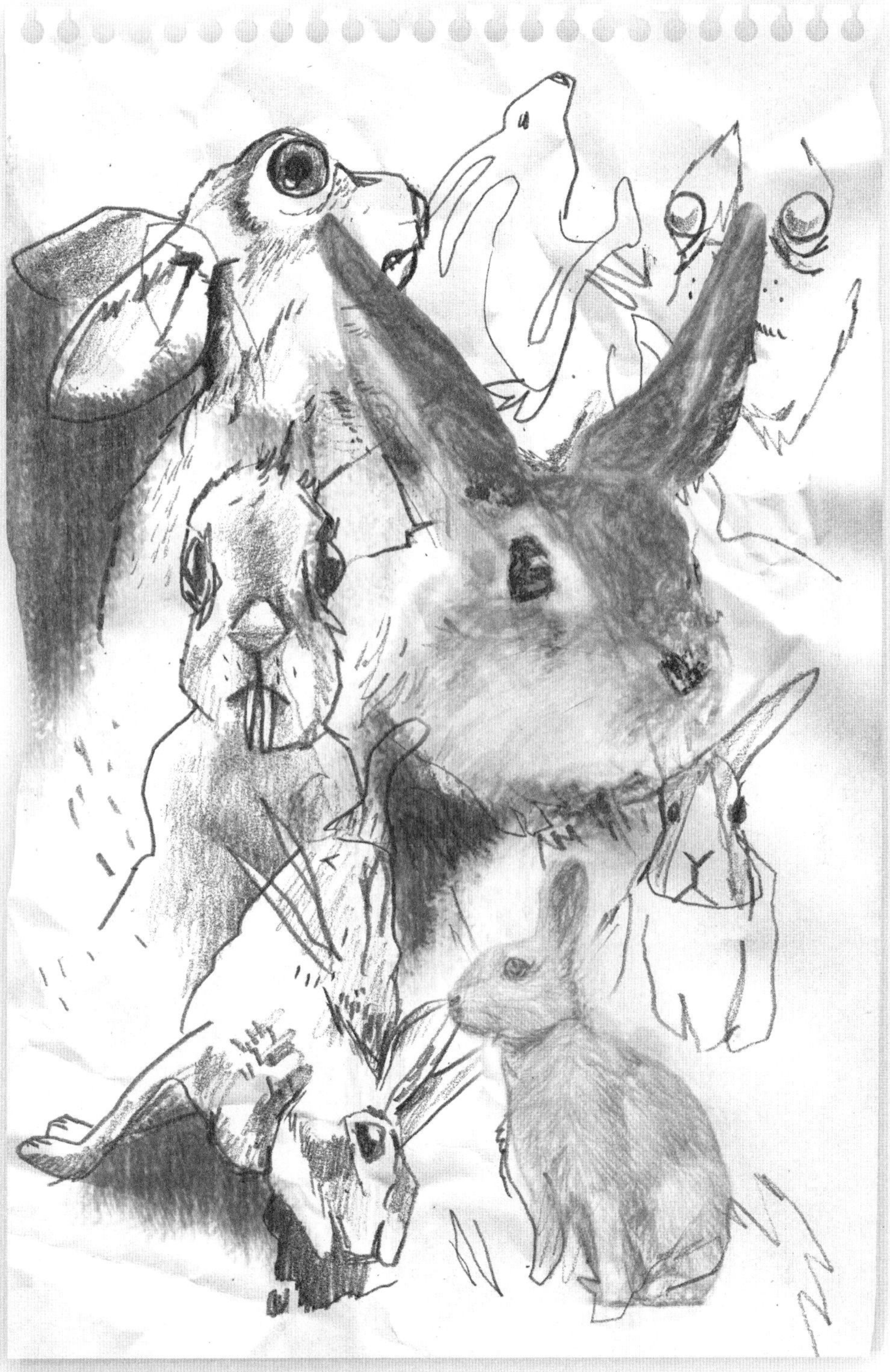

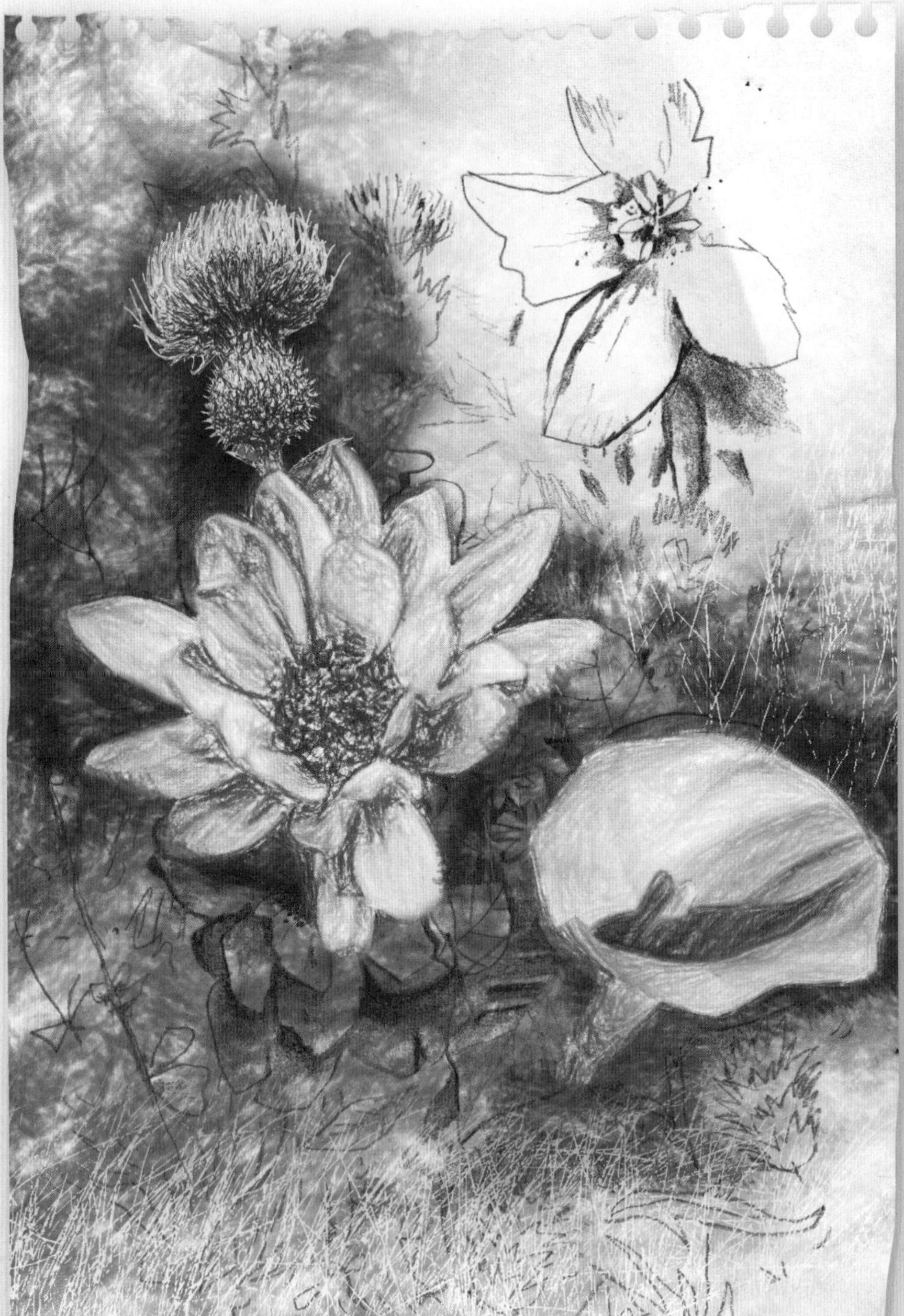

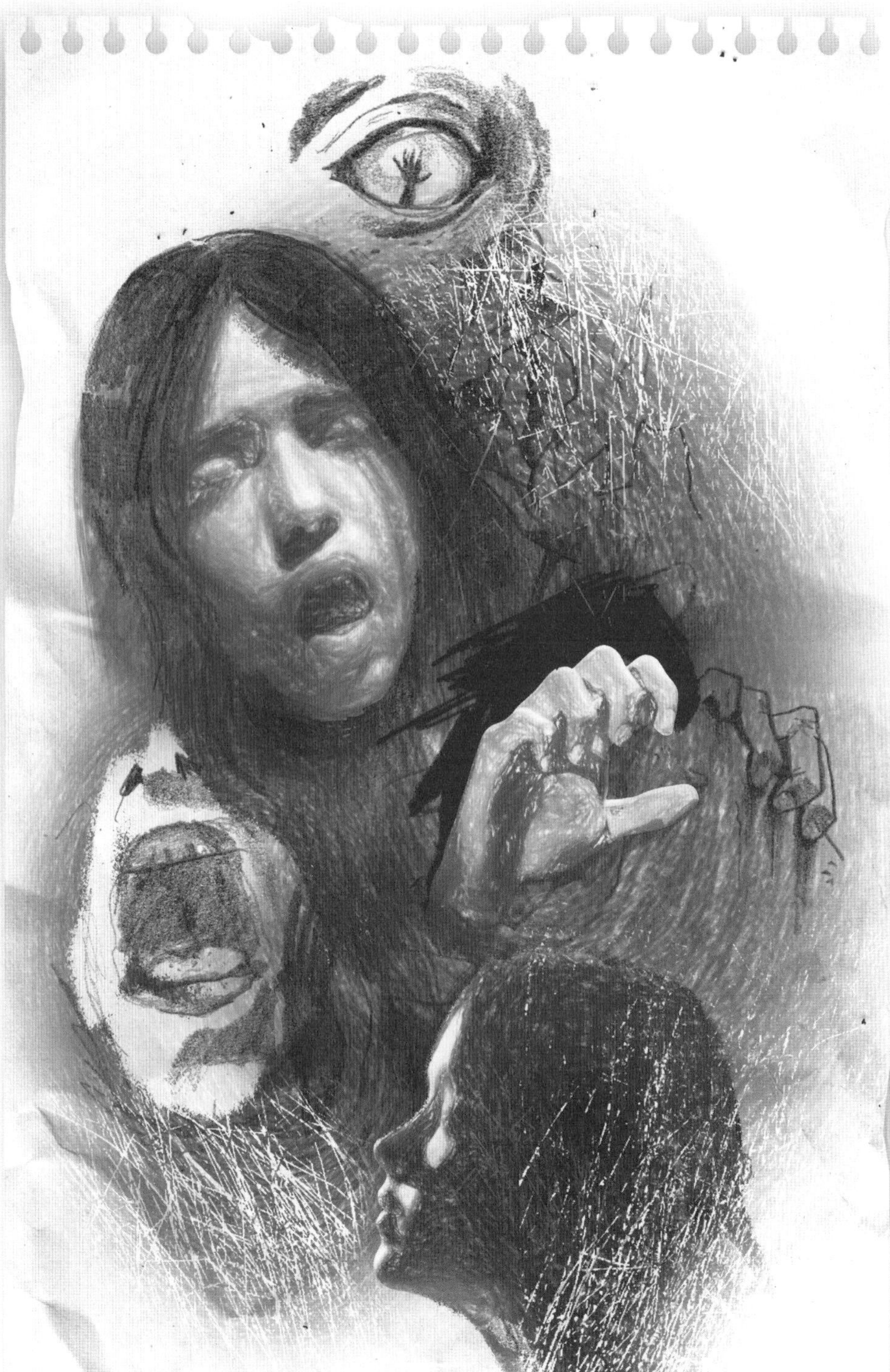

# 11

Vocês vão me desculpar, mas esses desenhos não são de Teddy de jeito nenhum. Nem a maioria dos adultos desenha tão bem — muito menos um menino de cinco anos que dorme com bichos de pelúcia e não sabe contar além de vinte e nove.

Mas, então, como foram parar na lata de lixo reciclável?

Seriam desenhos de Ted? De Caroline?

Estariam os Maxwell estudando ilustração nas horas vagas?

Todas as minhas perguntas geram mais perguntas e logo começo a desejar nunca ter saído da cama. Queria ter simplesmente deixado o caminhão do lixo levar embora as pistas para que eu não ficasse ponderando o que significam.

A segunda-feira passa como se fosse um borrão — Lego, macarrão com queijo, Hora do Silêncio, piscina —, mas ao cair da noite estou preparada para investigar profundamente. Tomo banho, lavo o cabelo e visto um dos modelitos mais bonitos de Caroline, um jovial vestido midi azul com lindas flores brancas. Então caminho um quilômetro e meio até a cidade para ir à livraria independente local.

Fico surpresa em vê-la lotada numa segunda-feira à noite — um autor da vizinhança acaba de fazer uma leitura e o clima é festivo. Todos bebem vinho em copos de plástico e comem bolo em minúsculos pratos de papel. Tenho que abrir caminho entre a multidão para chegar à seção de Criação e Cuidados Infantis, mas ainda bem que há muita coisa acontecendo por ali: não quero que nenhum vendedor venha se oferecer para me ajudar. Se soubessem o que estava pesquisando, me achariam louca.

Junto alguns livros e me encaminho à porta de trás, que dá para um grande pátio de tijolos — um café lotado, cercado por luzes cintilantes de Natal. Um pequeno balcão vende petiscos e bebidas, e, sentada em uma banqueta, uma adolescente de macacão com um jeito seríssimo toca violão e canta "Tears in Heaven". Impossível ouvir esta música e não pensar no funeral da minha irmã; ela fazia parte de uma playlist que se repetia *ad infinitum*. A canção vive me perseguindo em supermercados e restaurantes e, mesmo após ouvi-la mil vezes, ainda tem o poder de me fazer chorar. Mas a versão dessa menina é ainda mais brilhante que a original de Eric Clapton. Algo em sua pouca idade traz à canção ares quase esperançosos.

Dirijo-me ao balcão do café e peço uma xícara de chá e um folheado. Só então me dou conta de não ter mãos para carregar tudo. Além disso, todas as mesas estão ocupadas e ninguém parece apressado para ir embora. Assim, mal posso acreditar na minha sorte ao avistar Adrian sozinho em uma mesa para dois, lendo um romance de *Star Wars*.

— Posso me sentar com você?

E, vejam só que curioso — dessa vez é *ele* quem não *me* reconhece, não de cara, não no lindo vestido de quinhentos dólares de Caroline.

— Sim! Claro! Mallory! Como você está?

— Não imaginei que fosse estar tão lotado.

— Aqui é sempre assim — comenta Adrian. — É o terceiro maior point de Spring Brook.

— Quais são os outros dois?

— O primeiro, óbvio, é a Cheesecake Factory. O segundo é o bufê de pratos quentes do supermercado Wegmans. — Ele dá de ombros.

— Não tem muita vida noturna nesse lugar.

A moça do violão termina de tocar "Tears in Heaven" sob aplausos mornos, a não ser por Adrian, que a aclama totalmente. Ela olha em nossa direção com cara de incomodada.

— Minha prima Gabriella — explica ele. — Só tem quinze anos, acredita? Entrou aqui um dia com o violão e conseguiu um emprego.

Gabriella se inclina na direção do microfone e diz que vai tocar um pouco de Beatles. Começa então a cantar um doce cover de "Blackbird". Olho para o livro que Adrian está lendo. Na capa, Chewbacca dispara lasers contra um exército de robôs, e o título, em uma fonte gigantesca com hot stamping prateado, diz: *A vingança dos Wookies*.

— É bom?

Adrian dá de ombros.

— Não é *canon*, então tomam muitas liberdades. Mas se você gostou de *A vingança dos Ewoks*, vai adorar.

Não consigo evitar. Começo a rir.

— Você é inacreditável. Parece um paisagista. Tem um bronzeado de gente da Flórida e unhas sujas. Mas na verdade é de família rica e nerd, fã de *Star Wars*.

— Passo meu verão inteiro arrancando mato. Preciso de um escape no entretenimento.

— Eu entendo. Assisto aos filmes do Hallmark pelo mesmo motivo.

— Sério?

— Sem brincadeira. Vi todos os cinco *Murder, She Baked*, de mistério. E essa não é uma informação que compartilho com muita gente. Estou confiando esse segredo a você.

Adrian faz um X por cima do coração.

— Seu segredo está seguro comigo — diz. — Que livros *você* está lendo? — E não preciso responder à pergunta. Estão em cima da mesa e Adrian consegue ler as lombadas: *Psicologia das crianças incomuns* e *A enciclopédia dos fenômenos sobrenaturais*. — É assim que você relaxa depois de um dia como babá?

— Se eu te disser por que estou lendo esses livros, a chance de você achar que estou louca é grande.

Adrian fecha *A vingança dos Wookies* e deixa o livro de lado, dedicando a mim toda a sua atenção.

— Todas as minhas histórias favoritas começam com esse tipo de alerta — diz ele. — Me conta tudo.

— É uma história bem longa.

— Não tenho nenhum compromisso hoje.

— Estou te avisando. Talvez a livraria feche antes de eu terminar.

— Comece do começo e não deixe de fora nenhum detalhe — responde ele. — Nunca se sabe o que pode acabar sendo importante.

Conto então a ele sobre minha entrevista de emprego com os Maxwell, a casa de hóspedes, minha rotina diária com Teddy. Descrevo como os desenhos evoluíram e as estranhas conversas que ocorrem dentro do quarto dele. Conto sobre minhas discussões com Mitzi e os Maxwell. Pergunto se conhece a história de Annie Barrett. Ele me garante que toda criança em Spring Brook já ouviu a história de Annie Barrett. Pelo visto, ela é o bicho-papão local, sempre pronta para capturar crianças que se aventuram na mata depois de escurecer.

E, depois de quase uma hora de conversa (depois de a prima dele guardar o violão e ir embora, depois de todas as mesas ao redor se esvaziarem e ficarmos somente eu, Adrian e os funcionários do café fazendo a limpeza), enfio a mão na bolsa e apresento a minha mais recente descoberta — os desenhos que estavam na lata de lixo reciclável.

Adrian fica espantado ao passar os olhos nos desenhos.

— Você está dizendo que o Teddy desenhou isso? Teddy, aquele de cinco anos de idade?

— O papel veio do bloco do Teddy. E eu o ouço desenhando no quarto. Ele sai com os dedos todos manchados de grafite. A única coisa que me vem à mente é... — Dou uma leve batida na *Enciclopédia dos fenômenos sobrenaturais*. — Talvez ele esteja servindo de canal para alguém. Talvez seja o espírito de Annie Barrett.

— Você acha que o Teddy está possuído?

— Não. Não é *O Exorcista*. Annie não está tentando destruir Teddy ou se apossar do corpo dele. Só quer pegar a mão dele emprestada. Ela faz isso durante a Hora do Silêncio, quando ele fica sozinho no quarto. Durante o resto do dia, ela o deixa em paz.

Faço uma pausa para Adrian rir ou caçoar de mim, mas ele não diz nada, então exponho o resto da minha teoria.

— Annie Barrett é uma artista talentosa. Ela já sabe desenhar. Mas esta é a primeira vez em que desenha *com o braço de outra pessoa*. Suas primeiras tentativas são terríveis. São só rabiscos. Mas depois de fazer alguns desenhos, ela melhora. Obtém controle e surgem mais detalhes. Texturas, luz, sombra. Ela está se tornando exímia no seu novo instrumento: a mão do Teddy.

— E como essas páginas foram parar no lixo?

— Talvez a Anya as tenha posto lá. Ou o Teddy, sei lá. Ele começou a ficar bem reservado com relação aos desenhos.

Adrian examina novamente os papéis, dessa vez estudando-os mais de perto. Vira alguns de cabeça para baixo, procurando nos rabiscos algum significado profundo.

— Sabe do que eles me lembram? Daqueles desafios com ilustrações da revista *Highlights*. Em que o artista esconde alguma coisa no fundo da imagem. Tipo, o telhado de uma casa é na verdade uma bota, ou uma pizza, ou um bastão de hóquei, lembra disso?

Reconheço os desafios que ele descreve — minha irmã e eu amávamos —, mas estes desenhos me parecem mais diretos. Aponto para a ilustração de uma mulher angustiada gritando.

— Acho que é um autorretrato. Creio que Annie está desenhando a história de como foi assassinada.

— Bem, existe uma forma fácil de descobrir. Vamos pegar uma foto da verdadeira Annie Barrett. Comparar com a mulher do desenho. Ver se elas são parecidas.

— Já procurei. Não tem nada na internet.

— Bem, para sua sorte, durante o verão minha mãe trabalha na biblioteca pública de Spring Brook. Eles têm um arquivo enorme com a história da cidade. Um porão inteiro cheio de materiais. Se existir alguma foto de Annie Barrett, é lá que vai estar.

— Você pode perguntar a ela? Será que ela faria isso?

— Está falando sério? Esse tipo de coisa é a razão de viver dela. É professora e bibliotecária em meio período. Se eu contar para ela que você está pesquisando a história local, ela vira sua nova melhor amiga.

Ele promete perguntar assim que estiver com a mãe no dia seguinte e me sinto muito melhor por ter compartilhado meus problemas.

— Obrigada, Adrian. Fico feliz de você não achar que eu sou louca.

— Acho que a gente tem que considerar todas as possibilidades — diz ele, dando de ombros. — "Quando se elimina o impossível, o que resta, ainda que improvável, deve ser a verdade." A frase é do Spock em *Jornada Nas Estrelas VI*, mas parafraseando Sherlock Holmes.

— Deus do céu — comento. — Você é nerd mesmo.

Caminhamos para casa no escuro e as calçadas são só nossas. O bairro parece seguro, tranquilo, pacífico. Adrian brinca de guia turístico, apontando as casas dos seus mais notórios colegas de escola, como O Sujeito Que Capotou a Caminhonete dos Pais e A Garota Que Precisou Mudar de Escola Por Causa de um Vídeo Escandaloso no TikTok. A sensação é de que ele conhece todo mundo em Spring Brook, que sua passagem pela escola mais pareceu uma série adolescente da Netflix, um daqueles novelões bobos em que todo mundo é lindo e o desfecho de uma partida de futebol americano no colégio tem consequências drásticas.

Ele então aponta para uma casa de esquina e diz que Tracy Bantam passou a infância e a adolescência ali.

— Eu deveria saber quem ela é?

— A armadora das Lady Lions. O time de basquete feminino da Penn State. Achei que vocês se conhecessem.

— A Penn State é gigantesca — respondo. — São cinquenta mil alunos.

— Eu sei, só achei que atletas frequentassem as mesmas festas.

Não respondo imediatamente a Adrian. Ele está me dando a oportunidade perfeita para botar as coisas em pratos limpos. Eu deveria lhe contar que era só uma piada idiota, um joguinho que faço com estranhos. Falar a verdade antes de o nosso relacionamento se aprofundar. Acho possível que ele entenda.

Só que não posso contar a Adrian parte da verdade sem contá-la toda. Se lhe disser que nunca cursei faculdade alguma, terei que explicar como passei os últimos anos — e não estou pronta para isso de jeito nenhum, não neste momento, quando estamos tendo uma conversa tão agradável. Então mudo de assunto.

Chegamos ao Castelo das Flores, mas Adrian diz que vai caminhar comigo até em casa e não faço objeções. Pergunta de onde sou e fica surpreso ao saber que cresci em South Philly, que dava para ver o Citizens Bank Park da janela do meu quarto.

— Você não fala que nem alguém da cidade.

Faço minha melhor imitação de Rocky Balboa.

— *Yo, Adrian!* Acha que todos nós falamos com um ovo na boca?

— Não é a voz. É a forma como você se mostra. É tão positiva. Não é cansada da vida como o resto das pessoas.

Ah, Adrian, penso comigo mesma. Você não faz ideia.

— Seus pais ainda moram em South Philly? — pergunta ele.

— Só minha mãe. Eles se separaram quando eu era nova e meu pai foi morar em Houston. Mal conheço ele.

É tudo verdade e creio, portanto, que minha resposta soe bem convincente, mas Adrian então me pergunta se tenho irmãos.

— Só uma irmã. Beth.

— Mais velha ou mais nova?

— Mais nova. Tem treze anos.

— Ela vai às suas competições?

— O tempo todo. São três horas de carro só de ida, mas quando tem corrida aqui no estado minha mãe e minha irmã sempre vão.

Minha voz falha; não sei por que digo todas essas coisas. Quero ser honesta com ele, ter um relacionamento de verdade e, em vez disso, só fico mentindo mais e mais.

Mas ao cruzar essas calçadas à luz do luar com este jardineiro tão fofo e bonito fica fácil demais se render à fantasia. Meu passado verdadeiro parece estar a milhões de quilômetros de distância.

Quando finalmente chegamos à casa dos Maxwell, está escuro. Já passa das dez e meia e todos devem estar na cama. Seguimos o minúsculo caminho de laje de pedra que contorna a casa e nos fundos está ainda mais escuro. Apenas o azul cintilante da piscina indica o caminho.

Adrian franze a testa na direção do quintal, procurando os contornos do chalé em meio às árvores.

— Cadê sua casa?

Também não consigo vê-la.

— Em algum lugar lá perto das árvores. Deixei a luz da varanda acesa, mas pelo jeito a lâmpada queimou.

— Hummm. Que estranho.

— Você acha?

— Sei lá... Depois de todas as histórias que você me contou...

Atravessamos o gramado até o chalé e Adrian espera na grama enquanto subo os degraus da varanda. Puxo a porta. Ela continua trancada e procuro a chave. De repente me sinto grata a Caroline por ter insistido para eu prender o Viper ao chaveiro.

— Talvez seja bom só ver rapidinho como está lá dentro. Você se importa de esperar?

— Sem problema.

Destranco a porta, estico o braço e pressiono o interruptor da luz da varanda — está queimada, com toda a certeza. Mas as luzes de dentro acendem e o lugar todo está exatamente como deixei. Nada na cozinha, nada no banheiro. Chego até a me ajoelhar e dar uma rápida olhada debaixo da cama.

— Tudo bem por aí? — chama Adrian.

Volto para fora.

— Tudo bem. Só preciso de uma lâmpada nova.

Adrian promete ligar quando tiver mais informações a respeito de Annie Barrett. Observo-o, aguardo-o cruzar o gramado e dar a volta na casa, sumindo de vista.

Ao me virar para entrar no chalé, meu pé esbarra numa pedra cinzenta feia do tamanho de uma bola de tênis. Olho para baixo e percebo estar pisando em papel, três folhas de papel com bordas irregulares, presas ao chão pela pedra. Ainda de costas para a porta, me abaixo e as recolho.

Entro então no chalé, tranco a porta e me sento na beirada da cama, virando as páginas uma a uma. São como os três desenhos que Ted Maxwell rasgou em pedacinhos — os três desenhos que jurou que eu jamais veria de novo. Só que desenhados por outra mão. Estes são mais escuros e mais detalhados. O papel ficou deformado e curvado pelo uso exagerado de lápis e carvão. Um homem abre uma cova. Uma mulher é arrastada pela floresta. E alguém olha para cima de dentro de um buraco muito profundo.

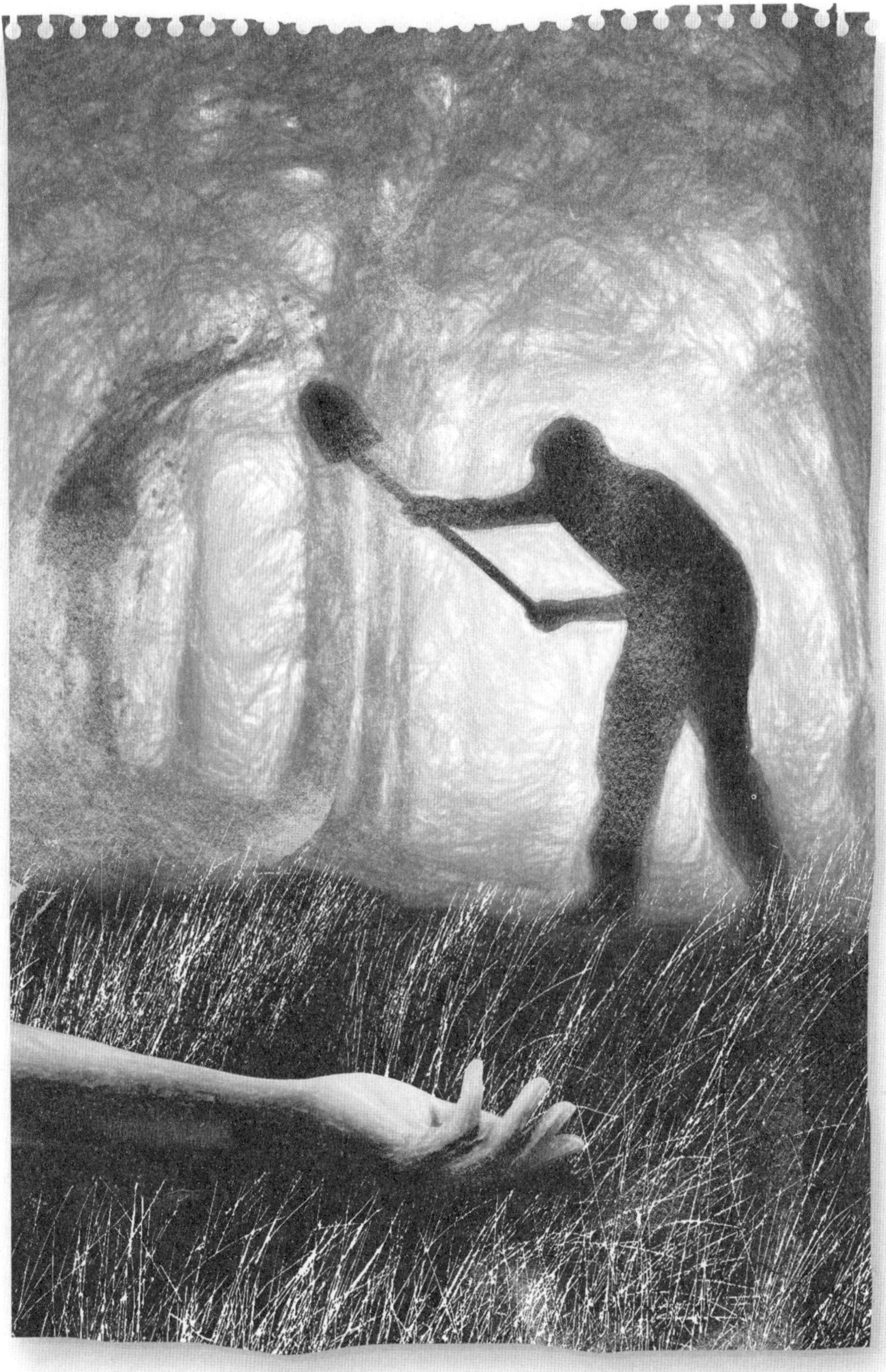

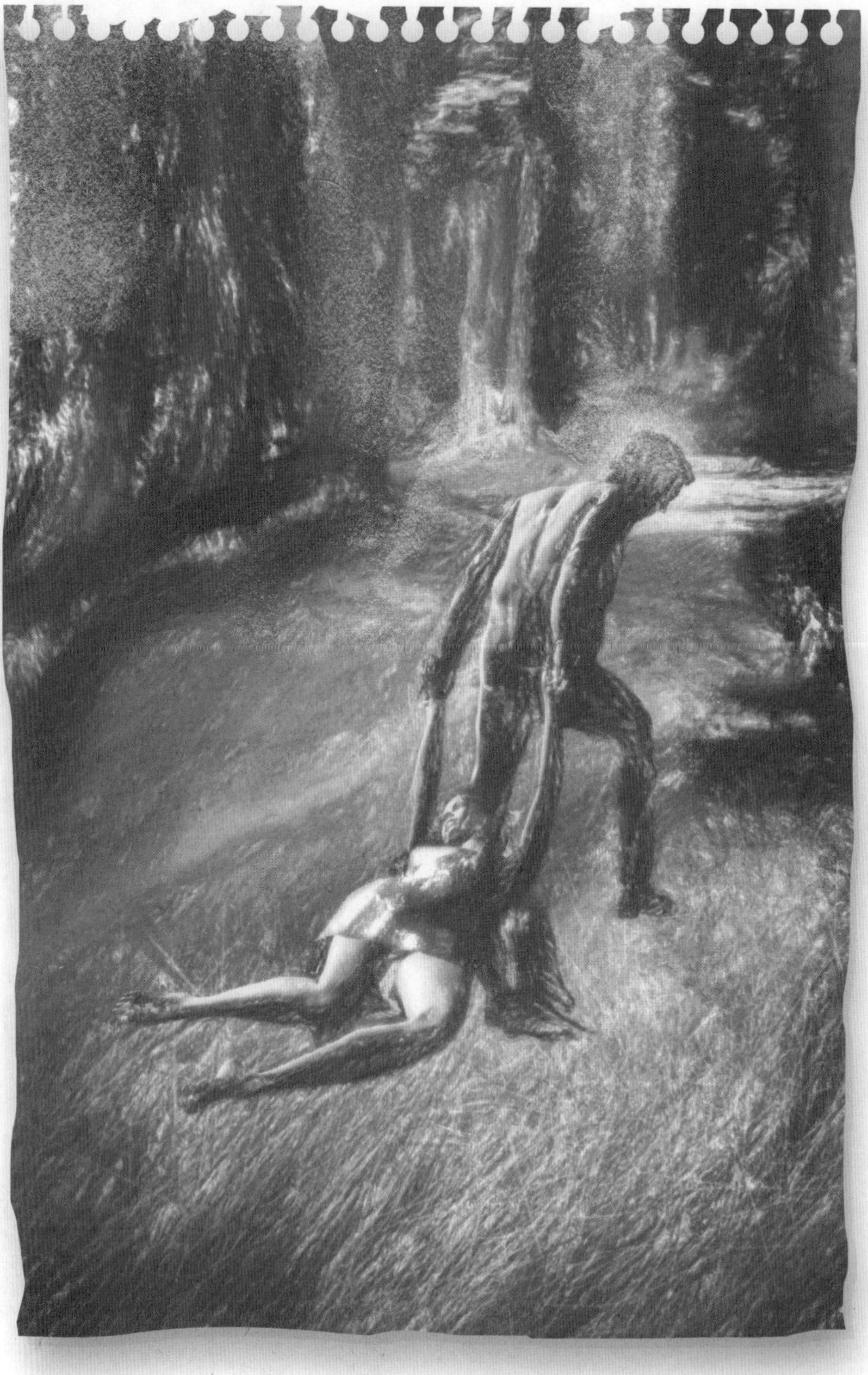

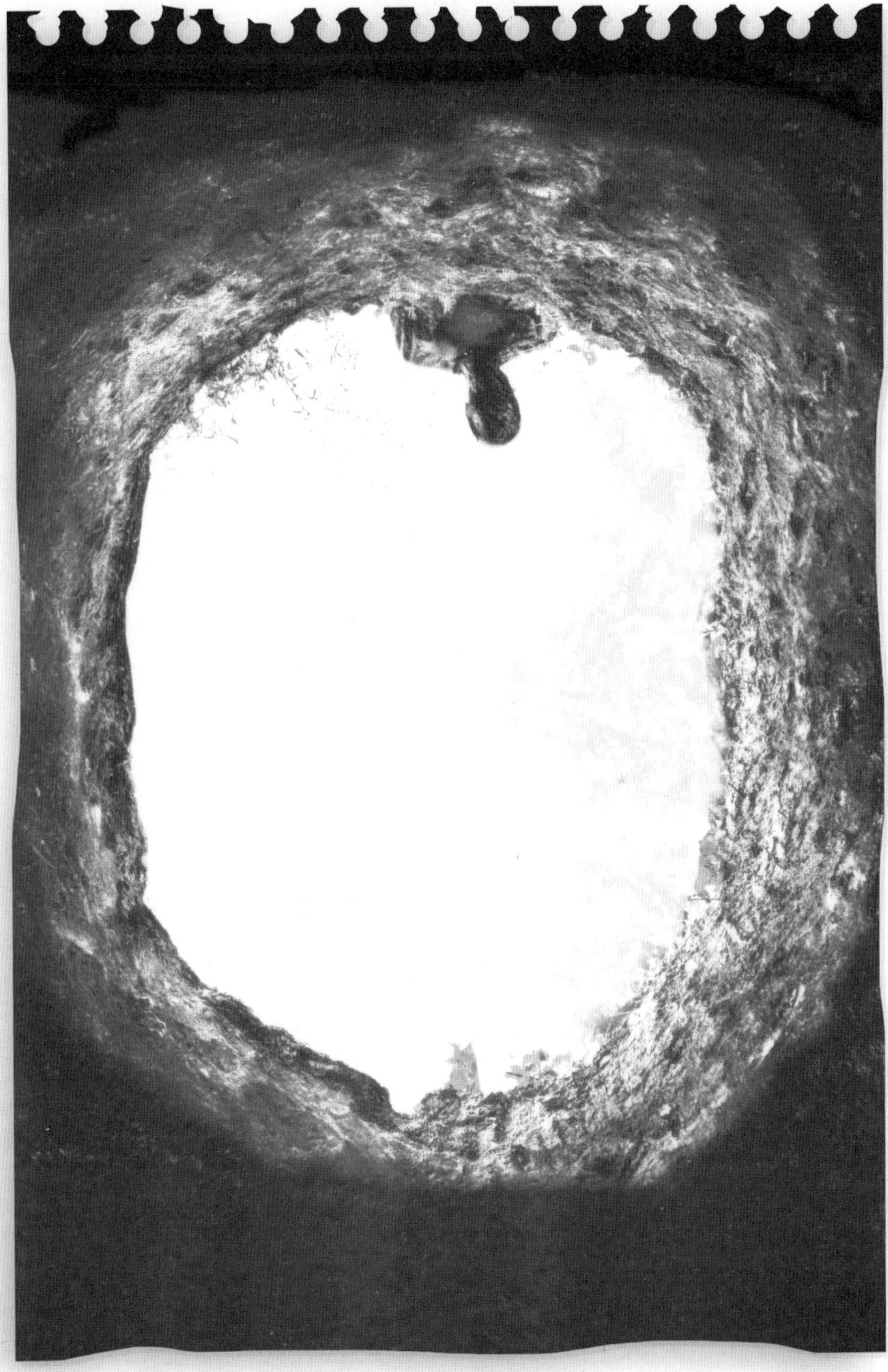

# 12

Na manhã seguinte, vou até a casa principal e Teddy me aguarda junto à porta de vidro de correr do pátio, com um bloquinho de anotações e um lápis.

— Bom dia e bem-vinda ao meu restaurante — diz ele. — Quantas pessoas?

— Só uma, *monsieur*.

— Pode vir por aqui.

Todos os bichos de pelúcia ocupam cadeiras ao redor da mesa da cozinha. Teddy me indica um assento vazio entre o Godzilla e o Elefante Azul. Puxa uma cadeira e me entrega um guardanapo de papel. Ouço Caroline lá em cima, andando freneticamente de um lado para o outro em seu quarto. Pelo jeito, vai se atrasar de novo.

Teddy se posta ao meu lado, lápis e bloco de notas à mão, pronto para anotar meu pedido.

— Aqui não tem menu — diz. — O que você quiser a gente prepara.

— Nesse caso, quero ovos mexidos. Com bacon, panquecas, espaguete e sorvete. — Isso o faz rir, e vou até o fim com a piada. — E cenouras, hambúrgueres, tacos e melancia.

Ele se dobra de tanto rir. O menino tem um jeito que me faz sentir como se eu fosse Kate McKinnon no *Saturday Night Live*, como se cada tirada minha equivalesse às de um gênio da comédia.

— Se a senhora quer! — diz ele, virando-se todo atrapalhado para pegar comida de plástico na caixa dos brinquedos.

O telefone fixo começa a tocar e Caroline grita lá de cima para mim.

— Deixa a secretária eletrônica atender, por favor, estou sem tempo!

Depois de três toques a máquina atende e ouço a mensagem sendo gravada:

— Bom dia! É Diana Farrell, da Spring Brook Elementary...

É a terceira mensagem deles em uma semana e Caroline entra voando na cozinha, apressada para conseguir falar antes de a pessoa desligar.

— Alô. É a Caroline.

Ela lança um olhar exasperado na minha direção (*Dá pra acreditar nesse sistema educacional maldito?*) e leva o telefone para a sala. Enquanto isso, Teddy me traz um prato com vários brinquedos: ovos e espaguete de plástico, vários bocados de sorvete de plástico. Faço um sinal negativo com a cabeça, fingindo indignação.

— Lembro muito bem de ter pedido bacon!

Teddy ri, atravessa o cômodo até a caixa dos brinquedos e retorna com uma fatia de bacon de plástico. Tento pescar algo da conversa de Caroline, mas ela não fala muito. É como as conversas na Hora do Silêncio no quarto de Teddy, em que é quase só a outra pessoa quem fala. Ela se limita a alguns "certo, certo", "com certeza" e "não, obrigada".

Finjo me empanturrar de comida de plástico feito um porco no comedouro. Faço vários ruídos de farejar e bufar e Teddy morre de rir. Caroline volta para a cozinha com o telefone sem fio e o põe de novo na base.

— Era a diretora da escola nova — diz ela a Teddy. — Mal pode esperar para conhecer você!

A mãe então o abraça forte, beija-o e sai apressada porta afora, já são 7h38 e está atrasadíssima.

Depois que termino de "tomar" o café da manhã, pago a conta com dinheiro de mentirinha e pergunto ao Teddy o que ele quer fazer. Pelo jeito está no clima do faz de conta, pois quer brincar de Floresta Encantada de novo.

Seguimos a Estrada de Tijolos Amarelos e o Passo do Dragão, descemos até o Rio Real e então subimos nos galhos do Pé de Feijão Gigante até estarmos a três metros do solo. Há um pequeno oco num dos galhos e Teddy o preenche cuidadosamente com pedrinhas e gravetos afiados — um verdadeiro arsenal, caso os duendes venham nos atacar.

— Duendes não sobem em árvores porque os braços deles são muito curtos — Teddy me explica. — A gente pode se esconder nesses galhos e atirar pedras neles.

Passamos a manhã imersos em um jogo de infinita invenção e improviso. Tudo é possível na Floresta Encantada, nada está fora do nosso alcance. Teddy para diante da margem do Rio Real e me diz que deveria beber de sua água. Diz que o rio tem poderes mágicos que nos impedirão de sermos capturados.

— Já tenho um galão cheio no meu chalé — digo a ele. — Divido com você logo que a gente voltar pra casa.

— Perfeito! — exclama ele.

E volta a saltitar pelo caminho, guiando-me até a próxima descoberta.

— Aliás — grito —, achei os desenhos que você deixou pra mim.

Teddy olha para trás e sorri, esperando que eu explique melhor.

— Os desenhos que você deixou na minha varanda.

— Dos duendes?

— Não, Teddy, os da Anya sendo enterrada. São muito bem-feitos. Alguém ajudou você?

Agora ele parece confuso — como se as regras do jogo tivessem sido abruptamente modificadas sem ninguém contar a ele.

— Eu não desenho mais a Anya.

— Está tudo bem. Não fiquei chateada.

— Mas não fui eu.

— Você deixou lá na varanda. Debaixo de uma pedra.

Ele joga as mãos para o alto, exasperado.

— A gente pode só brincar de Floresta Encantada? Por favor? Não gosto desse outro jeito.

— Tudo bem.

Percebo talvez ter introduzido o assunto na hora errada. Mas depois de voltarmos para casa e almoçarmos, não quero levantá-lo novamente. Faço nuggets de frango e Teddy sobe as escadas para a Hora do Silêncio. Espero um pouco e então vou atrás dele até o andar de cima e encosto o ouvido na porta do quarto. Consigo ouvir o sussurro do lápis se movendo pela página, *tchhh tchh tchhhh*.

No final da tarde, Russell telefona e me convida para jantar. Ainda estou cansada da noite anterior e sugiro adiarmos, mas Russell diz que está para sair de férias por duas semanas — tem que ser hoje à noite.

— Achei um restaurante perto da sua casa. Uma Cheesecake Factory.

Quase rio, pois Russell é um verdadeiro paladino da alimentação saudável. Sua dieta é composta basicamente de vegetais e proteínas — nada de açúcar artificial ou carboidratos, apenas colheradas ocasionais de chips de alfarroba e mel orgânico.

— Cheesecake? Tá falando sério?

— Já reservei a mesa. Sete e meia.

Assim, depois de Caroline chegar em casa, tomo banho, ponho um vestido e, pronta para sair do chalé, pego a pilha com os desenhos mais recentes de Teddy. E é então que paro junto à soleira da porta, hesitante. Depois de ter compartilhado toda a história com Adrian na livraria, sei que precisaria de uma hora para dar conta de tudo. Decido, portanto, deixar os desenhos em casa. Quero que Russell sinta orgulho de mim. Quero projetar para ele a imagem de uma mulher forte, capaz, cuja recuperação está sendo bem-sucedida. Não quero que minhas preocupações sejam um peso para ele. E assim escondo os desenhos na mesa de cabeceira.

O restaurante é grande e está lotado, transbordando de energia — uma Cheesecake Factory típica. A recepcionista me leva a uma mesa onde Russell me espera. Ele usa uma roupa de corrida azul-marinho e seus tênis Hoka favoritos, os que usou na Maratona de Nova York.

— Finalmente! — Ele me abraça e me olha de alto a baixo. — O que aconteceu, Quinn? Você parece acabada.

— Obrigado, treinador. Você também está ótimo.

Sentamos em nossas cadeiras e peço uma água com gás.

— É sério — diz ele. — Você está dormindo direito?

— Está tudo bem. O chalé é meio barulhento à noite. Mas eu vou levando.

— Você disse isso aos Maxwell? Talvez possam fazer algo.

— Eles me ofereceram um quarto na casa principal. Mas já disse, está tudo bem.

— Você não tem como treinar se não estiver descansada.

— Foi só uma noite ruim. Eu juro.

Tento mudar o assunto para o menu, que tem contagem de calorias e informação nutricional sob cada item.

— Viu a Pasta Napolitano? São 2.500 calorias.

Russell pede uma salada verde com frango grelhado e molho vinagrete à parte. Peço o Glamburger com fritas de batata-doce. Conversamos um pouco sobre suas férias iminentes — duas semanas em Las Vegas com sua "amiga", Doreen, personal trainer na academia da ACM que ele frequenta. Mas percebo ainda sua inquietação. Depois de comermos, ele redireciona novamente a conversa para mim.

— E como está Spring Brook? Como estão as reuniões do N.A.?

— É um povo mais velho, Russell. Sem ofensa.

— Você está indo uma vez por semana?

— Não preciso. Estou sóbria.

Percebo que ele não gosta da resposta, mas mesmo assim não me dá bronca.

— E amigos? Já conheceu muita gente?
— Ontem à noite saí com uma pessoa.
— Onde você a conheceu?
— Ele é aluno da Rutgers, está passando o verão com os pais.

Meu padrinho franze a testa, preocupado.

— Quinn, ainda está cedo para namorar. Você está sóbria só há um ano e meio.
— Nós somos só amigos.
— Ele *sabe* que você está sóbria, então?
— Sim, Russell, foi nosso primeiro assunto. Contei a ele como quase tive uma overdose num Uber. E depois falamos das noites em que dormi na estação de trem.

Ele dá de ombros, como se fossem todas coisas absolutamente razoáveis a discutir.

— Já fui padrinho de muitos universitários, Mallory. O campus, as fraternidades, as noitadas regadas a álcool... são terrenos férteis para gerar viciados.
— Nossa noite foi supertranquila, numa livraria. Bebemos água com gás e ouvimos música. E ele caminhou comigo até a casa dos Maxwell. Foi legal.
— Da próxima vez que você encontrar esse cara, tem que dizer a verdade. É uma parte da sua identidade, Mallory, e precisa assumi-la. Quanto mais adiar, mais difícil fica.
— Foi para isso que me convidou hoje? Para me dar sermão?
— Não, te chamei porque a Caroline me ligou. Ela está preocupada com você.

A informação me pega de surpresa.

— Sério?
— Ela disse que você começou maravilhosamente bem. Disse que você era competente, Quinn. Estava muito feliz com o seu rendimento. Mas falou que notou uma mudança nesses últimos dias. E sempre que ouço essas palavras...
— Eu não tive uma recaída, Russell.

— Ótimo. Ok, isso é bom.

— Ela *disse* que eu tive?

— Disse que você anda agindo de forma estranha. Te viu do lado de fora às sete da manhã fuxicando nas latas de lixo. Que diabo foi isso?

Percebo que Caroline deve ter me visto pela janela do quarto.

— Não era nada. Acabei jogando uma coisa fora por engano. Tinha que pegar de volta. Grande coisa.

— Ela me disse que você anda falando sobre fantasmas. Que acha que talvez o filho dela esteja possuído.

— Não, nunca disse isso. Ela me entendeu mal.

— Disse que você está toda íntima da vizinha que é usuária.

— Está falando da Mitzi? Eu falei com ela duas vezes. Em quatro semanas. Isso é o suficiente para virar a melhor amiga da mulher?

Russell faz um gesto para que eu baixe o tom de voz. O salão está cheio, o ruído é intenso, mas mesmo assim já há gente nas mesas próximas nos encarando.

— Estou aqui para ajudar você, ok? Quer conversar sobre alguma coisa específica?

Será que posso de fato contar a ele? Será que posso de fato detalhar todas as minhas preocupações sobre Annie Barrett? Não. Não posso. Porque sei que soam ridículas. E eu só quero que meu padrinho sinta orgulho de mim.

— Vamos falar da sobremesa. Estou pensando em pedir o cheesecake de chocolate com avelã.

Ofereço-lhe um menu laminado, mas ele não aceita.

— Não mude de assunto. Você precisa desse emprego. Se for demitida, não vai ter como voltar para Safe Harbor. A lista de espera lá é enorme.

— Eu não vou voltar pra Safe Harbor. Vou fazer um trabalho incrível, a Caroline vai falar maravilhas de mim pra todos os vizinhos e, quando o verão terminar, aposto que ela vai me manter. Ou vou trabalhar para outra família em Spring Brook. É esse o plano.

— E quanto ao pai? O Ted?
— O que tem ele?
— É gentil?
— Sim.
— É gentil *demais*? Meio mão-boba?
— Você usou mesmo a expressão *mão-boba*?
— Você sabe do que estou falando. Às vezes esses caras perdem a noção dos limites. Ou até enxergam os limites, mas não se importam.

Eu me lembro da lição de natação duas semanas atrás. A noite em que Ted elogiou minha tatuagem. Acho que ele tocou meu ombro, mas não é como se tivesse passado a mão na minha bunda.

— Ele não é mão-boba, Russell. Ele é legal. Eu estou legal. Estamos todos bem. Agora, dá pra gente pedir a sobremesa?

Dessa vez ele aceita o menu, ainda que de má vontade.

— Qual é a ideia mesmo?
— Chocolate com avelã.

Ele vira o menu para ler todas as informações nutricionais.

— Mil e quatrocentas calorias? Você tá de sacanagem, né?
— E noventa e dois gramas de açúcar.
— Deus do céu, Quinn. Deve morrer gente nesse restaurante toda semana. As pessoas devem ter paradas cardíacas voltando para o carro. Devia ter uns paramédicos no estacionamento, prontos para reanimar os clientes.

Nossa garçonete vê Russell examinando as sobremesas. É uma adolescente, toda sorridente e radiante.

— Pelo jeito alguém está pensando em cheesecake!
— Sem chance — diz ele. — Mas a minha amiga vai querer. Ela é saudável, ela é forte, tem toda a vida pela frente.

Após a sobremesa, Russell insiste em me levar de carro até a casa dos Maxwell para não ter que atravessar a rodovia depois de escurecer. Quando encostamos o carro em frente à casa, são quase nove e meia.

— Obrigada pelo cheesecake — digo a ele. — Espero que tenha ótimas férias.

Abro a porta do carro, mas Russell me segura.

— Vem cá: tem *certeza* de que você está bem?

— Você vai perguntar isso mais quantas vezes?

— Só me diz então por que está tremendo.

Por que estou tremendo? Porque estou nervosa. Com medo de andar até o chalé e me deparar com mais desenhos na varanda — por *isso* estou tremendo. Mas não pretendo explicar nada disso a Russell.

— Acabei de comer cinquenta gramas de gordura saturada. Meu corpo vai entrar em choque.

Ele parece meio cético. É o clássico dilema do padrinho: precisa confiar no apadrinhado e mostrar que acredita nele e tem total fé em sua recuperação. Mas quando o apadrinhado começa a agir de forma estranha — quando começa a tremer dentro de carros em noites quentes de verão —, precisa vestir a capa de vilão. Precisa fazer as perguntas difíceis.

Abro o porta-luvas, que continua cheio de testes de sobriedade.

— Quer me testar?

— Não, Mallory. Claro que não.

— Você obviamente está preocupado.

— Estou, mas confio em você. Estes cartões não são para você.

— Deixa eu fazer de qualquer forma. Deixa eu provar que estou bem.

No caminho, uma embalagem de copos de papel ficou rolando de um lado para o outro no chão em frente ao banco traseiro. Inclino-me para trás e pego um. Russell tira um teste do porta-luvas e saímos do carro. Mais do que qualquer outra coisa, o que desejo mesmo é a companhia no caminho de volta ao chalé. Estou com medo de andar sozinha.

Mais uma vez, está tudo escuro no quintal. Ainda não troquei a lâmpada queimada da varanda.

— Para onde a gente está indo? — pergunta Russell. — Cadê a casa?

— Aqui atrás. — Aponto na direção das árvores. — Você vai ver.

Estamos chegando perto e começo a discernir a silhueta do chalé. A chave já está na minha mão. Testo o gatilho do Viper, que faz um ruidoso crepitar, iluminando o quintal como um raio.

— Meu Deus — diz Russell. — Que diabo foi isso?

— Caroline me deu uma arma de choque.

— Não tem crime em Spring Brook. Para que você precisa de uma arma de choque?

— Ela é mãe, Russell. Mães se preocupam. Prometi que colocaria no chaveiro.

O Viper tem uma minúscula lanterna de LED, que uso para vasculhar a varanda: nada de novas pedras, nada de novos desenhos. Destranco a porta, acendo as luzes e convido Russell para entrar. Seus olhos percorrem o ambiente — passa a impressão de estar admirando o que fiz com o lugar, mas Russell é veterano em apadrinhar viciados e sei que está procurando sinais de problemas no ambiente.

— Aqui é muito bonito, Quinn. Você fez tudo isso sozinha?

— Não, os Maxwell já tinham decorado antes de me mudar. — Pego o copo de plástico de suas mãos. — Me dá um minuto. Pode ficar à vontade.

Talvez pareça nojento voltar para casa depois de um belo jantar, mijar em um copo de papel e entregá-lo a um amigo íntimo para que ele analise o conteúdo. Mas quem já passou por uma reabilitação se habitua bem rápido. Vou até o banheiro e faço o que é preciso ser feito. Lavo as mãos e retorno com a amostra.

Russell me espera, ansioso. Como minha sala é também meu quarto, imagino que ele se sinta um pouco desconfortável, como se estivesse violando algum tipo de protocolo entre padrinho e apadrinhado.

— Só estou fazendo isso porque você se ofereceu — lembra ele. — Não estou preocupado de fato.

— Eu sei.

Ele então mergulha o cartão no copo até as abas encharcarem, e depois o deita na parte de cima do copo enquanto aguardamos o resultado. Ele fala um pouco mais sobre as férias, sobre a esperança de fazer a trilha que vai dar no fundo do Grand Canyon, caso os joelhos cooperem. Mas não temos que esperar muito. No painel de teste, linhas únicas indicam negativo e linhas duplas, positivo — e resultados negativos sempre aparecem bem rápido.

— Limpíssimo, como você disse.

Ele pega o copo, leva de volta ao meu banheiro, despeja a urina na privada e dá a descarga. Então amassa o copo e empurra bem no fundo da minha cesta de lixo, junto com o cartão de teste. Por fim, lava as mãos na água morna, com bastante calma e paciência.

— Estou orgulhoso de você, Quinn. Te ligo quando voltar. Duas semanas, ok?

Depois que ele sai, tranco a porta e visto o meu pijama, com a barriga cheia de um delicioso cheesecake e me sentindo bastante orgulhosa. Meu tablet havia ficado na cozinha, carregando. Como ainda é cedo, penso que poderia ver um filme. Mas, ao dar a volta na bancada da cozinha para resgatar o tablet, avisto os desenhos que tanto temia — não presos por uma pedra na varanda, mas colados à geladeira por ímãs.

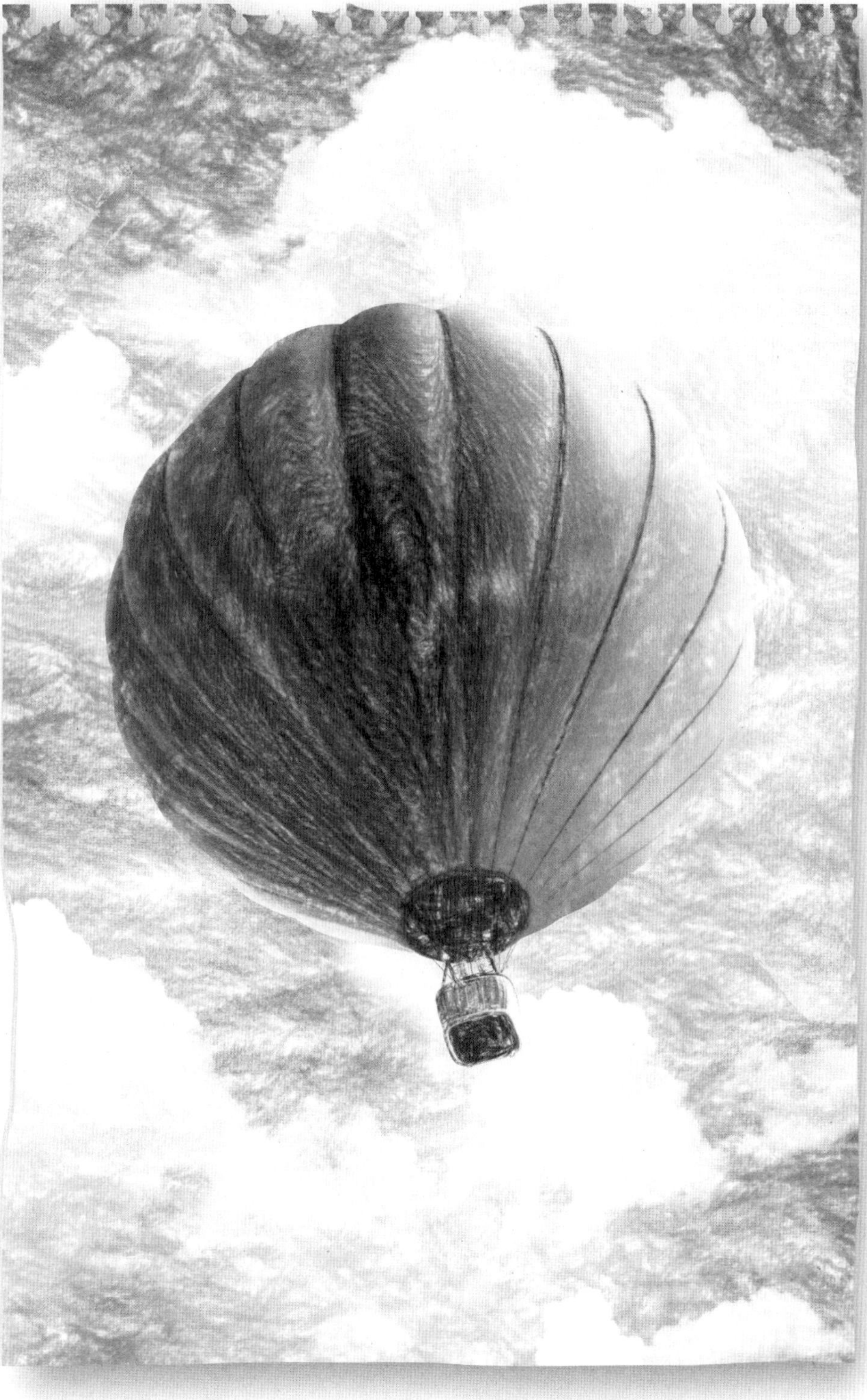

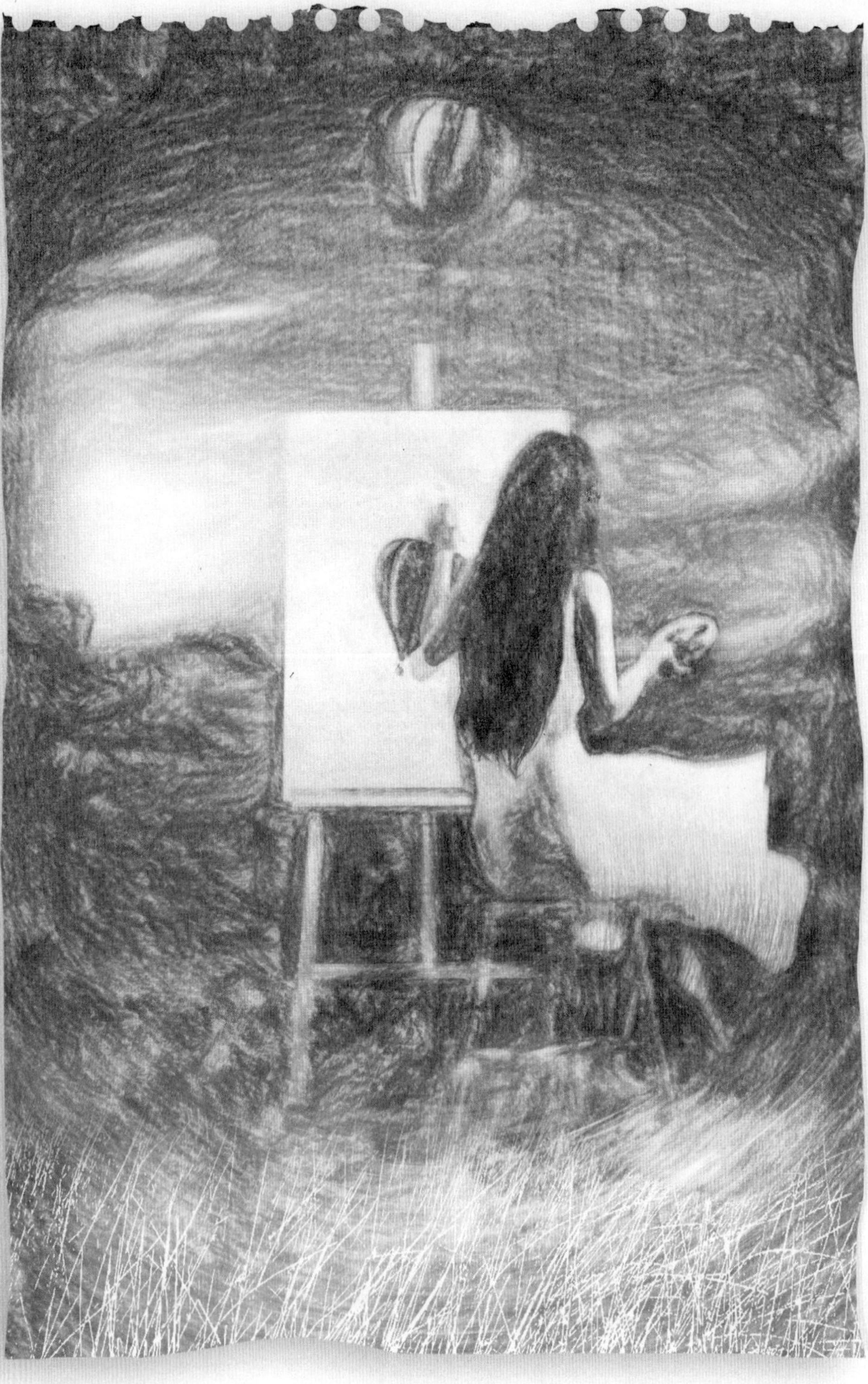

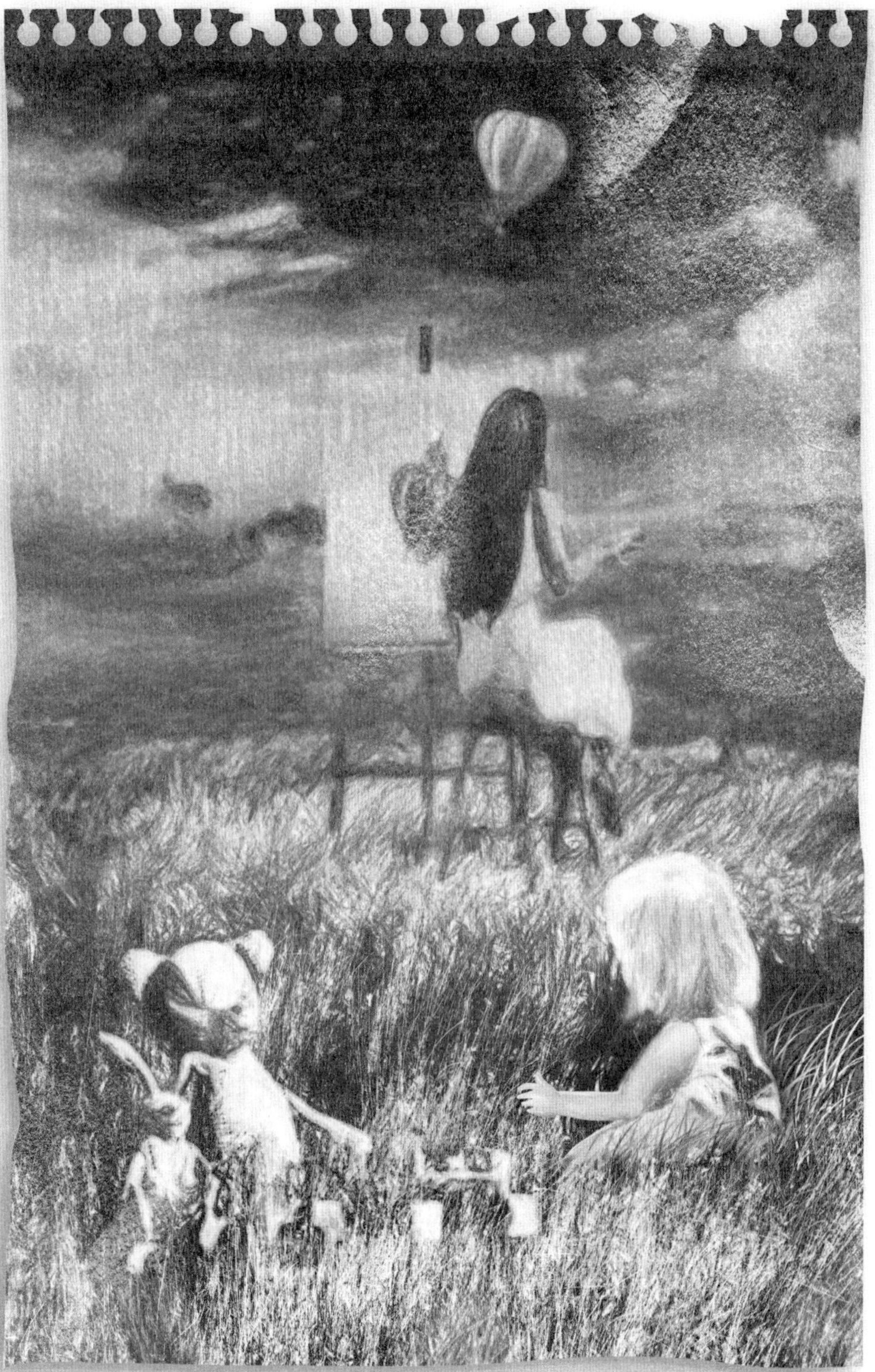

Arranco os desenhos da geladeira e os ímãs caem no chão. As páginas estão moles devido à umidade e um tanto mornas, como se tivessem acabado de sair de um forno. Ponho-as na bancada viradas para baixo, para não ter que olhar para elas.

Percorro o chalé com pressa, trancando todas as janelas. Será uma noite quente e abafada, possivelmente em claro, mas depois dessa descoberta não quero correr riscos. Enrolo o tapete e verifico como está a portinhola no chão; continua bem pregada. Arrasto minha cama e uso-a para bloquear a porta. Se alguém tentar abri-la, o estrondo da porta se chocando contra o estrado me acordará.

Até onde consigo entender, só há três formas possíveis de esses desenhos terem vindo parar na minha geladeira.

1) Os Maxwell. Eles têm a chave do chalé. Imagino que é possível Ted ou Caroline terem feito esses desenhos e, enquanto eu jantava com Russell, um dos dois ter entrado e posto-os na geladeira. Mas por quê? Nao consigo pensar em uma única razão plausível para eles fazerem isso. Sou a responsável pela segurança e pelo bem-estar do filho deles. Por que desejariam me manipular, me convencer de estar ficando louca?

2) Teddy. Talvez o doce menino de cinco anos tenha surrupiado a chave reserva dos pais, saído de fininho do quarto, se esgueirado pelo quintal e levado os desenhos para dentro do chalé. Mas, para acreditar nessa teoria, é preciso acreditar também que Teddy seja algum tipo de gênio artístico mágico e tenha evoluído — em questão de dias — de bonecos rabiscados para ilustrações tridimensionais plenamente realistas com sombra e luz convincentes em questão de dias.

3) Anya. Não faço ideia do que ocorre no quarto de Teddy durante a Hora do Silêncio — mas e se Anya estiver mesmo controlando o menino? Tomando posse de seu corpo e usando sua mão para fazer esses desenhos? E de alguma forma "levando-os" devidamente terminados para dentro do meu chalé?

Eu sei, eu sei. Parece loucura.

Mas quando examino todas as três teorias e as comparo umas com as outras, a explicação mais impossível me parece também a mais provável.

Nesta noite, enquanto me viro de um lado para o outro na cama, com dificuldade de cair no sono, descubro uma maneira de provar que estou certa.

**13**

No dia seguinte, na hora do almoço, desço ao porão dos Maxwell e começo a abrir caixas. O local está cheio de caixas da mudança ainda por esvaziar. Só preciso abrir três para encontrar o que procuro. Sabia que os Maxwell teriam uma babá eletrônica e, para minha alegria, é das mais sofisticadas. O transmissor é uma câmera HD com visão noturna infravermelha, lente normal e grande angular. O receptor é uma tela grande do tamanho de um livro de bolso. Junto tudo em uma caixinha de sapatos e carrego-a de volta para cima. Quando chego à cozinha, Teddy me aguarda.

— O que estava fazendo no porão?
— Só fuxicando — digo a ele. — Vamos pegar um pouco de ravioli para você.

Espero ele se distrair com o almoço e subo de fininho até o quarto, em busca de um lugar para esconder a câmera. Me dei conta de que, se quiser saber qual a origem dos desenhos, preciso *ver* de onde vêm — preciso ver o que ocorre lá dentro durante a Hora do Silêncio.

Mas esconder a câmera não é fácil. É grande, difícil de disfarçar. Pior ainda, exige uma tomada. Mas encontro a solução na montanha de bichos de pelúcia de Teddy — enfio-a no meio da pilha com todo o cuidado, de forma que a lente tenha um espaço de visão entre o

Snoopy e o Ursinho Pooh. Certifico-me de que esteja ligada na tomada e pronta para transmitir e beijo a cruz que pende do meu pescoço, rezando a Deus para que Teddy não repare em nada fora do comum.

Volto para a cozinha e me sento junto a Teddy enquanto ele termina de almoçar. Está tagarela hoje. Reclama de ter que ir ao barbeiro — Teddy odeia, diz que quer ter o cabelo comprido como o do Leão Covarde —, mas nem dou bola. Estou nervosa demais. Logo terei respostas para muitas das minhas perguntas, mas não tenho certeza de que estou pronta para elas.

A sensação é de que horas se passaram quando Teddy enfim acaba de almoçar e lhe digo para ir para a Hora do Silêncio no quarto. Corro então até a sala e ligo o receptor na tomada. Como o quarto de Teddy está exatamente acima de mim, áudio e vídeo são cristalinos. A câmera está apontada para a cama e dá para ver quase todo o piso — os dois lugares onde é mais provável ele se sentar e desenhar.

Ouço a porta do quarto se abrir e fechar. Teddy aparece no quadro vindo da direita, atravessa a tela até sua escrivaninha, pega o bloco de desenho e o estojo de lápis. Salta então em cima da cama. Ouço o baque suave do seu corpo no colchão tanto pelo receptor quanto vindo do teto, acima da minha cabeça, como uma transmissão com som estéreo.

Teddy se senta encostado na cabeceira, pernas abertas, apoiando o bloco nos joelhos. Organiza uma fileira de lápis na mesinha de cabeceira ao lado da cama. Pega então um apontador — daqueles que vêm com uma cúpula de plástico transparente. Gira um lápis no apontador, *tchh*, *tchh*, *tchh*, retira-o, examina a ponta, conclui que não está afiado o bastante. Coloca-o de novo dentro e *tchh*, *tchh*, *tchh*, até decidir que está pronto.

Desvio meu olhar por um instante — só o bastante para tomar um gole de água — e, quando volto a contemplar a tela, o vídeo está crepitando, congelando e pulando *frames*, como se não conseguisse acompanhar o áudio. Continuo a ouvir o som do apontador, mas o vídeo está congelado na imagem de Teddy tentando alcançar um lápis.

Então uma única palavra, em voz suave, pouco mais alta que um sussurro:

— Olá.

Segue-se um chiado de estática. O vídeo avança e congela de novo. A imagem fica embaçada, em baixa resolução. O olhar de Teddy está voltado para cima do bloco, direcionado para a porta do quarto, para algo ou alguém localizado imediatamente fora de quadro.

— Ajeitando os lápis — diz ele, rindo. — Os lápis? Pra desenhar.

Ouve-se um longo chiado de estática e o ruído sobe e desce com um ritmo que me lembra uma respiração. Algo no microfone crepita e estoura, e mais uma vez o vídeo dá um salto; agora Teddy está olhando para a câmera e sua cabeça dobrou de tamanho. Parece mais o reflexo em um espelho de casa maluca de parque de diversões. As feições estão esticadas e assumem proporções impossíveis. Os braços são como pequenas barbatanas, mas o rosto está enorme.

— Com cuidado — sussurra ele. — Devagar.

A estática fica mais alta. Tento abaixar o volume, mas girar o botão não faz diferença. O som vai ficando mais alto, mais alto, até o ponto em que o ouço por todos os lados, como se tivesse escapado do aparelho e preenchido a sala. O vídeo dá outro salto e Teddy aparece esparramado no colchão, braços estendidos, o corpo convulsionando. Pelo teto, ouço o baque repetido da cama.

Saio correndo da sala, atravesso o corredor e subo para o segundo andar. Puxo a maçaneta da porta do quarto de Teddy, mas ela não gira. Está emperrada. Trancada.

Ou algo a está segurando nesta posição.

— Teddy!

Bato na porta com força. Tomo distância e a chuto, do jeito que vejo as pessoas fazendo nos filmes, mas acabo só machucando o pé. Tento jogar o ombro contra a porta e a dor é tamanha que escorrego até o chão. É quando me dou conta de que consigo enxergar o interior do quarto. Há um minúsculo vão de pouco mais de um centímetro no sopé da porta. Deito de lado, encosto a cabeça no chão, fecho um dos olhos, espio pelo vão, e o cheiro me acerta com tudo — amônia concentrada sendo exalada do quarto como se fosse o escapamento de um carro, um tranco quente e tóxico que me enche a boca e faz com que eu me afaste num giro, tossindo, engasgando, segurando a garganta como se tivesse respirado gás de pimenta. Lágrimas escorrem pelo meu rosto. Meu coração está disparado.

Ainda deitada no corredor, limpando o catarro das minhas narinas, tentando me recuperar, tentando recobrar energia para simplesmente me sentar, ouço o clique do pequeno mecanismo da maçaneta.

Me levanto com dificuldade e abro a porta. O fedor invade as minhas narinas de novo — é o cheiro de urina, extremamente concentrado, suspenso no ar como vapor. Levanto minha camisa e cubro a boca. Teddy parece nem notar o odor; está alheio aos meus gritos. Sentado na cama, com o bloco de desenho no colo e um lápis na mão direita, trabalha rapidamente, talhando grossas linhas enegrecidas pela página.

— Teddy!

Ele não ergue o olhar. Nem parece ter me ouvido. A mão continua em movimento — sombreando a página de escuridão, preenchendo o negro céu noturno.

— Teddy, me escuta, está tudo bem?

Continua me ignorando. Me aproximo mais da cama e meu pé pisa em um dos bichos de pelúcia, um cavalo que emite um relincho barulhento e agudo.

— Teddy, olha pra mim!

Ponho a mão em seu ombro; ele enfim ergue os olhos e vejo que estão completamente brancos. As pupilas, voltadas para cima, sob as pálpebras. Mas a mão continua se movendo, desenhando sem ver. Agarro seu pulso e o calor da pele me choca, bem como a força de seu braço. Seu corpo normalmente é delicado e flexível como o de uma boneca de pano. Vivo brincando, dizendo que os seus ossos são ocos, pois ele é tão leve que dá para erguer do chão e girar. Mas, neste momento, uma estranha energia corre por baixo de sua pele; os músculos parecem tensos, como um pequeno pit bull em posição de ataque.

E então seus olhos voltam ao lugar.

Ele pisca para mim.

— Mallory?

— O que está fazendo?

Ele percebe que está segurando um lápis e o deixa cair na mesma hora.

— Não sei.

— Você estava desenhando, Teddy. Eu vi. O seu corpo todo estava tremendo. Como se estivesse tendo uma convulsão.

— Desculpa...

— Não precisa pedir desculpas. Não estou com raiva.

Seu lábio inferior está tremendo.

— Eu pedi desculpas!

— Só me conta o que aconteceu!

Eu sei que estou gritando, mas não consigo evitar. Estou assustada demais com tudo o que vejo. Há dois desenhos no chao e um terceiro em andamento no bloco.

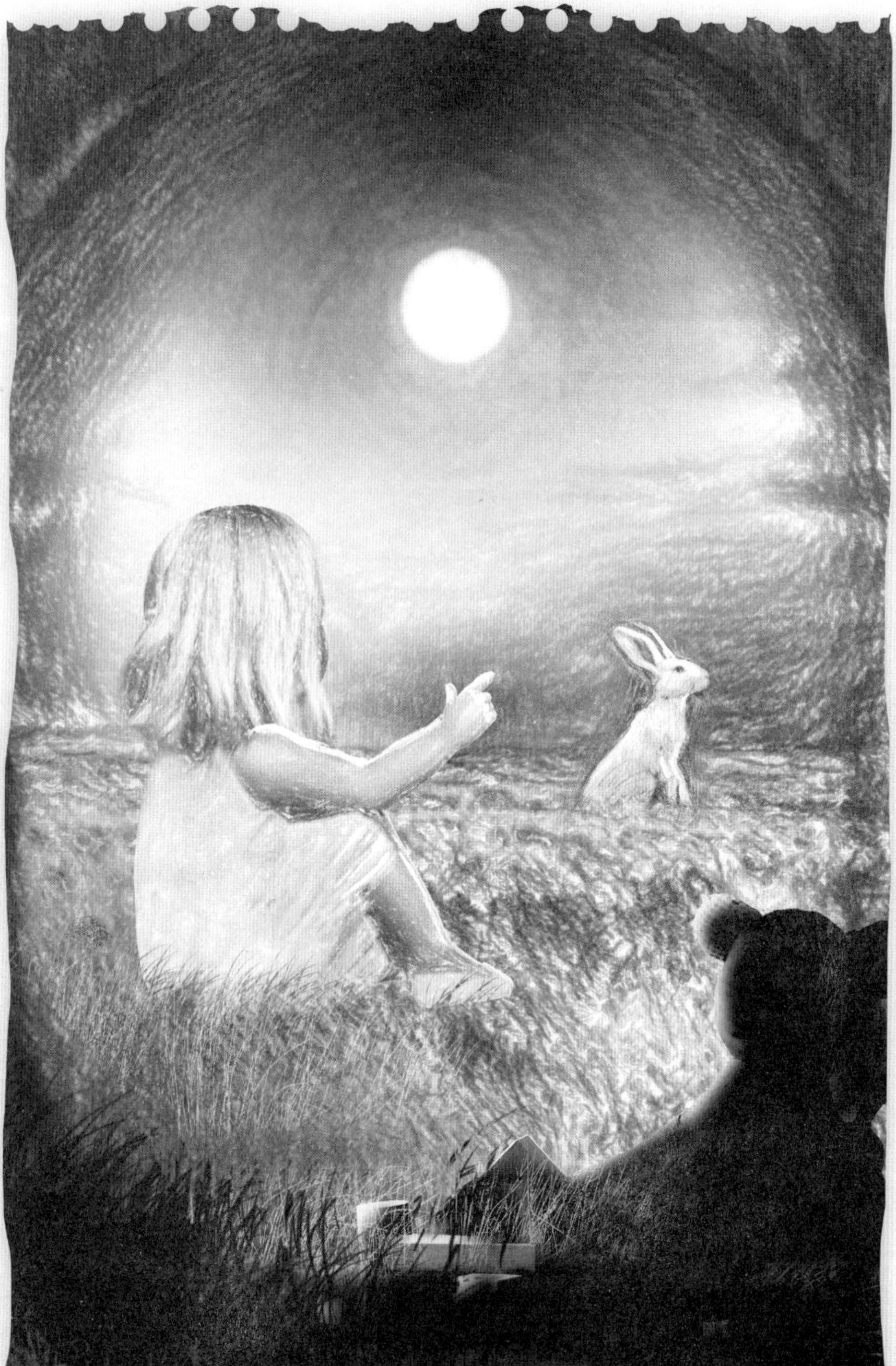

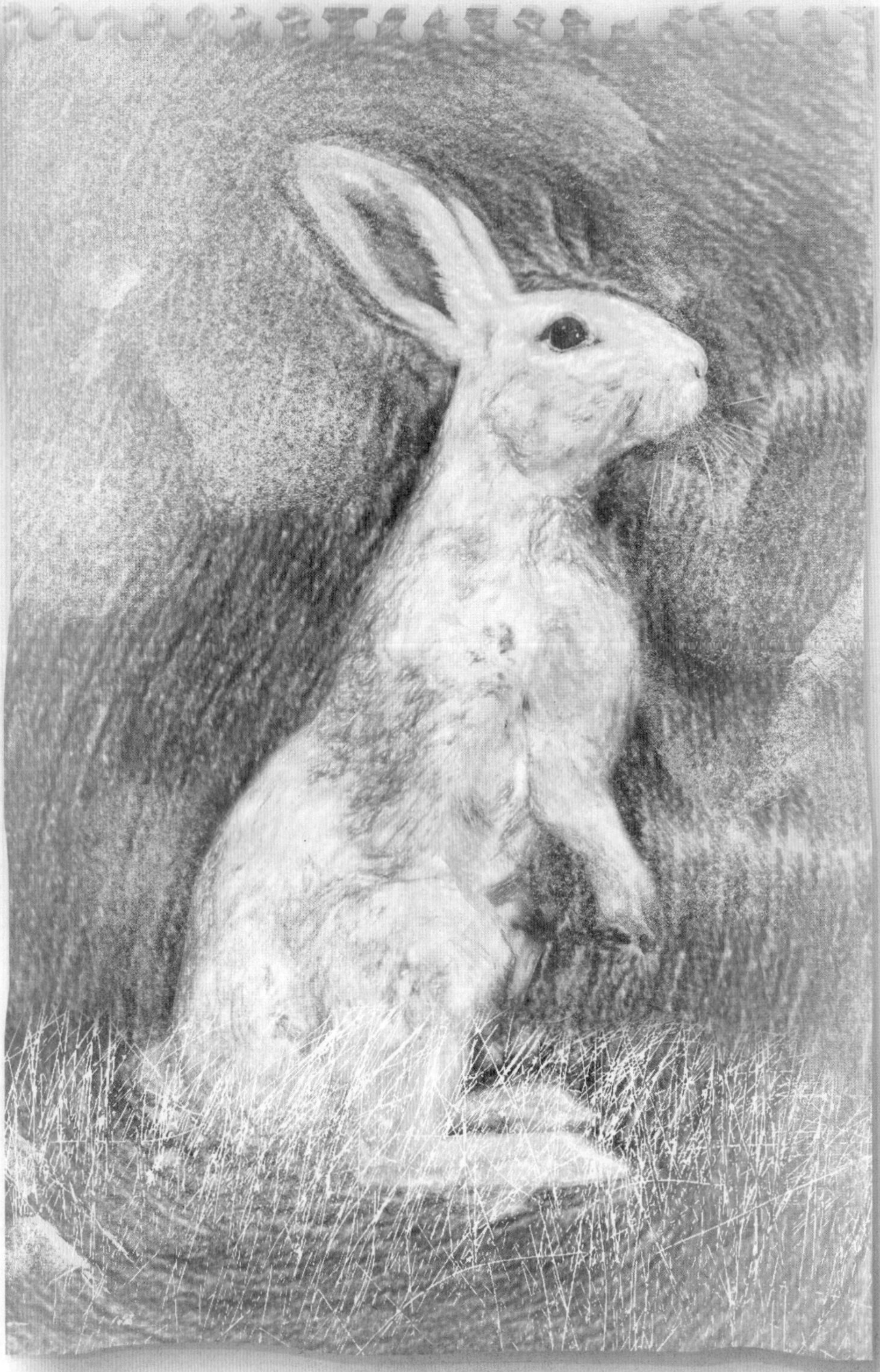

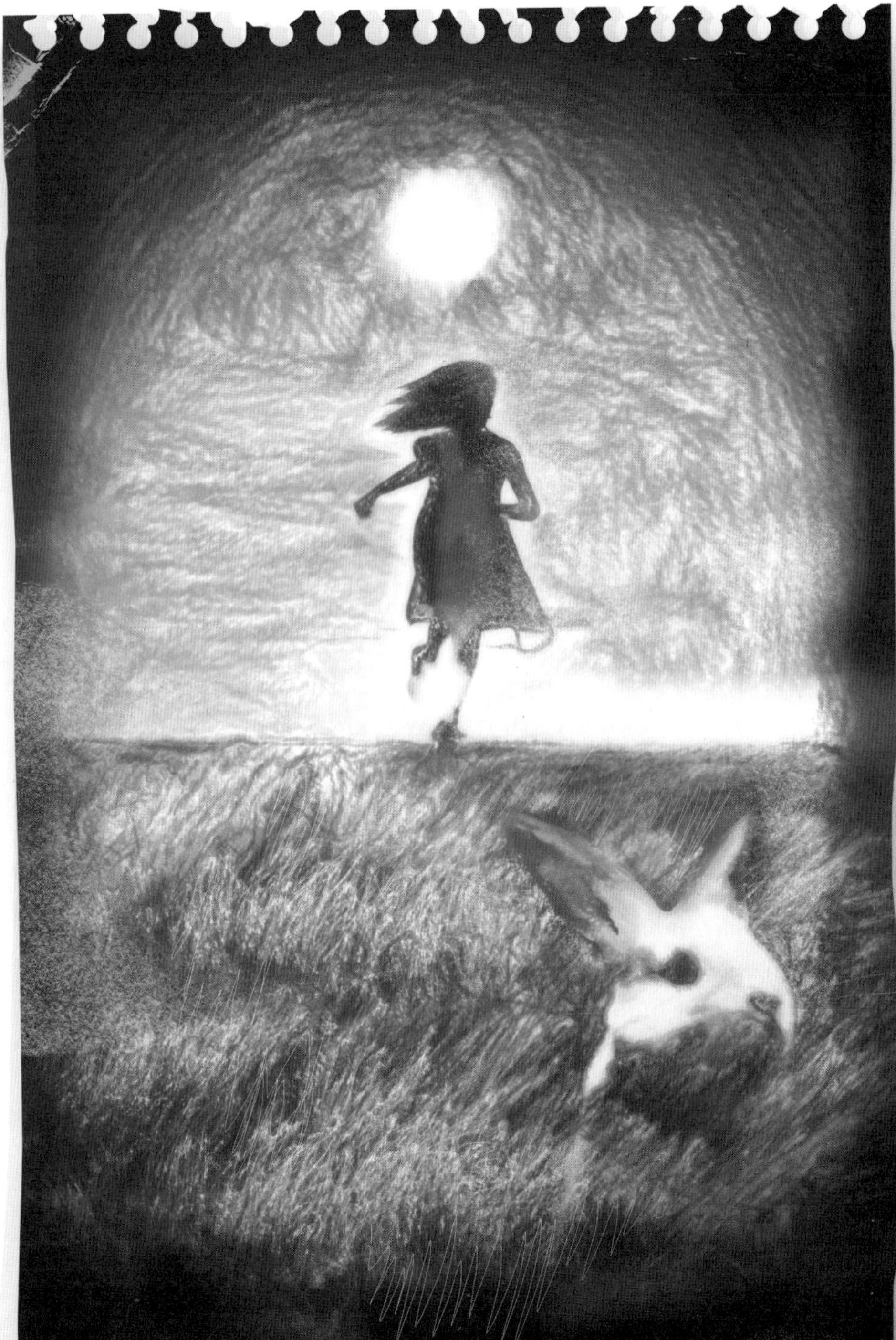

— Teddy, me escuta! Quem é essa menina?
— Não sei.
— É a filha da Anya?
— Não sei!
— Por que você está desenhando essas coisas?
— Não fui eu, Mallory, juro!
— Então por que estão no seu quarto?
Ele respira fundo.
— Eu sei que a Anya não é de verdade. Sei que ela não está aqui de verdade. Às vezes *sonho* que a gente desenha juntos, mas quando acordo nunca tem desenho nenhum. — Ele arremessa o bloco de desenho até o outro lado do quarto, como se quisesse negar sua existência. — Não era pra ter desenho nenhum! A gente só *sonha* com eles!

Então me dou conta do que está acontecendo: Anya deve retirar os desenhos do quarto antes de Teddy acordar para ele não ter que vê-los. Eu apareci e interrompi o processo habitual.

É coisa demais para Teddy lidar e ele desaba em lágrimas. Puxo-o para os meus braços, o corpo novamente leve; parece novamente um menino comum. Me dou conta de estar pedindo a ele para explicar algo que não compreende. Estou lhe pedindo para me explicar o impossível.

Ele toca minha mão com sua mão direita e noto que os dedinhos estão todos manchados de grafite. Abraço-o com força e o acalmo, garantindo que tudo vai ficar bem.

Mas na verdade não tenho tanta certeza assim.

Porque sei muito bem que o Teddy é canhoto.

# 14

À noite, Adrian aparece e repassamos juntos todas as ilustrações. Ao todo, são nove desenhos — os três deixados na minha varanda, os três pregados na geladeira e os três que peguei hoje no quarto do Teddy. Adrian fica embaralhando as páginas, como se as tentasse colocar numa ordem correta, como se algum tipo de sequência mágica revelasse uma narrativa. Mas passei a tarde toda pensando nelas e continuava sem enxergar qualquer sentido.

O sol já quase se pôs. O ar no quintal está nebuloso e cinzento. A floresta, repleta de vaga-lumes piscando. Do outro lado do caminho que leva à casa principal, pelas janelas da cozinha, vejo Caroline encher a máquina de lavar louça; ela está arrumando a cozinha depois do jantar enquanto, no andar de cima, Ted põe o filho para dormir.

Adrian e eu nos sentamos lado a lado nos degraus que levam ao chalé, espremidos, tão próximos que nossos joelhos quase se tocam. Conto a ele sobre minha experiência com a babá eletrônica, como vi Teddy fazer os desenhos sem olhar e sem usar a mão dominante. Adrian teria todo o direito de me chamar de maluca (sei que minha história *parece* loucura), por isso fico aliviada quando me leva a sério. Ele segura os desenhos próximo ao rosto e tosse.

— Meu Deus, isso fede.

— Tem o mesmo cheiro do quarto do Teddy. Não sempre, mas às vezes. A Caroline diz que ele faz xixi na cama.

— Isso não parece urina. No verão passado, a gente pegou um serviço no condado de Burlington, perto de Pine Barrens. Um cara nos contratou para limpar o terreno baldio dele. Eram dois mil metros quadrados de mato alto, mais alto que a gente, tivemos de usar facões, literalmente. E você não acreditaria no lixo: roupas velhas, garrafas de cerveja, pinos de boliche, as coisas mais esquisitas. Mas o pior que a gente encontrou foi um cervo morto. No meio de julho. E ele havia nos contratado para liberar o terreno, então tivemos que catá-lo e tirá-lo de lá. Não vou entrar nos detalhes, Mallory, mas foi medonho. E o que eu nunca vou me esquecer é do quão horrível era o cheiro. A gente ouve falar disso nos filmes o tempo todo, mas é a pura verdade. Era o mesmo cheiro desses desenhos.

— O que eu faço?

— Não sei. — Ele pega a pilha de desenhos e a coloca a certa distância, como se talvez não fosse seguro se sentar muito perto deles.

— Você acha que o Teddy está bem?

— Não faço ideia. Foi muito estranho. A pele dele estava pegando fogo. E, quando toquei nele, não parecia mais o Teddy. Parecia... outra coisa.

— Você contou aos pais dele?

— Contar o que para eles? "Acho que seu filho está possuído pelo fantasma da Annie Barrett"? Já tentei. Eles surtaram.

— Mas agora é diferente. Você tem provas. Todos esses novos desenhos. É como você disse: Teddy não poderia ter feito esses desenhos sem ajuda.

— Mas não posso provar que a Anya o ajudou. Não posso provar que ela entra de fininho no meu chalé e deixa os desenhos na geladeira. Parece loucura.

— Não quer dizer que não seja verdade.

— Você não conhece os pais dele como eu. Não vão acreditar em mim. Eu preciso continuar a vasculhar. Preciso de provas reais.

Bebemos água com gás e dividimos uma enorme tigela de pipoca de micro-ondas — o melhor que pude arranjar de uma hora para outra para beliscarmos. Me sinto uma péssima anfitriã, mas Adrian não parece se importar. Ele me atualiza quanto à Biblioteca Pública de Spring Brook. Sua mãe começou a passar o pente-fino nos arquivos, mas até agora não achou nada.

— Ela disse que os arquivos estão uma zona. Escrituras de terras, jornais antigos, está tudo desorganizado. Acha que vai precisar de mais uma semana.

— Não posso esperar mais uma semana, Adrian. Essa coisa, esse espírito, fantasma, o que seja, está entrando na minha casa. Tem noites em que sinto ela me observando.

— Como assim?

Nunca consegui achar as palavras exatas para descrever a estranha sensação de algo esvoaçando na periferia dos meus sentidos, às vezes acompanhado de um ruído, um lamento agudo. Fico tentada a mencionar o estudo de caso na Universidade da Pensilvânia e a perguntar a Adrian se ouviu falar de termos como "detecção de olhar". Mas não quero dizer nada que possa direcionar a conversa ao meu passado. Já lhe contei mentiras demais e continuo me esforçando para achar a melhor forma de explicar tudo.

— Tive uma ideia — diz ele. — Meus pais têm um pequeno apartamento em cima da garagem. Ninguém está usando no momento. Talvez você possa ficar com a gente alguns dias. Você trabalha aqui, mas dorme num lugar seguro até a gente entender o que está acontecendo.

Tento me imaginar explicando a situação para os Maxwell — contar para o menino Teddy, de cinco anos, que estou me mudando por estar assustada demais para morar no quintal da casa dele.

— Não posso sair daqui. Fui contratada para cuidar do Teddy e vou ficar aqui e fazer isso.

— Então deixa eu ficar com você.

— Você não pode estar falando sério.

— Eu durmo no chão. Sem segundas intenções, só para garantir mesmo. — Olho para ele e, embora já esteja quase escuro, tenho certeza de que está vermelho. — Se o fantasma da Annie Barrett se esgueirar para dentro do chalé, vai tropeçar em mim e me acordar, aí falamos com ela juntos.

— Você está de brincadeira com a minha cara?

— Não, Mallory. Estou tentando ajudar.

— Não posso trazer ninguém para cá. É uma das Regras da Casa.

A voz de Adrian se reduz a um sussurro.

— Acordo cinco e meia da manhã todo dia. Posso sair de fininho antes do sol nascer. Antes que os Maxwell acordem. Eles não vão nem saber.

Fico com vontade de aceitar. Adoraria poder conversar com Adrian até altas horas da madrugada. Não quero mesmo que ele vá para casa.

Mas somente uma coisa me impede, e é a verdade. Adrian ainda pensa que está ajudando Mallory Quinn, universitária com bolsa de atletismo, corredora da equipe de cross-country.

Ele não sabe que sou Mallory Quinn, ex-drogada, uma pessoa podre. Não sabe que minha irmã está morta e minha mãe não fala comigo, que perdi as duas pessoas mais importantes do mundo. E não tenho como contar a ele. Mal consigo admitir essas coisas para mim mesma.

— Vai, Mallory. Diz que sim. Estou preocupado com você.

— Você não sabe nada sobre mim.

— Então fala comigo. Me conta. O que tem para saber?

Mas não posso contar a ele, não agora que preciso mais que nunca de sua ajuda. Preciso manter bem guardada a minha história pessoal por mais alguns dias. Depois disso, juro, conto tudo para ele.

Ele repousa a mão delicadamente no meu joelho.

— Eu gosto de você, Mallory. Deixa eu te ajudar.

Percebo que ele está reunindo coragem para tentar algo. Já faz muito tempo que ninguém tenta me beijar. E eu *quero* que ele me beije, mas ao mesmo tempo não quero. Por isso, fico sentada, imóvel, enquanto ele avança lentamente na minha direção.

E então, do outro lado do quintal, na casa principal, as portas de vidro de correr se abrem e Caroline Maxwell sai, com um livro, uma garrafa de vinho e uma taça de haste longa nas mãos.

Adrian recua e dá um pigarro.

— Bem, está tarde.

Eu me levanto.

— Pois é.

Caminhamos pelo quintal, dando a volta na casa principal pelo caminho de laje de pedra até chegarmos à entrada com espaço para dois carros.

— A oferta está de pé se você mudar de ideia — comenta Adrian. — Embora eu ache que você não precisa se preocupar.

— Por que não?

— Bem, essa coisa, espírito, fantasma, o que seja... você já a viu alguma vez?

— Não.

— E alguma vez já ouviu essa coisa? Grunhidos ou ruídos estranhos? Sussurros no meio da noite?

— Nunca.

— E ela mexe no que é seu? Derruba retratos da parede, bate as portas, acende as luzes?

— Não, nada do tipo.

— Exatamente. Ela teve todo tipo de chance pra te assustar. Ou não é capaz disso ou não quer. Acho que está tentando se comunicar. Acho que vêm mais desenhos por aí e, quando tivermos todos nas mãos, vamos entender o que ela quer dizer.

Seria isso mesmo? Não faço ideia. Mas a calma e a confiança em sua voz são bem-vindas. Ele faz todos os meus problemas parecerem perfeitamente administráveis.

— Obrigada, Adrian. Obrigada por acreditar em mim.

· · ·

Enquanto me encaminho de volta para o chalé, Caroline me chama do pátio.

— Então você fez um novo amigo. Espero que eu não tenha assustado o rapaz.

Atravesso o quintal para não ter que gritar.

— Ele é um dos seus paisagistas. Trabalha para o Rei da Grama.

— Eu sei, conheci o Adrian faz algumas semanas. Logo antes de você se mudar para cá. Teddy ficou maravilhado com o trator dele. — Ela toma um gole do vinho. — Ele é uma graça, Mallory. Que olhos!

— Nós somos só amigos.

— Não tenho nada com isso — diz ela, dando de ombros. — Mas, olhando daqui, vocês pareciam estar sentados bem próximos.

Sinto meu rosto ficar vermelho.

— Um *pouco* próximos, talvez?

Ela fecha seu livro e o põe de lado, me incentivando a me sentar.

— O que mais nós sabemos sobre ele?

Explico que mora a três quarteirões de distância, trabalha para a empresa do pai e estuda engenharia na Universidade Rutgers, em New Brunswick.

— Gosta de ler. Esbarrei com ele numa livraria. E parece conhecer todo mundo em Spring Brook.

— E quanto a sinais de alerta? Quais são os defeitos?

— Até agora não encontrei nenhum. Quer dizer, ele é meio nerd, fã de *Star Wars*. Não me surpreenderia se fosse fantasiado a uma daquelas convenções.

Caroline ri.

— Se isso é o pior, eu botaria uma roupa de Princesa Leia e agarraria ele. Quando vocês vão se ver de novo?

— Não sei bem ainda.

— Quem sabe você não toma a iniciativa da próxima vez? Convida ele para vir aqui. Podem usar a piscina, almoçar juntos, tipo um piquenique. Teddy adoraria nadar com ele, disso eu tenho certeza.

— Obrigada. De repente faço isso.

Sentamos por alguns momentos e ficamos em um silêncio confortável, desfrutando da quietude noturna. Caroline então puxa seu livro — uma velha edição de bolso com páginas marcadas e cheia de anotações. Na capa, uma Eva nua no Jardim do Éden faz menção de pegar a maçã enquanto a serpente a espreita.

— É a bíblia?

— Não, é poesia. *Paraíso perdido*. Eu amava na época da faculdade, agora não consigo passar de uma página sequer. Não tenho mais paciência. Acho que a maternidade arruinou minha capacidade de concentração.

— Tenho o primeiro *Harry Potter* lá no chalé. Peguei na biblioteca para ler para o Teddy, mas posso emprestar se você quiser.

Caroline sorri como se eu tivesse dito algo engraçado.

— Acho que por hoje chega. Está ficando tarde. Boa noite, Mallory.

Ela entra em casa e faço a longa caminhada pelo quintal de volta ao chalé. De novo, ouço passos ao redor, vindos de Hayden's Glen. Cervos, adolescentes bêbados, gente morta, vai saber... Mas o som não me assusta mais.

Porque concluí que Adrian está certo.

Não preciso ter medo da Anya.

Ela não quer me machucar.

Não quer me assustar.

Está tentando me contar algo.

E acho que já é hora de dispensar o intermediário.

# 15

Na manhã seguinte, digo a Teddy que Adrian vem nos visitar na hora do almoço e faremos um piquenique na piscina. Juntos, nos dedicamos à preparação de um tremendo banquete: sanduíches de frango grelhado, salada de macarrão, salada de frutas e limonada caseira. Teddy carrega tudo até o deque da piscina, todo orgulhoso, e eu abro os guarda-sóis do pátio para comermos na sombra.

Adrian já está a par do meu plano e aceitou ficar como babá de Teddy enquanto Mitzi e eu tentamos usar a tábua para contatar espíritos. Ele chega na hora marcada, meio-dia, de roupa de banho e camiseta vermelha do Scarlet Knights, time da Universidade Rutgers. Teddy sai correndo pelo deque da piscina para recebê-lo. Embora tenha menos de um metro e vinte de altura, Teddy descobriu de algum jeito como abrir o portão à prova de crianças. Ele incorpora sua persona de *maître*, dando a Adrian as boas-vindas ao nosso "restaurante" e conduzindo-o à nossa mesa.

Adrian fica maravilhado com toda a comida disponível.

— Queria poder ficar aqui e comer o dia inteiro! Mas El Jefe só me deu uma hora. Depois disso, vai vir me procurar e a coisa vai ficar feia pro nosso lado.

— A gente come rápido e vai pra piscina logo — diz Teddy. — Aí a gente pode brincar de Marco Polo!

Dou a Adrian uma porção de instruções. Lembro-o várias vezes de que Teddy precisa estar sempre de boia, que a piscina é funda demais para ele, até na parte rasa. Estou nervosa demais para comer qualquer coisa. Meu olhar procura sempre o chalé, onde Mitzi já está há cerca de uma hora, preparando o ambiente para o "encontro". Ela não garante que o plano dará certo. Nas circunstâncias ideais, diz, Teddy estaria sentado conosco, em frente ao tabuleiro Ouija. Mas aceita que tê-lo a menos de vinte metros talvez seja suficiente, e este é o único risco que me disponho a correr.

Teddy está ansioso para nadar. Come apenas meio sanduíche e diz não estar mais com fome. E Adrian, ciente de que estou pronta para começar, come rapidamente e, com um braço apenas, ergue Teddy do chão.

— Pronto, sr. T?

Teddy dá gritinhos de alegria.

Agora, a parte difícil:

— Teddy, tudo bem se o Adrian ficar com você um tempinho? Preciso ir ao chalé, tenho que fazer uma coisa.

Como eu imaginava, Teddy é pura felicidade. Corre para o outro lado do deque agitando os braços feito louco, vibrando porque Adrian — Adrian!! — vai cuidar dele.

— Por favor, muito cuidado com ele. Não tire os olhos nem por um segundo. Se algo acontecer com ele...

— A gente vai ficar bem — promete Adrian. — É com você que estou preocupado. É a primeira vez que você usa um tabuleiro Ouija?

— Primeira vez desde os onze, doze anos.

— Cuidado, ok? Se precisar de alguma coisa, grita.

Balanço a cabeça.

— Não se aproxime de lá. Mesmo que ouça a gente gritar. Não quero que o Teddy saiba o que estamos fazendo. Se ele contar aos pais, eles vão surtar.

— Mas e se acontecer um problema?

— Mitzi disse que já fez isso umas cem vezes. Disse que é totalmente seguro.

— E se ela estiver errada?

Garanto a ele que tudo dará certo, mas acho que não pareci muito convincente. Mitzi já ligou seis vezes para o meu celular hoje, me alertando quanto a precauções e restrições importantes. Me proibiu de usar qualquer tipo de joia ou perfume. Nada de maquiagem, nada de chapéus ou de cachecóis, nada de sapatos abertos. A cada conversa, soava mais pilhada. Ela me explicou que usa THC para "desbloquear" seus caminhos neurais. Meu medo é que tanta maconha a tenha deixado paranoica.

Teddy volta correndo para perto de nós e se choca contra os joelhos de Adrian, quase derrubando-o na piscina.

— Já está pronto? A gente já pode ir pra piscina?

— Divirtam-se — digo a eles. — Volto já, já.


Quando retorno ao chalé, Mitzi já terminou os preparativos. Há uma pilha de livros de referência na bancada da cozinha, e ela cobriu as janelas com tecido preto grosso no intuito de bloquear totalmente a luz solar. Quando abro a porta, piscando os olhos para ajustá-los ao breu, flagro-a espiando o lado de fora, vendo Adrian tirar a camisa.

— Nossa Senhora... Onde achou esse bonitão?

Ela aparenta não reconhecer Adrian sem os apetrechos de paisagismo. Não percebe que é o mesmo homem que rotulara de estuprador poucas semanas antes.

— Ele mora pertinho daqui.

— E você confia nele para vigiar a criança? Não virá nos perturbar?

— Não teremos problemas.

Fecho a porta e é como se tivesse entrado numa tumba. O ar está espesso com o cheiro amadeirado de essência de sálvia. Mitzi explica que serve para reduzir a interferência de espíritos hostis. Ela espalhou pelo ambiente meia dúzia de velas de sete dias, o que nos dá luz suficiente para podermos nos guiar. Um tecido preto recobre a mesa da cozinha e o tabuleiro de madeira foi depositado bem no meio, envolto por um círculo de minúsculos cristais granulados.

— Sal marinho — explica. — É uma precaução extra, mas, como se trata da sua primeira vez, não quero correr riscos.

Antes de começarmos, Mitzi pergunta se pode verificar todos os desenhos que recebi. A esta altura, trata-se de uma senhora coleção; naquela mesma manhã, bem cedo, acordei e encontrei três novos no chão do chalé, como se tivessem sido passados por baixo da porta.

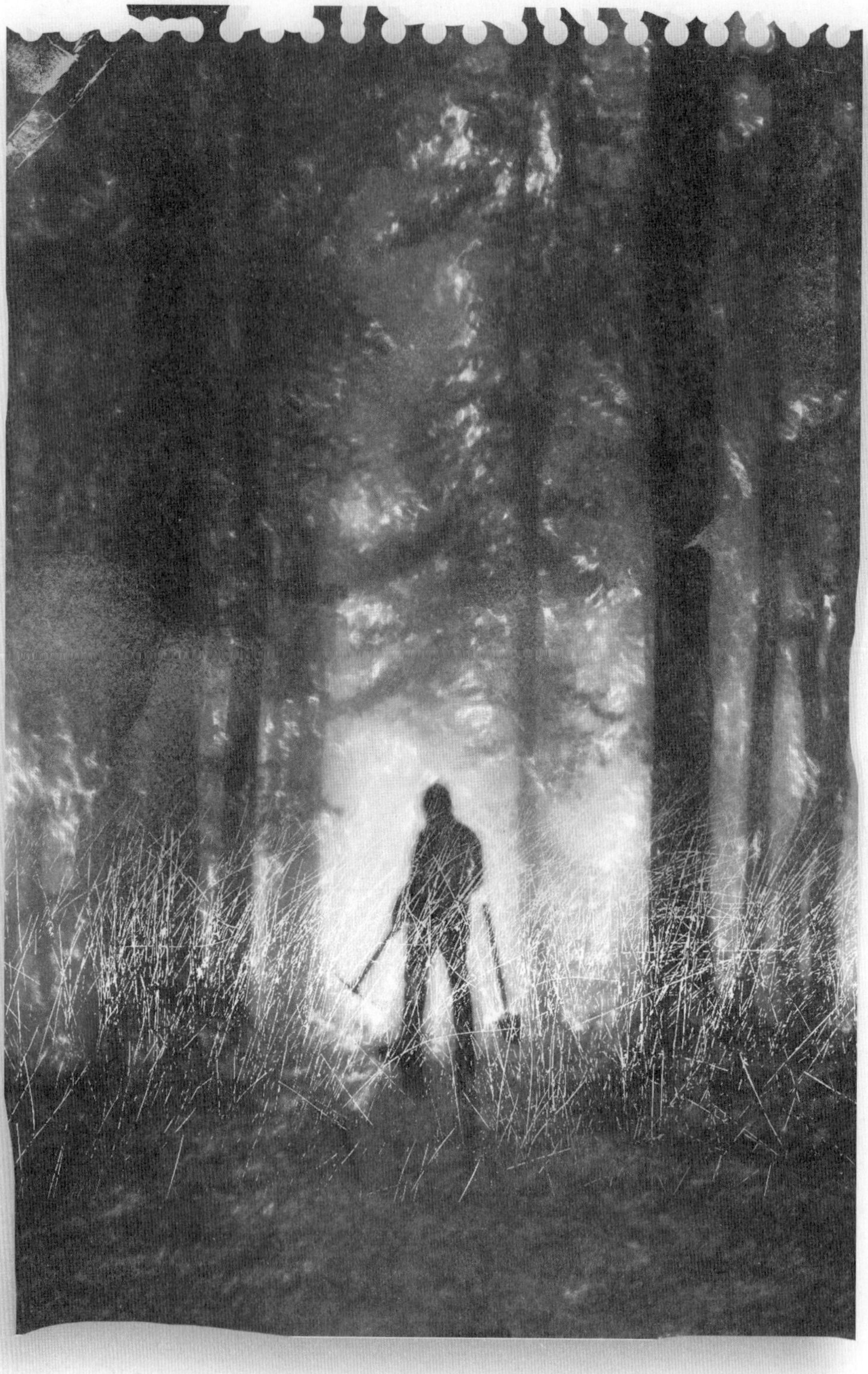

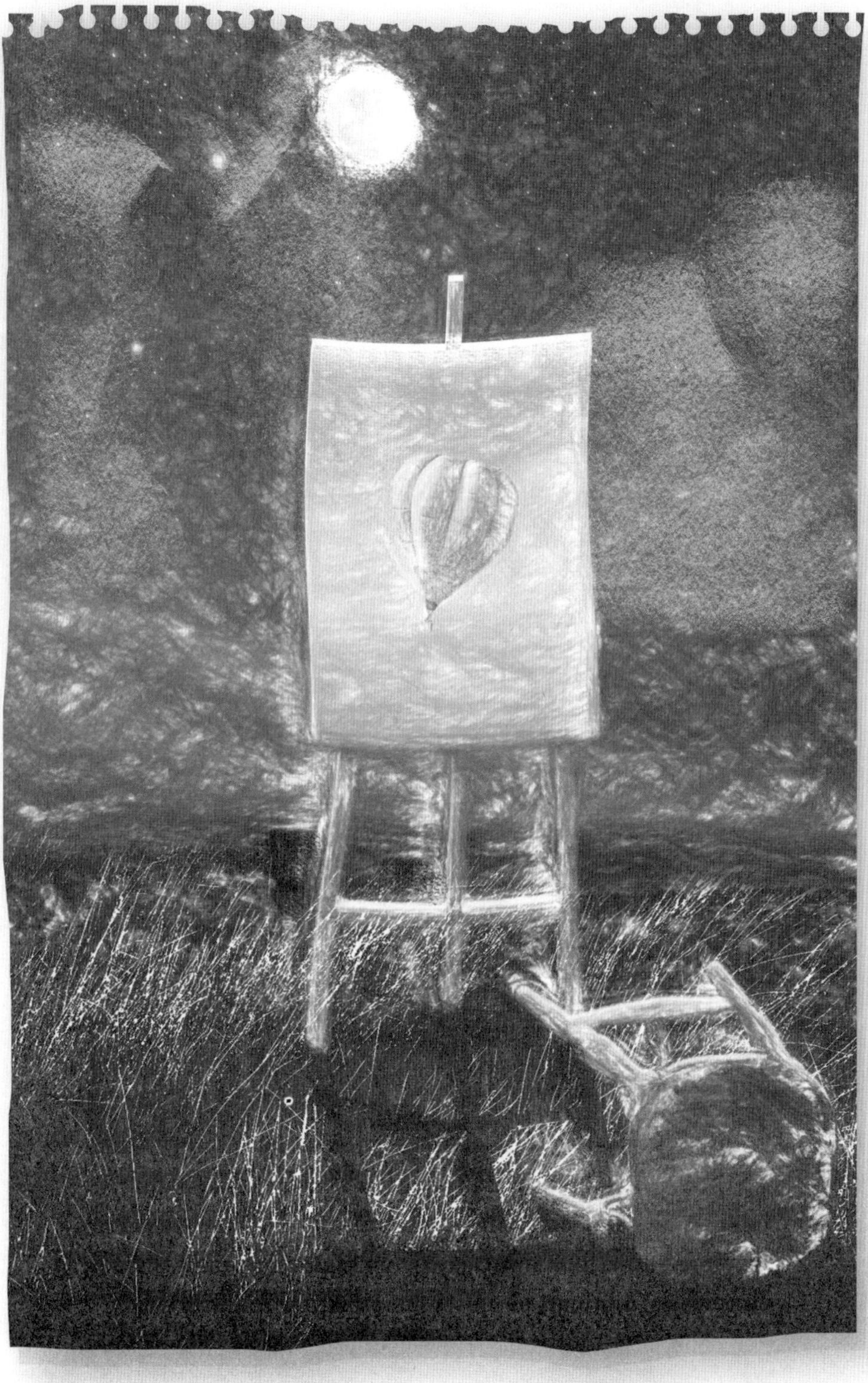

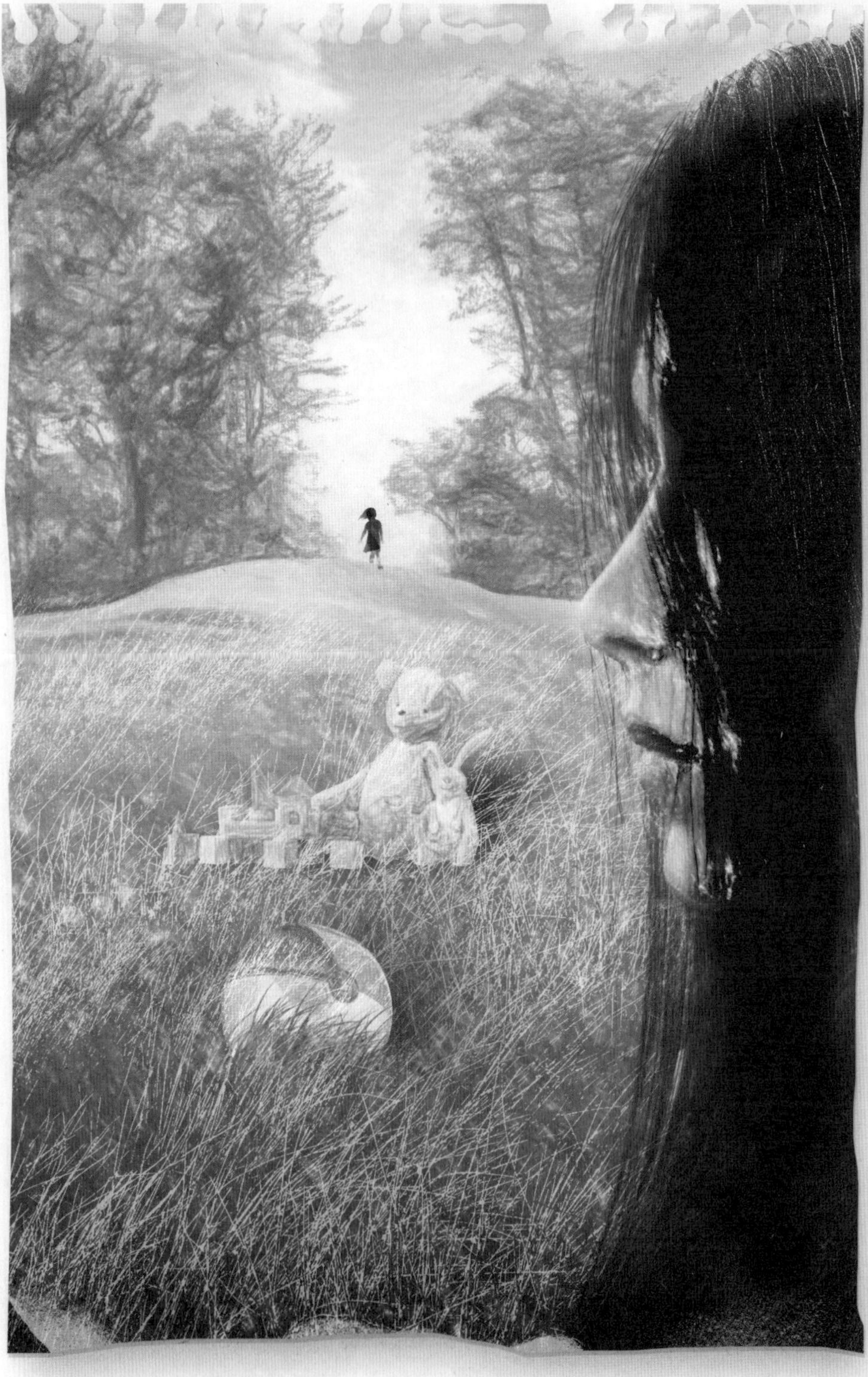

Mitzi parece particularmente perturbada pelo último desenho, pelo rosto da mulher de perfil. Aponta para a silhueta no horizonte.

— Quem é essa pessoa caminhando na direção dela?

— Acho que está se afastando dela.

Mitzi dá de ombros em reação a um calafrio e então se sacode.

— O jeito vai ser perguntar. Está pronta?

— Não sei.

— Quer ir ao banheiro antes?

— Não.

— Seu celular está desligado?

— Está.

— Então está pronta.

Sentamos em lados opostos da mesa. Há entre nós uma terceira cadeira, vaga — a cadeira de Anya. Na escuridão da casa, a sensação é a de ter deixado Spring Brook para trás. Ou melhor, parece que ao mesmo tempo estou e não estou aqui. O ar é diferente; mais espesso e sufocante. Ainda consigo ouvir o riso de Teddy e os gritos de "Bala de canhão!" de Adrian, bem como a água da piscina espalhando, mas todos esses sons me alcançam ligeiramente distorcidos, como se os ouvisse em uma ligação telefônica de péssima qualidade.

Mitzi deposita uma pequena prancheta em formato de coração no centro da tábua e me convida a repousar os dedos sobre uma das extremidades. A base da prancheta é dotada de três rodinhas com rodízios de bronze; o mínimo toque basta para que se mova.

— Fique imóvel agora para não empurrar — orienta Mitzi. — Deixe a ferramenta fazer o trabalho.

Flexiono os dedos, tentando relaxá-los.

— Desculpe.

Mitzi repousa os dedos na outra ponta da prancheta e então fecha os olhos.

— Ok, Mallory, vou iniciar a conversa. Vou fazer contato. Mas assim que estiver estabelecida uma boa sintonia, deixo você fazer as perguntas. Por ora, é fechar os olhos e relaxar. E respirar bem fundo, limpar seu sistema. Inspirar pelo nariz, soltar pela boca.

Estou nervosa e um pouco constrangida, mas a voz de Mitzi me tranquiliza. Acabo imitando todos os seus gestos, da postura à respiração. O incenso relaxa meus músculos e aquieta os pensamentos. Todas as preocupações diárias — Teddy, os Maxwell, correr, manter-me sóbria — começam, uma a uma, a se desmanchar.

— Bem-vindos, espíritos — diz Mitzi. Inclino-me para trás de supetão, assustada com o volume alto de sua voz. — Este é um espaço seguro e a sua presença é bem-vinda. Convidamos vocês a se juntarem a nós nesta conversa.

Ainda consigo ouvir os sons da piscina do lado de fora do chalé — sons alegres de brincadeiras e água se espalhando. Porém, ao me concentrar mais, consigo bloqueá-los. Relaxo a ponta dos dedos, mantendo contato com a prancheta sem aplicar qualquer pressão.

— Annie Barrett... Queremos falar com Annie Barrett — declara Mitzi. — Está por aí, Annie? Consegue nos ouvir?

Quanto mais permaneço sentada na cadeira, mais crio a consciência de todos os pontos onde faz contato com meu corpo — o assento sob o meu traseiro, os trilhos do encosto pressionando minhas escápulas. Estudo a prancheta, à espera de mínimos sinais de movimento. A sálvia queima, crepita e estoura.

— E Anya? Há alguma Anya presente? Você nos ouve, Anya?

Sinto as pálpebras pesarem e me permito fechar os olhos. Sinto-me como se estivesse sendo hipnotizada, ou como se tivesse chegado àqueles últimos momentos do dia, já tarde da noite, quando deito numa cama quente e me cubro com um confortável cobertor, pronta para deixar o sono me tomar.

— Está aí, Anya? Pode falar conosco?

Nenhuma resposta.

Já não ouço mais os ruídos do quintal. Só ouço a respiração pesada de Mitzi.

— Deixe a gente ajudar você, Anya. Por favor. Estamos ouvindo.

E então algo toca de leve a minha nuca. Como se uma pessoa tivesse passado atrás da minha cadeira. Eu me viro e não há ninguém — mas quando volto a olhar para o tabuleiro Ouija, sinto haver algo às minhas costas, inclinando-se sobre mim. Sinto cabelos compridos macios deslizarem na lateral de minha bochecha, roçando no meu ombro. E então um peso invisível paira sobre minha mão — a pressão suave de um cutucão faz a prancheta se mover levemente para a frente. Uma das rodas emite um guincho quase inaudível, como o ruído discreto de um rato.

— Bem-vindo, espírito! — Mitzi sorri, e percebo que ela não faz ideia do que está acontecendo; claramente não vê ou percebe o que está atrás de mim. — Obrigada por ter atendido ao nosso chamado!

O calor de uma respiração faz cócegas em minha nuca e o arrepio percorre toda a minha pele. A pressão em minha mão e meu pulso aumenta, guiando a prancheta pelo tabuleiro e traçando lentamente círculos completos.

— É Anya? — pergunta Mitzi. — Estamos falando com Anya?

O tabuleiro é ilustrado com o alfabeto, números de zero a nove e SIM e NÃO nas laterais superiores. Observo passivamente, como espectadora, a prancheta fazer uma breve pausa na letra I, voltar para o G e então para o E. Mitzi mantém quatro dedos na prancheta, mas segura um lápis com sua mão livre para transcrever os resultados num bloco de anotações: I-G-E? O suor desce por sua testa. Ela olha para mim de relance e balança a cabeça, inabalável.

— Fale devagar, espírito — diz ela. — Temos tempo de sobra. Queremos entendê-la. Você é a Anya?

A prancheta se move para o N, e então para o X e o O.

— Você está fazendo pressão — sussurra Mitzi, irritada, e percebo que fala comigo.

— O quê?

— A mesa. Você está pressionando, Mallory.

— Não sou *eu*.

— Encoste na cadeira. Sente direito.

Estou assustada demais para discutir com ela, para falar a verdade. Não quero interromper o que quer que esteja acontecendo.

— Espírito, sua mensagem é bem-vinda! Qualquer informação que queira dividir conosco é bem-vinda.

Sinto uma pressão mais forte na mão e a prancheta se move mais rápido, cruzando a tábua, parando em letras aleatórias, numa corrente de estática espiritual: L-V-A-J-X-S. Mitzi continua a registrar tudo, mas parece cada vez mais incomodada. Os resultados parecem uma sopa de letrinhas.

A prancheta de madeira ressoa energicamente, como o coração em disparada de um animalzinho assustado. Salta de um lado para outro da tábua e Mitzi mal consegue acompanhá-la em suas anotações com uma mão só. O ar está espesso a ponto de sufocar; meus olhos lacrimejam e não entendo por que o detector de fumaça não disparou. Mitzi entao levanta os dedos do tabuleiro e a prancheta continua a se mover. Minha mão a conduz pela tábua e ela voa para fora da mesa, caindo ruidosamente no chão. Mitzi se levanta, furiosa.

— Sabia! Você estava conduzindo! Estava conduzindo o tempo todo!

De repente, sinto o alívio do peso em minha mão e saio do transe. O ambiente, de súbito, volta a estar em foco. São 12h45 da tarde de quarta-feira e ouço Adrian no quintal contando "Seis, sete..." enquanto Mitzi me encara.

— Foi a Anya. Não fui eu.

— Eu estava te olhando, Mallory. Eu vi!

— Oito!

— A Anya estava conduzindo minha mão. Ela estava me guiando.

— Isso aqui não é festa do pijama. Não é brincadeira. É o meu ganha-pão e eu levo muito a sério!

— Nove!

— Você desperdiçou o meu tempo. Desperdiçou o dia inteiro!

Aí, de repente, a claridade ofusca minha vista. A porta do chalé está escancarada e o pequeno Teddy, na varanda, vislumbra a escuridão do ambiente. Ele leva um dedo aos lábios e faz sinal para fazermos silêncio. No quintal, Adrian grita:

— Dez! Lá vou eu!

Teddy se esgueira para dentro e fecha a porta silenciosamente. Então olha ao redor, espantado com as velas de sete dias, as janelas vedadas e o círculo de sal marinho na mesa da cozinha.

— Estão brincando de quê?

— Meu amor, o nome disso é tabuleiro de espíritos — diz Mitzi, convidando-o a olhá-lo mais de perto. — Nas mãos certas, é uma ferramenta de comunicação. Para falar com os mortos.

Teddy volta o olhar para mim em busca de validação, como se fosse incapaz de crer que Mitzi estivesse falando a verdade.

— Sério?

— Não, não, não — digo, subitamente de pé e levando-o para o lado de fora. — É só um brinquedo. É uma brincadeira. — Só me faltava essa, Teddy contar aos pais sobre nossa sessão espírita. — A gente estava fazendo de conta. Não é real.

— É muito real — retruca Mitzi. — Para quem tem respeito. Para quem leva a sério.

Abro a porta e vejo Adrian lá longe, procurando Teddy nas árvores ao largo de Hayden's Glen.

— Aqui! — grito.

Ele volta correndo e Teddy passa por mim em disparada, correndo em sua direção, ainda entretido com o pique-esconde.

— Desculpe por essa — diz Adrian. — Falei para ele ficar no deque da piscina. Espero que não tenha estragado tudo.

— Já estava estragado — declara Mitzi. Ela junta seu material, apaga as velas e recolhe as bandejas de incenso. — Não há espíritos nesse chalé. Nunca houve. É só uma história que ela inventou para chamar atenção.

— Mitzi, isso não é verdade!

— Já usei esse tabuleiro umas cem vezes. Ele nunca agiu dessa forma.

— Eu juro...

— Jure aí pro seu amiguinho, tá bem? Pode ir chorar no ombro dele, quem sabe ele fica com pena. Mas não me peça mais para desperdiçar o meu tempo.

Ela enfia os livros de volta na sacola e sai pisando firme. Quase tropeça ao descer os degraus da varanda.

— O que foi isso? — pergunta Adrian.

— A Anya estava aqui, Adrian. Estava dentro do chalé. Juro. Eu a senti em pé atrás de mim. Mexendo meu braço. Mas das letras não saía nada inteligível. A gente não conseguiu formar palavra alguma. E aí, bem no meio disso tudo, a Mitzi surtou. Começou a gritar comigo.

Da varanda, observamos a senhora atravessar o gramado aos trancos e barrancos. Pende para a esquerda, força demais o peso para a direita para compensar. Não consegue andar em linha reta.

— Está tudo bem com ela? — pergunta Adrian.

— Bom, ela está doidona, mas pelo visto isso faz parte do processo.

Teddy vem caminhando pelo quintal, abatido. Parece compreender que algo ruim aconteceu, que os adultos estão abalados. Cheio de expectativa na voz, pede:

— Alguém quer brincar de corrida?

Adrian pede desculpas, dizendo que precisa ir embora.

— Tenho que voltar, senão El Jefe vai ficar irritado.

— Eu brinco com você — digo a Teddy. — Me dá só um minuto.

Claramente não era a resposta que Teddy desejava. Ele marcha pelo quintal, de volta ao pátio da piscina, chateado com os dois.

— Você vai ficar bem? — pergunta Adrian.

— Eu estou bem. Só espero que o Teddy não diga nada aos pais... Mas tenho certeza que dirá.

# 16

Depois das brincadeiras na piscina, Teddy sobe para a Hora do Silêncio no quarto e eu permaneço no andar de baixo, na sala. Talvez não queira saber o que ele está fazendo lá em cima. Talvez tudo seja melhor para mim se parar de fazer tantas perguntas.

À tarde fazemos uma longa caminhada pela Floresta Encantada. Pela Estrada de Tijolos Amarelos, vamos dar no Passo do Dragão e chegamos ao Rio Real, enquanto tento criar uma história a respeito da Princesa Mallory e do Príncipe Teddy. Mas o Príncipe Teddy não quer falar de outra coisa a não ser tabuleiros Ouija. Eles precisam de bateria? Como eles encontram a pessoa morta? Encontram *qualquer* pessoa morta? Daria para encontrar o Abraham Lincoln? Respondo sempre "não sei", na esperança de que ele perca o interesse. Em vez disso, suas perguntas seguintes são quanto custa um tabuleiro Ouija e se é possível fabricar um.

Caroline chega do trabalho no horário de sempre e me apresso a sair para um treino de resistência, ansiosa para me afastar e suar todo o estresse. São quase sete quando volto para casa, e Ted e Caroline me aguardam na varanda do chalé. Basta olhar o rosto deles para perceber que já sabem.

— Foi bom o exercício? — pergunta Ted.

Seu tom é leve, de alguém determinado a manter a conversa em um nível agradável.

— Foi muito bom. Quase catorze quilômetros.

— Catorze quilômetros? Nossa, impressionante.

Mas Caroline não quer saber de papo furado.

— Você teria alguma coisa para nos contar?

Sinto como se tivesse sido arrastada até a sala do diretor e forçada a esvaziar os bolsos. Só consigo pensar em me fazer de boba.

— O que aconteceu?

Ela enfia um pedaço de papel nas minhas mãos.

— Encontrei este desenho antes do jantar. Teddy não queria me mostrar. Tentou esconder. Mas eu insisti. Agora olhe para isso e me dê uma razão para não te demitirmos agora mesmo.

Ted pousa a mão no braço dela.

— Não vamos exagerar.

— Não me trate como criança, Ted. Nós pagamos a Mallory para tomar conta do nosso filho. Ela o deixou com o jardineiro. Para poder brincar com um tabuleiro Ouija. Com a maconheira da vizinha. Isso é exagerar?

O desenho em nada se parece com os outros, sombrios e sinistros, deixados na varanda e na minha geladeira. É só um monte de bonequinhos de pau, típicos do Teddy — eu e uma mulher furiosa que é obviamente Mitzi, reunidas em torno de um retângulo coberto de letras e de números.

ABX03 "1401"

— Eu *sabia*!

Caroline semicerra os olhos.

— Sabia o quê?

— Anya estava aqui! Na sessão espírita! A Mitzi me acusou de estar empurrando o negócio lá com o ponteiro, mas era a Anya! Era *ela* quem movimentava! O Teddy a viu, e o desenho é a prova!

Caroline fica desnorteada. Vira-se para Ted, que ergue as mãos fazendo sinal para que a gente se acalme.

— Vamos respirar fundo, ok? Vamos esclarecer o que a gente está ouvindo.

Mas é claro que estão confusos. Não viram tudo o que eu vi. Nunca vão acreditar sem ver os desenhos. Abro a porta do chalé e insisto para que entrem. Pego a pilha de desenhos e os espalho em cima da cama.

— Olhem isso aqui. Reconhecem o papel? Dos blocos de desenho do Teddy? Na segunda-feira passada, achei os primeiros três desenhos aqui na varanda. Perguntei ao Teddy, que me disse que não tinha nada a ver com eles. Na noite seguinte, fui jantar com o Russell. Deixei a porta do chalé trancada. Mas quando voltei, tinha mais três desenhos pendurados na geladeira. Então escondi uma câmera no quarto do Teddy...

— Você fez *o quê*? — pergunta Caroline.

— Uma babá eletrônica. Do seu porão. Pus a câmera no quarto durante a Hora do Silêncio e fiquei observando ele desenhar. — Aponto para os três desenhos seguintes. — Eu vi Teddy fazer esses aqui. E ele os fez com a mão direita.

Caroline balança a cabeça.

— Me desculpe, Mallory, mas estamos falando de um menino de cinco anos de idade. Todos concordamos que ele é talentoso, mas de jeito nenhum seria capaz de...

— Vocês não estão me entendendo. Teddy não fez esses desenhos. Foi a Anya que fez. O espírito de Annie Barrett. Ela visita o Teddy no quarto dele. Ela o usa como um boneco. De alguma maneira, controla o corpo dele. Ela faz esses desenhos e os traz para a minha casa. Porque quer me contar alguma coisa.

— Mallory, vamos com calma — diz Ted.

— Tentamos a sessão espírita para ver se a Anya deixava o Teddy em paz. Eu queria me comunicar com ela. Diretamente. Deixar o Teddy fora disso. Mas alguma coisa deu errado. Não funcionou.

Paro para me servir um copo de água e bebo tudo de uma só vez.

— Eu sei que parece loucura. Mas todas as provas de que precisam estão bem aqui. Vejam esses desenhos. Eles se conectam, contam uma história. Me ajudem a entender, por favor.

Caroline afunda numa cadeira e cobre o rosto com as mãos. Ted consegue manter a compostura, como se estivesse convicto a elucidar a situação.

— Estamos comprometidos em ajudar você, Mallory. Fico feliz por você estar sendo aberta e honesta conosco. Mas antes de decifrarmos esses desenhos, precisamos entrar em acordo a respeito de algumas coisas, ok? E a principal é que fantasmas não existem.

— Você não pode provar que não existem.

— Porque não há como obter uma prova negativa! Veja por outro ângulo, Mallory: você não tem prova de que o fantasma da Annie Barrett seja real.

— Estes desenhos são a minha prova! Foram feitos no bloco de desenhar do Teddy. Se não foi ele, e se a Annie não os depositou por mágica no chalé, como vieram parar aqui?

Percebo que a atenção de Caroline se dispersou para a mesinha de cabeceira ao lado da cama, onde deixo o celular, o tablet, a bíblia — e o bloco de desenhar com as folhas em branco que Teddy me deu um mês antes, quando comecei a trabalhar para os Maxwell.

— Ah, espera aí... — digo a ela. — Você acha que sou *eu* que faço os desenhos?

— Nunca disse isso — responde Caroline. Mas percebo sua mente trabalhando, percebo-a elaborando a teoria.

Afinal, eu era dada a lapsos de memória, não?

E havíamos dado falta de uma caixa de lápis de Teddy na semana anterior, não havíamos?

—Vamos perguntar ao seu filho—proponho.—Ele não vai mentir.

Levamos somente um minuto para atravessar o quintal e subir até o quarto de Teddy. Ele já escovou os dentes e pôs o pijama de bombeiro. Está no chão ao lado da cama, construindo uma casa com Lincoln Logs e enchendo o quarto de animais de plástico. Nunca o confrontamos assim antes — todos os três entrando juntos no quarto, exaltados, estressados. Ele percebe na hora que há algo de errado.

Ted vai até a cama e bagunça o cabelo do filho carinhosamente.

— E aí, garotão?

— Nós precisamos te fazer uma pergunta importante — diz Caroline. — E precisamos que nos diga a verdade. — Ela pega os desenhos e os espalha pelo chão. — Foi você quem desenhou isto?

Ele balança a cabeça em negativa.

— Não.

— Ele não *lembra* de ter desenhado — contraponho. — Porque ele entra numa espécie de transe. Tipo um sono crepuscular.

Caroline se ajoelha ao lado do filho e começa a brincar com um bode de plástico, tentando manter a leveza na voz.

— A Anya ajudou você a fazer esses desenhos? Ela disse a você o que deveria fazer?

Encaro Teddy fixamente, tentando induzi-lo a estabelecer contato visual comigo, mas o menino não olha para mim.

— Eu sei que a Anya não existe — diz ele aos pais. — Ela é só uma amiga de faz de conta. A Anya não tem como fazer desenhos de verdade.

— Claro que não — concorda Caroline. Ela o envolve com o braço e o aperta. — Você está absolutamente certo, meu amorzinho.

Eu começo a ter a sensação de estar enlouquecendo. É como se todos tivéssemos decidido de livre e espontânea vontade ignorar o óbvio, como se de repente tivéssemos resolvido que dois mais dois é igual a cinco.

— Mas vocês todos sentem um cheiro estranho neste quarto, não sentem? Olhem ao redor. As janelas estão abertas, o ar-condicionado central está ligado, os lençóis estão limpos, lavei tudo hoje mesmo, lavo todo dia, mas sempre tem um cheiro ruim aqui. Um cheiro meio sulfúrico, meio que de amônia. — Caroline me fuzila com o olhar, mas ela não está entendendo. — Não é culpa do Teddy! É a Anya! É o cheiro dela! Um cheiro de podridão, de...

— Pode parar — diz Ted. — Pare de falar, ok? Nós entendemos que você está abalada. Estamos te ouvindo, ok? Mas se é para resolver este problema, precisamos lidar com fatos. Com verdades absolutas. E, com toda a honestidade, Mallory, não estou sentindo cheiro de nada aqui. Para mim, o quarto do Teddy tem um cheiro absolutamente normal.

— Pra mim também — diz Caroline. — Não há nada de errado com o cheiro do quarto dele.

Agora tenho certeza de estar ficando maluca.

Sinto que Teddy é a minha única esperança, mas ainda não consigo fazê-lo olhar para mim.

— Poxa, Teddy, a gente falou sobre isso. Você sabe qual é o cheiro de que estou falando, você me disse que era da Anya.

Ele só sacode a cabeça e morde o lábio inferior e, de repente, começa a chorar convulsivamente.

— Eu sei que ela não é de verdade — diz ele à mãe. — Eu sei que ela é de faz de conta. Eu sei que é de mentirinha.

Caroline põe o braço em torno dele.

— Claro, é isso — diz, tentando confortá-lo, e então se vira para mim. — É melhor sair daqui.

— Espera...

— Não. Já falamos o suficiente. Teddy precisa voltar para a cama e você, para o seu chalé.

E, ao ver o choro de Teddy, percebo que ela deve estar certa, não há mais nada que eu possa fazer por ele. Reúno os desenhos, saio do quarto e Ted me acompanha enquanto desço a escada.

— Ele está mentindo para vocês — digo a Ted. — Está dizendo o que querem ouvir, para não arranjar problema. Mas ele não acredita nisso. Tanto que se recusou a olhar para mim.

— Talvez estivesse com medo de olhar para você — sugere Ted. — Talvez tivesse medo de você ficar com raiva se ele dissesse a verdade.

— E o que vai ser agora? Você e a Caroline vão me demitir?

— Não, Mallory, é claro que não. Vamos só tirar esta noite para relaxar. Tentar pôr a cabeça no lugar. Tudo bem assim?

Tudo bem assim? Sei lá. Não sei se quero pôr minha cabeça no lugar. Continuo convencida de que eu estou certa e eles errados, de que reuni a maior parte das peças do quebra-cabeças e de que só preciso montá-las na ordem correta.

Ted me envolve com os braços.

— Mallory, me escuta. Você está segura aqui. Não corre perigo algum. Nunca vou deixar nada de ruim acontecer com você.

Eu continuo suada da corrida — com certeza estou fedendo —, mas Ted me puxa para perto dele e acaricia meu cabelo. Em poucos instantes a sensação passa de reconfortante para estranha: sinto o calor de sua respiração fazendo cócegas no meu pescoço, sinto seu corpo inteiro fazendo pressão contra o meu e não sei bem como me liberar do seu controle.

Mas Caroline então desce o corredor pisando firme. Ted me solta e tomo a direção oposta, saindo pela porta de trás para não ter que ver sua esposa de novo.

Não entendi bem o que acabou de acontecer, mas creio que Ted está certo.

Alguém certamente está precisando de uma noite para relaxar.

# 17

Quando retorno à minha casinha, vejo no celular uma mensagem de duas palavras de Adrian: **boas notícias**. Ligo para ele, que atende no primeiro toque.

— Minha mãe achou algo na biblioteca.
— Algo como uma foto da Annie Barrett?
— Melhor. Um livro com as pinturas dela.

Ao fundo, ouço outras vozes, as risadas de homens e mulheres, como se Adrian estivesse atendendo minha ligação em um bar.

— Quer me encontrar?
— Quero, mas preciso que venha para cá. Aqui na casa dos meus pais. Eles estão dando um jantar para amigos e prometi participar. Mas se você vier, me libero.

Continuo com a roupa de corrida, não fiz alongamento e, depois de correr pouco mais de catorze quilômetros, estou morta de sede e de fome — mas aviso que chego em meia hora. Um dia sem alongamento não vai me matar.

Tomo outro copo de água, preparo um sanduíche leve e corro para o banho. Três minutos depois, visto um dos mais belos modelitos de Caroline — um minivestido verde-claro com estampa de florezinhas brancas. E corro para o Castelo das Flores.

Adrian, e não seus pais, abre a porta, o que me deixa aliviada. Ele está vestido ao estilo country club casual: camisa polo cor-de-rosa para dentro das calças cáqui com cinto.

— Chegou bem na hora — diz. — Acabamos de servir a sobremesa. — Ele se aproxima mais de mim e sussurra. — A propósito, meus pais querem saber por que a gente está tão interessado em Annie Barrett. Eu disse que você achou alguns esboços no chalé, escondidos debaixo das tábuas do piso. Disse que queria descobrir se haviam sido feitos pela Annie. Uma mentirinha inocente me pareceu mais fácil que dizer a verdade.

— Entendo — digo a ele. E entendo mesmo, muito, mais do que ele imagina.

O Castelo das Flores é bem maior que a casa dos Maxwell, mas por dentro parece menor, mais aconchegante e íntimo. Todos os ambientes são decorados com mobiliário clássico, de madeira escura; as paredes, adornadas com retratos de família e mapas das Américas Central e do Sul. A sensação é de que a família mora ali há anos. Passamos por um piano de cauda e uma cristaleira cheia de peças de cerâmica, e em cada janela há plantas frondosas. Minha vontade é parar e contemplar tudo, mas Adrian irrompe em meio ao alarido da sala de jantar, onde uma dúzia de pessoas de meia-idade se reúne em volta de uma mesa repleta de taças de vinho e pratos de sobremesa. Cinco conversas distintas ocorrem em paralelo e ninguém repara em nós até Adrian agitar as mãos e chamar a atenção do grupo.

— Gente, essa é a Mallory — declara. — Está trabalhando de babá neste verão para uma família da rua Edgewood.

Na cabeceira da mesa, Ignacio ergue a taça para um brinde, deixando escorrer vinho tinto pela mão e pelo punho.

— E ela é atleta da Big Ten! Corredora na Penn State!

As pessoas reagem como se eu fosse Serena Williams, recém-chegada de mais uma vitória em Wimbledon. Sofia, mãe de Adrian, está dando a volta na mesa com uma garrafa de Malbec, enchendo as taças, e repousa a mão de forma compassiva no meu ombro.

— Perdoe meu marido — diz ela. — Está um pouco *achispado*.

— Isso quer dizer bêbado — traduz Adrian, passando então a apontar para as pessoas na mesa do jantar e me apresentar a todos.

São nomes demais para lembrar — o chefe do Corpo de Bombeiros de Spring Brook está presente, bem como o casal formado pelas donas da padaria local e alguns vizinhos de quarteirão.

— Você veio atrás de um livro da biblioteca, pelo que sei — diz Sofia.

— Sim, mas não quero interromper...

— Imagine! Conheço essa gente há trinta anos. Não temos mais nada a dizer uns aos outros! — Os amigos riem e Sofia pega uma pasta na bancada. — Vamos lá para fora.

Ela abre uma porta de vidro de correr e sigo-a até o quintal, me deparando com o jardim mais exuberante que já vi. Estamos no meio de julho e tudo está florido: hortênsias azuis, zínias de um vermelho berrante, lírios-de-um-dia amarelos e uma série de flores exóticas que eu nunca tinha visto. Há bancos, alpondras e arcos recobertos pela cor arroxeada das glórias-da-manhã; há fontes para pássaros, caminhos de tijolos e fileiras de girassóis que se projetam acima da minha cabeça. Ao centro, há um gazebo de cedro com uma mesa e cadeiras de frente para um lago de carpas com uma cachoeira que faz um ruído suave. Queria ter mais tempo para admirar tudo — parece que entrei na Disney —, mas noto que para Adrian e Sofia aquilo é só o quintal e nada mais.

Vamos para o gazebo, e Adrian, por meio de um aplicativo no celular, faz aumentar o brilho das luzes de festa espalhadas pelo teto. Sentamos em nossos lugares e Sofia entra no assunto.

— Este é um projeto difícil de pesquisar. O primeiro desafio é a história ser antiga, pois não se acha nada na internet. O segundo é Annie Barrett ter morrido logo depois da Segunda Guerra, quando todos os jornais ainda estavam obcecados com a Europa.

— E o noticiário local? — pergunto. — Spring Brook tinha algum jornal diário?

Ela faz que sim.

— O *Herald*. Foi publicado entre 1910 e 1991, mas perdemos os microfilmes devido a um incêndio num galpão. Virou fumaça. — O gesto de *puf!* que ela faz revela uma minúscula tatuagem no antebraço esquerdo: uma esguia rosa de caule longo, de bom gosto, elegante, mas que ainda assim me surpreende. — Vasculhei a biblioteca para ver se achava exemplares físicos, mas não encontrei. Nada anterior a 1963. Achei que não havia mais onde procurar, mas uma colega me indicou a prateleira de autores locais. Sempre que alguém da cidade publica um livro, geralmente encomendamos um exemplar. Como uma cortesia. Normalmente são livros de mistério ou de memórias, mas às vezes há algum de história local. E foi onde encontrei isto.

Ela enfia a mão na pasta e retira um volume bem fino — pouco mais do que um panfleto, na verdade, com cerca de trinta páginas e capa brochura, tudo preso por grossos grampos industriais enferrujados. A página que traz o título parece ter sido produzida por uma antiga máquina de escrever manual:

A OBRA REUNIDA
DE ANNE C. BARRETT
(1927-1948)

— Não constava no nosso sistema on-line — continua Sofia. — Creio que este livro não circula há cinquenta anos.

Trago o volume para perto do rosto. Seu odor é acre, bolorento — como se as páginas estivessem apodrecendo.

— Por que é tão pequeno?

— Foi autopublicado pelo primo dela. Tiragem pequena, para amigos e família, e alguém deve ter doado um exemplar à biblioteca. Há uma observação de George Barrett na primeira página.

A capa parece velha e frágil, como uma casca seca, pronta a se desfazer entre meus dedos. Abro o livro com cuidado e começo a ler:

Em março de 1946, minha prima Anne Catherine Barrett deixou a Europa para iniciar nova vida nos Estados Unidos. Em gesto de caridade cristã, minha esposa Jean e eu convidamos "Annie" para morar com nossa família. Jean e eu carecemos de irmãos ou irmãs e muito nos comprazíamos em ter outra parente adulta em nosso lar — alguém de pronta ajuda na criação de nossas três jovens filhas.

Annie contava somente dezenove anos ao aportar nos Estados Unidos. Muito bela, mas como tantas jovens, tola em igual medida. Jean e eu decerto nos esforçamos em introduzi-la à sociedade de Spring Brook. Enquanto vereador, integro o conselho municipal. Sirvo também na sacristia da Igreja de São Marcos. Minha esposa Jean é muito atuante no Clube Feminino local. A nossos amigos mais próximos, a entrada de minha prima na comunidade era bem-vinda e a ela não faltaram gentis e considerados convites. Mas Annie a todos recusou.

Tola e solitária que era, descrevia a si como uma artista. Passava seu tempo livre a pintar em seu chalé ou a passear descalça no bosque nos fundos de nossa casa. Por vezes a via engatinhando, tal qual um animal, a estudar lagartas ou inspirar a fragrância das flores.

Jean preparara uma pequena lista de tarefas diárias que Annie por bem deveria completar em troca de alojamento e alimentação. Pois em grande parte dos dias, estas resultavam inacabadas. Annie não mostrava interesse em integrar nossa família, nossa comunidade ou mesmo a grande experiência americana.

Muitas discordâncias tive com Annie no tocante às escolhas que ela fazia. Demasiadas vezes, a alertei sobre a adoção de comportamentos irresponsáveis, ou mesmo imorais, e que um dia por certo as más decisões a viriam assombrar. E em nada me satisfaço ao constatar, perante as circunstâncias, quão certo estava.

Em 9 de dezembro de 1948, minha prima foi atacada e abduzida do pequeno chalé de hóspedes nos fundos de nossa *propriedade. Escrevo estas palavras quase um ano inteiro após o ocorrido. A polícia local dá Annie como morta e temo que seu corpo esteja enterrado em algum recanto dos cento e vinte hectares aos fundos de minha residência.*

*Na esteira de tão grave tragédia, muitos vizinhos em Spring Brook nos ofereceram suas orações e fraterna amizade. A eles ofereço esta compilação, como pleno agradecimento pelo apoio. Apesar das diferenças com minha prima, sempre acreditei em sua chama criativa, e este volume lhe serve de memorial, a ela e a suas fugazes realizações. Aqui encontram-se reunidas todas as pinturas que Anne Catherine Barrett finalizou em vida. Sempre que possível, títulos e datas de composição foram incluídos. Que permaneçam tais quadros como um tributo a uma vida tão triste e trágica e tão rapidamente abreviada.*

*George Barrett*
*Novembro, 1949*
*Spring Brook, Nova Jersey*

Começo a virar as páginas. O livro é repleto de fotografias borradas em preto e branco das telas de Annie. Pinturas intituladas *Narcisos* e *Tulipas* apresentam retângulos ondulantes que em nada se parecem com flores. E um quadro intitulado *Raposa* se resume a linhas diagonais retalhadas pela tela. Não há nada no livro que seja minimamente realista — só formas abstratas, respingos e borrões de tinta que mais parecem saídas de uma roleta.

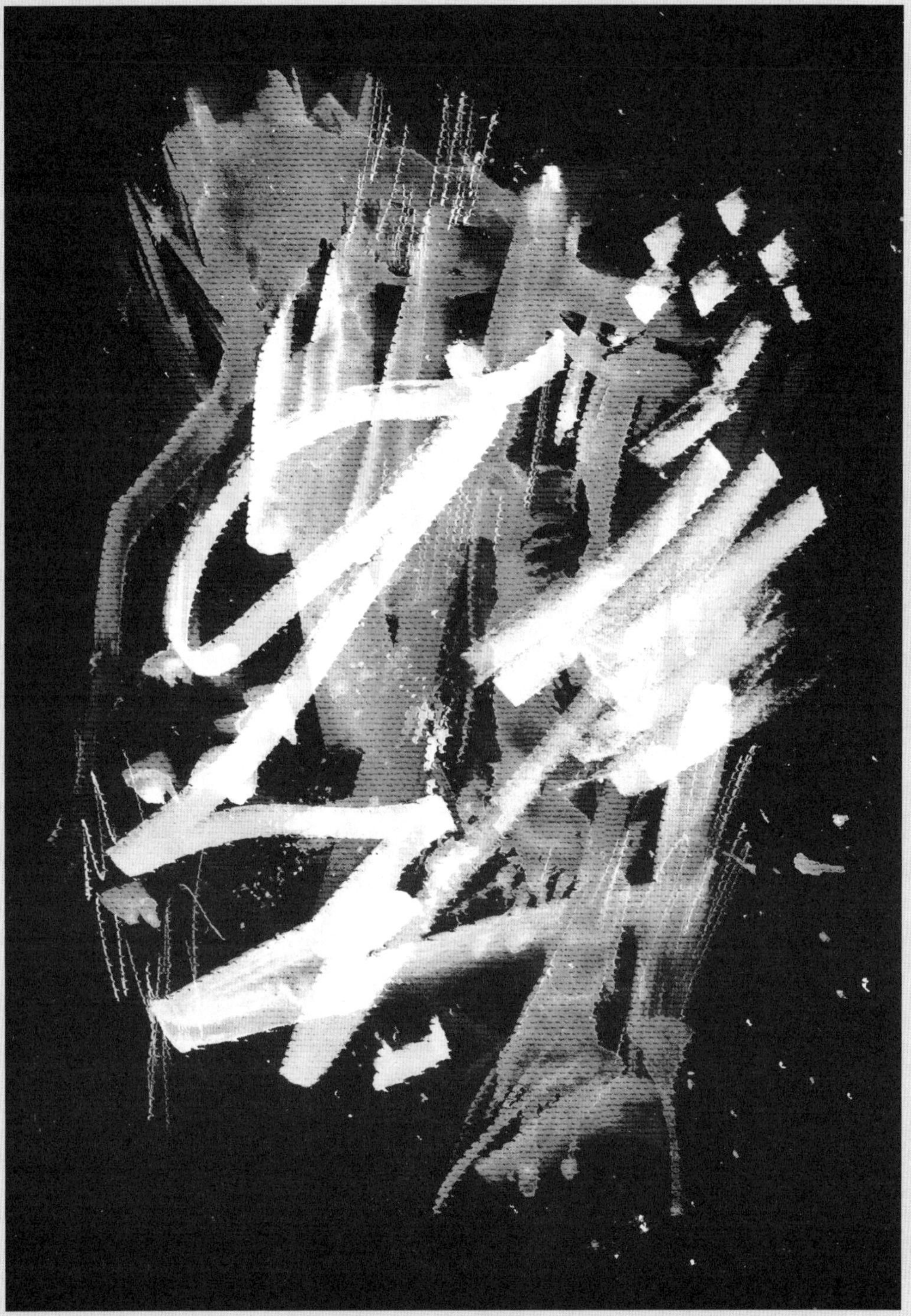

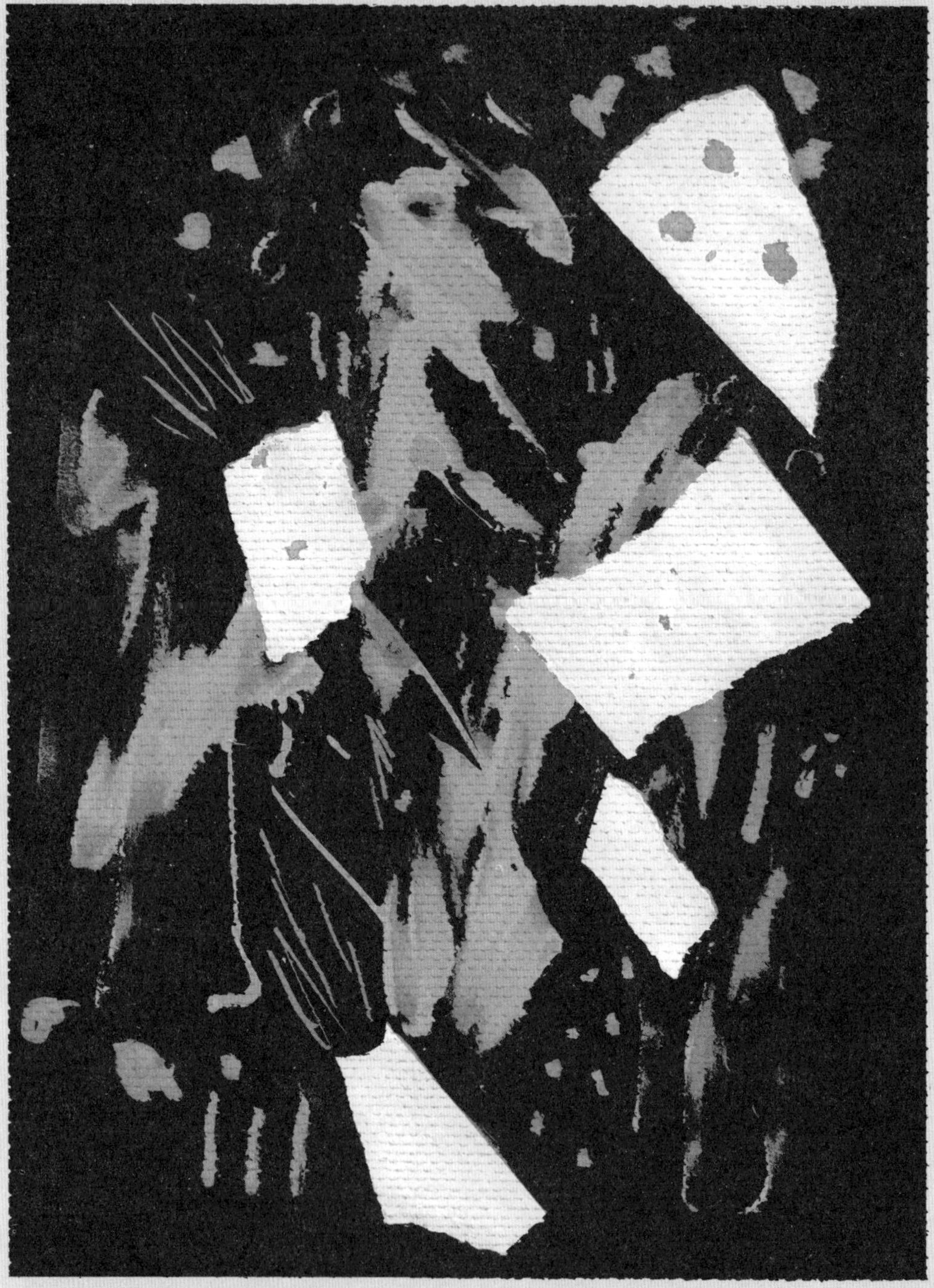

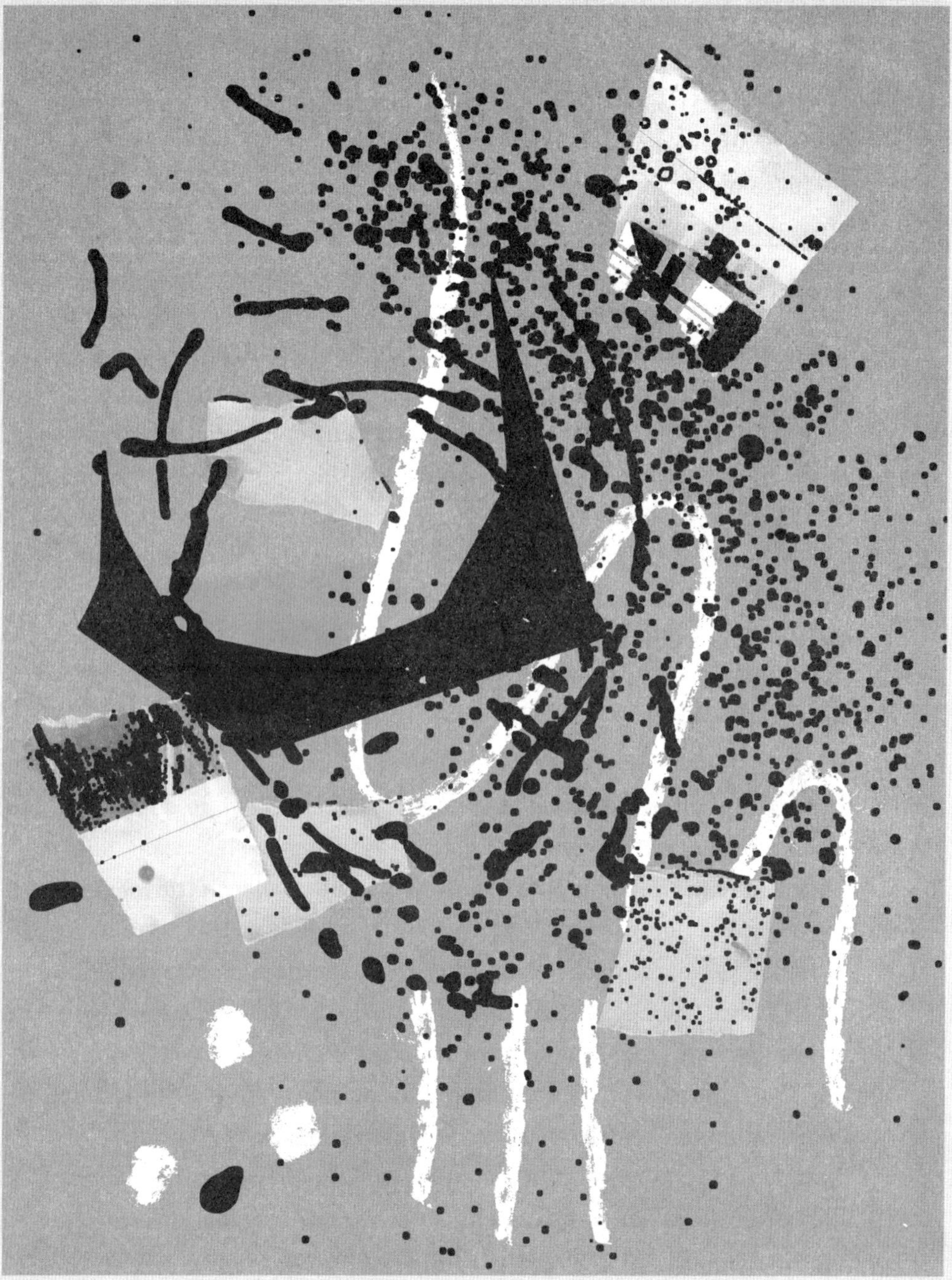

Que decepção.

— Não parece em nada com os desenhos do meu chalé.

— Mas pintar é uma coisa e desenhar é outra — retruca Sofia. — Alguns artistas utilizam estilos diferentes em meios diferentes. Ou simplesmente misturam tudo. Um dos meus favoritos, Gerhard Richter, passou toda a carreira alternando entre pinturas muito abstratas e muito realistas. Talvez a Annie gostasse dos dois.

— Mas, se este for o caso, o livro não nos traz nenhuma resposta.

— Ah, mas espere aí — diz Sofia. — Ainda tenho mais uma coisa para mostrar para você. Ontem liguei para o tribunal, pois é lá que ficam guardados testamentos antigos. É material de consulta pública, qualquer pessoa pode ver. E você ficaria espantada com o tipo de coisa que as pessoas decidem compartilhar depois da morte. — Ela abre a pasta e retira duas fotocópias borradas. — Eu não esperava que Annie Barrett fosse ter um testamento, pois morreu muito jovem, mas encontrei o testamento final de George Barrett. Ele morreu em 1974 e deixou tudo para a esposa, Jean. Mas olhem o detalhe interessante. Jean se aposentou, foi para a Flórida e viveu até 1991. Ao morrer, deixou a maior parte dos bens para as filhas. Só que também deixou cinquenta mil dólares para uma sobrinha, Dolores Jean Campbell, de Akron, Ohio. Agora, sabem por que considero isso surpreendente?

É aí que me dou conta de súbito da grande revelação trazida pelo livro.

— Jean e George não tinham irmãos. George diz isso na introdução.

— Exato! Quem é essa sobrinha misteriosa? De onde surgiu? Fiquei pensando: digamos que Jean *considere* a moça uma sobrinha, mas que seja na verdade filha de uma prima? E se ela fosse uma "consequência" do comportamento "irresponsável" e "imoral" de Annie? E pensei mais. Pensei que talvez a história vá além do que George conta. Pode ser que Jean se sentisse obrigada a cuidar da menina.

Faço a conta na cabeça.

— Se a Dolores nasceu em 1948, não seria tão velha assim. Pode estar viva ainda.

— Pode, de fato. — Sofia põe um quadradinho de papel na mesa e o passa para mim. Traz o nome "Dolores Jean Campbell" e um número de telefone de dez dígitos. — É o código de área de Akron, Ohio. Ela mora em um lar de idosos chamado Rest Haven.

— Você falou com ela?

— Eu, negar a você a emoção de fazer a ligação? De jeito nenhum, Mallory. Mas estou muito curiosa para saber quem vai atender o telefone. Adoraria que me contasse o que descobriu.

— Obrigada. Isso é incrível.

De dentro da casa vem o som de vidro quebrado, seguido de uma profusão de gargalhadas. Sofia olha na direção do filho.

— Acho que seu pai deve estar contando piadas obscenas de novo. Melhor eu entrar antes que ele me mate de vergonha. — Ela levanta. — Mas me diga de novo: por que está interessada nisso tudo?

— Mallory encontrou alguns desenhos na casa dela — explica Adrian. — Debaixo do piso. Já falamos disso.

Sofia ri.

— *Mijo*, você mentia muito mal quando tinha quatro anos e mente ainda pior agora. Hoje cedo você me disse que a Mallory achou os desenhos num armário.

— Debaixo do chão do armário — insiste Adrian.

Sofia me lança um olhar de quem diz "Eu posso com isso?".

— Se não quiserem me contar, não tem problema. Mas sugiro que sejam cautelosos. Se começarem a meter o nariz em segredos de família, podem acabar levando uma mordida.


Sinto-me tentada a ligar para Dolores de imediato, mas é tarde, quase dez da noite. Adrian sugere que eu ligue pela manhã.

— Ela deve estar dormindo.

Sei que ele tem razão, só estou impaciente. Preciso de informações e rápido. Conto a ele sobre meu último confronto com os Maxwell.

— Mostrei a eles os desenhos da Anya. Expliquei como vivem aparecendo no chalé. Mas eles não acreditam em mim, Adrian. E, quer dizer... é claro que não acreditam! Parece loucura. Sei que parece. A Caroline agiu como se talvez *eu* estivesse fazendo os desenhos. Tipo, inventando toda uma história só para chamar atenção.

— A gente vai provar que você está falando a verdade — diz Adrian. — Mas antes vamos entrar para comer uns churros.

— Por quê?

— Porque é bom demais e vai fazer você esquecer todos os problemas. Confia em mim.

Voltamos para a casa e vemos que o jantar formal está mais animado. O equipamento de som toca os sucessos do momento, todos passaram para a sala de estar e Ignacio parece mais *achispado* do que nunca. Está demonstrando o *paso doble*, uma dança em que alega ter sido craque na juventude, e surpreendentemente tem Sofia como parceira, sacudindo a saia e seguindo seus passos. Os convidados batem palmas e gritam. Adrian balança a cabeça, constrangido e exasperado.

— Sempre que recebem gente aqui em casa dá nisso — diz ele. — Meu pai adora passar vergonha.

Pegamos duas garrafas de água com gás da geladeira. Adrian enche um prato com churros, despeja calda de chocolate por cima e me leva para a área externa, oferecendo-me um tour pelo jardim. Diz que seu pai trabalha nele há trinta anos e é seu Versalhes particular.

— Versalhes? O que é isso?

— O palácio, sabe? Na França?

Ele parece surpreso por eu nunca ter ouvido falar, mas o que posso lhe dizer? As pessoas de South Philly não costumam dedicar muito tempo para falar sobre reis da França. Mas, como não quero parecer uma idiota, continuo a mentir descaradamente.

— Ah, *Versalhes* — digo e rio. — Eu tinha entendido outra coisa.

Perambulamos pelas trilhas e Adrian me apresenta a todos os segredos do jardim. A família de cardeais que fez ninho na cerejeira. A pequena alcova particular para rezas com um santuário para a Virgem Maria. E um banco de madeira às margens do lago de carpas, perto da cachoeira. Paramos e compartilhamos os churros com alguns dos peixes. Deve haver sete ou oito, que se aproximam da superfície de boca aberta.

— Esse lugar é muito especial.

Adrian dá de ombros.

— Prefiro uma piscina. Como a dos Maxwell.

— Não, isso aqui é melhor. Você tem sorte.

Sinto sua mão em minha cintura e, quando me viro em sua direção, ele me beija. O gosto de seus lábios é doce, como o de chocolate e canela, e quero puxá-lo para mim, quero beijá-lo mais.

Mas primeiro preciso contar a verdade.

Ponho a mão em seu peito.

— Espera.

Ele para.

Olha nos meus olhos, à espera.

Sinto muito, mas não sei como contar. Toda a cena é perfeita demais: as luzinhas suaves piscam, o som da cachoeira é como música, e o cheiro das flores é inebriante — mais um momento perfeito que não tenho forças para estragar.

Pois claramente a situação passou dos limites. Mentir para Adrian já foi ruim. Mas agora a mentira alcançou seus pais e até mesmo os amigos deles. Quando toda essa gente descobrir a verdade, não me aceitarão de jeito nenhum. Meu relacionamento com Adrian não tem futuro. É como uma das lúdicas bolhas de sabão de Teddy: mágico, flutuante, mais leve do que o ar — e fadado a estourar.

Ele percebe haver algo de errado e se retrai.

— Me desculpe. Acho que interpretei errado o momento. Mas se eu continuar falando bem rápido, a gente pode fingir que nada aconteceu, né? — Ele se levanta, de um jeito acanhado. — Tem uma mesa de pingue-pongue na garagem. Está a fim de jogar?

Pego sua mão e puxo-o de volta para o banco. Dessa vez, sou eu que o beijo. Ponho a mão em seu coração e me encosto nele para que não reste dúvida de como me sinto.

— Não — respondo. — Não quero sair daqui.

Mas acabo saindo.

A confraternização termina por volta das dez e meia. De nosso banco escondido nas sombras do jardim, ouvimos o bater de portas de carros, motores sendo ligados e convidados dando a volta na imponente entrada e indo embora.

Adrian e eu ficamos até depois de meia-noite no jardim. As luzes da casa se apagam aos poucos até não restar mais nenhuma acesa. Os pais de Adrian, ao que parece, já foram dormir e concluo que está na hora de ir embora.

Adrian se oferece para caminhar comigo até em casa. Digo que não é necessário, que são só uns poucos quarteirões, mas ele insiste.

— Aqui não é South Philly, Mallory. As ruas de Spring Brook são barra-pesada depois que escurece.

— Eu tenho uma arma de choque no chaveiro.

— Não vai adiantar de nada contra uma mãe bêbada ao volante de uma minivan. Vou me sentir muito melhor se puder te acompanhar até em casa.

A vizinhança está em silêncio. As ruas, vazias; as casas, no escuro. E, ao deixarmos o jardim, é como se um encanto tivesse sido quebrado. Basta a casa dos Maxwell entrar no meu campo de visão para ser lembrada de todos os meus velhos problemas, para ser lembrada de quem realmente sou. E novamente me sinto compelida a ser honesta. Pode ser que não consiga reunir a coragem para lhe contar tudo — não esta noite, não ainda. Mas quero dizer ao menos uma coisa que é verdadeira.

— Faz algum tempo que não tenho namorado.

Ele dá de ombros.

— Só quero dizer que seria bom pegar leve. Esperar a gente se conhecer um pouco melhor. Ir devagar.

— O que você vai fazer amanhã à noite?

— É sério, Adrian. Talvez você venha a saber de coisas a meu respeito que não são nada agradáveis.

Ele segura minha mão e a aperta.

— Eu quero aprender tudo sobre você. Quero pedir transferência pro curso de Mallory Quinn e aprender tudo o que puder.

*Ah, garoto, você não faz ideia*, penso comigo. *Você não faz a menor ideia.*

Ele me pergunta se já fui ao Bridget Foy's, seu restaurante favorito na Filadélfia. Digo que não piso na cidade há seis semanas e não estou com a menor pressa de voltar.

— E Princeton? A cidade, não a universidade. Lá tem um bar de tapas bem legal. Gosta de tapas? Quer que eu reserve uma mesa?

A esta altura da conversa, já cruzamos o gramado dos Maxwell, estamos bem na frente do chalé e, claro, digo que sim. Digo que estarei pronta às cinco e meia.

E então nos beijamos mais uma vez e, se eu fechar os olhos, é fácil fingir que estamos de volta aos jardins do castelo, que eu sou Mallory Quinn, Superestrela do Cross-Country, com um futuro promissor e sem uma preocupação sequer neste mundo. Recosto-me na parede externa do chalé. Uma das mãos de Adrian toca meu cabelo. A outra sobe a minha perna, se insinua por debaixo do meu vestido, e eu não sei como vou contar a ele a verdade, não faço a mínima ideia.

— Isso não é ir devagar — digo a ele. — Você precisa voltar para casa agora.

Ele tira as mãos do meu corpo, recua e respira fundo.

— Amanhã eu volto.

— Cinco e meia — repito.

— Até lá. Boa noite, Mallory.

Subo a varanda e o observo atravessar o quintal, sumindo na escuridão da noite, e sei que preciso dizer a verdade. Decido que a contarei amanhã no jantar, em Princeton. Assim, ainda que fique abalado, não poderá sair de perto de mim, será forçado a me trazer em casa. Nesse meio-tempo, talvez consiga convencê-lo a me dar uma segunda chance.

Destranco então a porta do chalé, acendo a luz e encontro Ted Maxwell deitado na minha cama.

# 18

Ele se senta, protegendo os olhos da luz.

— Meu Deus, Caroline, dá pra apagar isso?

Sua voz está uma oitava abaixo do normal, embargada pelo sono. Não dou um passo para além da soleira da porta.

— É a Mallory.

Ele espia por entre os dedos e parece surpreso ao reparar que está na minha casa, na minha cama, debaixo do meu cobertor.

— Meu Deus do céu. Puta que pariu. Me desculpe.

Ele joga as pernas para fora da cama, se levanta e perde o equilíbrio de imediato. Agarra-se à parede para se equilibrar e espera o quarto parar de girar. Ted está tão bêbado que não parece se dar conta de estar sem calça, não parece notar que está jogado contra uma parede de camisa polo e cueca boxer preta. Sua calça cáqui está caída ao pé da cama, como se só tivesse dado tempo de tirá-la antes de deitar.

— Não é o que está parecendo — diz ele.

Com as pernas abertas e as duas mãos apoiadas na parede, fica parecendo que Ted está sendo revistado pela polícia.

— Será que devo chamar a Caroline?

— Não! Não, pelo amor de Deus.

Ele se vira em minha direção.

— Só preciso que você... Ai, meu Deus, não dá. — Ted volta a olhar para a parede e se apruma. — Pode me trazer um copo de água?

Entro no chalé e fecho a porta. Vou até a pia e encho um dos copinhos de plástico que Teddy usa. É ilustrado com ursos polares e pinguins. Levo-o para Ted e o cheiro da bebida é perceptível, um fedor de uísque e suor azedo. Ele bebe do copinho e derrama a maior parte no pescoço e no peito. Encho-o de novo e dessa vez ele consegue engolir a maior parte da água. Mas seu corpo continua grudado à parede, como se ainda não tivesse a coragem de encarar a gravidade.

— Ted, pode dormir aqui. Eu vou lá para a casa principal. Durmo no sofá.

— Não, não, não, preciso voltar.

— Eu realmente acho que deveria chamar a Caroline.

— Já estou melhor. A água ajudou. Olha só.

Ele se ajeita e dá um passo vacilante na minha direção. E então me pede ajuda, desesperado, agitando os braços. Pego sua mão e o guio até o pé da cama. Ele afunda em cima do colchão e não solta minha mão até eu me sentar a seu lado.

— Cinco minutos — promete ele. — Já estou melhorando.

— Quer mais água?

— Não, não quero vomitar.

— E um analgésico?

Busco uma desculpa para me levantar e me afastar dele. Vou até o banheiro e volto com três analgésicos infantis mastigáveis. Deposito-os na palma suada de Ted e ele trata de esmagá-los com os dentes.

— Caroline e eu brigamos. Eu só precisava de um pouco de espaço, um lugar para espairecer. Vi que a sua luz estava apagada. Imaginei que tivesse saído, fosse passar parte da noite fora. Não pretendia cair no sono.

— Entendo — respondo, ainda que na verdade não entenda, não faça ideia dos motivos que o levaram a se enfiar na minha cama.

— Claro que entende. Você tem muita empatia. Por isso é tão boa mãe.

— Eu ainda não sou mãe.

— Você *seria* uma ótima mãe. É bondosa, é atenciosa, põe a criança em primeiro lugar. Não é nenhum grande mistério. Você está usando um vestido da Caroline?

Seus olhos percorrem meu corpo inteiro e me posiciono atrás da bancada da cozinha, grata por haver uma barreira entre nós.

— Ela me deu algumas roupas no mês passado.

— Sobras. Coisa de segunda mão. Você merece mais, Mallory. — Ted balbucia mais algumas palavras, das quais só consigo entender o finalzinho. — Você está presa aqui nesse buraco e tem todo um mundo lá fora.

— Eu gosto daqui. Gosto de Spring Brook.

— Porque você nunca esteve em nenhum outro lugar. Se tivesse viajado, se tivesse estado na ilha de Whidbey, entenderia o que digo.

— Onde fica isso?

Ele explica ser parte de um conjunto de ilhas no noroeste do país.

— Passei um verão lá na faculdade. O melhor da minha vida. Eu trabalhava em um rancho, passava o dia inteiro ao sol, e à noite a gente ia para a praia beber vinho. Sem TVs, sem telas. Só gente legal e a natureza e as paisagens mais lindas de todas.

Ele então repara na calça cáqui em cima da colcha. Parece compreender que é a dele, que deveria estar cobrindo suas pernas. Sacode a calça, coloca os pés dentro e a deixa cair no chão sem querer. Percebo que vou ter que ajudar. Ajoelho-me na frente dele, esticando as pernas da calça para que ele possa vesti-las — uma de cada vez. Com a calça já erguida até a altura dos quadris, ele me encara:

— Juro, Mallory, se você visse a enseada de Puget, esqueceria Spring Brook em cinco minutos. Perceberia que isso aqui é um buraco, uma armadilha.

Não presto atenção em nada do que ele diz. Quem é de South Philly esbarra com tantos bêbados tantas vezes que sabe que a maior parte do que dizem é pura besteira. Não significa absolutamente nada.

— Spring Brook é lindo. E você tem uma vida maravilhosa aqui. Uma família linda, uma esposa linda.

— Ela dorme no quarto de hóspedes. Não quer saber de mim.

Ted balbucia com o olhar baixo, fitando sua calça, e assim facilitando a minha tarefa de fingir que simplesmente não o ouvi.

— Você tem uma casa linda — continuo.

— Foi ela quem comprou. Não eu. Esse é o último lugar do planeta em que eu teria escolhido morar.

— Como assim?

— O pai da Caroline era muito rico. Nós teríamos condições de morar em qualquer lugar. Manhattan, São Francisco, onde fosse. Mas ela quis Spring Brook, então viemos parar em Spring Brook. — Ele fala como se as coisas lhe tivessem fugido ao controle. — Não me entenda mal, Mallory. Ela é uma boa pessoa. Tem um coração de ouro. E faria todo o possível pelo bem-estar do Teddy. Mas esta não é a vida que eu queria. Nunca me mostrei disposto a nada disso.

— Quer um pouco mais de água?

Ele sacode a cabeça como se eu estivesse deixando de entender algo crucial.

— Não estou pedindo para você tomar conta de mim. Estou dizendo que *eu* tomaria conta de *você*.

— Entendi. Vou pensar sobre isso. Mas agora é melhor voltar para casa. A Caroline deve estar preocupada.

Ted está cada vez menos coerente — diz alguma coisa sobre o lago Seneca, a região dos vinhos e sobre querer fugir de tudo. Consegue se levantar sem minha ajuda e abotoa a calça.

— A gente deveria queimar isso aqui.

— Amanhã — digo a ele. — Amanhã a gente queima.

— Mas não no chalé. — Ele aponta para o detector de fumaça na parede. — A fiação aqui é antiga. Muito delicada, muito frágil. Não tente consertar sozinha. Me chame.

Abro a porta e Ted cambaleia para a varanda. Apesar de tudo, consegue descer os três degraus até o jardim sem tropeçar e então some na escuridão, rumo à casa.

— Boa noite — grito.

— Vamos ver — grita ele de volta.

Fecho e tranco a porta do chalé. Reparo em um monte de Kleenex amassado na mesa de cabeceira ao lado da cama. Coleto os papéis protegendo minha mão com papel-toalha e enfio bem no fundo da cesta de lixo. Puxo as cobertas, arranco o lençol e descubro três sutiãs meus no meio de tudo. Como foram parar na minha cama, não sei e não quero descobrir. Amanhã ponho tudo na máquina de lavar e tento esquecer que isso aconteceu.

Como não tenho outro lençol, o jeito é espalhar minhas toalhas na cama. Não é tão desconfortável quanto pode parecer. Só preciso fechar os olhos para ser transportada de volta ao lindo jardim do castelo com suas belas cachoeiras e arcos recobertos de flores de aroma doce. Nada será capaz de estragar minha noite — nem a discussão com Caroline sobre a sessão espírita e muito menos ter dado de cara com Ted no chalé. E, antes de adormecer, peço a Deus que me perdoe por ter mentido para Adrian. Rogo para que me ajude a encontrar as palavras certas para lhe dizer a verdade. Rogo para que Adrian consiga enxergar além das coisas horríveis que fiz e me veja como a pessoa que sou hoje, não o desastre que fui um dia.

# 19

Na manhã seguinte vou até a casa e encontro Caroline e Ted vestidos para o trabalho e tomando café na copa. Caroline bebe chá e Ted, café puro. Um contempla o outro em silêncio sepulcral. Percebo que estão à minha espera.

— Você pode se sentar com a gente? — pede Caroline. — Ted tem algo pra te dizer.

Ted está com uma cara péssima. Claramente de ressaca. Deveria estar lá em cima, na cama. Ou ajoelhado no banheiro, diante da privada.

— Quero pedir desculpas pelo meu comportamento ontem à noite. Foi totalmente inaceitável e...

— Ted, tudo bem. Eu já esqueci.

Caroline balança a cabeça.

— Não, Mallory, não vamos fingir que isso não aconteceu. Precisamos dar conta de absolutamente tudo o que ocorreu ontem à noite.

Ted faz que sim com a cabeça e continua, obediente. Parece recitar uma declaração pública.

— Meus atos foram arrogantes e desrespeitosos. Estou envergonhado de como me comportei e estou analisando meus atos para entender por que escolhi abusar dos meus privilégios.

— Desculpas aceitas — digo aos dois. — Não precisam dizer mais nada. Vou me sentir melhor se a gente deixar o assunto para trás, ok?

Ted olha para Caroline, que dá de ombros. Tudo bem.

— Obrigado pela compreensão, Mallory. Prometo que não vai acontecer de novo.

Ele se levanta, pega a pasta e caminha desajeitadamente para o corredor. Momentos depois, ouço a porta da frente bater e o som da ignição do carro.

— Ele está com medo de você nos processar — explica Caroline. — Você poderia por favor me dizer o que aconteceu? Com suas próprias palavras?

— Caroline, juro, não foi nada. Ontem à noite, fui à casa dos pais do Adrian. Eles estavam dando uma festa. Cheguei aqui depois da meia-noite e Ted estava no chalé. Ele estava bêbado. Disse que vocês haviam brigado e que precisava de um lugar calmo para esfriar a cabeça.

— Achei que ele estava aqui embaixo. Dormindo no sofá.

— Assim que cheguei em casa, ele pediu desculpas e foi embora. Foi isso.

— Ele contou a você sobre a nossa briga?

— Não, só disse que você era uma boa pessoa. Com um bom coração. Disse que você faria qualquer coisa pela sua família.

— E o que mais?

— Só isso. Muito do que ele dizia não estava fazendo muito sentido. Falou sobre uma ilha... onde passou o verão na faculdade...

— "Eu trabalhava ao sol, eu dormia sob as estrelas..." — diz ela, e percebo que está parodiando o marido, caçoando gentilmente dele. — Sempre que fica bêbado, ele começa a falar da ilha de Whidbey.

— Não me importo com isso. Dei água para ele, uns analgésicos infantis, abri a porta, e ele saiu. Fim da história.

Ela analisa o meu rosto como se procurasse por pistas.

— Fico com um pouco de vergonha de fazer essa próxima pergunta, mas como tecnicamente você é minha empregada, sinto que preciso. Ele tentou alguma coisa?

— Não. Nada.

Quer dizer, eu poderia mencionar que ele tirou a calça, mexeu na minha gaveta de roupas íntimas e fez sabe-se lá o que na cama antes de eu chegar. Mas a troco de quê? A pobre Caroline já está com uma aparência péssima, e Ted pediu desculpas. Não vejo razão para prolongar o assunto. Pedir demissão por causa do que ocorreu é algo que não vou fazer.

— Caroline, juro, ele não encostou a mão em mim. Não chegou nem perto disso.

Ela expira profunda e demoradamente.

— Ted fez cinquenta e três anos agora. Com certeza, você já ouviu falar de homens e suas crises da meia-idade. Começam a questionar todas as escolhas que fizeram. Os negócios dele ainda por cima estão indo mal. O ego dele está abalado. Ele esperava contratar gente nova neste outono, mas parece que não vai acontecer.

— A empresa é muito grande?

Ela olha para mim com uma cara esquisita.

— Ele gostaria de ter uma equipe de quarenta pessoas, mas, no momento, é só o Ted. Uma empreitada de um homem só.

Só o Ted? Minha impressão era de que ele trabalhava em um grande arranha-céu em Center City cheio de secretárias, computadores novos e janelões com vista para a praça Rittenhouse.

— Ele me disse que trabalhava com a Cracker Barrel. E a Yankee Candle. Empresas grandes.

— Ele fez reuniões com elas — explica Caroline. — Ele procura empresas diferentes e se oferece para administrar os sites delas. Dirigir as suas operações de e-commerce. Mas é difícil conseguir clientes tão grandes quando se trabalha sozinho.

— Ele mencionou colegas de trabalho. Caras chamados Mike, Ed. Disse que sempre almoçam juntos.

— Sim, trabalham todos no mesmo WeWork. Um desses espaços compartilhados em que as pessoas alugam uma mesa por mês. Ted precisa ter um endereço postal na cidade. Uma parte importante desse negócio é causar boa impressão. Tentar parecer mais importante do que realmente é. Ele andou muito estressado neste verão, e creio que ontem à noite você testemunhou as primeiras rachaduras na fachada.

Sua voz falha e percebo estar preocupada não só com Ted mas também com o casamento deles, com toda a família. E realmente não faço a menor ideia do que dizer a ela. Sinto alívio ao ouvir os passos de Teddy descendo as escadas. Caroline se ajeita na cadeira e seca os olhos com um guardanapo.

Teddy entra na cozinha com um tablet na mão. Desliza o dedo pela superfície e a tela responde com ruidosas explosões.

— E aí, Ursinho Teddy? O que você está jogando?

Ele não levanta os olhos da tela.

— A mamãe me deu ontem à noite. Era do papai, mas agora é meu.

Ele pega um copo de plástico e o enche com água da bica. Sem mais nenhuma palavra, leva o copo e o tablet para a sala.

— Teddy está dando um tempo dos desenhos — explica Caroline. — Por conta de toda essa confusão, achamos que ele precisa de alguns interesses novos. E no tablet dá para instalar vários recursos educativos. Jogos de matemática, de fonética, até com línguas estrangeiras. — Ela abre um armário acima da geladeira, totalmente fora do alcance de Teddy. — Juntei os lápis de cera e as canetas hidrográficas e pus tudo aqui em cima. Teddy está tão animado que acho que nem reparou.

Sei que a primeira regra das babás é nunca questionar as mães, mas é impossível não achar a decisão equivocada. Para Teddy, desenhar é uma alegria genuína e acho um erro privá-lo desse privilégio. Pior, sinto que está acontecendo por minha causa, porque não consegui manter a boca calada a respeito de Annie Barrett.

Caroline capta minha decepção.

— É uma experiência. Só por alguns dias. Talvez nos ajude a entender o que está acontecendo. — Ela fecha a porta do armário, como quem dá o assunto por encerrado. — Mas me conte agora sobre essa festa na casa do Adrian. Você se divertiu?

— Muito. — E até que é bom mudar de assunto, pois não parei de pensar sobre o nosso jantar desde que saí da cama. — Vamos sair hoje à noite. Ele quer ir até Princeton. Algum restaurante de tapas.

— Hummm, esses lugares são bem românticos.

— Ele vem me pegar às cinco e meia.

— Vou tentar chegar mais cedo em casa, então. Assim você terá um tempo extra para se arrumar. — Ela checa a hora. — Ai, caramba, vou me atrasar. Estou tão feliz por você, Mallory! Você vai se divertir tanto hoje!

Depois que Caroline vai embora, encontro Teddy sentado na sala, fascinado com uma fase de Angry Birds. Ele usa o dedo para esticar e disparar um estilingue gigante; está lançando pássaros coloridos contra uma série de estruturas de madeira e aço ocupadas por porcos. A cada novo ataque, uma cacofonia de guinchos, explosões, estrondos, estouros e assovios. Sento-me à sua frente e bato palmas.

— E agora de manhã, o que a gente vai fazer? Um passeio pela Floresta Encantada? Ou um concurso de bolos?

Deslizando freneticamente o dedo pela tela, ele demonstra indiferença.

— Não sei e não quero saber.

Um dos pássaros erra o alvo e Teddy franze a testa, frustrado com os resultados. Encolhe-se mais próximo à tela, como se quisesse desaparecer dentro dela.

— Vamos, Teddy, larga esse jogo.

— Eu não terminei ainda.

— Mamãe disse que é para a Hora do Silêncio. Ela não quer que você fique jogando a manhã inteira.

Ele me dá as costas, protegendo o tablet com seu corpo.

— Só mais uma fase.

— Quanto tempo leva uma fase?

Mais uma fase, pelo visto, leva em torno de meia hora. Ao terminar, Teddy me implora para carregar o tablet, pois quer que o aparelho esteja com bateria para mais tarde.

Passamos a manhã perambulando pela Floresta Encantada. Tento bolar uma nova história de aventura para o Príncipe Teddy e a Princesa Mallory, mas Teddy só quer falar de estratégias de Angry Birds. Os pássaros amarelos são melhores para atacar estruturas de madeira. Os pretos conseguem destruir paredes de concreto. Os brancos aceleram após despejarem seus ovos-bomba. Não é exatamente uma conversa; ele se limita a recitar um monte de fatos e dados, como se só quisesse organizar as regras na mente.

Reparo em algo prateado cintilando em um leito de folhas e me ajoelho para investigar. É metade de uma flecha; falta a outra parte, com as penas, e só restou a haste de alumínio com sua ponta em forma de pirâmide.

— É um míssil mágico — digo a Teddy. — É para dizimar os duendes.

— Ah, legal — responde Teddy. — Ah, o pássaro verde é um pássaro-bumerangue. Quando ele ataca, destrói em dobro. Gosto de jogar primeiro com ele.

Sugiro uma caminhada até o Pé de Feijão Gigante para juntarmos a flecha ao nosso arsenal. Teddy aceita, mas sua atenção está em outro lugar. É como se só estivesse passando o tempo, contando os minutos para a manhã terminar e podermos voltar para casa.

Ofereço a Teddy qualquer coisa que ele quiser para o almoço, mas como ele diz que qualquer coisa serve, faço apenas um queijo quente. Ele praticamente engole o sanduíche enquanto eu o lembro de que não precisa usar o tablet durante a Hora do Silêncio. Sugiro que poderia ser divertido brincar com Lego, Lincoln Logs ou animais de fazenda. Ele me olha de relance como se estivesse tentando enrolá--lo, tirar dele injustamente um privilégio tão merecido.

— Obrigado, mas vou jogar meu jogo — diz ele.

Ele leva o tablet para o quarto e, passados alguns minutos, subo as escadas até o andar de cima e pressiono a orelha junto à porta do quarto. Nenhuma palavra sussurrada e nenhuma conversa pela metade. Só o riso ocasional de Teddy e os sons dos estilingues se esticando, dos pássaros grasnando e das construções implodindo. Ele me parece eufórico, mas algo nessa felicidade me deixa triste. Da noite para o dia, como se alguém tivesse apertado um interruptor, parece que algo mágico se perdeu.

Desço as escadas, pego meu celular e telefono para o Lar de Idosos Rest Haven. Digo à recepcionista que quero falar com uma das residentes, Dolores Jean Campbell. O telefone toca várias vezes até uma mensagem-padrão de secretária eletrônica ser ativada.

—Ahn, oi... o meu nome é Mallory Quinn. A gente não se conhece, mas creio que talvez a senhora possa me ajudar...

Percebo que não faço ideia de como explicar minha dúvida e que deveria ter pensado no que dizer antes de ligar, mas agora é tarde demais e o jeito é ir no improviso mesmo.

— Eu estava me perguntando se a sua mãe não seria alguém chamada Annie Barrett. De Spring Brook, Nova Jersey. Porque, se for, gostaria muito de falar com você. A senhora poderia me ligar de volta, por favor?

Deixo meu número e termino a chamada com a sensação de ter chegado a um beco sem saída. Estou convencida de que nunca terei uma resposta.

Lavo a louça do almoço e percorro a cozinha com uma esponja ensaboada para limpar as bancadas, tentando me fazer útil. Mais do que nunca, me sinto vulnerável na minha função. É como se a cada dia Caroline tivesse uma nova razão para me substituir. Por isso me mantenho ocupada com tarefas que vão além das minhas atribuições. Esfrego e lavo o piso, limpo o interior do micro-ondas. Abro a torradeira e tiro os farelos. Procuro os frascos de detergente debaixo da pia e encho os recipientes. Depois subo numa cadeira e limpo a poeira do ventilador de teto.

Todas essas pequenas tarefas fazem com que me sinta melhor, mas não sei ao certo se Caroline vai reparar. Chego à conclusão de que preciso de um projeto maior, mais ambicioso, algo que ela não tenha como deixar de notar. Passo para a sala e me deito no sofá para considerar todas as diferentes opções quando me ocorre a ideia perfeita: levar Teddy ao supermercado, comprar muita comida e preparar um jantar-surpresa para os pais dele. Toda a refeição estará no forno, esquentando, pronta para ser saboreada no momento em que chegarem em casa. Pretendo até pôr a mesa, para não terem que mover uma palha. Eles só precisarão entrar em casa, se sentarem à mesa com uma comida deliciosa e se sentirem gratos por eu fazer parte da família.

Mas antes de conseguir colocar mãos à obra, antes de me sentar e começar a fazer a lista de compras, caio no sono.

Não sei bem por quê. Não estou particularmente cansada. A ideia era só descansar os olhos por um minuto. Mas no instante seguinte estou mergulhada em pleno sono e sonhando com um lugar da minha infância, um parque de diversões minúsculo que pertencia a uma família local, chamado Storybook Land. Havia sido construído na década de 1950 como uma celebração de todos os contos de fadas clássicos e das rimas infantis da Mamãe Ganso. As crianças podiam escalar um pé de feijão gigante, visitar os Três Porquinhos e acenar por uma janela para a Senhora Que Morava Num Sapato, um boneco animatrônico que rangia e nos encarava com olhos de cadáver.

No sonho, passo com Teddy em frente ao carrossel e ele, incrivelmente animado, me pede para segurar todos os seus lápis para que possa andar nos brinquedos. Ele esvazia uma caixa inteira nas minhas mãos, mais do que seria possível carregar, e os lápis caem todos aos meus pés. Tento enfiar tudo nos bolsos, pois não haveria como segurar todos. E quando consigo juntar tudo, Teddy some. Perdi o menino na multidão. Meu sonho virou um pesadelo.

Começo a correr pelo parque abrindo caminho a cotoveladas entre os outros pais, gritando o nome de Teddy, procurando-o por toda parte. O Storybook Land está cheio de crianças de cinco anos e, de costas, todas parecem iguais; Teddy poderia ser qualquer um deles. Não consigo achá-lo em lugar nenhum. Abordo alguns pais, imploro por ajuda, "por favor, por favor, me ajudem", mas eles ficam chocados.

— Esta é a *sua* responsabilidade — dizem todos. — Por que deveríamos ajudar?

Não tenho escolha a não ser ligar para os Maxwell. Não quero contar a eles o que aconteceu, mas é uma emergência. Pego meu celular e estou ligando para o número de Caroline quando de repente o vejo. Lá do outro lado do parque, sentado nos degraus da entrada da casa da Chapeuzinho Vermelho. Abro caminho em meio a uma multidão, tentando andar o mais rápido possível. Mas quando chego à casa, já não é mais Teddy. É minha irmã, Beth. De camiseta amarela, calça jeans gasta e tênis Vans quadriculados em preto e branco.

Eu corro até ela, abraço e ergo minha irmã do chão. Não acredito que ela está aqui, viva! Abraço-a tão forte que ela começa a rir e seu aparelho ortodôntico reflete a luz do sol.

— Achei que você tinha morrido! Achei que tinha te matado!

— Deixa de ser idiota — diz ela, e o sonho é tão realista que sinto seu cheiro, um cheiro de coco e abacaxi como o das bombas de sais de banho de piña colada que ela e as amigas compravam na Lush, a loja de sabonetes cara do King of Prussia Mall.

Ela explica que o acidente não passou de um grande mal-entendido e que por todo este tempo eu me culpei sem motivo.

— Tem certeza de que você está bem?

— Tenho, Mallory, pela milionésima vez, estou cem por cento bem! Agora podemos ir no Balloon Bounce?

— Podemos, Beth, é claro! O que você quiser! Qualquer coisa que quiser!

E de repente Teddy está de volta, puxando meu braço, sacudindo-me gentilmente para eu acordar. Abro os olhos e me vejo no sofá da sala. Teddy segura o tablet.

— Acabou a bateria de novo.

Ele só pode estar enganado. Acabei de carregá-lo. A bateria estava em cem por cento. Ao me sentar, porém, percebo que a luz caiu significativamente na sala; o sol já não penetra mais pelas janelas. O relógio em cima da cornija da lareira aponta 17h17, mas não pode ser. É impossível.

Pego meu celular e confirmo: são 17h23.

Eu dormi por quatro horas.

E os Maxwell chegarão em casa a qualquer momento.

— Teddy, o que aconteceu? Por que você não me acordou?

— Cheguei ao nível trinta! — diz ele, todo orgulhoso. — Desbloqueei oito bônus de penas novos!

Minhas mãos estão imundas. Meus dedos e as palmas das mãos, manchados de fuligem escura, como se eu tivesse cavado lá fora, no jardim. Há um resto gasto de lápis no meu colo — e outros lápis, canetas hidrográficas e lápis de cera espalhados pelo chão. Todo o material de desenho que Caroline havia guardado na cozinha.

Fascinado, Teddy percorre a sala com o olhar.

— A mamãe vai ficar furiosa.

Sigo seu olhar e me deparo com esboços recobrindo todas as paredes — muitos, muitos esboços, densos e detalhados, do chão ao teto.

— Teddy, por que você fez isso?

— *Eu?!* Eu não fiz nada!

E é óbvio que não fez. Não tem como! Nem sequer tem altura para isso! Não são as mãos dele que estão manchadas de carvão e grafite. Atravesso a sala para observar mais de perto. São os desenhos de Anya, sem dúvida. Estão espalhados por toda a parede, ocupando até mesmo os espacinhos entre as janelas, os termostatos e os interruptores.

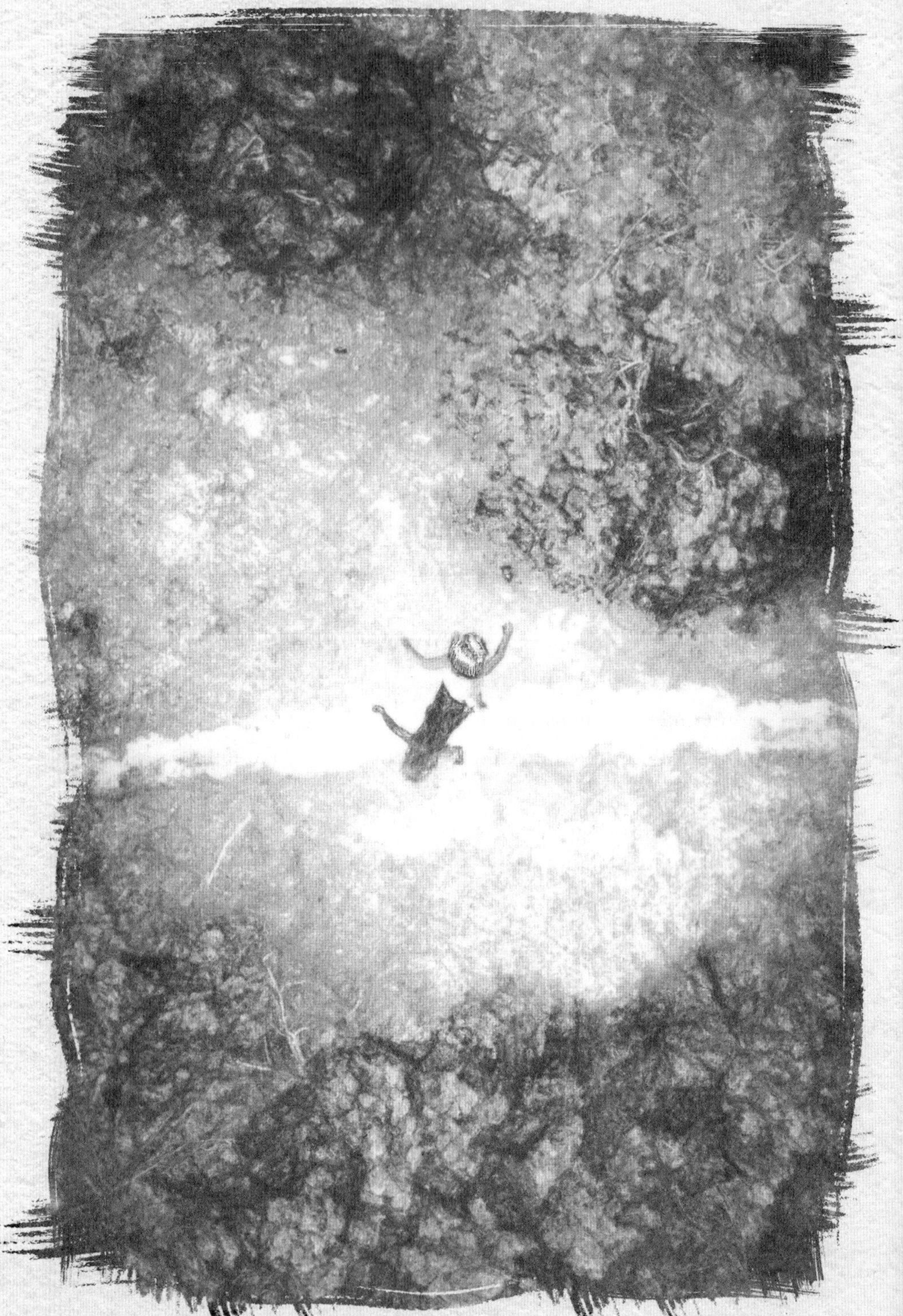

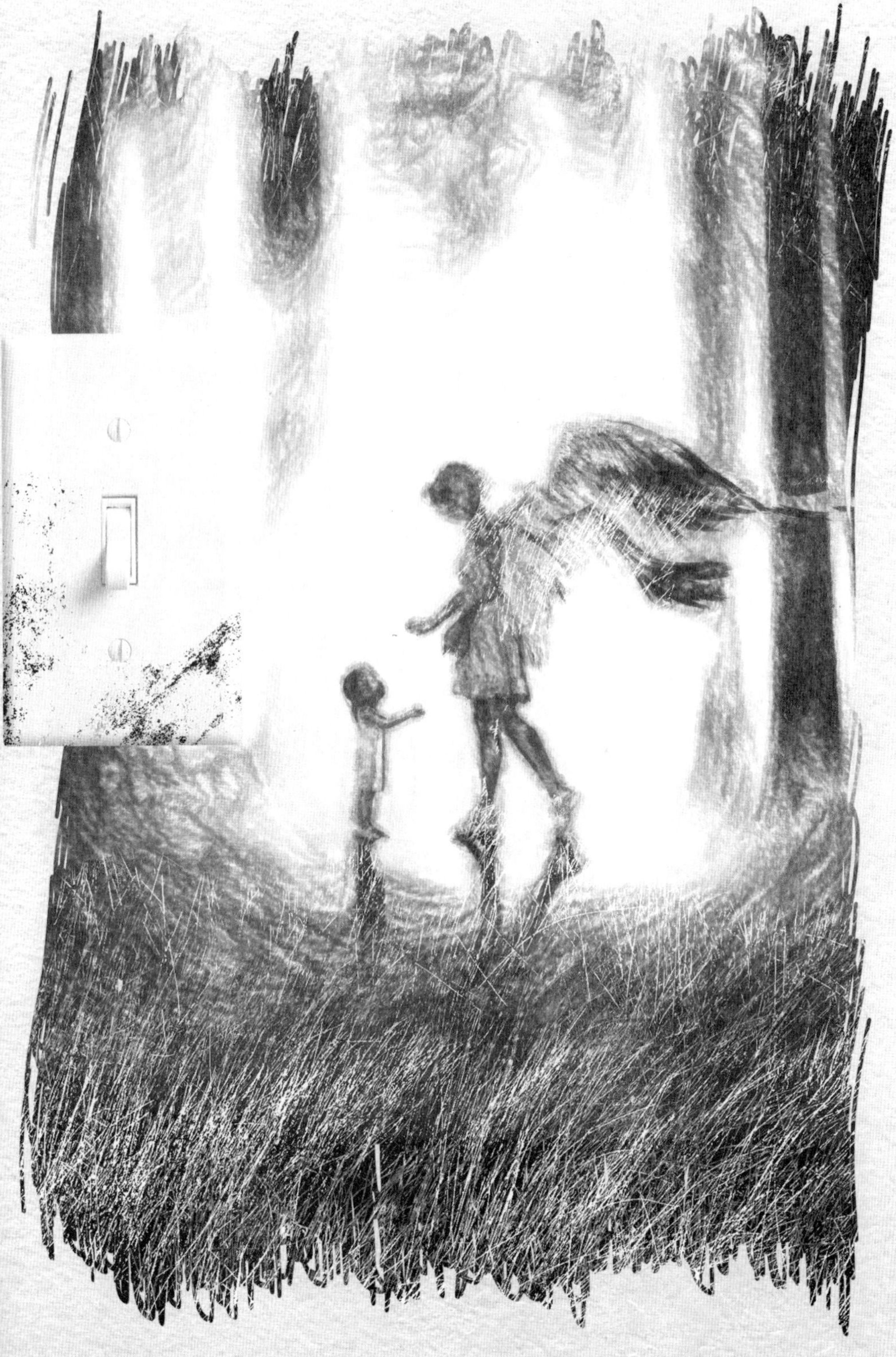

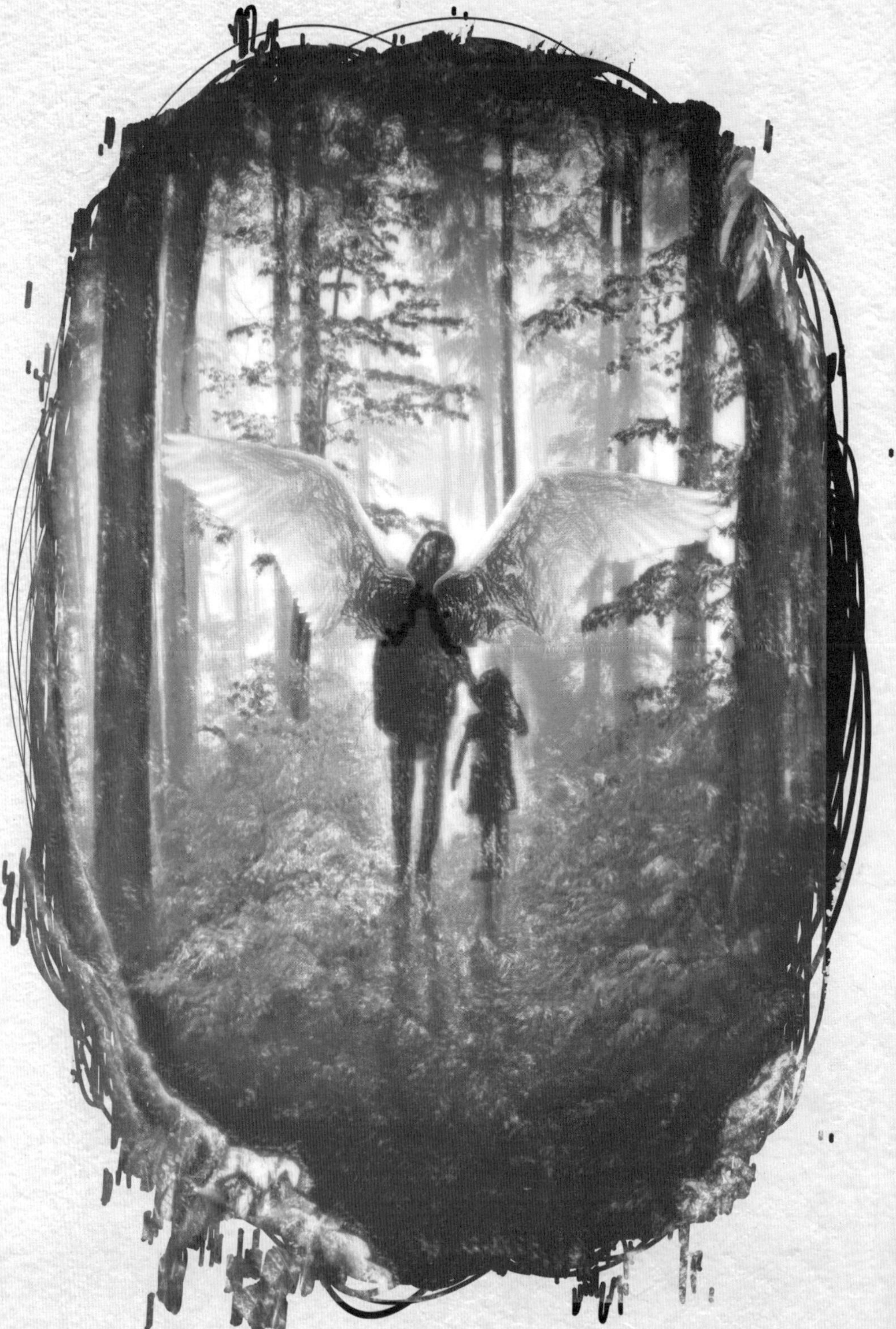

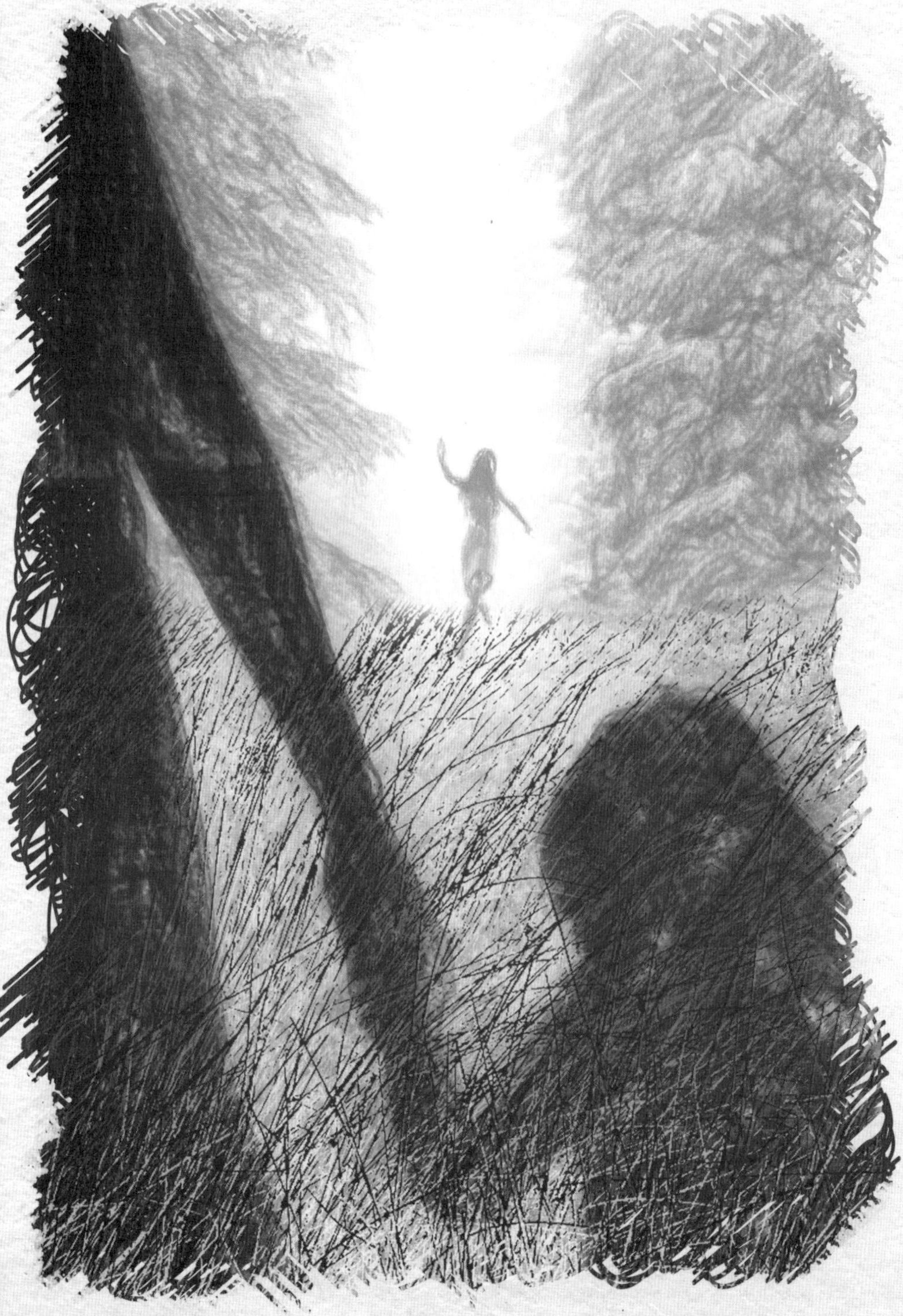

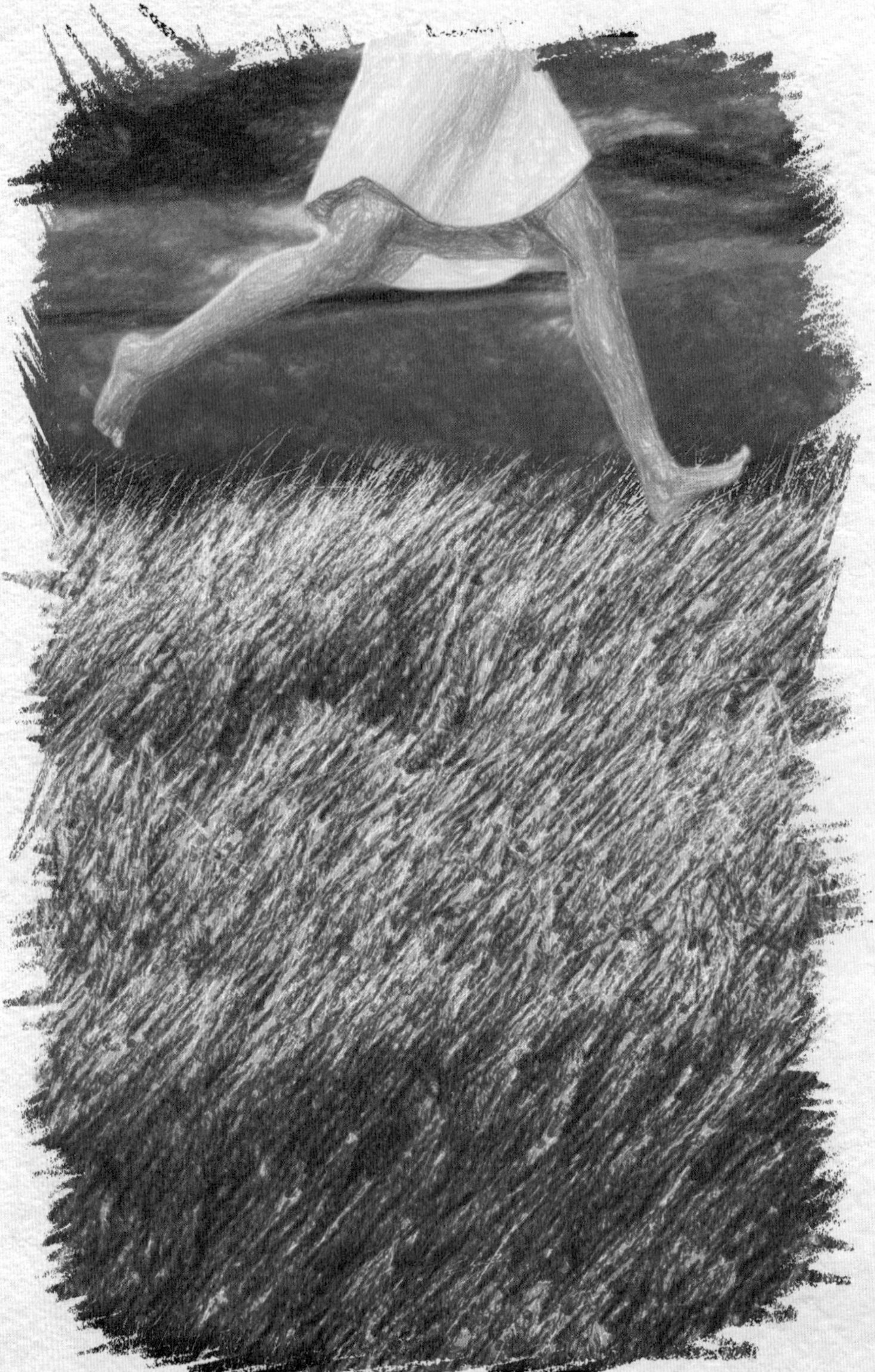

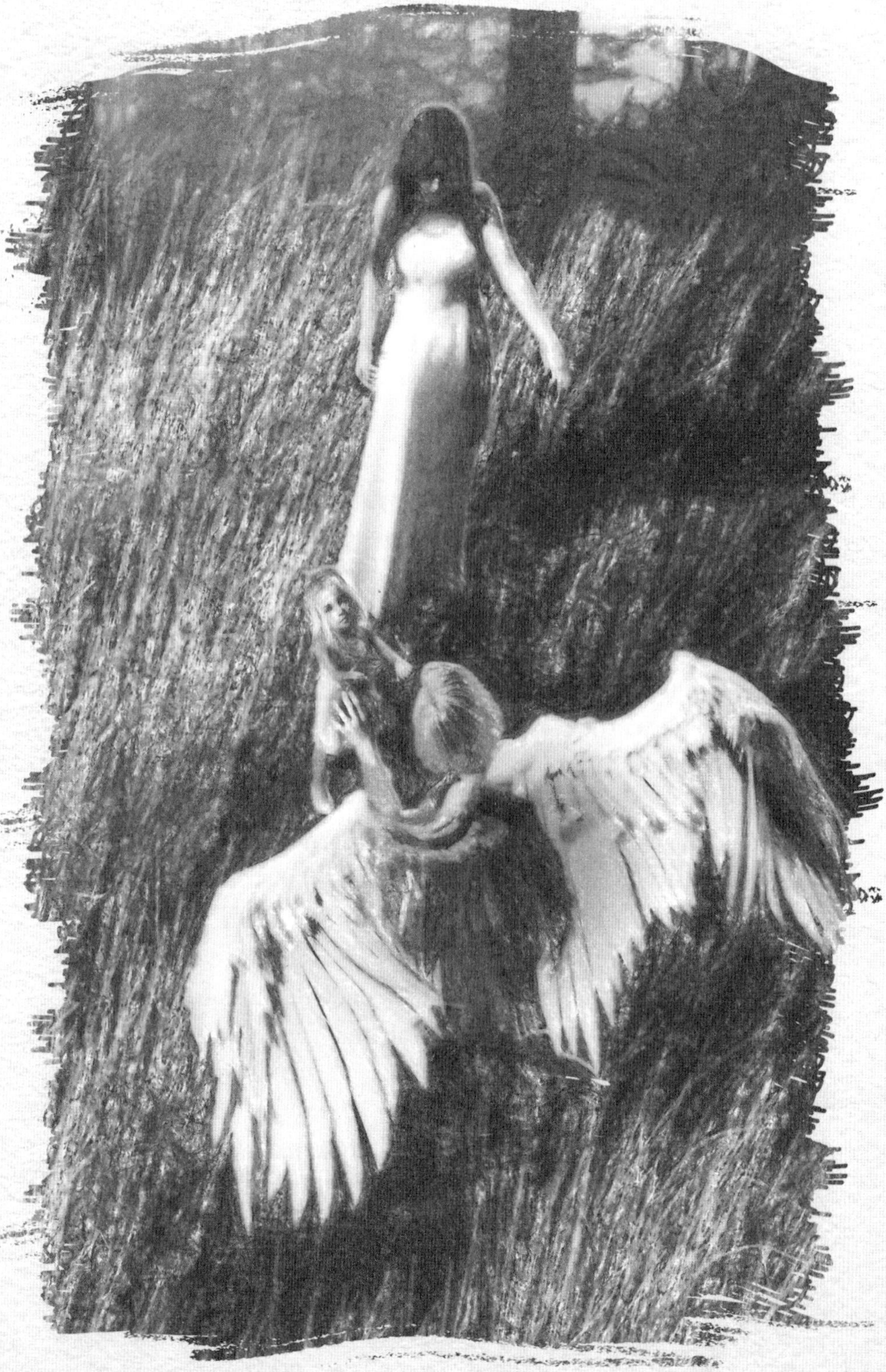

— Mallory? Você está bem?

Ele puxa a barra da minha camisa, e eu não estou bem.

Com *toda* a certeza, não estou bem.

— Teddy, me escuta. A gente precisa dar um jeito nisso antes de a mamãe e o papai chegarem em casa. Você tem alguma borracha no quarto? Daquelas cor-de-rosa, bem grandes?

Ele não tira os olhos dos lápis, das canetas hidrográficas e dos lápis de cera espalhados pelo chão.

— Eu só tenho isso aqui, mas não é mais pra eu usar. Não até a gente entender o que está acontecendo.

Não importa. É tarde demais. Já dá para ouvir o som de um carro na entrada. Olho para o lado de fora e vejo não só Ted e Caroline, mas também Adrian, estacionando a caminhonete de paisagismo em frente à casa. Era para eu estar me aprontando neste minuto, pondo um dos vestidos florais de Caroline para o meu jantar romântico em Princeton.

— Teddy, vai lá pra cima!

— Por quê?

— Porque não quero que você esteja aqui.

— Por quê?

— Por favor, você pode subir? Por favor? — Há um cabo USB na mesinha de centro. Entrego-o para ele. — Vai carregar o tablet no seu quarto.

— Legal. Tudo bem.

Teddy sai correndo da sala levando o aparelho e o cabo, achando que se deu bem. Ouço os pezinhos correndo na direção do quarto.

E então o som da porta da frente abrindo. Ouço a voz de Caroline convidando Adrian a entrar.

— Onde vocês vão jantar?

— Um lugar de tapas muito bom. Eles têm batatas bravas excelentes.

— Hummm, o que é isso? — pergunta Ted.

— Sr. Maxwell, é a melhor batata frita que o senhor vai comer na vida, garanto.

Sei que preciso detê-los e, de alguma forma, prepará-los para o que fiz. Entro na cozinha, onde Caroline pergunta a Adrian se quer beber algo. O armário logo acima da geladeira continua escancarado, tudo que estava lá dentro sumiu, mas Caroline ainda não se deu conta.

E Adrian está tão lindo que quase chega a doer. Parece que acabou de sair do banho. O cabelo ainda está um pouco úmido, e sua roupa é elegância pura, calça jeans preta com uma impecável camisa branca de botão. Ninguém repara na minha presença até eu anunciá-la.

— Aconteceu uma coisa.

Caroline me olha fixamente.

— Mallory?

— O que é isso nas suas mãos? — pergunta Ted.

Adrian corre para o meu lado.

— Você está bem?

E sei que ele é minha única esperança.

O único que *talvez* acredite em mim.

— Isso vai parecer loucura, mas juro que estou dizendo a verdade. Depois que o Teddy subiu para a Hora do Silêncio, comecei a me sentir cansada. Me deitei no sofá para relaxar. Só queria fechar os olhos por alguns minutos. E então... não sei como... o espírito da Anya se apossou do meu corpo.

Caroline olha fixamente para mim.

— O quê?

— Eu sei. Eu sei que parece loucura. Mas enquanto dormia, ela me fez pegar todas as canetas e lápis. — Aponto para o armário vazio em cima da geladeira. — E como você escondeu os papéis, ela me fez desenhar nas paredes. Não conseguiu penetrar na mente do Teddy e por isso entrou na minha.

Adrian põe um braço em torno da minha cintura.

— Tudo bem. Você está segura agora e a gente vai dar um jeito nisso.

Caroline dispara rumo à sala, e todos a seguimos. Ela engole em seco e prende a respiração, olhando incrédula para as paredes.

— Cadê o Teddy?

— No quarto. Ele está bem.

Caroline olha para o marido, que sobe correndo as escadas.

Tento explicar as últimas horas para Caroline.

— Ele subiu para o quarto à uma da tarde. Para a Hora do Silêncio. Deixei ele levar o tablet, como você mandou. Ele desceu há dez minutos. Na hora em que vocês chegaram.

— Quatro horas? — pergunta ela.

Mostro a Adrian minha mão direita, toda suja de grafite e carvão e cheia de bolhas.

— Eu sou canhota, que nem o Teddy. Não poderia ter feito isso tudo sozinha. É que nem os desenhos na minha casa.

— Sim, exatamente! O estilo é idêntico! — Ele pega o celular e anda pela sala, tirando foto das várias ilustrações. — A primeira coisa a fazer é comparar com os outros desenhos. Ver onde eles entram na sequência.

— Não — diz Caroline. — A primeira coisa a fazer é um exame toxicológico. Agora. Ou vou chamar a polícia.

Adrian a encara.

— Exame toxicológico?

— Não acredito que deixei você sozinha com o nosso filho. Não acredito que confiei em você! Onde é que eu estava com a cabeça?

— Eu não estou drogada — digo a ela. Tento falar suavemente, como se houvesse algum jeito de ter esta conversa em paralelo. Como se Adrian não estivesse bem ao meu lado, ouvindo. — Eu juro, Caroline. Estou sóbria.

— Então não vai ter problema algum em fazer o teste. Quando começou a trabalhar aqui, você aceitou fazer testes em dias aleatórios toda semana. Você mesma ofereceu. Em dias que nós escolhêssemos. — Ela pega meu pulso e procura marcas no braço. — Pelo jeito deveríamos ter começado bem antes.

Ted retorna do segundo andar e assegura a Caroline com um olhar que Teddy está bem. Adrian, enquanto isso, tenta convencer Caroline, fazê-la entender que sua visão da situação está equivocada.

— Sra. Maxwell, não sei do que a senhora está falando, mas a Mallory não usa drogas. A senhora acha mesmo que ela teria uma bolsa-atleta se usasse heroína? A Penn State a expulsaria da equipe no mesmo instante.

Um silêncio desconfortável toma conta da sala e me dou conta de que Caroline está me dando uma chance de me explicar. Meus olhos se enchem de lágrimas, pois não queria que acontecesse daquela forma.

— Ok, espera um pouco — digo a ele. — É que, na verdade, eu não fui totalmente sincera com você.

Os braços de Adrian continuam a me envolver, mas sem a mesma força.

— O que isso quer dizer?

— Eu ia contar a verdade hoje à noite.

— Do que você está falando?

Ainda assim, não consigo.

Ainda não faço ideia de por onde começar.

— Mallory não é aluna da Penn State — explica Ted. — Ela passou os últimos dezoito meses em reabilitação. Ela era viciada em remédios de tarja preta e heroína.

— Isso sem contar com as outras drogas de que nem se lembra — acrescenta Caroline. — O cérebro precisa de tempo para se recuperar, Mallory.

Adrian já não me abraça mais. Sou eu que me seguro a seu corpo como o maior e mais patético dos monstros, como um parasita. Ele se solta para poder me olhar nos olhos.

— Isso é verdade? — pergunta ele.

— Eu não estou drogada — respondo. — Eu juro, Adrian, na próxima terça-feira vai fazer vinte meses que estou sóbria.

Ele dá um passo para trás como se eu o tivesse atingido. Caroline põe a mão com delicadeza em seu ombro.

— Deve ser difícil ouvir isso. Nós imaginamos que a Mallory havia sido honesta com você quanto ao histórico dela. Achávamos que ela tivesse dito a verdade.

— Não, nem um pouco.

— Adrian, eu trabalho com muitos viciados lá no Hospital dos Veteranos. São boas pessoas e nossa meta principal é reincorporá-las à sociedade. Mas às vezes o timing não dá certo. Às vezes apostamos na pessoa antes de ela estar pronta.

Volto meu olhar para Caroline, furiosa.

— NÃO é isso que está acontecendo aqui! Eu não estou drogada. E não desenhei porra nenhuma! Juro, Caroline. Tem algo de errado com esta casa. O fantasma da Annie Barrett está assombrando seu filho e agora a mim também, e esta é a mensagem dela. — Aponto para toda a sala, para todas as paredes. — Esta é a história dela!

Sei que devo estar parecendo uma maluca porque Adrian me estuda com certa perplexidade. Parece estar me vendo de verdade pela primeira vez.

— Mas o resto é verdade? — pergunta ele. — Você estava em reabilitação? Você usava *heroína*?

Sinto vergonha demais para responder, mas a verdade fica estampada no meu rosto. Adrian vira as costas e sai da sala, e eu começo a ir atrás dele, mas Caroline bloqueia a minha passagem.

— Deixe ele ir, Mallory. Não dificulte ainda mais a situação.

Volto o olhar para a janela e vejo Adrian atravessando o caminho de laje de pedra, o rosto contorcido de mágoa. Já em plena descida da entrada de carros, apressa o passo como quem mal pode esperar para ficar longe de mim. Entra na picape preta e manobra, afastando-se do meio-fio.

Quando volto a olhar para Caroline, ela segura um copo de plástico.

— Vamos fazer isso logo.

Ela me leva ao lavabo. Entro e faço menção de fechar a porta, mas ela me impede, fazendo um sinal negativo com a cabeça. Como se temesse que eu fosse manipular minha amostra de alguma forma, como se carregasse frascos de urina limpa, por via das dúvidas. Caroline tem a delicadeza de virar a cabeça para o lado enquanto abaixo o short e me sento na privada. Tendo passado por isso centenas de vezes, sou bastante experiente em coletar amostras limpas. Consigo encher um copinho de mais de cem mililitros sem que uma gota escape. Ponho o copo na beirada da pia, levanto o short e lavo as mãos. A água fica escura, enchendo o ralo de resíduos. Uso o sabonete para esfregar os dedos e a palma das mãos, mas o grafite penetrou minha pele como tinta, como manchas que jamais sairão.

— Espero você na sala — avisa Caroline. — Só vamos começar quando você chegar.

A água escura deixa um rastro acinzentado de sujeira em forma de anel na pia imaculadamente branca. Mais uma fonte de culpa. Tento limpá-la com papel higiênico e seco as mãos no short.

Quando volto à sala, Caroline e Ted estão no sofá com minha amostra na mesa de centro, depositada em cima de um papel-toalha. Caroline me mostra um cartão de teste ainda envolto em plástico, para provar que não foi adulterado. Ela então abre a embalagem, expondo as cinco abas, e as mergulha no copo.

— Olha, entendo por que vocês estão fazendo isso, mas não vai dar positivo. Juro. Estou sóbria há vinte meses.

— E nós queremos acreditar — diz Caroline, olhando de relance para a parede coberta de desenhos. — Mas temos que entender o que aconteceu aqui hoje.

— Eu já disse o que aconteceu. A Anya se apossou do meu corpo. Me usou como se eu fosse uma marionete. Não fui eu quem fez esses desenhos! Foi ela!

— Para conversarmos sobre isso, a gente precisa manter a calma — diz Caroline. — Não vamos gritar uns com os outros.

Respiro fundo.

— Tudo bem. Ok.

— Antes de você vir trabalhar aqui, tivemos uma longa conversa com Russell sobre o seu histórico. Ele nos contou sobre todos os seus problemas: falsas memórias, lapsos...

— É uma situação diferente. Eu não tenho mais esses problemas.

— Sabe, poucos dias atrás o Teddy perdeu uma caixa de lápis de desenho. Veio me contar chorando. Estava inconsolável porque não a encontrava em lugar nenhum. E logo depois disso, todos esses desenhos começam a aparecer como que por mágica lá no chalé. Não parece uma coincidência extraordinária?

Baixo os olhos para o copo. Só se passou um minuto. Ainda é muito cedo para dar qualquer resultado.

— Caroline, eu mal consigo desenhar uma linha reta. Tive aula de artes no colégio e passei raspando. Não tem como eu ter feito estes desenhos. Não sou tão boa assim.

— Meus pacientes sempre dizem a mesma coisa: "Se minha vida dependesse de desenhar, estava ferrado!" Aí tentam a arteterapia e os resultados são extraordinários. Desenham imagens incríveis para processar traumas. Para processar as verdades que não estão prontos para encarar.

— Não é esse o caso.

— Olhe a mulher nos seus desenhos. Jovem, alta. Corpo atlético. Ela está *correndo*, Mallory. Faz você se lembrar de alguém?

Entendo aonde ela quer chegar, mas está equivocada.

— Não é um autorretrato.

— É uma representação simbólica. Uma metáfora visual. Você perdeu a sua irmã mais nova. Está inconsolável, em pânico, desesperada para trazê-la de volta. Mas é tarde demais. Ela se foi. — Caroline caminha pela sala e direciona minha atenção a cada desenho. — E então um anjo vem ajudá-la. Essa metáfora não é nada, não é? O anjo está levando a Beth na direção da luz e você não consegue impedi-los. Beth passou para o outro lado, nunca mais vai voltar. Você sabe disso, Mallory. Está tudo aqui na parede. Não é a história da Anya. É a *sua* história. É a história da *Beth*.

Balanço a cabeça. Não quero arrastar Beth para isso tudo. Não quero nem que Caroline diga seu nome.

— Nós sabemos o que houve — continua ela. — Russell nos contou sua história e é horrível, Mallory. Sinto muito que tenha ocorrido. Sei que carrega muita culpa, um luto profundo. Mas se não lidar com esses sentimentos... se continuar a minimizá-los... — Ela gesticula apontando a sala e minha obra. — Isso aqui é como vapor sob pressão, Mallory. Ele vai procurar uma abertura, vai procurar uma válvula de escape.

— Mas e os outros desenhos? A mulher sendo estrangulada?

— Um conceito abstrato transformado em algo literal — responde Caroline. — Talvez o luto, ou o vício. O estrangulamento que as drogas impõem ao corpo.

— E a mulher sendo arrastada pela floresta?

— Talvez seja alguém que puxou você para longe do perigo? Um padrinho? Ou um mentor? Como o Russell.

— E por que ele estaria me enterrando?

— Ele não está enterrando você, Mallory. Está te *libertando*. Escavando para retirá-la de uma montanha de heroína e trazendo-a de volta à sociedade. E olhe você agora!

Caroline vira o cartão para que eu possa ver os resultados. Todas as cinco abas — indicadores de THC, opioides, cocaína, anfetaminas e metanfetaminas — deram negativo.

— Sóbria há vinte meses — declara Ted. — Muito bem!

— Estamos muito orgulhosos de você — diz Caroline. — Mas está na cara que ainda há muito trabalho a ser feito, não é?

Eu não sei o que dizer.

Admito haver alguns paralelos bem intrigantes entre os desenhos de Anya e meu histórico pessoal.

E, sim, tenho problemas com lapsos, falsas memórias e todas essas consequências psicológicas do vício em drogas.

Mas tenho também, guardados no chalé, mais doze desenhos com um fedor de morte, e só há uma pessoa responsável por eles.

— Foi a Anya quem fez esses desenhos. Não eu.

— Anya é uma amiga imaginária. Teddy sabe que ela é uma criação. Ele entende que ela não existe de verdade.

— Teddy está assustado e confuso e repete tudo o que vocês ensinam. Eu sei que vocês estudaram em ótimos colégios e faculdades e acham que entendem muito bem como o mundo funciona. Mas estão errados sobre estes desenhos, estão errados sobre esta casa e estão errados sobre o Teddy. Tem alguma merda muito sinistra acontecendo aqui, bem debaixo do nariz de vocês, que continuam em negação!

A esta altura já estou berrando, não consigo evitar, mas Ted e Caroline se mantêm inabaláveis. Percebo que já pararam de me ouvir, que estão prontos para encerrar o assunto.

— Acho que o jeito é aceitar que pensamos diferente — conclui Caroline. — Talvez seja um fantasma, talvez seja só a culpa. Não importa, Mallory. O ponto-chave disso tudo é que você deixou nosso filho à própria sorte por quatro horas e não acho mais que você seja capaz de tomar conta dele.

Ted concorda que "é preciso haver uma mudança" e Caroline diz que seria bom encararmos este momento como uma encruzilhada, uma oportunidade para melhorar as coisas para todos.

Ambos soam tão positivos, tão solidários, tão encorajadores, que levo alguns instantes para me dar conta de que estou sendo demitida.

# 20

Estou há dez minutos no chalé quando o telefone toca.

É Russell. Está ligando de um motel minúsculo na Rota 66, em algum lugar do deserto entre Las Vegas e o Grand Canyon. A conexão é ruim e a ligação, cheia de chiados.

— Quinn! O que aconteceu?

— Acho que fui demitida.

— Não, você foi demitida *com toda a certeza*! Caroline me enviou fotos do seu projeto de arte maluco. Que diabos está havendo aí?

— Tem alguma coisa nessa casa, Russell. Algum tipo de presença. Primeiro ela usava o Teddy e agora está se voltando para mim.

— Presença? — Russell em geral é uma fonte de energia e entusiasmo ilimitados, mas, dessa vez, soa cansado e ligeiramente decepcionado. — Você quer dizer um fantasma?

— Não estou drogada. Caroline me testou.

— Eu sei.

— É alguma outra coisa. É...

O chiado da estática nos interrompe e, por um momento, temo que a ligação tenha caído. Mas sua voz retorna.

— Você precisa ir a uma reunião. Que horas são aí? Seis e meia? Tenta a Igreja do Sagrado Redentor. Lá começa às sete da noite, eu acho.

— Não preciso de reunião nenhuma.

— Tem algum amigo para quem possa ligar? Alguém que possa ficar com você? Não quero que fique sozinha hoje. — E creio que meu silêncio é o suficiente para ele perceber que não, não há ninguém para me ajudar. — Tudo bem, me escuta então. Eu vou voltar para casa.

— Não!

— Sem problemas. Estou odiando isso aqui mesmo. O calor não dá uma trégua. Preciso correr em espaços fechados o tempo todo, na esteira, porque se você ficar mais de dez minutos do lado de fora morre de tanto suar.

Ele explica que precisará de mais dois ou três dias para vir me resgatar. Está a caminho do Grand Canyon neste momento. Terá que pegar a estrada de volta para Las Vegas e então remarcar seu voo.

— Domingo, de repente. Segunda com certeza. Você precisa aguentar firme até segunda, ok? Doreen e eu vamos te pegar. Você pode ficar comigo por algumas semanas, a gente acha um médico para te examinar. E pensamos num plano B.

— Obrigada, Russell.

Deixo o telefone cair no chão e fecho os olhos. Sei que deveria sair da cama, ir a uma reunião ou pelo menos preparar algo para jantar. Mas do lado de fora do chalé começou a chover, uma daquelas abruptas tempestades de verão vindas do nada. O vento sacode o telhado, a água desce em cascata pelas janelas. Estou presa aqui e queria ter alguém para quem telefonar. Não quero ter que pensar no longo fim de semana que me aguarda, na longa e solitária espera até Russell vir me buscar. Minhas únicas outras amigas estão em Safe Harbor, mas sinto vergonha demais para contar o que fiz.

Claro, há ainda os meus amigos de *antes* de Safe Harbor. Apaguei todos os seus nomes e números da minha lista de contatos, mas não seria difícil localizá-los. De Spring Brook à Filadélfia, é meia hora de trem. Se chegasse à Avenida Kensington, sei que iria reconhecer vários rostos, velhos amigos felizes em me ver, prontos para me dar as boas-vindas de volta ao lar. Tenho mil e duzentos dólares na conta. Posso sacá-los e me mandar daqui, certa de que ninguém sentiria minha falta.

A não ser por Teddy.

Teddy *sentiria* minha falta. Eu sei.

Não posso ir embora sem me despedir dele.

Preciso continuar por aqui só o tempo suficiente para lhe dar explicações, para ele saber que nada disso foi culpa dele.

Assim, permaneço em minha perfeita casinha, o lugar mais agradável em que já vivi, uma lembrança belamente mobiliada de tudo o que acabo de perder. Chove, chove, e o zumbido no meu cérebro é pior do que nunca, como se minha cabeça estivesse cheia de mosquitos. Golpeio meu rosto com um travesseiro e grito, mas nada silencia o ruído.

Nessa noite durmo por dez, doze, catorze horas. Sempre que acordo, me lembro do que aconteceu e me enfio debaixo do cobertor até cair no sono de novo.

Às dez da manhã de sábado, me levanto e me arrasto até o chuveiro. O banho faz com que eu me sinta melhor. Um pouco. Talvez. Abro a porta do chalé e me deparo com uma folha de papel presa por uma pedra na varanda.

*Ai, meu Deus*, penso, *estou enlouquecendo de verdade*.

Mas é apenas um bilhete da Caroline:

*Querida Mallory,*
*Ted e eu vamos passear com Teddy no litoral. Contamos para ele que você vai embora e, claro, ele ficou muito triste. Espero que um dia de praia e passeios distraia a mente dele. Voltaremos tarde. A piscina e o quintal estarão à sua disposição.*

*Outra coisa: Russell ligou hoje cedo para dar notícias. Ele marcou uma passagem num voo de madrugada, saindo amanhã à noite. Estará aqui segunda-feira pela manhã, entre dez e onze.*

*Gostaríamos de passar a tarde de amanhã celebrando o tempo que você passou com nossa família — com piscina, jantar, sobremesa etc. Por volta das três da tarde, se o horário estiver bom para você. Se precisar de alguma coisa ou se precisar conversar, ligue. Estou aqui para apoiá-la durante esta transição.*

*Com amor, Caroline*

Vou até a casa principal para pegar um pouco de suco de laranja, mas, ao digitar meu código na entrada, não é aceito. Claro que não. Ted e Caroline podem confiar em mim para ficar no quintal, mas jamais me deixarão entrar na casa de novo, não depois de eu ter desenhado em todas as paredes.

Sei que deveria sair para correr. Sei que vou me sentir melhor se espairecer ao longo de alguns quilômetros. Mas estou constrangida demais para sair do quintal, envergonhada demais para mostrar o rosto pela vizinhança. Imagino que a notícia da minha mentira já tenha se espalhado e que todo mundo em Spring Brook saiba o meu segredo. Volto para o chalé, encho uma tigela de cereal e então lembro que o leite acabou. Como sem leite mesmo, usando as mãos. Deito na cama com meu tablet e acesso o canal Hallmark em busca de sua seleção de filmes, mas é como se de repente todos parecessem fajutos, horríveis e ridículos, cheios de falsas promessas e finais felizes forçados.

Estou há dez minutos assistindo algo chamado *A Shoe Addict's Christmas* quando ouço passos na varanda e uma leve batida na porta. Penso que deve ser Mitzi com um pedido de desculpas por seu comportamento durante a sessão espírita. Grito que estou ocupada e aumento o volume do tablet.

O rosto de Adrian surge na janela.

—A gente precisa conversar.

Salto da cama e abro a porta.

—Sim, precisamos mesmo porque...

—Aqui não — diz ele. — Meu carro está ali na frente. Vamos dar uma volta.

. . .

Ele não diz para onde vamos, mas logo que avisto a rampa de acesso à 295, me dou conta. Adentramos a pista de alta velocidade, pegamos o acesso à 76 Oeste e cruzamos a Ponte Walt Whitman, que paira sobre os estaleiros e embarcadouros do rio Delaware. Estamos a caminho de South Philly. Adrian está me levando para casa.

— Você não precisa fazer isso. Dá meia-volta.

— Falta pouco — diz ele. — Só mais cinco minutos.

Está cedo demais para haver movimento por causa do futebol, e os Phils devem estar jogando fora da cidade, porque a via expressa está livre, sem trânsito. Adrian pega a saída para a Avenida Oregon, sempre com um olho no GPS, mas deste ponto em diante eu poderia guiá-lo de olhos fechados. Ainda sei onde fica cada rua, cada placa de trânsito, cada semáforo. Todos os lugares que conhecia continuam aqui: as lanchonetes de fast-food, as lojas de *cheesesteak*, os supermercados de comida asiática, as lojas de celular e o bar de esportes/clube de striptease que recrutou duas das minhas colegas de turma assim que terminaram o colégio. Ninguém confundiria minha antiga vizinhança com Spring Brook. As ruas são todas esburacadas; as calçadas, uma sujeira só, recobertas de vidro quebrado e restos de frango. Mas em várias das casas geminadas, o revestimento externo de alumínio é novo, e sua aparência, melhor do que eu me lembrava, como se as pessoas estivessem se esforçando nesse quesito.

Adrian para na esquina da Oito com a Shunk. Pelo jeito, encontrou meu endereço na internet, pois estamos bem na frente da casinha geminada que um dia chamei de lar. Os tijolos foram restaurados, as venezianas receberam uma nova demão de tinta e onde um dia foi nosso "quintal" de cascalho branco agora há um gramado de um verde radiante. Ao lado da porta da frente, há um homem no topo de uma escada; usa luvas de segurança e retira folhas secas das calhas.

Adrian põe o carro em ponto morto e liga o pisca-alerta. Não vejo nenhum dos meus vizinhos desde a época do colégio e tenho medo de ser reconhecida. As casas são todas coladas umas nas outras e é fácil imaginar todos escancarando as portas de uma vez só e saindo para me olharem embasbacados.

— Por favor, vamos embora.

— Foi aqui que você cresceu?

— Você já sabe que sim.

— Quem é o homem em cima da escada?

— Não sei. Vamos embora, ok?

O homem na escada se volta para nos observar. É careca, de meia-idade, não muito alto e usa uma camisa dos Philadelphia Eagles.

— Estão precisando de alguma coisa?

Nunca o vi antes. Talvez minha mãe tenha contratado um faz-tudo. Ou, o que me parece mais provável, vendeu a casa e se mudou para longe daqui, e este homem é o novo dono. Faço um sinal de desculpas e me viro para Adrian.

— Se você não sair daqui agora, eu salto dessa picape e volto a pé para Spring Brook.

Ele aciona o câmbio automático e cruzamos o sinal verde. Oriento-o a seguir o caminho até o FDR Park, o point oficial de South Philly para piqueniques, aniversários e fotos de casamentos. Quando eu era pequena, chamávamos esse parque de "os Lagos", pois o lugar é salpicado de lagos e de lagoas. O maior é o lago Meadow, e nele encontramos um banco com uma bela vista para o espelho d'água. À distância, perante o céu cinzento, vemos as pistas elevadas da Interestadual 95, seis faixas de carros indo e voltando do aeroporto. E por um longo tempo não dizemos nada, pois nenhum dos dois sabe por onde começar.

— A história da bolsa não era mentira — digo a ele. — No ensino médio, corri uma prova de cinco quilômetros em quinze minutos e vinte e três segundos. Fui a sexta garota mais rápida da Pensilvânia. Pode procurar no Google.

— Já procurei, Mallory. No dia em que a gente se conheceu, corri para casa e dei busca em todas as Mallory Quinn da Filadélfia. Achei essa notícia da época do colégio. Era o suficiente para sua história parecer real. — Ele ri. — Mas nada no Twitter, nada nas redes sociais. Achei legal. Essa aura de mistério. As meninas da Rutgers passam o dia inteiro no Instagram, postando fotos para ganhar likes. Mas você era diferente, parecia ter autoconfiança. Nunca imaginei que era porque estava escondendo algo.

— No geral eu fui honesta.

— *No geral?* Isso quer dizer o quê?

— Eu só menti sobre o meu passado. Mais nada. Não menti sobre os desenhos da Anya. E com certeza não menti sobre como me sinto em relação a você. Eu ia contar a verdade ontem à noite, no jantar. Eu juro.

Ele não diz nada. Continua com o olhar perdido na direção do lago. Uns garotos por perto brincam com um drone; parece um disco voador em miniatura, com oito hélices girando freneticamente. Sempre que passa por perto, o ruído parece o de um enxame. Percebo que Adrian está me esperando continuar, me dando uma chance para explicar tudo. Respiro fundo.

— Bom, então...

# 21

Todos os meus problemas começaram com uma simples fratura por estresse do sacro — uma minúscula fissura no osso em forma de triângulo na base da minha coluna. Isso aconteceu em setembro, no meu último ano do colégio, e o tratamento recomendado foi de oito semanas de repouso — bem no início da temporada de cross-country. Uma má notícia, mas não um desastre completo. A lesão era comum entre jovens corredoras, facilmente tratável, e não prejudicaria a oferta da Penn State. Os médicos receitaram OxyContin para a dor — um único comprimido de 40 mg duas vezes por dia. Todos disseram que eu estaria bem a tempo das competições estudantis de inverno em novembro.

Continuei comparecendo aos treinos, arrastando equipamento para lá e para cá e ajudando a registrar as marcas das demais — mas era difícil ficar à beira da pista só olhando minhas colegas correrem, sabendo que meu lugar era junto delas. Além disso, como eu tinha mais tempo, minha mãe esperava que eu ajudasse mais em casa. Que cozinhasse mais, arrumasse mais a casa e tomasse conta da minha irmã.

Mamãe nos criou sozinha. Ela era baixinha, gorda e fumava um maço de cigarro por dia — apesar de trabalhar no Hospital da Misericórdia como gerente do setor de cobranças, estando portanto ciente de todos os riscos à saúde. Beth e eu vivíamos falando para ela largar o cigarro, escondendo seus maços embaixo do sofá ou em outros lugares em que nunca procuraria. Mas ela simplesmente saía de casa e comprava mais. Dizia que eram o seu mecanismo de defesa e que tínhamos de largar do seu pé. Não demorava a nos lembrar que não tínhamos avós, tios ou tias e que, com toda a certeza, não havia um segundo marido no horizonte — portanto, nós três tínhamos que dar a cara a tapa umas pelas outras. Cresci ouvindo esse mote bombástico: dar a cara a tapa umas pelas outras.

Três ou quatro sábados por ano, o hospital convocava minha mãe para as "Horas Extras Obrigatórias de Surpresa", nas quais se esperava que ela se embrenhasse em todos os conflitos pendentes de cobranças que ninguém mais conseguia entender. Numa certa noite de sexta-feira, ela recebeu o telefonema e nos comunicou que teria que trabalhar no dia seguinte. E disse então que eu precisaria pegar o carro e levar minha irmã ao Storybook Land.

— Eu? Por que eu?

— Porque prometi que a levaria.

— É só levar ela no domingo. Domingo você está de folga.

— Mas a Beth quer levar a Chenguang, que só pode ir no sábado.

Chenguang era a melhor amiga da minha irmã, uma esquisitona de cabelo cor-de-rosa que pintava bigodes de gato nas bochechas. Ela e Beth faziam parte de uma espécie de clube de anime.

— Eu tenho uma prova amanhã! Em Valley Forge. Só volto pra cá às três da tarde.

— Deixa a prova pra lá — disse minha mãe. — Você não vai correr. A equipe não precisa de você.

Tentei explicar que minha presença representava um enorme estímulo psicológico às minhas colegas de equipe, mas ela não quis saber.

— Você vai levar a Beth e a Chenguang.

— Elas são grandes demais pro Storybook Land! Lá é lugar pra crianças pequenas!

— Elas fazem isso ironicamente. — Minha mãe abriu a porta dos fundos, acendeu um cigarro e soprou a fumaça através da tela. — *Sa-*

*bem* que estão crescidas demais pra irem lá e querem ir exatamente por isso. — E deu de ombros como se fosse algo perfeitamente racional.

Na manhã seguinte — sábado, 7 de outubro —, Chenguang chegou à nossa casa de calça jeans gasta e camiseta amarela com estampa brilhosa de unicórnio branco, com um saco de balas azedas com formato de minhoca. Perguntou se eu queria, mas fiz que não e disse que preferia a morte. Beth desceu as escadas vestida exatamente da mesma forma que a amiga. Pelo jeito haviam combinado de usar roupas iguais; fazia parte de nossa aventura bizarra.

Insisti em sair de casa às nove da manhã. Meu plano era pegar a estrada quando minhas colegas estivessem correndo e ligar para saber o resultado assim que chegássemos ao Storybook Land. Mas Chenguang havia sido mordida por uma aranha e sua ferida não parava de coçar. Tivemos que passar numa farmácia para comprar Benadryl. Com isso, nos atrasamos meia hora, só fomos cruzar a Ponte Walt Whitman às nove e meia, e só quinze minutos depois estávamos entrando na Atlantic City Expressway, com suas três faixas de veículos a caminho do litoral de Nova Jersey, a 130 km/h. Havia baixado as janelas e sintonizado a todo volume na Q102 para não ter que ouvir Beth e Chenguang gargalhando no banco de trás. Elas tagarelavam sem parar, interrompendo e atropelando uma à outra. Meu celular estava no painel entre os dois bancos dianteiros, sendo carregado no adaptador de isqueiro. Apesar da música, eu ouvia o ruído da entrada de mensagens de texto, uma atrás da outra. Sabia que deviam ser da minha amiga Lacey, que nunca enviava uma só mensagem se podia enviar cinco. A pista à minha frente estava livre. Desviei o olhar para o telefone, para as notificações que desciam pela tela.

CARALHO
PQP
!!!!!!!!!!!
vc n acredita quem chegou em 3º

No relógio do painel dianteiro eram 9h58. Compreendi que a prova feminina devia ter acabado e que Lacey me informava em tempo real do resultado. Chequei mais uma vez a pista à minha frente, peguei o celular com uma das mãos, digitei a senha e depois, calmamente, mandei minha resposta: **fala**.

Na lateral da tela, três pontinhos piscavam indicando que Lacey estava digitando. Lembro-me da voz de Ed Sheeran no rádio cantando sobre um castelo na colina. E lembro-me de olhar no retrovisor. Havia um SUV colado na minha traseira, para-choque com para-choque. Sem pensar muito, acelerei para abrir distância. Pelo espelho, vi Beth e Chenguang dividindo uma mesma azedinha, uma em cada ponta, como os cães de *A Dama e o Vagabundo*. Riam feito umas alucinadas, e eu me lembro de pensar: *Qual é o problema dessas duas? Adolescentes se comportam assim, agora?* Foi quando o celular pulsou na minha mão, sinalizando que Lacey havia respondido.

Depois disso, já era quarta-feira. Acordei num hospital em Vineland, Nova Jersey, com a perna esquerda e três costelas quebradas e o corpo atrelado a meia dúzia de monitores e máquinas. Minha mãe estava sentada ao lado da cama, segurando firme um caderno com borda em espiral. Tentei sentar, mas não conseguia me mover. Estava confusa demais. Ela começou a dizer coisas que não faziam sentido. Havia uma bicicleta no meio da pista. Uma família estava com equipamento de praia no porta-malas do SUV, uma mountain bike se soltou e todos os carros desviaram para não atingi-la. Eu perguntei "cadê a Beth?" e ela desabou. Foi aí que eu soube.

O motorista do carro da frente quebrou a clavícula. No SUV atrás de mim, todos tiveram ferimentos leves. Chenguang voltou para casa sem um arranhão. Minha irmã foi a única vítima, mas, segundo os médicos, eu escapei por pouco. Todos se apressaram em dizer que eu não deveria me culpar, que não havia feito nada de errado. Todos culparam a família com a mountain bike. Alguns policiais vieram falar comigo no hospital, mas não houve qualquer tipo de investigação. Em algum momento da capotagem, meu celular voou pela janela. Foi pulverizado pelo impacto ou sumiu em meio às flores silvestres que cresciam no acostamento da rodovia. Nunca descobri quem ficou em terceiro.

Duas semanas depois, tive alta com uma nova receita de OxyContin para usar "de acordo com a dor", mas sentia dor 24 horas por dia, todos os dias, desde que acordava até a hora de desabar na cama. Os comprimidos a aplacavam um pouco, e eu implorava aos médicos para renovarem a receita — só para poder aguentar até o Dia das Bruxas, até o Dia de Ação de Graças, até o Natal —, mas em fevereiro, como já caminhava sem maiores problemas, deram o tratamento por encerrado.

A dor foi pior do que qualquer coisa que eu já tivesse vivido. É isso que as pessoas não entendem sobre o OxyContin — ou ao menos não entendiam na época. Ao longo de vários meses, o remédio havia reprogramado completamente o meu cérebro, se apossando mais e mais dos meus receptores de dor a ponto de eu passar a precisar dele para meramente existir. Não conseguia dormir, comer ou me concentrar nas aulas. E ninguém havia me alertado que isso poderia acontecer. Ninguém me avisou que deveria me preparar para ter dificuldades.

Foi quando comecei a me escorar nos colegas de classe, a pedir para fuxicar seus banheiros e os quartos dos pais. É chocante a quantidade de gente que tem OxyContin em casa. E, quando essas fontes finalmente secaram, o namorado de uma amiga conhecia um cara. Comprar Oxy com um traficante é algo muito fácil de justificar. Afinal, são os mesmos comprimidos receitados pelos médicos. Eram remédios, não drogas. Mas a margem de lucro do traficante era altíssima, e em um mês eu havia acabado com todas as minhas economias. Passei três dias horríveis suando frio e sofrendo de náuseas até um de meus novos amigos caçadores de comprimidos me apresentar a uma alternativa mais barata e sensata.

Heroína é uma palavra tão forte e assustadora, mas parece Oxy por uma fração do preço. É só uma questão de superar o pudor com agulhas. Felizmente não faltavam vídeos no YouTube para me ajudar — tutoriais (teoricamente para diabéticos) que ensinavam a encontrar uma veia e a puxar delicadamente o êmbolo no momento exato para me certificar de ter feito contato com a corrente sanguínea. Bastou entender como funcionava para o ruim virar péssimo.

Terminei o colégio aos trancos e barrancos graças a professores solidários que tinham pena de mim. Mas todos os técnicos entendiam o que estava acontecendo e a Penn State deu um jeito de voltar atrás na oferta. Usaram o acidente de carro e minhas lesões decorrentes como desculpa, dizendo que não haveria fisioterapia capaz de me tornar apta a competir no outono. Não me lembro de ter ficado decepcionada. Nem mesmo de ter recebido a notícia. Quando procuraram minha mãe, eu já passava as noites em Northern Liberties, dormindo no sofá do meu novo amigo Isaac, que por acaso tinha trinta e oito anos.

Houve um longo período após o colégio em que vivi basicamente para me drogar e para conseguir dinheiro para comprar mais drogas — de qualquer tipo. Se não houvesse Oxy e heroína disponíveis, experimentava o que estivesse à mão. Minha mãe gastou tempo e dinheiro consideráveis tentando me ajudar, mas eu era jovem e bonita e ela, velha, gorda e sem dinheiro; ela não tinha a menor chance. Um dia, dentro do ônibus, ela começou a ter um ataque cardíaco; quase morreu antes de a ambulância chegar ao hospital. Só fui saber disso seis meses depois, quando iniciei a reabilitação e tentei ligar para ela e lhe dar a boa notícia. Ela pressupôs que eu quisesse dinheiro e desligou.

Telefonei mais algumas vezes, mas ela nunca atendeu e, por isso, deixei mensagens longas e desconexas confessando que o acidente havia sido minha culpa e pedindo desculpas por tudo. Àquela altura, já morava em Safe Harbor e estava totalmente sóbria, mas obviamente ela não acreditou. *Eu* não teria acreditado. Enfim, um dia a ligação foi atendida por um homem. Disse que se chamava Tony e era amigo da minha mãe, e que ela não queria mais saber de mim. Quando tentei ligar de novo, a linha havia sido desconectada.

Não falo com minha mãe há uns dois anos. Não sei ao certo como ela está. Ainda assim, sei que tenho muitas, muitas razões para ser grata. Grata por nunca ter contraído Aids ou hepatite. Grata por nunca ter sido estuprada. Grata à motorista do Uber que me reanimou com Narcan depois que apaguei no banco de trás do seu carro. Grata à juíza que me mandou para a clínica de reabilitação e não para a cadeia. E grata por ter conhecido Russell, por ele ter concordado em me apadrinhar e me motivado a voltar a correr. Nunca teria chegado tão longe sem a ajuda dele.

Adrian não interrompe minha história com perguntas. Só me deixa falar e falar até eu finalmente chegar ao âmago da questão:

— Sempre vou sentir culpa pelo que aconteceu. Todo mundo culpa o motorista com a mountain bike. Mas, se eu estivesse atenta...

— Não dá para saber, Mallory. Talvez tivesse dado para desviar, talvez não.

Mas eu sei.

Sempre saberei.

Se pudesse voltar no tempo e reviver toda a situação, eu mudaria de faixa, faria um desvio abrupto ou pisaria no freio e tudo continuaria bem.

— A gente dividia o quarto, já te falei? Dormíamos em um beliche. Odiávamos, vivíamos reclamando para a minha mãe. Dizíamos que nenhuma outra criança no quarteirão dividia quarto, o que nem era verdade! Enfim, depois do acidente, no dia em que saí do hospital, minha mãe me levou pra casa, eu subi as escadas e...

Não consigo nem descrever o resto. Não consigo descrever como o quarto ficava silencioso sem a Beth, como era impossível dormir nele sem o som de sua respiração e do farfalhar dos lençóis.

— Deve ser difícil — diz Adrian.

— Sinto tanta falta dela. Todos os dias. Talvez tenha mentido para você por isso, Adrian, não sei. Mas juro que nunca menti sobre mais nada. Não menti sobre como me sentia e não menti sobre os desenhos. Não tenho nenhuma lembrança de tê-los feito. Mas devo ter feito. Sei que é a única explicação lógica. Segunda-feira vou embora de Spring Brook. Vou morar com meu padrinho do N.A. por algumas semanas. Tentar pôr a cabeça no lugar. Sinto muito por ser tão louca.

Chegamos àquele ponto na conversa em que espero que Adrian diga algo — talvez não "eu te perdoo", sei que seria pedir demais, mas ao menos o reconhecimento de que abri meu coração, compartilhei com ele uma história que nunca contei a ninguém fora de uma reunião do N.A.

Em vez disso, ele se levanta e diz:

— Melhor a gente ir.

Caminhamos pelo gramado rumo ao estacionamento. Três meninos brincam nas cercanias da picape de Adrian, apontando os dedos como se fossem armas, disparando balas imaginárias. Ao nos aproximarmos, saem correndo pelo estacionamento, na maior gritaria, balançando os braços feito doidos. Todos têm cinco ou seis anos de idade e não lembram em nada o calado e introspectivo Teddy, sempre agarrado aos livros de figuras e blocos de desenho.

Adrian não diz nada até entrarmos na picape. Então liga o motor e o ar-condicionado, mas não sai da vaga.

— Olha, ontem, quando saí da casa dos Maxwell, estava muito irritado. Não por ter mentido pra mim, apesar de isso também ser ruim. Mas por ter mentido para os meus pais e todos os amigos deles. É muito constrangedor, Mallory. Não sei com que cara vou contar para eles.

— Eu sei, Adrian. E sinto muito.

— Mas tem o seguinte: ontem, depois que fui embora, não consegui voltar para casa. Meus pais sabiam do nosso encontro e eu não quis vê-los, não quis dizer a eles que havia dado errado. Acabei indo ao cinema. Tinha um filme novo da Marvel e me pareceu uma boa solução para passar o tempo. Acabei ficando e vendo duas vezes, para poder chegar em casa depois da meia-noite. E quando finalmente subi as escadas para ir para o meu quarto, encontrei isso na minha escrivaninha.

Ele esticou o braço e abriu o porta-luvas, revelando uma folha de papel recoberta pelos traços de um lápis preto.

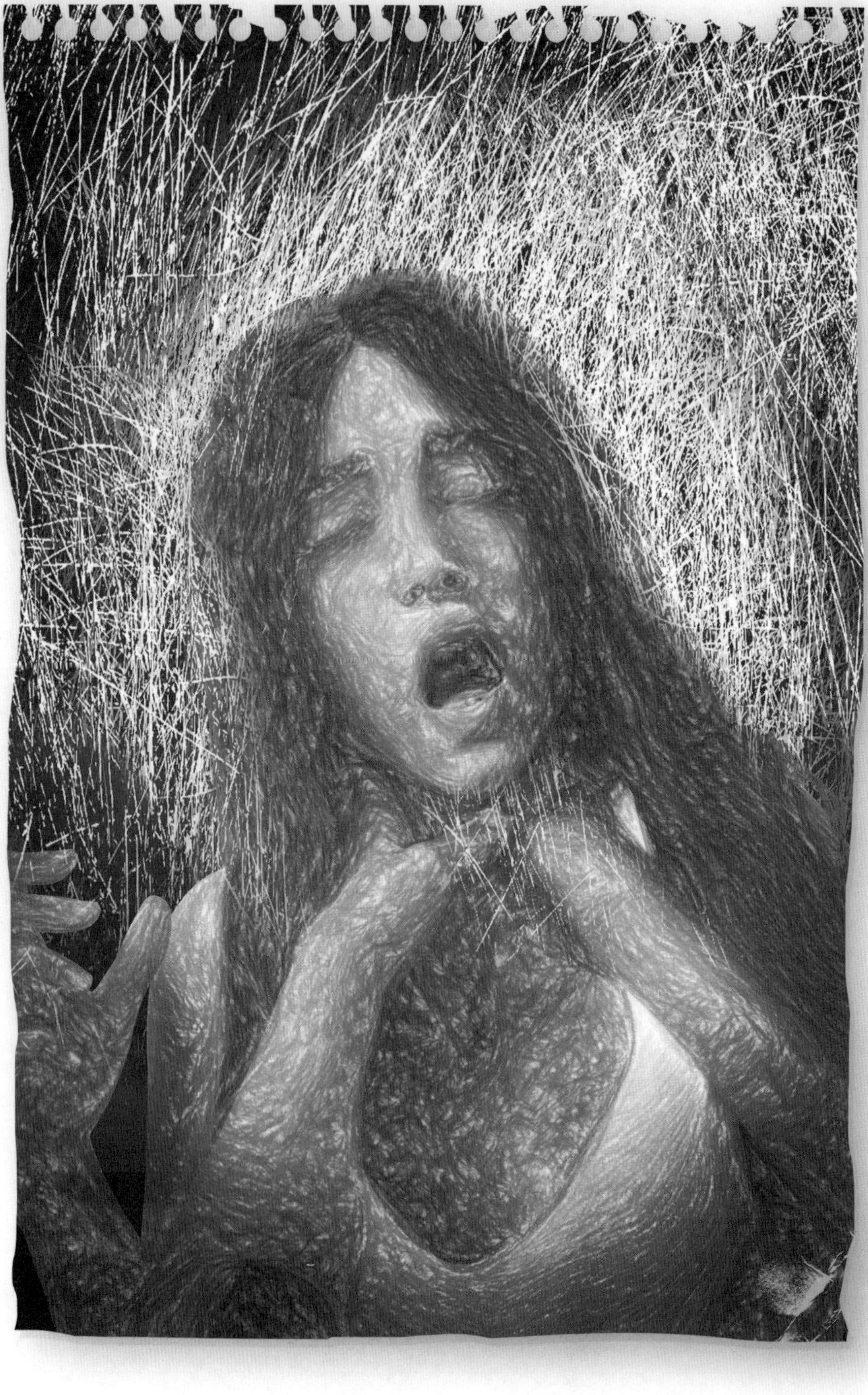

— Que tal agora a gente falar da sensação de estar louco? Até acho possível você ter entrado de fininho na minha casa, encontrado meu quarto e deixado esse desenho na escrivaninha sendo que meus pais estavam a noite inteira em casa. Acho possível também que tenha sido o Teddy. Ou os pais dele. Mas acredito que não, Mallory. — Adrian balança a cabeça. — A explicação mais provável me parece ser a de que você estava certa o tempo todo. Quem está fazendo esses desenhos *é de fato* a Anya. E ela quer que *eu* saiba que você está dizendo a verdade.

# 22

Pegamos a estrada de volta para Spring Brook e mergulhamos na tarefa. Reúno todos os desenhos que achei no chalé, mais os três que peguei no quarto de Teddy. Adrian acrescenta o que foi deixado em sua escrivaninha e todas as fotos que tirou na sala dos Maxwell. Já havia tratado de imprimi-las para podermos acrescentá-las à sequência. Em menos de quarenta e oito horas, Russell vem me pegar — e, antes disso, estou determinada a convencer os Maxwell de que estamos dizendo a verdade.

Organizamos todos os desenhos no pátio da piscina, usando pedras ou pedaços de cascalho para prendê-los ao chão. Passamos então meia hora movendo-os de um lado para o outro, tentando colocá-los em ordem, em busca de uma narrativa que faça sentido.

Depois de muitas tentativas e erros, chegamos ao seguinte resultado:

— O primeiro desenho é o do balão — começo. — Estamos em algum parque ou campo. Uma área de muito espaço ao ar livre. Céu aberto.

— Ou seja, não é em Spring Brook — complementa Adrian. — Aqui tem muito tráfego aéreo vindo da Filadélfia.

— Aqui uma mulher está pintando um quadro do balão. Por ora, vamos supor que seja a Anya. A julgar pelo vestido sem mangas, imagino que seja verão ou talvez um lugar de clima mais quente.

— Tem uma menina por perto, brincando com os seus brinquedos. Talvez a filha da Anya. Teddy mencionou que a Anya tinha uma filha. Não me parece que esteja tomando conta dela com muita atenção.

—Aí aparece um coelho branco.

— A menina está intrigada. Está brincando com um coelho de pelúcia, mas surge um de verdade.

— Ela então corre atrás do coelho até um vale...

— ... mas a Anya não repara que a menina se afastou. Está muito concentrada na pintura. Mas dá para ver a garotinha lá longe, no horizonte. Os brinquedos ficaram para trás. Está fazendo sentido até aqui?

— Acho que sim — diz Adrian.

— Que bom, porque aqui é onde começa a ficar confuso. Algo dá errado. O coelho sumiu, a menina parece estar perdida. Talvez esteja machucada. Pode até estar morta. Porque no desenho seguinte...

— Ela é abordada por um anjo.

— E o anjo guia a menina na direção da luz.

— Mas tem alguém tentando impedi-los. Alguém correndo atrás deles.

— É a Anya — diz Adrian. — O vestido branco é o mesmo.
— Exatamente. Correndo para salvar a filhinha, para impedir que seja levada.

— Mas a Anya chegou tarde. O anjo não quer devolvê-la.
— Ou *não tem como* devolvê-la — sugere Adrian.
— Exatamente. Mas agora tem um salto.

— O anjo e a criança não aparecem mais. Sumiram. E alguém está estrangulando a Anya. Está faltando aqui uma peça do quebra-
-cabeça.

— O tempo passou. Já é noite. O cavalete da Anya ficou abandonado.

—Um homem chega na floresta, carregando ferramentas. Parecem uma pá e uma picareta.

—O homem arrasta o corpo da Anya pela floresta...

— Ele usa a pá para cavar um buraco...

— E enterra o corpo.
— Ou seja, o homem estrangulou a Anya — diz Adrian.
— Não necessariamente.
— É ele quem move o corpo. É ele quem a enterra.

— Mas a história começa de dia. O homem só aparece muito depois, quando já escureceu.

Adrian começa a mudar os desenhos de lugar novamente, reorganizando-os numa outra sequência, mas eu já havia tentado todas as ordens possíveis. Essa é a única que chega perto de fazer algum sentido.

Só que ainda falta algo. A sensação parece a de mergulhar na montagem de um quebra-cabeça, revelando aos poucos o cenário, para só então descobrir que três ou quatro peças se perderam, e bem do centro da imagem.

Adrian faz um gesto exasperado.

— Por que ela simplesmente não diz logo do que se trata? Por que não esquece essa estupidez de desenhos e usa palavras? "Me chamo Rumpelstiltskin, fui assassinado pelo arquiduque." Ou sei lá por quem. Precisa ser tão enigmática assim?

É apenas um desabafo da parte dele, mas me leva a pensar nesta pergunta, que eu nunca tinha parado para considerar: *por que* Anya é tão enigmática?

Em vez de usar Teddy para fazer desenhos, por que não usar palavras? Por que não escrever uma carta? A não ser...

Começo a me lembrar de todas as conversas unilaterais que ouvi através da porta do quarto de Teddy, todos os jogos de adivinhações a que ele se submetia durante a Hora do Silêncio.

— Teddy diz que a Anya fala de um jeito esquisito. Diz que é difícil entendê-la. Será que ela não fala inglês?

Adrian faz menção de descartar a ideia, mas resolve pegar o livro da biblioteca, *A obra reunida de Anne C. Barrett*.

— Ok, vamos pensar nisso passo a passo. A gente sabe que a Annie veio da Europa depois da Segunda Guerra. Talvez não fale inglês. Talvez seu nome verdadeiro nem seja Barrett. Essa pode ser a versão ocidentalizada de um nome tipo Baryshnikov. Um desses nomes longos do Leste europeu que ninguém consegue pronunciar. A família pode ter mudado o nome dela para que ela se encaixasse melhor.

— Exatamente — digo, começando a gostar da teoria. — A julgar pela forma como o George escreve, ele já estava há muito tempo nos Estados Unidos. Já estava acostumado. Era diácono da igreja, vereador. Mas de repente chega a Spring Brook a prima que o lembra de suas origens. Ele sente vergonha dela. A carta que escreveu para o livro é tão desdenhosa, só reclama das poucas coisas que ela fez e do quanto era tola.

Adrian estala os dedos.

— E isso explica o que aconteceu com o tabuleiro Ouija! Você falou que as respostas dela não faziam sentido, que era uma sopa de letrinhas. Mas vai ver ela estava soletrando em outra língua.

Volto a me lembrar do encontro, da sensação de estar sepultada dentro do chalé, a prancheta tremendo sob as pontas dos dedos.

*Sabia* que não estávamos sozinhas.

*Sabia* que alguém estava movendo deliberadamente minha mão e escolhendo com afinco cada letra.

— A Mitzi anotou tudo — digo.

Atravessamos o quintal dos fundos até a casa de Mitzi. Bato na porta da frente, mas ninguém atende. Voltamos aos fundos, à entrada utilizada pelos clientes. A porta está aberta e, através da tela, conseguimos enxergar a cozinha e a mesa de fórmica onde Mitzi me serviu café. Bato com força na porta de tela e o relógio de gatinho me encara com o rabo balançando. Ouço o som da TV vindo lá de dentro, algum comercial de moedas de ouro comemorativas. "Estas moedas são altamente disputadas por colecionadores e seu valor é perene..."

Grito o nome de Mitzi, mas com toda a certeza o som da voz do vendedor abafa o da minha.

Adrian experimenta o trinco e percebe que a porta está destrancada.

— O que você acha?

— Acho que ela é paranoica e tem uma arma. Se a gente entrar de mansinho, há uma boa chance de estourar nossos miolos.

— Também existe a chance de estar machucada. Pode ter caído no chuveiro. Quando um idoso não atende a porta, o correto é ver se está tudo bem.

Bato outra vez. Novamente, nenhuma resposta.

— Vamos voltar depois.

Mas Adrian insiste em abrir a porta e chamá-la.

— Mitzi, está tudo bem?

Ele dá um passo para dentro. E o que mais posso fazer? Já passa das três e o dia está voando. Se Mitzi tiver informações capazes de nos ajudar, precisamos ter acesso a elas o mais rápido possível. Escancaro a porta e vou atrás dele.

A cozinha fede. O cheiro é de lixo que precisa ser posto para fora, ou talvez sejam os pratos sujos empilhados dentro da pia. Em cima do fogão, uma frigideira está cheia de gordura solidificada. Na bancada, há pequenas marcas de pegadas, e não quero nem pensar nos bichos que podem estar infestando as paredes.

Sigo Adrian até a sala. A TV está ligada na Fox News. Os apresentadores debatem com um convidado as mais recentes ameaças à segurança da nação. Gritam uns com os outros; ou melhor, uns por cima dos outros. Pego o controle remoto e diminuo o volume da TV.

— Mitzi? É a Mallory. Você está me ouvindo?

Nada.

— Vai ver deu uma saída — diz Adrian.

Deixando a porta dos fundos aberta? Sem chance, não é do feitio da Mitzi. Vou para os fundos da casa e checo o banheiro — nada. Chego enfim à porta do quarto. Bato várias vezes, chamo seu nome e finalmente a abro.

No interior do quarto, as cortinas estão cerradas, a cama está desfeita e há roupas jogadas no chão inteiro. O ar tem cheiro azedo e rançoso e tenho até medo de tocar em qualquer coisa que seja. A porta golpeia um cesto de lixo de vime, que tomba. De dentro do recipiente, rolam montes de Kleenex amassados.

— Alguma coisa? — pergunta Adrian.

Fico de joelhos e, só para me certificar, olho debaixo da cama. Tem muita roupa suja, mas nada de Mitzi.

— Ela não está aqui.

Ao levantar, reparo na mesa de cabeceira. Além de uma lâmpada e de um telefone, vejo chumaços de algodão, uma garrafa de álcool isopropílico e um torniquete de látex.

— O que é isso? — pergunta Adrian.

— Sei lá. Não deve ser nada. Vamos embora.

Retornamos à sala e Adrian encontra o bloco no sofá, enfiado bem embaixo do pesado tabuleiro espírita de madeira.

— É esse mesmo — digo a ele.

Corro as páginas e na última que foi usada, depois de listas de compras e afazeres, encontro as anotações da sessão espírita. Rasgo a página e mostro-a a Adrian.

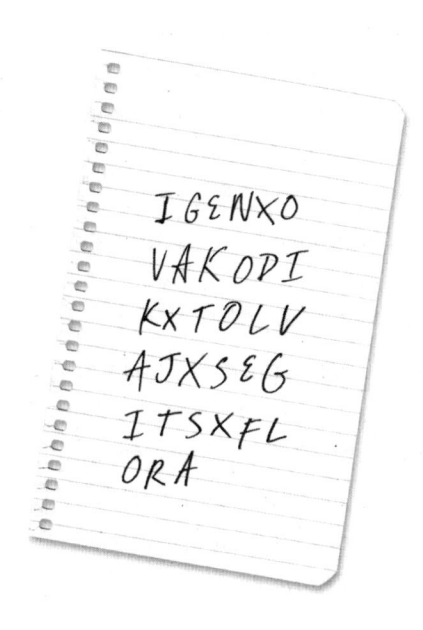

```
IGENXO
VAKOPI
KXTOLV
AJXSEG
ITSXFL
ORA
```

Tive aulas de espanhol na escola e minhas amigas fizeram francês e mandarim, mas estas palavras não me lembram de nenhuma língua que eu conheça.

— O nome Anya parece russo — diz Adrian. — Mas isso aí com certeza não é russo.

Pego o celular e jogo IGENXO no Google só para garantir — e, talvez pela primeira vez, uma frase que busco não gera um único resultado.

— Se o Google não conhece, certamente a palavra não existe.

— Pode ser alguma espécie de criptograma — sugere Adrian. — Um quebra-cabeça do tipo em que cada letra é substituída por outra.

— A gente acabou de concluir que ela não fala inglês. E, mesmo assim, conseguiu bolar um enigma?

— Esse tipo de coisa não é complicado se você souber as manhas. Me dá um minuto só.

Ele pega um lápis e se senta no sofá de Mitzi, determinado a desvendar o código. Começo a bisbilhotar pela sala, tentando imaginar por que Mitzi teria saído de casa e deixado a TV ligada e a porta dos fundos aberta, quando sinto meu tênis esmagar alguma coisa. Pelo som, pareço ter pisado num besouro, algum insetinho de casca grossa e quebradiça. Ao erguer o pé, percebo se tratar na verdade de um tubo plástico fino, de cor laranja, cilíndrico, de uns sete centímetros.

Pego-o do chão, Adrian para o que está fazendo e olha para mim.

— O que é isso?

— É a tampa de uma agulha hipodérmica. Acho que ela está usando. Espero que com insulina, mas é a Mitzi, vai saber.

Percorrendo o ambiente, descubro as tampas de mais três agulhas: numa prateleira de livros, num cesto de lixo e no peitoril de uma janela. Levando em consideração o torniquete de borracha, com toda certeza diabetes não é.

— Já terminou?

Olho para Adrian com o bloco nas mãos e ele não parece ter avançado em nada.

— Esse aqui é difícil — admite ele. — Normalmente, em inglês se procura a letra mais frequente e substitui por *E*. Nesse caso, tem quatro *X*s, mas se trocar essas letras por *E*s, não ajuda em nada.

Creio que ele esteja perdendo tempo. Se eu estiver certa quanto à barreira da língua para Anya — e tenho certeza de que estou —, comunicar-se em inglês já seria desafiador o bastante. Ela não tentaria escrever em código. Tentaria facilitar as coisas para nós, em vez de dificultá-las. Tentaria tornar a mensagem mais clara.

— Me dá mais um minuto — diz ele.

Então ouvimos alguém bater na porta dos fundos.

— Olá? Alguém em casa?

É uma voz de homem, uma voz que não reconheço.

Talvez um dos clientes de Mitzi, visitando-a para que leia sua aura?

Adrian enfia a folha do bloco no bolso de trás da calça. E, quando chegamos à cozinha, vejo que o homem na porta dos fundos usa um uniforme de policial.

— Vou precisar que venham aqui fora.

# 23

O policial é jovem — não tem mais do que vinte e cinco anos —, tem cabelo raspado, usa óculos escuros e seus enormes braços estão cobertos de tatuagens. Entre os pulsos e as mangas da camisa não se vê um centímetro de pele descoberta — só as estrelas e listras da bandeira dos Estados Unidos, águias carecas e passagens da Constituição.

— Estávamos checando como estava a Mitzi — explica Adrian. — A porta dela estava aberta, mas ela não está aqui.

— Ah, e aí? Vocês simplesmente entraram? Resolveram dar uma olhada? — Na sua voz, soa como se fosse a teoria mais estapafúrdia, apesar de ter sido exatamente o que ocorreu. — Quero que abram a porta e saiam devagar, entenderam?

Percebo que há mais dois policiais na extremidade do quintal estendendo uma longa fita amarela por todo o perímetro, de árvore a árvore. Ao longe, já no interior da mata, vejo sinais de movimento, casacos com superfícies reflexivas. Ouço homens gritando uns para os outros o que descobriram.

— O que está acontecendo? — pergunta Adrian.

— Mãos na parede — ordena o policial.

— Isso é sério?

Adrian está chocado — é óbvio que é a primeira vez que é revistado.

— Faz o que ele está dizendo — digo.

— Isso não faz sentido, Mallory. Você está de short de ginástica! Não é como se estivesse escondendo uma arma.

Mas a simples menção à palavra "arma" parece acirrar os ânimos. Agora os dois policiais com a fita amarela caminham em nossa direção com expressões preocupadas. Sigo as instruções e faço o que mandam. Apoio a palma das mãos na parede de tijolos. Abaixo a cabeça e olho para a grama enquanto o policial apalpa minha cintura.

Adrian, de má vontade, se coloca ao meu lado e põe as mãos na parede.

— Isso não faz sentido algum.

— Cala a boca — diz o policial.

E, se não tivesse medo de falar, eu diria a Adrian que este policial é até delicado — conheci alguns na Filadélfia que o imobilizariam e algemariam com o rosto enfiado no chão mais rápido do que o tempo que se leva para dar oi. Adrian parece achar que não tem que lhes dar ouvidos, como se estivesse de alguma forma acima da lei.

Surgem então um homem e uma mulher dando a volta na casa. Ele é alto e branco, ela baixa e negra, ambos um tanto rechonchudos e fora de forma. Lembram meus orientadores do colégio. Usam trajes profissionais que parecem recém-saídos de lojas da Marshalls ou da TJ Maxx, e ambos têm distintivos de investigadores pendurados no pescoço.

— Ah, Darnowsky, calma aí — grita o homem. — O que você tá fazendo com a moça?

— Ela estava na casa! Você disse que a vítima morava sozinha.

— Vítima? — pergunta Adrian. — A Mitzi está bem?

Em vez de responderem às nossas perguntas, eles nos separam. O detetive leva Adrian quintal afora enquanto a mulher me orienta a sentar numa mesa enferrujada de metal no pátio. Abre sua pochete, retira uma lata de pastilhas, põe uma na boca e estende a caixa aberta, me oferecendo. Recuso.

— Sou a detetive Briggs. Meu colega é o detetive Kohr. Nosso jovem amigo com as tatuagens de circo é o policial Darnowsky. Peço desculpas pelo comportamento dele. É o nosso primeiro cadáver em algum tempo, e todo mundo está nervoso.

— A Mitzi morreu?

— Sinto informar que sim. Uns garotos a encontraram uma hora atrás. Caída na mata. — Ela aponta para a floresta. — Se essas árvores não estivessem no caminho, daria para vê-la daqui.

— O que aconteceu?

— Vamos começar pelo seu nome. Quem é você, onde mora e como conhece ela?

Soletro meu nome, mostro minha carteira de motorista e aponto para o chalé do outro lado do quintal. Explico que trabalho para a família da casa ao lado.

— Ted e Caroline Maxwell. Sou a babá deles e moro na casa de hóspedes.

— Você dormiu no chalé de ontem para hoje?

— Durmo lá todas as noites.

— Ouviu algo incomum? Algum ruído?

— Não, fui para a cama cedo. Estava chovendo forte. É só o que me lembro. Com o vento e os trovões não dava para ouvir nada. Quando vocês acham que a Mitzi... — Não consigo dizer a palavra "morreu"; ainda não consigo crer que Mitzi está morta.

— A gente mal começou a investigar — declara Briggs. — Quando foi a última vez que você a viu?

— Anteontem. Quinta de manhã. Ela me visitou no chalé por volta de onze e meia.

— Para quê?

É constrangedor em voz alta, mas conto a verdade, em todo caso.

— A Mitzi era vidente. Ela tinha uma teoria de que o meu chalé era assombrado. Ela trouxe uma... um tabuleiro Ouija. E nós tentamos fazer contato com o espírito.

Briggs parece achar graça.

— Funcionou?

— Não sei bem. Conseguimos algumas letras, mas elas não parecem fazer sentido.

— Ela cobrou algo de você?

— Não, se ofereceu para me ajudar de graça.

— E a que horas vocês terminaram?

— Uma da tarde. Tenho certeza porque o Adrian estava aqui também. No intervalo de almoço dele. Ele teve que voltar ao trabalho. E foi a última vez que a vi.

— Você lembra o que ela estava vestindo?

— Calça cinza, top roxo. Mangas longas. Tudo bem largo, esvoaçante. E um monte de joias: anéis, colares, braceletes. Mitzi sempre usava muitas joias.

— Interessante.

— Por quê?

Briggs dá de ombros.

— Ela não está usando nenhuma agora. Nem mesmo sapatos. Estava só de camisola. Mitzi era o tipo de mulher que sairia de casa só de camisola?

— Não, na verdade eu diria que era o oposto. Ela dava muito valor à aparência. Era um visual esquisito, mas era o visual *dela*. Entende?

— Será que ela teria demência?

— Não. Mitzi se preocupava demais, com muita coisa, mas tinha mente afiada.

— E por que vocês estavam dentro da casa dela agora?

— Bem, isso provavelmente vai parecer idiota, mas eu tinha uma pergunta a fazer sobre a sessão espírita. A gente ficou pensando se o espírito poderia estar usando um idioma diferente e se seria por isso que as letras não significavam nada. Queríamos perguntar à Mitzi se havia alguma possibilidade de ser isso. A porta dos fundos estava aberta e por isso tive certeza de que ela estava em casa. Adrian achou que pudesse estar machucada, e por isso a gente entrou na casa para ver se ela estava bem.

— Você encostou em alguma coisa? Mexeu nas coisas dela?

— Eu abri a porta do quarto. Para ver se ela estava dormindo. E tirei o som da TV. Estava tão alto que não dava para ouvir nada.

Briggs olha para a minha cintura. Percebo que está estudando meus bolsos.

— Você pegou alguma coisa da casa?

— Não, claro que não.

— Se importaria, então, em revirar os bolsos? Acredito que você esteja dizendo a verdade, mas é melhor para todos se eu checar.

Ainda bem que foi Adrian quem ficou com as anotações da sessão espírita. Assim não preciso mentir sobre elas.

— Por ora, não tenho mais perguntas — diz ela. — Você tem alguma informação que possa me ajudar?

— Quem me dera. Você sabe o que aconteceu?

— Não há sinal de ferimentos — responde ela, dando de ombros. — Não me parece que ninguém a tenha machucado. E quando se encontra o corpo de uma pessoa idosa ao relento, ainda por cima com roupa de dormir, geralmente é por causa de algum erro na medicação. A pessoa se confundiu com os remédios ou tomou mais do que devia. Ela alguma vez mencionou tomar remédios controlados?

— Não — respondo, e estou sendo sincera.

Fico tentada a mencionar as tampas das agulhas, o torniquete e o cheiro pungente de cordão queimado que sempre acompanhava Mitzi, feito uma nuvem. Mas Briggs certamente descobrirá tudo isso sozinha, depois de um rápido tour pela casa.

— Bem, fico grata pelo seu tempo. E se importaria de dizer aos Maxwell para virem falar conosco? Ted e Caroline. Quero falar com todos os vizinhos.

Explico que eles foram passar o dia na praia, mas deixo com ela os números dos seus celulares.

— Eles não conheciam bem a Mitzi, mas tenho certeza de que ajudarão como puderem.

Ela se vira para ir embora, então pensa melhor e para.

— Essa última pergunta não tem muito a ver com o assunto, mas preciso saber: quem é o fantasma que vocês tentavam contatar?

— O nome dela era Annie Barrett. Aparentemente, morou no meu chalé. Foi na década de 1940. As pessoas dizem...

Briggs assente.

— Ah, conheço bem a história de Annie Barrett. Sou daqui, fui criada em Corrigan, do outro lado dessa mata. Mas meu pai sempre me disse que isso era que nem história de pescador. Era o termo que ele usava para descrever algo forjado, uma grande lorota.

— Annie Barrett existiu de verdade. Tenho um livro com as pinturas dela. Todo mundo em Spring Brook sabe a história dela.

A detetive Briggs parece inclinada a discordar, mas decide deixar para lá.

— Não sou eu quem vai estragar uma boa história. Ainda mais quando temos um mistério ainda maior ali na mata. — Ela me entrega seu cartão. — Se você se lembrar de mais alguma coisa, me ligue.

Depois disso, Adrian e eu passamos quase uma hora sentados junto à piscina observando o alvoroço no quintal de Mitzi e à espera de atualizações da situação. Claramente é algo sério para os padrões de Spring Brook, pois o local fervilha de policiais, bombeiros, técnicos de auxílio ambulatorial e um homem que Adrian identifica como o prefeito. Não que pareçam ter muito a fazer: limitam-se a circular pelo local e conversar entre si. Até que quatro auxiliares ambulatoriais de rosto severo emergem da floresta trazendo um saco de PVC lacrado em cima de uma maca. Pouco depois, a concentração de gente começa a se diluir.

Caroline telefona da praia para saber como estou. Diz já ter recebido o telefonema da detetive Briggs e estar completamente "arrasada" com a notícia.

— Quer dizer, eu não gostava muito dessa mulher, obviamente. Mas não desejaria uma morte assim a ninguém. Já descobriram o que aconteceu?

— Acham que pode ter sido um erro na medicação.

— Sabe o mais estranho? Nós ouvimos a Mitzi gritar na quinta-feira à noite. Ted e eu estávamos sentados à beira da piscina. Estávamos meio que nos desentendendo, o que você já deve saber, acho. De repente, ouvimos Mitzi gritar com alguém na casa dela. Ela dizia à pessoa para ir embora porque não era bem-vinda. Dava para ouvir tudo.

— O que vocês fizeram?

— Eu estava pronta para chamar a polícia. Já tinha discado o número e o telefone estava tocando. Mas aí a Mitzi surgiu do lado de fora. Estava de camisola e a voz havia mudado por completo. Estava chamando a pessoa, pedindo que a esperasse. "Quero ir com você", dizia. Como pareceu estar tudo bem de novo, desliguei o telefone e deixei para lá.

— Você viu a outra pessoa?

— Não, achei que fosse um cliente.

Aquilo me parece improvável. Não creio que Mitzi recebesse clientes em casa depois de escurecer. Da primeira vez que fui falar com ela, eram apenas sete da noite e ela quis saber por que estava batendo na sua porta tão tarde.

— Escuta, Mallory, você quer que a gente volte mais cedo? Estou me sentindo mal por você estar lidando com tudo isso sozinha.

Decido não mencionar que Adrian está sentado à beira da piscina comigo estudando as anotações que pegamos na casa de Mitzi, e ainda determinado a decodificá-las.

— Estou bem — respondo.

— Tem certeza?

— Podem ficar o quanto quiserem por aí. Teddy está se divertindo?

— Está triste por você estar indo embora, mas o mar ajuda a distraí-lo. — Consigo ouvi-lo ao fundo, animadíssimo, gritando alto porque capturou algo no seu baldinho de areia. — Meu amor, espera um pouquinho. Estou falando com a Mallory...

Digo a ela que se divirta e não se preocupe comigo, e desligo o telefone. Então relato toda a conversa para Adrian — em especial a parte relacionada ao misterioso visitante que Mitzi teria recebido tarde da noite.

Percebo pela sua reação que ambos chegamos à mesma conclusão, mas estamos nervosos demais para verbalizá-la.

— Você acha que era a Anya? — pergunta ele.

— Mitzi jamais receberia um cliente de camisola. Sem as joias dela. Era vaidosa demais, dava muita importância à aparência.

Adrian observa os policiais e auxiliares ambulatoriais ainda vasculhando a mata.

— O que você acha que aconteceu, então?

— Não faço ideia. Tenho me convencido de que Anya não é violenta, de que ela é uma espécie de espírito benevolente, mas isso é só um palpite. Só o que eu sei é que foi brutalmente assassinada. Alguém arrastou o corpo até a floresta e a atirou numa vala. Vai ver ela está furiosa e quer se vingar de todos os que moram em Spring Brook. E a Mitzi foi a primeira pessoa em quem ela mirou.

— Ok, mas por que agora? Mitzi morava aqui havia setenta anos. Por que a Anya teria esperado esse tempo todo?

A pergunta tem lógica. Não faço ideia. Adrian morde a ponta do lápis e volta a dedicar sua atenção à confusão de letras, como se ali pudessem residir as respostas para todas as nossas perguntas. Na casa ao lado, o alvoroço diminui aos poucos. Os bombeiros já foram embora, os vizinhos já foram cuidar da vida. Ainda restam alguns policiais, e a última coisa que fazem é vedar a porta dos fundos com duas longas faixas de fita amarela com os dizeres NÃO ULTRAPASSE. Elas se cruzam no meio e formam um gigantesco X, uma barreira entre a casa e o mundo exterior.

É quando baixo o olhar para as anotações de Mitzi e, de repente, a solução parece óbvia.

```
IGENXO
VAKODI
KXTOLV
AJXSEG
ITSXFL
ORA
```

— Os X — digo a Adrian. — Não são *X*.

— Como assim?

— A Anya sabia que a gente não falava a língua dela. Por isso colocou os X entre as palavras. Como barreiras. São espaços, não letras.

```
IGEN
  X
OVAKODIK
  X
TOLVAJ
  X
SEGITS
  X
FLORA
```

— Onde?

Tiro o lápis de sua mão e recopio as letras, pondo cada palavra na devida linha.

— *Agora* parece uma língua — comento. — Algo eslavo. Russo? Talvez polonês?

Adrian pega o celular e joga a primeira palavra no Google Tradutor. O resultado é instantâneo: *Igen* é húngaro para "sim". A partir daí, é fácil traduzir toda a mensagem: SIM X CUIDADO X LADRÃO X AJUDA X FLOR.

— Ajuda Flor? — pergunta Adrian. — O que isso quer dizer?

— Não sei. — Volto a pensar nos desenhos que resgatei da lata de lixo reciclável; havia uma página com flores desabrochando, não havia? — Mas isso explica por que o uso de desenhos. A língua materna dela é húngaro.

Adrian tira uma foto.

— Você precisa mandar isso numa mensagem para a Caroline. É a prova de que não está inventando nada.

Quem dera eu tivesse tal confiança.

— Isso não prova nada. É só um amontoado de letras que qualquer um poderia ter escrito num papel. Ela vai me acusar de ter comprado um dicionário inglês-húngaro.

Mas Adrian continua empolgado. Lê e relê as palavras como quem espera descobrir nelas algum significado secundário mais profundo.

— Você precisa tomar cuidado, precisa tomar cuidado com o ladrão. Mas quem é o ladrão? E roubou o quê?

É um quebra-cabeça com tantas peças que minha cabeça já começa a doer. Sinto como se estivéssemos tentando encaixar uma peça quadrada num buraco redondo — ou forçando a barra para encontrar uma solução muito fácil para um problema bastante complexo. Me esforço ao máximo para manter o foco e fico irritada quando o meu celular começa a tocar, acabando com a minha concentração.

É quando vejo o nome na identificação da chamada.

Lar de Idosos Rest Haven, em Akron, Ohio.

# 24

— Estou falando com a Mallory?

— Sim?

— Oi, aqui é Jalissa Bell, do Rest Haven de Akron. Você ligou ontem procurando pela sra. Campbell?

— Exato. Posso falar com ela?

— Bem, é complicado. Eu até poderia passar o telefone para a sra. Campbell, mas vocês não teriam nenhuma conversa útil. Ela tem demência em estado avançado. Eu cuido dela há cinco anos e na maioria dos dias ela não me reconhece pela manhã. Duvido muito que consiga responder às suas perguntas.

— Só preciso de umas informações básicas. Você saberia por acaso qual o nome da mãe dela?

— Sinto muito, meu amor, não sei. Mas, mesmo que soubesse, não poderia contar para você.

— Ela alguma vez mencionou alguma herança? Ter recebido uma grande soma de dinheiro de uma tia Jean?

Ela ri.

— Isso aí eu *com toda a certeza* não poderia lhe contar. Há leis de proteção à privacidade. Eu perderia meu emprego.

— Claro, claro. Me desculpe.

Acho que ela percebeu o desespero na minha voz, pois oferece uma solução:

— Nós temos um horário de visitação amanhã, de meio-dia às quatro. Se você quiser mesmo falar com a sra. Campbell, pode dar uma passada e eu apresento vocês. Visitas fazem bem aos pacientes. Mantêm o cérebro ativo, acionam os neurônios. Só não venha com grandes expectativas, ok?

Agradeço a consideração e desligo. Akron fica a umas boas seis horas de distância e só tenho a noite de hoje e o dia de amanhã para convencer os Maxwell de que estou dizendo a verdade. Explico tudo a Adrian e ele concorda que não devo perder tempo investindo em possibilidades remotas.

Se existir uma solução para o meu problema, terei que encontrá-la aqui mesmo em Spring Brook.

No fim do dia caminhamos até a cidade para o Bistro, um pequeno restaurante que serve o mesmo tipo de comida que se encontraria num bom *diner* em Jersey, só que com iluminação interior suave, mais opções de bebidas alcoólicas e um trio de jazz tocando — e, por isso, tudo custa o dobro do normal. Depois do jantar, caminhamos pela vizinhança, pois nenhum dos dois quer dar a noite por encerrada ainda. Adrian reforça que vai me visitar em Norristown e diz que serei muito bem-vinda sempre que quiser vir a Spring Brook. Mas sei que a sensação não será a mesma sem o emprego — eu me sentirei uma estranha, alguém que não pertence mais ao lugar. Queria descobrir uma forma de convencer os Maxwell de que estou dizendo a verdade.

Adrian pega minha mão e a aperta.

— Talvez haja novos desenhos quando voltarmos ao chalé — diz. — Novas pistas que nos ajudem a entender tudo isso.

Mas com Teddy longe dali, passando o dia na praia, imagino ser improvável.

— Anya não consegue desenhar sozinha — lembro a ele. — Precisa de mãos. Precisa trabalhar através de alguém.

— Então talvez você deva se oferecer. Dar a ela a chance de terminar a sequência.

— Como isso funcionaria?

— A gente volta para a sua casa, você fecha os olhos e a convida a assumir o comando. Ontem funcionou, não foi?

Só de pensar no que aconteceu na sala, começo a tremer.

— Não é uma experiência que eu esteja ansiosa para repetir.

— Eu fico por perto para garantir a sua segurança.

— Você quer me observar enquanto durmo?

Ele ri.

— Dizendo assim, parece coisa de tarado. Estou me oferecendo para ficar com você e me certificar de que esteja bem.

Não gosto muito da ideia, mas está ficando tarde e minhas opções estão diminuindo. Adrian parece convencido de haver um ou mais desenhos faltando na sequência — e, com Teddy longe o dia inteiro, alguém precisa oferecer seu tempo e suas mãos para que Anya termine de contar sua história.

— E se eu cair no sono e nada acontecer?

— Posso esperar por uma hora e sair de fininho. Ou, se você preferir... — Ele dá de ombros. — Também posso ficar até de manhã.

— Não quero que a gente passe a noite junto ainda. É cedo demais para isso.

— Eu sei, Mallory. Só quero ajudar. Eu durmo no chão.

— Além disso, não tenho permissão para receber convidados para dormir. É uma das Regras da Casa.

— Mas você já foi demitida mesmo — lembra Adrian. — Acho que a gente não precisa mais seguir as regras deles.

Paramos na farmácia para Adrian comprar uma escova de dentes. O estabelecimento também conta com uma minúscula seção de papelaria, e escolhemos um bloco de desenho, uma caixa de lápis e uma caneta hidrográfica grossa. Pode não ser bem o que Anya preferiria, mas ela vai ter que se virar com isso.

Chegamos ao chalé e me sinto na obrigação de fazer um tour para apresentar o lugar a Adrian. Leva três segundos.

— Aqui é bacana — diz ele.

— Eu sei. Vou sentir falta.

— Não perca a esperança ainda. Acho que esse plano pode funcionar.

Ponho uma música para tocar e passamos cerca de uma hora conversando, pois o que estamos a ponto de tentar nos parece muito constrangedor. Se tivesse trazido Adrian para fazer sexo com ele, saberia exatamente como agir. Mas o que estamos nos preparando para fazer parece ainda mais íntimo e pessoal.

Por volta da meia-noite, finalmente reúno coragem para ir para a cama. Vou até o banheiro e troco de roupa, vestindo shorts folgados de ginástica e uma antiga camiseta da Central High. Passo fio dental e escovo os dentes. Lavo o rosto e passo hidratante. Então hesito antes de abrir a porta, pois me sinto meio boba, como se estivesse a ponto de aparecer na frente dele de calcinha. Quem me dera ter um pijama melhor, algo que fosse mais bonito do que uma camiseta esfarrapada do colégio cheia de furinhos na gola.

Ao sair do banheiro, percebo que Adrian já desfez a cama para mim. Todas as luzes estão apagadas a não ser pela pequena lâmpada de cabeceira. Em cima da mesinha estão os blocos e os lápis — o local é de fácil acesso, caso a inspiração, ou alguma outra coisa, se aposse de mim.

Adrian está de pé na cozinha, de costas para mim, procurando uma garrafa de água com gás na geladeira. Não repara em mim até eu estar bem atrás dele.

— Acho que estou pronta.

Ele se vira e sorri.

— Você parece pronta.

— Espero que isso não seja entediante demais para você.

Ele me mostra seu celular.

— Tenho a versão do *Call of Duty* para celular. Tenho reféns para salvar no Uzbequistão.

Fico na ponta dos pés e lhe dou um beijo.

— Boa noite.

— Boa sorte — diz ele.

Deito na cama e vou para baixo das cobertas, enquanto Adrian se acomoda numa cadeira no lado oposto do chalé. Com o ventilador de teto girando e o barulho dos grilos bem do lado de fora da janela, mal dá para reparar na presença dele. Viro de lado, com o rosto voltado para a parede. Após dois longos e exaustivos dias, percebo que não vai ser tão difícil cair no sono. Logo que meu rosto repousa sobre o travesseiro, sinto o estresse ir embora, meus músculos relaxarem, meu corpo se entregar. E mesmo com Adrian a poucos metros de distância, é a primeira de uma longa série de noites na qual não me sinto como se estivesse sendo observada.

Só me lembro de um sonho que tive. Estou na Floresta Encantada, deitada em uma trilha de terra compacta contemplando o escuro céu noturno. Minhas pernas pairam acima do chão. Uma figura sombria me puxa pelos tornozelos, arrastando meu corpo em meio a uma cama de folhas secas. Meus braços estão estendidos acima da cabeça. Sinto meus dedos tocarem pedras e raízes, mas não consigo me agarrar a elas. É como se estivesse paralisada, incapaz de impedir o que vai acontecer.

Então olho para cima do fundo de um buraco; é como se tivesse despencado até o fundo de um poço. Meu corpo está todo retorcido, como um pretzel. Meu braço esquerdo, preso atrás das minhas costas. Minhas pernas, abertas. Sei que deveria doer mais do que dói, mas, de alguma forma, é como se estivesse ao mesmo tempo dentro do meu corpo e fora dele. Lá em cima, um homem olha para dentro do buraco. Algo suave e pequeno me atinge no peito. É um brinquedo de criança, um coelhinho de pelúcia. A ele se seguem um ursinho e uma bolinha de plástico.

— Sinto muito — diz o homem, e sua voz soa oca, como se falasse debaixo d'água. — Sinto muito mesmo, muitíssimo.

Meu rosto é atingido por um bocado de terra. Ouço o baque suave de uma pá perfurando um monte de terra — e mais dela cai em mim além de pedras. Ouço a respiração pesada do homem. Sinto o peso se acumulando sobre meu peito, a pressão crescente sobre meu corpo, aí não enxergo mais nada. Somente a escuridão.

Tento então abrir os olhos e estou de volta ao chalé. As luzes estão apagadas e o minúsculo relógio na mesa de cabeceira marca 3h03. Deitada na cama, seguro firme um lápis com ponta quebrada. Mesmo na escuridão, percebo que não há ninguém nas cadeiras da cozinha; pressuponho que Adrian se cansou de esperar até que algo ocorresse e voltou para casa.

Eu me levanto para me certificar de que a porta esteja trancada. Tiro a coberta de cima de mim, giro as pernas para fora da cama e só então vejo Adrian, sem camisa, dormindo no chão, paralelo à minha cama, usando como travesseiro a própria curvatura do braço e a camiseta enrolada num montinho.

Estico o braço e sacudo delicadamente seu ombro.

— Oi.

Ele se senta na hora.

— O que aconteceu?

— Funcionou? Eu desenhei alguma coisa?

— Bem, sim e não.

Ele acende a pequena lâmpada e abre o bloco para me revelar a primeira página. Está praticamente coberta de rabiscos; a superfície do papel foi tomada pelo grafite. Só restaram dois pequenos trechos em branco — aqueles nos quais a ponta do lápis penetrou o papel, revelando a página de baixo.

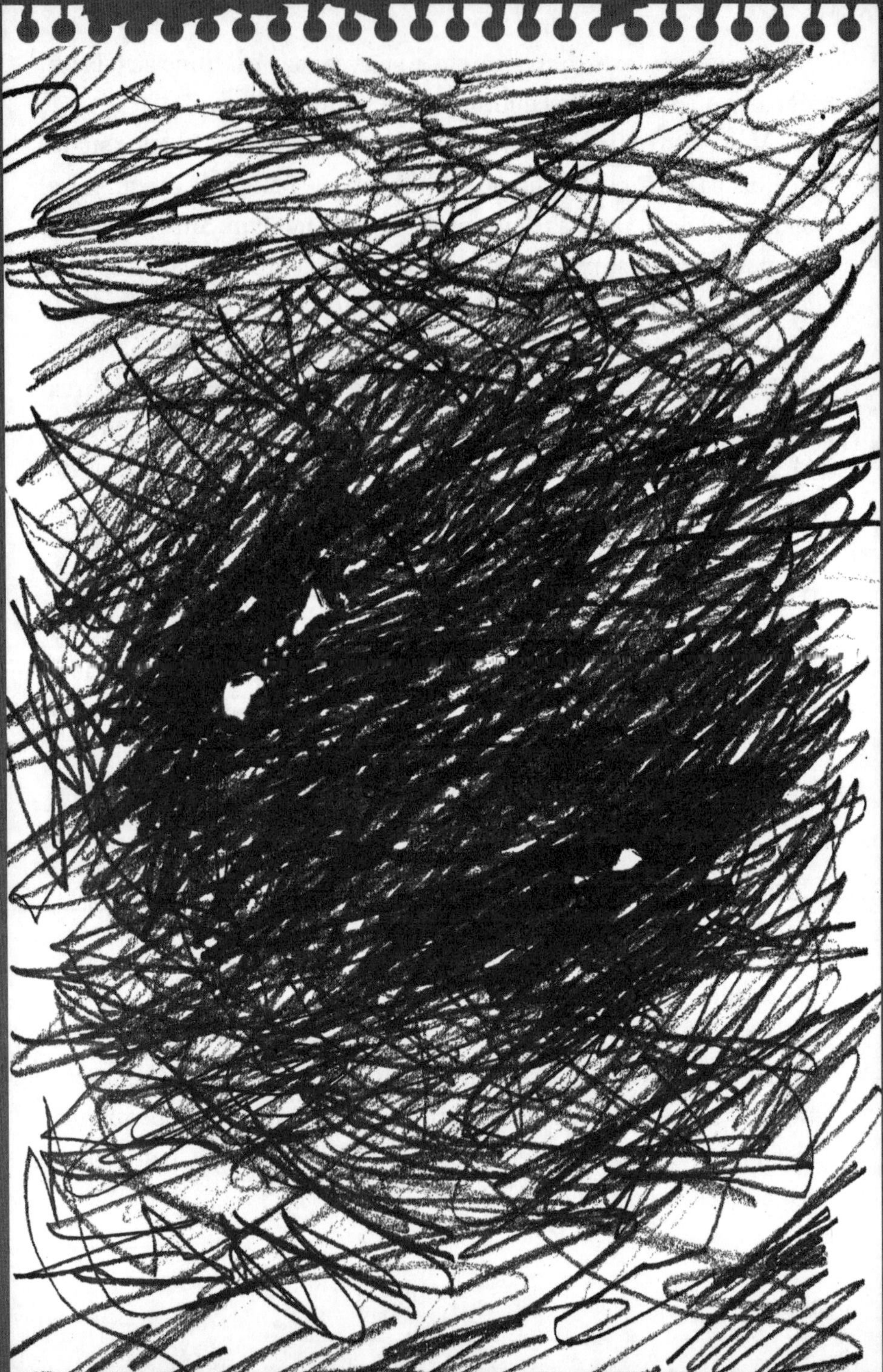

— Foi pouco depois de uma da manhã — explica Adrian. — Você estava dormindo fazia mais ou menos uma hora. Eu já estava a ponto de desistir e dormir. Apaguei a luz e me deitei no chão. Foi quando ouvi você estender o braço e pegar o bloco. Você nem se sentou. Desenhou isso deitada no escuro.

— Não é bem um desenho.

— Talvez a Anya esteja nos dizendo que terminou. Não há mais desenhos. Já temos tudo de que precisamos.

Mas não pode ser. Continua faltando algo. Tenho certeza.

— Sonhei que estava no fundo de um buraco. Um homem com uma pá jogava terra em cima de mim. Talvez o desenho seja a terra.

— Talvez, mas isso nos ajuda em quê? O que a gente aprende com um desenho de terra?

Levanto-me para pegar as outras ilustrações. Quero espalhá-las pelo chão, ver se os rabiscos se encaixariam em algum ponto da sequência. Adrian implora para que eu durma um pouco.

— Mallory, você precisa descansar. Amanhã vai ser nossa última chance de resolver o mistério. Volta pra cama.

Ele devolve a sua camiseta ao formato de travesseiro mais triste do mundo e volta a se deitar no chão de madeira. Fecha os olhos, e eu paro de pensar em Anya só o tempo suficiente para registrar a imagem de seu torso. Adrian é bronzeado e tem o corpo todo definido, consequência natural de trabalhar ao ar livre o verão inteiro. Se uma moeda bater em sua barriga definida, provavelmente quica. Ele tem sido um amor comigo, seu corpo talvez seja o mais bonito que já vi num homem, e eu fazendo-o dormir no chão, feito um boneco.

Adrian abre os olhos e percebe que continuo olhando para ele.

— Você pode apagar a luz?

Estendo o braço, deslizo os dedos por seu torso e pego sua mão.

— Ok. Mas antes vem aqui para cima comigo.

# 25

Acordo sentindo cheiro de manteiga e canela. Adrian, já vestido, anda para lá e para cá na cozinha. Encontrou maçãs-verdes na despensa e está no fogao com uma espátula, virando uma espécie de panqueca. Olho de relance para o relógio e é pouco mais de sete e meia da manhã.

— Por que você já está de pé?

— Vou de carro pra Akron. Ver a Dolores Campbell. Se eu sair agora, segundo o Google, chego lá por volta das duas.

— É perda de tempo. Você vai dirigir mais de seiscentos quilômetros para encontrar uma mulher que não reconhece a própria enfermeira.

— É nossa última pista. Deixa eu levar os desenhos e o livro da biblioteca. Quero mostrá-los para ela, ver se desencadeiam algum tipo de reação.

— Não vai funcionar.

— Provavelmente não, mas vou tentar assim mesmo.

Ele está tão determinado que me sinto obrigada a ir junto, mas já me comprometi a passar a tarde com Teddy.

— Preciso ficar. Estão planejando uma festa para mim.

— Sem problemas. Acabei de baixar um novo audiolivro, *Herdeiro do Jedi*. Já basta para encarar Akron, ida e volta. — Com uma xícara de chá e um prato de panquecas de maçã com canela nas mãos, ele me pede para sentar na cama. — Veja o que você acha disso. Receita do meu pai.

Eu me sento, experimento e, sim, de fato o sabor é formidável, doce, ácido, amanteigado, delicioso. Melhor até do que os churros.

— São incríveis.

Ele se inclina e me beija.

— Tem mais no forno. Ligo da estrada e te conto o que descobrir.

Fico meio triste por ele ir embora. Tenho uma manhã inteira pela frente até a festa na piscina começar, por volta das três da tarde. Mas sinto que não tenho como fazê-lo mudar de ideia, pois ele seguiria qualquer pista, mesmo que o levasse ao fim do mundo, para garantir que eu não saia de Spring Brook.

Passo a manhã arrumando minhas coisas. Não é um processo demorado. Há seis semanas, quando cheguei a Spring Brook, trazia comigo uma mala de segunda mão e algumas roupas. Agora, graças à generosidade de Caroline, tenho um armário muito maior — mas nada para carregar tantas roupas novas. Assim, dobro com o maior cuidado os seus vestidos de quinhentos dólares e os acomodo dentro de um saco de lixo de quarenta litros — o que minhas amigas em Safe Harbor costumavam chamar de bagagem da vida sóbria.

Calço os tênis e saio para uma última corrida pela vizinhança. Tento não pensar na saudade que sentirei de Spring Brook — as lojinhas e restaurantes, as casas com ornamentos tão detalhados, os lindos gramados e jardins. Já estive na casa de Russell em Norristown. Sua vizinhança não é nem de longe tão agradável. Ele mora no décimo andar de um prédio alto, perto de um centro comercial e uma unidade de atendimento da Amazon. Há pistas de alta velocidade ao redor de todo o complexo, quilômetros de asfalto e concreto abrasivos. Bonito o lugar não é, sob nenhum aspecto. Mas, pelo visto, é meu destino.

A festa à beira da piscina é um gesto simpático, imagino. Caroline pendura algumas bandeirolas feinhas pelo quintal dos fundos, e ela e Teddy penduram uma faixa que eles mesmos fizeram com os dizeres OBRIGADO, MALLORY. Ted e Caroline disfarçam muito bem o fato de terem me demitido. Todos agimos como se eu estivesse saindo por livre e espontânea vontade, o que torna a tarde menos estranha. Caroline permanece na cozinha, preparando a comida, enquanto brinco na piscina com Ted e Teddy. Competimos, os três, em uma série de corridas bobinhas que Teddy sempre consegue vencer. Questiono em voz alta se Caroline precisaria de alguma ajuda — se gostaria de ter tempo para entrar na água —, então me dou conta de nunca a ter visto na piscina.

— Ela fica se coçando por causa da água — explica Teddy.

— É o cloro — diz Ted. — Já tentei ajustar o pH, mas nada funciona. A pele dela é supersensível.

São quatro da tarde e nada de notícias de Adrian. Penso em enviar uma mensagem, mas é quando Caroline nos chama do pátio, dizendo que a comida está pronta. Ela arrumou a mesa com jarros de água gelada e limonada caseira e um banquete saudável — há espetos de camarão grelhado, uma salada de frutos do mar ao molho cítrico, tigelas de abóbora cozida ao vapor, espinafre e espigas de milho. Claramente fez tudo com enorme carinho e esforço; percebo que se sente culpada por me mandar embora. Começo a pensar se estaria reconsiderando meu futuro, se ainda há alguma chance de me deixar continuar. Teddy fala com voz animada sobre o passeio à praia e ao calçadão. Conta tudo sobre a casa maluca, os carrinhos bate-bate e o siri que beliscou seus dedos no mar. Seus pais contam as próprias histórias e a sensação é a de estarmos tendo uma excelente conversa familiar, como se tudo tivesse voltado ao normal.

De sobremesa, Caroline traz vulcões de chocolate — pães de ló em miniatura recheados com ganache quente e melequento, com uma bola de sorvete de baunilha no topo. Foram assados à perfeição e chego a literalmente suspirar na primeira garfada.

Todos riem da minha reação.

— Me desculpem. Mas isso é a melhor coisa que eu já provei.

— Ah, que ótimo — diz Caroline. — Fico feliz de encerrarmos o verão em um tom positivo.

É aí que me dou conta de que nada mudou.

Ofereço ajuda com a louça, mas Ted e Caroline insistem em cuidar da limpeza sozinhos. Lembram-me de que sou a convidada de honra e sugerem que eu vá brincar com Teddy. Ele e eu voltamos então à piscina e repassamos todas as nossas brincadeiras favoritas uma última vez. Brincamos de *Náufrago*, de *Titanic*, de *O Mágico de Oz*. E depois, por um bom tempo, ficamos deitados lado a lado na jangada, flutuando.

— Norristown é muito longe? — pergunta Teddy.

— Não. É menos de uma hora.

— Então você ainda pode vir aqui pra gente brincar na piscina?

— Espero que sim — digo. — Não tenho certeza.

A verdade? Duvido que vá vê-lo de novo. Ted e Caroline não terão a menor dificuldade em achar uma nova babá, que obviamente será bonita, inteligente, cativante, e Teddy se divertirá pra valer com ela. Serei lembrada como uma estranha nota de rodapé na história da família — a babá que só durou sete semanas.

E eis a parte que dói de verdade: sei que, passados muitos anos, quando Teddy trouxer uma namorada da faculdade para o jantar do Dia de Ação de Graças, meu nome será motivo de piada ao redor da mesa. Serei lembrada como a babá louca que desenhou na parede toda, aquela que achava que a amiga imaginária de Teddy era de verdade.

Ele e eu nos recostamos na jangada e observamos o lindo pôr do sol. As nuvens parecem tingidas de rosa e roxo; o céu parece uma pintura das que se veem em museus.

— A gente com certeza pode escrever um para o outro — prometo. — Você me manda desenhos e eu te escrevo cartas.

— Eu quero.

Ele aponta para um avião que corta o horizonte, liberando longas fileiras de vapor branco.

—As pessoas vão de avião pra Norristown?

—Não, garotão, lá não tem aeroporto.

Ele fica decepcionado.

—Um dia vou andar de avião. Meu pai disse que os maiores voam a mais de oitocentos quilômetros por hora.

Rio e lembro a Teddy que ele já andou de avião.

—Quando vocês voltaram pra cá, vindo de Barcelona.

Ele balança a cabeça, negando.

—A gente veio de carro de Barcelona.

—Não, vocês foram de carro até o aeroporto. Mas depois entraram num avião. Não dá para vir de carro de Barcelona até Nova Jersey.

—A gente veio. Levou a noite toda.

—É outro continente. Tem um oceano gigantesco no meio.

—Eles construíram um túnel submarino—diz Teddy. —Com paredes supergrossas para proteger a gente dos monstros marinhos.

—Agora você tá só falando bobagem.

—Pergunta pro meu pai, Mallory! É verdade!

Aí, vindo lá do deque da piscina, ouço o toque do meu celular. Pus o volume no máximo para não correr o risco de perder a chamada de Adrian.

—Já volto—digo a Teddy.

Pulo da jangada, nado até a beirada da piscina, mas não sou tão rápida. Ao alcançar o celular, a chamada já foi parar na caixa postal.

Vejo que Adrian me mandou uma foto. É uma senhora idosa, negra, de cardigã vermelho fino, sentada numa cadeira de rodas. Seu olhar é vago, mas seu cabelo está bem-arrumado e cortado. Parece bem tratada.

Chega então uma segunda foto—a mesma mulher posa ao lado de um homem de cinquenta e tantos anos, também negro. Seu braço a envolve e ele direciona a atenção dela para a câmera, incentivando-a a olhar para a lente.

Adrian liga de novo.

— Recebeu as fotos?

— Quem são essas pessoas?

— Dolores Jean Campbell e o filho dela, Curtis. A filha e o neto de Annie Barrett. Acabei de passar duas horas com eles. Curtis visita a mãe todos os domingos. E a gente errou tudo.

Parece impossível.

— Annie Barrett era negra?

— Não, mas certamente não era húngara. Nasceu na Inglaterra.

— É inglesa?

— O neto dela está exatamente ao meu lado. Vou passar a ligação e ele te conta tudo em primeira mão, ok?

Na piscina, Teddy me encara, entediado, ansioso para que eu volte e brinque mais com ele. Balbucio as palavras "cinco minutos", ele pula na jangada e começa a espalhar água com os pezinhos, impulsionando a boia.

— Oi, Mallory. É o Curtis. Você mora mesmo no chalé da Vovó Annie?

— É... é, acho que sim.

— Spring Brook, Nova Jersey, atrás de Hayden's Glen, certo? Seu amigo Adrian me mostrou umas fotos. Mas não precisa se preocupar, minha avó não está assombrando você, não.

Estou tão confusa.

— Como você sabe?

— Olha o que aconteceu. Ela se mudou da Inglaterra para Spring Brook depois da Segunda Guerra, né? Foi morar com o primo George. Moravam no lado leste de Hayden's Glen, que na época era lugar de gente branca e rica. Já Willie, meu Vô, morava do lado oeste. Um bairro chamado Corrigan. O bairro dos pretos. Trabalhava num posto de gasolina da Texaco e, depois do trabalho, ia até o riacho pescar a janta. O Vô adorava pescar. Se desse peixe, comia truta e perca todo dia. Aí uma vez ele avistou uma branquinha bonitinha caminhando descalça. Com um bloco de desenhar. Ela deu oi e o Vô disse que ficou com muito medo de levantar os olhos. Porque sabe como é, era 1948. Se você é preto e a branquinha sorri para você, você vira o rosto para o lado. Mas Vovó Annie era de Cresscombe, no Reino Unido. Cidade costeira, cheia de imigrantes do Caribe. Não tinha medo de pretos. Toda tarde dava oi para o Vô. No ano seguinte foram ficando amigos, conversa vai, conversa vem, e a amizade foi virando outra coisa. O Vô passou a ir de fininho pela floresta no meio da noite para visitar a Vovó lá na sua casinha. Está acompanhando tudo até aqui?

— Acho que sim. — Dou uma olhada na direção da piscina para checar como Teddy está. Continua boiando em círculos na jangada, e me sinto culpada por ignorá-lo no meu último dia, mas preciso ouvir o resto. — O que aconteceu?

— Bem, um dia Annie chega para o primo George e diz que está grávida. Só que na época ela não teria usado essa palavra. Deve ter dito que estava "em estado interessante". Ela diz para o George que o Willie é o pai e que vai fugir com ele. Vão para Ohio, morar na fazenda da família do Willie, onde ninguém deve aparecer para incomodá-los. E Annie é muito teimosa, George sabe que não tem nenhum jeito de impedi-la.

— O que aconteceu então?

— Bem, George fica furioso, obviamente. Diz para ela que essa criança vai ser uma abominação. Diz que o casamento não vale aos olhos de Deus. Diz que Annie vai morrer pra ele e que a família vai se recusar a reconhecer sua existência. E ela responde que tudo bem, que nunca gostou muito deles. E aí ela junta suas coisas e desaparece. O que põe o George numa posição muito embaraçosa. Ele é um pilar da comunidade. É diácono da igreja. Não pode dizer para as pessoas que a prima dele sumiu com um negro. Prefere morrer a deixar a verdade vir à tona. Aí ele inventa uma história. Vai ao açougue e compra dois baldes de sangue de porco. Na época não havia ciência forense, sangue era sangue. Espalha pelo chalé, revira toda a mobília, faz parecer que alguém saqueou o lugar. Só aí ele chamou a polícia. A cidade saiu à caça do homem, jogaram as redes por todo o riacho, mas o corpo nunca foi encontrado porque nunca houve corpo algum. Vovó apelidou aquilo de Fuga Perfeita. Passou os sessenta anos seguintes numa fazenda perto de Akron. Teve a minha mãe, Dolores, em 1949, e o meu tio, Tyler, em 1950. Morreu aos oitenta e um anos, com quatro netos e três bisnetos.

Curtis conta a história com confiança e convicção, mas continuo a não acreditar nela.

— E ninguém nunca ficou sabendo da verdade? O povo de Spring Brook continua achando até hoje que ela foi assassinada. Ela é o bicho-papão local. As criancinhas dizem que ela perambula pela floresta.

— Meu palpite é que Spring Brook não mudou muito desde os anos 1940. Na época, era gente grã-fina, agora aposto que a vizinhança só se diz "próspera". Palavras diferentes para a mesma coisa. Mas é só ir a Corrigan e você vai encontrar um monte de gente que sabe a verdade.

Vem à minha mente a conversa com a detetive Briggs.

— Acho que até já conheci uma. Só não acreditei nela.

— Bem, espero que isso traga paz à sua mente — diz Curtis. — Minha esposa está me esperando no carro, vou chamar seu amigo.

Agradeço a Curtis pelo seu tempo e ele passa o celular de volta para Adrian.

— É incrível, não é?

— A gente estava errado a respeito de tudo?

— Annie Barrett nunca foi assassinada, Mallory. Ela não é o nosso fantasma. Todos esses desenhos só podem estar vindo de alguma outra fonte.

— Teddy? — Ergo os olhos e vejo Caroline Maxwell parada na beirada da piscina, chamando pelo filho.

— Está ficando tarde, meu amor. Hora de tomar uma chuveirada.

— Mais cinco minutos? — pede ele.

Aceno para Caroline, sinalizando que tomarei conta dele.

— Preciso ir — digo para Adrian. — Quer dar um pulo aqui quando voltar? Já que é minha última noite?

— Se você não se importar em ficar acordada até tarde. Segundo o GPS, só chego aí por volta da meia-noite.

— Eu espero. Vem com cuidado.

Minha mente está em parafuso. Parece que dei de cara num muro de pedra. Me dou conta de ter passado as últimas semanas na trilha de um beco sem saída — e agora preciso repensar tudo o que sei sobre Anya.

Mas antes preciso tirar Teddy da piscina.

— Vem, Ursinho. Vamos tomar uma chuveirada.

Pegamos as toalhas e atravessamos o quintal até o chuveiro externo. Há um banquinho minúsculo do lado de fora e Caroline já separou o pijama de bombeiro e a cueca limpa de Teddy. Enfio a mão pela porta para ligar a água, misturando quente e fria até a temperatura ficar ideal. Teddy então entra no chuveiro, tranca a porta e eu fico do lado de fora segurando a toalha. Seu calção de banho respinga agua ao cair no chão de concreto e os pezinhos o chutam na minha direção. Torço o tecido de poliéster, retirando o excesso de água. Volto o olhar, então, para o outro lado do quintal, para a casa de Mitzi. A luz da cozinha está acesa. A detetive Briggs voltou à cena do crime. Caminha pelo quintal dos fundos com uma espécie de estaca de metal, revirando a terra, tirando medidas. Aceno de longe e ela se aproxima.

— Mallory Quinn — diz ela. — Ouvi dizer que você está indo embora de Spring Brook amanhã.

— É, não deu certo.

— Foi o que Caroline disse. Fiquei surpresa por você não ter mencionado nada.

— Não houve oportunidade.

Ela espera mais detalhes, mas o que quer que eu diga? Não estou exatamente orgulhosa de ter sido demitida. Tento mudar de assunto.

— Acabei de falar com o neto de Annie Barrett por telefone. Um homem chamado Curtis Campbell. Mora em Akron, Ohio. Alega que a avó dele, Annie, chegou aos 81 anos de idade.

Briggs abre um sorriso.

— Te falei que a história era lorota. Meu avô conheceu o Willie quando jovem. Pescavam juntos.

Teddy nos interrompe, gritando de dentro do box do chuveiro.

— Ei, Mallory?

— Estou aqui, garotão.

Ele parece assustado.

— Tem um inseto no sabonete.

— Que tipo de inseto?

— Grandão, tem mil pernas.

— Joga um pouco de água em cima.

— Não consigo, vem aqui, por favor.

Ele destranca a porta e se encolhe no fundo do box, fora do meu caminho. Pego o sabonete Dove esperando encontrar alguma traça nojenta rastejante, mas não há nada.

— Cadê?

Teddy balança a cabeça e percebo que o inseto havia sido uma artimanha, uma desculpa para me fazer abrir a porta. Ele sussurra:

— Nós vamos ser presos?

— Quem?

— Essa moça da polícia. Ela está brava com a gente?

Encaro Teddy, confusa. Nada dessa conversa faz o menor sentido.

— Não, carinha, está tudo bem. Ninguém vai ser preso. Termina o banho, ok?

Fecho a porta e ele a tranca do outro lado.

A detetive Briggs continua a me aguardar.

— Tudo bem?

— Ele está bem, sim.

— Quis dizer com você, Mallory. Parece que acabou de ver um fantasma.

Afundo numa cadeira para organizar meus pensamentos e digo que ainda estou com a mente em parafuso devido ao telefonema.

— Eu tinha me convencido de que a Annie Barrett havia sido assassinada. Não acredito que as pessoas espalham essa história há setenta anos.

— Bem, a verdade não deixa uma boa impressão de Spring Brook. Se a cidade tivesse sido um pouco mais tolerante, talvez Willie e Annie pudessem ter ficado por aqui. Talvez George não tivesse sentido a necessidade de forjar uma cena de crime. — Briggs ri. — Você acredita que no meu departamento tem gente que até hoje acha que o crime aconteceu? Eu conto a verdade, e eles agem como se eu estivesse querendo causar, uma policial negra jogando a pauta racial. — Ela dá de ombros. — Mas enfim... Não quero tomar muito do seu tempo. Só tenho uma pergunta rápida. Encontramos o celular da Mitzi na cozinha. Estava sem bateria, mas achamos um carregador e conseguimos ligá-lo de novo. Pelo visto, ela estava a ponto de te enviar uma mensagem. Não faz sentido nenhum para mim, mas talvez faça pra você. — Ela baixa os olhos para o bloco de anotações, franzindo as sobrancelhas sobre os óculos de leitura. — Diz o seguinte: "Precisamos conversar. Eu estava errada antes. Anya não é um nome, é..." — Briggs para e olha para mim. — Ela só chegou até aí. Essas palavras significam alguma coisa pra você?

— Não.

— E quanto a *Anya*? Poderia ser um erro de digitação?

Sinalizo com a cabeça na direção do reservado do chuveiro.

— Anya é o nome da amiga imaginária do Teddy.

— Amiga imaginária?

— Ele tem cinco anos. Tem uma imaginação fértil.

— Eu sei que ela não é de verdade — grita ele. — Sei que é só faz de conta.

Briggs ergue a sobrancelha, intrigada pela mensagem enigmática. Então vira algumas páginas do seu bloco de notas.

— Ontem conversei com Caroline Maxwell, e ela disse ter ouvido Mitzi brigar com alguém na quinta-feira à noite. Disse ter visto Mitzi sair de casa de camisola por volta de dez e meia da noite. Você por acaso ouviu alguma coisa?

— Não, mas eu não estava aqui. Estava na casa do Adrian. A três quarteirões daqui. Os pais dele estavam dando uma festa. — Às dez e meia da noite de quinta, estava sentada nos jardins do Castelo das Flores, perdendo meu tempo com *A obra reunida de Anne C. Barrett*.

— O legista sabe como Mitzi morreu?

Briggs baixa a voz para Teddy não ouvir.

— Infelizmente parece ter relação com drogas. Lesão pulmonar aguda derivada de uma overdose. Em algum momento da noite de quinta-feira ou da madrugada de sexta. Mas não vá postar isso nas redes sociais. Fica na sua por alguns dias.

— Foi heroína?

Ela fica surpresa.

— Como você sabia?

— É só um palpite. Eu vi algumas coisas na casa dela. Tinha tampas de agulhas por toda a sala.

— Bem, seu palpite está certo — diz Briggs. — Não se ouve falar de gente mais velha usuária de drogas pesadas, mas nos hospitais da Filadélfia aparecem casos assim toda semana. É mais comum do que se imagina. Talvez o visitante tenha sido um traficante. Talvez eles tenham se desentendido. Ainda estamos tentando resolver o enigma. — Ela me entrega mais um cartão, mas lhe digo que ainda tenho o primeiro. — Se pensar em alguma outra coisa, me dê uma ligada, tá?

Depois de Briggs ir embora, Teddy abre a porta do reservado do chuveiro, brilhando de tão limpo e usando seu pijama de bombeiro. Dou-lhe um abraço e digo que o verei pela manhã, para me despedir. Vou com ele pelo pátio e o deixo em casa.

Consigo manter a compostura até voltar para dentro do chalé e trancar a porta. Caio de cara na cama e enfio a cabeça no travesseiro. Foram tantas revelações bombásticas nos últimos trinta minutos que não consigo processá-las. É coisa demais. As peças do quebra-cabeça parecem mais espalhadas do que nunca.

Mas de uma coisa eu sei com toda a certeza:

Os Maxwell estão mentindo para mim.

# 26

Espero até escurecer, até ter certeza de que Teddy já foi dormir, para entrar na casa e falar com Ted e Caroline. Estão sentados na sala, em cantos opostos do sofá, cercados por todos os meus desenhos malucos de florestas sombrias, crianças perdidas e anjos alados. Num canto do aposento, há uma lona e alguns materiais de pintura — rolos, massa para placas de gesso, dois galões de tinta branca. Como se já fossem iniciar a pintura pela manhã, assim que Russell me levar embora.

Caroline sorve uma taça de vinho e há uma garrafa de merlot Kendall-Jackson por perto. Ted segura uma xícara de chá quente e sopra a superfície do líquido calmamente. Da Alexa emana o som de alguma rádio de pop rock suave anos 1970. Os dois parecem felizes em me ver.

— Estávamos torcendo para você aparecer — diz Caroline. — Já fez as malas?

— Quase tudo pronto.

Ted estende a xícara e sugere que eu sinta o cheiro.

— Acabei de ferver. É chá de ginkgo biloba. Posso te servir um pouco?

— Não precisa, estou bem.

— Acho que você gostaria, Mallory. É bom para inflamação. Depois de uma longa série de exercícios. Vou te servir um pouco.

Já não se trata mais de uma escolha. Ele corre para a cozinha e posso jurar que percebo um leve toque de irritação nos olhos de Caroline.

Mas tudo o que ela diz é:

— Espero que tenha gostado do jantar.

— Sim. Estava uma delícia. Obrigada.

— Fico feliz por termos preparado uma despedida adequada. E acho que foi bom para o Teddy. Para dar a ele uma sensação de desfecho. É importante para crianças.

Uma pausa incômoda se estabelece. Sei quais perguntas preciso fazer, mas quero esperar o retorno de Ted para estudar as reações de ambos. Deixo meus olhos percorrerem o ambiente até que minha atenção se concentra em dois desenhos em que antes não havia reparado — são pequenos e estão muito perto do chão. Não é de se espantar que Adrian e eu não os tenhamos visto. Estão próximos a uma tomada — aliás, um deles *inclui* a tomada em sua composição, como se a eletricidade brotasse dela para o desenho. O anjo brande uma espécie de varinha mágica e a pressiona contra o peito de Anya, cercando-a por um campo de energia, paralisando-a.

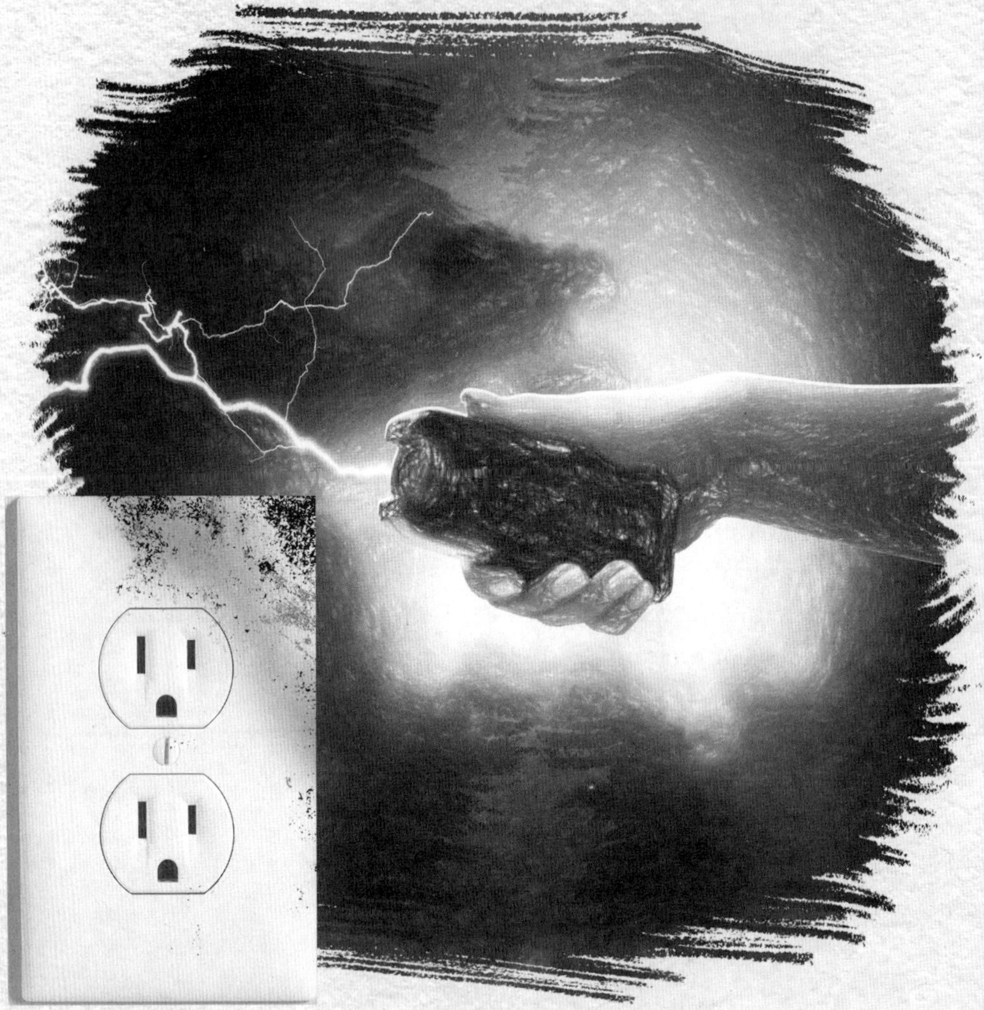

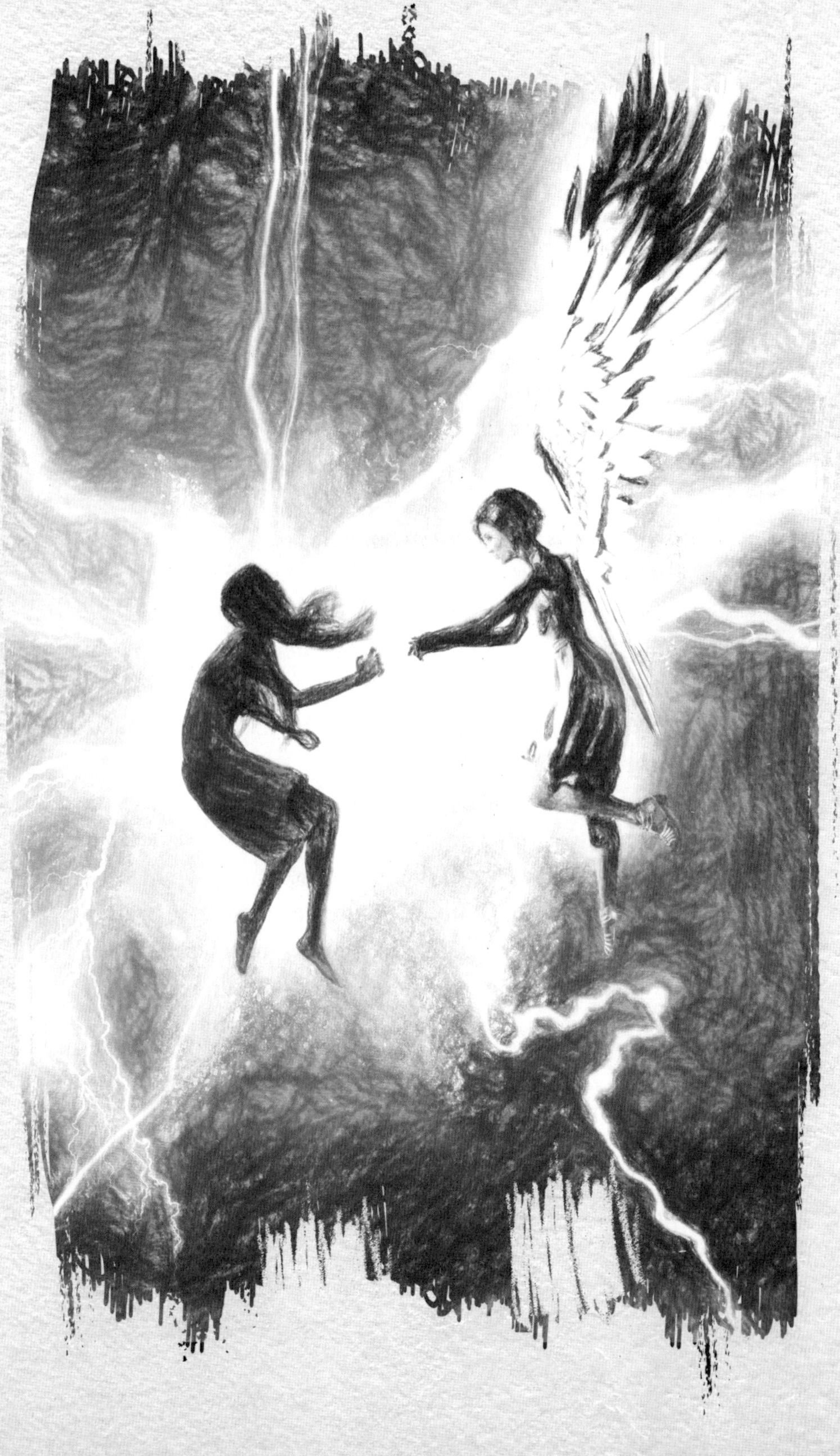

— Isso é uma arma de choque Vipertek?

Caroline sorri por cima da taça de vinho.

— Oi?

— Aqui nos desenhos. Não reparei nestes na sexta-feira. A varinha do anjo não parece o seu Viper?

Caroline estica o braço, pega a garrafa de vinho e enche a taça.

— Se formos tentar interpretar todos os símbolos nesses desenhos, a noite vai ser longa.

Mas eu sei que esses desenhos não são símbolos. São parte de uma sequência, são as peças que faltavam. Adrian estava certo sobre os rabiscos. *Talvez a Anya esteja nos dizendo que terminou*, ele disse. *Não há mais desenhos. Já temos tudo de que precisamos.*

Ted volta menos de um minuto depois, trazendo uma xícara com um líquido acinzentado fervente. Mais parece água suja e tem cheiro de petshop. Procuro um porta-copos e o deposito sobre a mesinha de centro.

— Não precisa esperar a infusão — diz ele. — Pode beber assim que esfriar um pouco.

Ele se senta ao lado da esposa e mexe no notebook, trocando Marvin Gaye por Joni Mitchell, aquela canção sobre mechas e cachos de cabelo de anjo e castelos de sorvete ao vento.

— Fiquei sabendo de algo interessante sobre a Mitzi — conto aos dois. — Ela estava me mandando uma mensagem antes de morrer. Queria me informar que Anya não era um nome. É alguma outra coisa. A detetive Briggs não conseguiu descobrir o quê.

— Bem, é certamente um nome — diz Ted. — É o diminutivo russo de Anna. Bem popular em todo o Leste europeu.

— Tudo bem. Mas tentei botar no Google Tradutor. E pelo jeito também é uma palavra húngara. Significa "mamãe". Não mãe, mas mamãe. Como uma criança falaria. Não é estranho?

— Não sei — diz Caroline. — É?

— O chá fica melhor quente — diz Ted. — Afina o muco dos seios nasais.

— Sabem o que mais é estranho? Teddy disse que nunca andou de avião. Apesar de três meses atrás vocês terem pegado um voo de Barcelona para cá. E, segundo a American Airlines, é um voo de oito horas. Eu chequei. Como um menininho se esquece da viagem de avião mais longa da sua vida?

Caroline faz menção de responder, mas Ted começa a falar sem parar por cima dela.

— Essa história é bem curiosa. Teddy estava nervoso por causa da viagem e eu resolvi lhe dar um Benadryl. Dizem que ajuda as crianças a caírem no sono. Só que eu não havia me dado conta de que a Caroline *já tinha dado* um Benadryl a ele. Então ele tomou uma dose dupla. E passou o dia inteiro apagado. Só foi acordar quando já estávamos no carro que alugamos.

— Sério, Ted? Essa é a sua explicação?

— É a verdade.

— Uma dose dupla de Benadryl?

— O que você está insinuando, Mallory?

Ele força um sorriso e seus olhos me imploram para parar de fazer perguntas.

Mas não posso mais parar.

Ainda tenho a maior de todas as perguntas a fazer.

Aquela que explicará tudo.

— Por que não me contaram que Teddy é uma menina?

Observo com todo o cuidado a reação de Caroline; se chega a revelar algo, é uma espécie de indignação hipócrita.

— Bem, para início de conversa, consideramos ofensiva a forma como você construiu a sua pergunta. Você entende por quê?

— Eu o vi no chuveiro. Depois da piscina. Acharam que eu nunca descobriria?

— Quase não descobriu — diz Ted, com um tom amargurado.

— Não é segredo — declara Caroline. — Certamente não temos vergonha da identidade dele. Só não sabíamos se você seria capaz de aceitar. Obviamente, Teddy nasceu menina. E, por três anos, nós o criamos como menina. Só que então ele deixou bem claro que se enxergava como menino. Portanto, sim, Mallory, nós o deixamos expressar seu gênero por meio das roupas e do cabelo. E, claro, deixamos que escolhesse um nome mais masculino. Ele quis ter o nome do pai.

— Existem pesquisas tão interessantes sobre crianças transgênero — diz Ted, cujos olhos continuam a me implorar por favor, por favor, *por favor*, para calar a boca. — Tem alguns livros no meu escritório, caso você se interesse.

E eis o inacreditável: eles parecem genuinamente esperar que eu finja se tratar de uma situação completamente normal.

— Vocês estão me dizendo que têm em casa uma criança trans de cinco anos e, por algum motivo, não acharam que valia comentar?

— Nós sabíamos que você reagiria assim — argumenta Caroline. — Sabíamos que você tem convicções religiosas muito fortes e....

— Não tenho nenhum problema com pessoas transgênero...

— Então está criando todo esse estardalhaço por quê?

Parei de prestar atenção nela. Minha mente já está vários passos à frente. Pois me dou conta de que todas as peculiaridades de Teddy, todos os comportamentos estranhos, de repente passam a fazer sentido. Evitar os meninos no playground. A gritaria sempre que Ted o arrastava para a barbearia. A obsessão em usar sempre a mesma camiseta de listras roxas, de um roxo suave, quase lilás, a cor mais feminina em seu guarda-roupa.

E todas aquelas perguntas irritantes da escola a respeito da matrícula no jardim de infância...

— Vocês não têm carteira de vacinação. — Eu me dou conta. — Talvez tenham uma certidão de nascimento. Certamente há como comprar uma falsa quando se tem dinheiro para isso. Mas as escolas em Spring Brook levam a vacinação muito a sério. Exigem que os formulários venham diretamente de um médico. E vocês não têm como conseguir algo assim. Por isso a escola não para de ligar.

Ted balança a cabeça, negando.

— Não é verdade. Tínhamos um pediatra excelente em Barcelona...

— Para com essa história de Barcelona, Ted. Vocês nunca estiveram em Barcelona. Seu espanhol é péssimo. Nem *batata* você consegue dizer! Onde vocês se esconderam por esses últimos três anos eu não sei, mas em Barcelona é que não foi.

Se não estivesse tão exaltada, talvez tivesse reparado que Caroline de repente caiu em silêncio absoluto. Parou de falar e se limita a assistir à cena e ouvir tudo.

— Vocês roubaram a menininha de alguém. Vestiram a criança como menino. Criaram-na para que acreditasse ser um menino. Tudo sem problema nenhum, porque ela tem cinco anos. Porque o mundo dela é muito pequeno. Mas o que vai acontecer quando ela for para a escola? Quando fizer amigos? Quando for mais velha e os hormônios começarem a agir? Como é que duas pessoas com diploma universitário imaginam que algo assim poderia dar certo? Só sendo...

E deixo a frase ficar no vazio mesmo, pois a palavra que quero usar é "loucos".

Percebo que preciso parar de falar, que estou compartilhando minhas conclusões com as pessoas erradas. Esperaria de fato que os Maxwell concordassem comigo? Que dissessem a verdade e admitissem tudo o que haviam feito de errado? Preciso ir embora agora mesmo, preciso ir atrás da detetive Briggs, preciso contar tudo.

— Tenho que arrumar as malas — digo, que nem uma idiota.

E me levanto, como se fossem me deixar sair dali assim, sem mais nem menos.

— Ted — diz Caroline, com a voz calma.

Estou a meio caminho da porta quando sinto algo de vidro se despedaçar contra a lateral da minha cabeça. Caio de frente, largando o celular. A sensação de molhado se espalha pelo meu rosto e meu pescoço. Ergo a mão para interromper o sangramento e ela fica toda vermelha. Estou coberta de merlot Kendall-Jackson.

Atrás de mim, ouço os Maxwell discutirem.

— Está na cozinha.
— Já olhei lá.
— Na gaveta grande. Onde eu guardo os selos!

Saindo da sala, Ted passa com cuidado por cima do meu corpo, medindo bem os passos para não pisar em mim. Ele, que acabou de me dar uma garrafada na cabeça. Passa bem ao lado do meu celular, caído no carpete com a tela para baixo. Há um botão de emergência na tela inicial — um aplicativo no qual um toque é o suficiente para informar o endereço dos Maxwell a uma central de emergência. Mas não estou tão perto assim para alcançá-lo, e estou muito ferida para me levantar. O máximo que consigo é dar impulso com a ponta dos tênis e me arrastar de barriga pelo chão.

— Ela está engatinhando — diz Caroline. — Ou tentando.
— Um segundo — grita Ted de volta.

Tento alcançar o celular e me dou conta de que minha percepção de profundidade está prejudicada. Ele já não está mais a centímetros de mim — de repente está na metade do corredor, a uma distância igual a de um campo de futebol. Ouço Caroline caminhando atrás de mim. Ouço seus sapatos esmigalharem cacos de vidro. Não a reconheço mais. Já não é a mãe bondosa e atenciosa que me recebeu em sua casa e me encorajou a acreditar em mim mesma. Transformou-se em... algo diferente. O olhar é frio, calculista. E sua percepção de mim, a de uma mancha no chão, uma mácula que precisa ser extirpada.

— Caroline, por favor — suplico, mas as palavras saem tortas; minha fala está toda arrastada. Ergo a voz, tento de novo; meus lábios não fazem os movimentos necessários. É como se fosse um brinquedo com a bateria no fim.

— Shhhh — diz ela, um dedo na frente dos lábios. — Não podemos acordar o Teddy.

Rolo de lado e sinto a pressão dos cacos afiados contra o quadril. Caroline está tentando pisar ao meu redor sem se aproximar demais, mas estou espalhada pelo corredor, bloqueando o caminho.

Dobro o joelho direito e graças aos céus ele se move do jeito que deveria. Flexiono a coxa direita, trazendo-a para bem perto do meu corpo. E, quando Caroline finalmente reúne coragem para passar por cima de mim, libero a perna num forte chute, meu calcanhar encontrando a frente de sua canela. O estalo é ruidoso e ela cai com força, tombando em cima de mim.

E eu sei que posso contê-la. Sei que sou mais forte do que ela e Ted juntos. Passei os últimos vinte meses me preparando para este momento. Tenho corrido, nadado, me alimentado direito. Faço cinquenta flexões de braço dia sim, dia não, enquanto Ted e Caroline ficam sentados bebendo vinho e mais nada. Não vou desistir. O antebraço de Caroline pousa perto do meu rosto e cravo os dentes nele, numa mordida forte. Ela grita de surpresa, mas consegue se soltar e parte de maneira atabalhoada para pegar meu celular. Agarro as costas de seu vestido, puxo-o e o tecido macio de algodão se rasga feito papel, expondo-lhe a nuca e os ombros. E é nesse momento que finalmente vislumbro sua tão infame tatuagem da época de faculdade, aquela de sua fase pretensiosa, quando era obcecada por John Milton e *Paraíso perdido*.

É um par de asas com penas longas, bem entre as escápulas.

Asas de anjo.

Ted volta correndo da cozinha. Está com o Viper na mão e grita para que Caroline saia da frente. Puxo a perna de novo. Sei que é minha única esperança — se eu nocauteá-lo, quem sabe ele derruba o Viper e eu...

# 27

Pisco várias vezes e acordo na escuridão.

Em meio às sombras, reconheço formas familiares: minha cama, minha mesa de cabeceira, um ventilador de teto, as grossas vigas de madeira sobre minha cabeça.

Estou dentro do chalé. Estou sentada com as costas retas em uma cadeira de encosto duro, e minhas narinas estão pegando fogo. A sensação é de que as encheram de cloro.

Tento me erguer e percebo não ter como mexer meus braços: os punhos estão cruzados nas costas, torcidos em ângulos dolorosos e firmemente atados à cadeira.

Movo os lábios para pedir ajuda, mas uma espécie de correia foi apertada em torno da minha cabeça. Minha boca está estufada por panos que formam uma bola úmida do tamanho de uma maçã. A pressão na minha mandíbula é insuportável.

Meus músculos se tensionam e o coração dispara à medida que compreendo tudo o que sou incapaz de fazer: não posso me mover, falar, gritar, não posso sequer tirar o cabelo do rosto. Se é impossível qualquer tipo de reação, nada me resta a não ser o pânico. De tão assustada, quase vomito — e ainda bem que fico no "quase", pois provavelmente morreria sufocada.

Fecho os olhos e faço uma rápida oração. *Deus, por favor, me ajude. Me ajude a descobrir o que fazer.* Respiro fundo pelo nariz, enchendo os pulmões de ar até o limite e expirando. É um exercício de relaxamento que aprendi na reabilitação. Ajuda a controlar a ansiedade. Diminui a pulsação, aplaca o sistema nervoso.

Repito o exercício três vezes.

Então me forço a pensar.

Ainda me restam opções. Minhas pernas estão livres. Há uma chance de conseguir me erguer, mas, caso o faça, a cadeira estará presa às minhas costas como um casco de tartaruga. Caminhar será algo lento e atrapalhado, mas não totalmente fora de questão.

Consigo mover a cabeça para a esquerda e para a direita. Consigo enxergar apenas o suficiente na direção da cozinha para avistar a luz brilhante do relógio do micro-ondas: 23h07. Adrian deve chegar por volta da meia-noite. Prometeu vir me encontrar. Mas e se bater à porta do chalé e ninguém responder? Será que tentaria entrar?

Não, creio que não.

A não ser que eu consiga fazer um sinal.

Não tenho como alcançar meus bolsos, mas devem estar vazios. Nada de chave, celular ou arma de choque. Mas há uma gaveta cheia de facas na cozinha. Se conseguisse chegar a uma e cortar as amarras, estaria livre da cadeira e armada.

Planto os pés no chão e me inclino para a frente, tentando me erguer, mas o meu centro de equilíbrio me impede. Percebo que minha única esperança é me jogar com toda a força para a frente de modo que o impulso sirva para me levantar. Temo, porém, errar na dose e cair de cara no chão.

Ainda reúno a coragem para tentar quando ouço passos do lado de fora do chalé, subindo os gastos degraus de madeira. A porta então se abre de supetão e Caroline acende a luz.

Ela usa o mesmo vestido decotado de antes, mas agora também está com luvas de látex azul. Traz uma das suas lindas ecobags — daquelas que usamos para fazer as compras e evitar encher os oceanos de resíduos de plástico. Parece surpresa de me ver acordada. Põe a ecobag na bancada da cozinha e passa a retirar o conteúdo: um acendedor de churrasqueira, uma colher de chá de metal, uma seringa minúscula e uma agulha com tampa de plástico laranja.

Enquanto isso, suplico mas sem conseguir formar palavras, apenas sons. Ela tenta me ignorar e se concentrar na sua função, mas percebo que consigo irritá-la. Enfim ela estende a mão por trás da minha cabeça e afrouxa a correia; tusso até expelir a bola de pano, que desce pelo meu colo e cai respingando no chão.

— Sem gritos — ordena ela. — Fale com calma.

— Por que está fazendo isso comigo?

— Tentei oferecer a você uma bela despedida, Mallory. Preparei minha salada de frutos do mar. Pendurei bandeirolas. Ted e eu íamos inclusive indenizar você com um mês de salário. Íamos entregar o cheque de surpresa amanhã de manhã. — Ela balança a cabeça tristemente e enfia a mão na sacola, retirando um saquinho plástico cheio de pó branco.

— O que é isso?

— A heroína que você roubou da casa da Mitzi. Você a pegou ontem à tarde, depois de bisbilhotar no quarto dela.

— Isso não é verdade...

— Claro que é, Mallory. Você tem muitos problemas não resolvidos. Está se fingindo de estudante universitária, de atleta de alto nível. Tudo isso gera muita ansiedade. Além disso, com a pressão da perda do emprego, afinal você perdeu salário *e* moradia de uma só vez, e todo o estresse subsequente, você teve uma recaída.

Percebo que ela não acredita de fato nisto; está só ensaiando uma narrativa. Ela continua:

— Você estava desesperada para usar um pouco, sabia que Mitzi era usuária, por isso invadiu a casa dela e achou a droga escondida. Mas não percebeu que a heroína dela era misturada com fentanil. Dois miligramas, o suficiente para apagar um cavalo. Isso causou uma saturação nos seus receptores opioides e você parou de respirar.

— É isso que vai contar à polícia?

— É o que eles vão deduzir. Com base no seu histórico. E na autópsia. Amanhã de manhã, vou bater à sua porta para ver se precisa de ajuda para arrumar as malas. Quando você não responder, vou usar minha chave para entrar. Vou encontrar você na cama com uma agulha espetada no braço. Vou gritar e chamar o Ted. Ele vai fazer massagem cardíaca, tentar reanimação cardiorrespiratória, nós vamos ligar para a emergência, mas os paramédicos dirão que você já estava morta havia horas. Dirão que não havia nada que nós poderíamos ter feito. E, como somos ótimas pessoas, vamos nos certificar de que você tenha um enterro e uma sepultura decentes. Junto à sua irmã. Caso contrário, Russell teria que pagar por tudo e isso não nos parece justo.

Caroline abre o lacre da sacola plástica e a segura sobre a colher, preenchendo-a cuidadosamente com o pó branco. Debruça-se sobre a bancada, concentrada na função, e volto a avistar a tatuagem logo abaixo do pescoço.

— Você é o anjo nos desenhos. Você atacou Anya com o Viper e a estrangulou.

— Foi legítima defesa.

— Não se estrangula alguém em legítima defesa. Você a assassinou. Roubou a filhinha dela. Que idade ela tinha? Dois anos? Dois e meio?

A colher escorrega da mão de Caroline e cai ruidosamente na bancada. O pó se espalha por toda parte e ela sacode a cabeça, irritada.

— Não finja que entende a situação. Você não faz ideia do que eu passei.

Ela procura uma espátula de plástico e a arrasta lentamente pela bancada, juntando todos os resíduos num único montinho de pó.

— Eu sei que o Ted te ajudou — disse. — Sei que ele é o homem nos desenhos. Você matou a Anya e levou a filha dela. Aí mandou o Ted enterrar o corpo. Quando isso aconteceu, Caroline? Onde vocês moravam?

Ela balança a cabeça e ri.

— Conheço o joguinho que você está tentando fazer. Usamos o tempo todo na terapia. Você não vai conseguir sair dessa na base da conversa.

— Você e Ted tinham problemas. Ele disse que passaram anos tentando engravidar. Foi esse o seu último recurso? Roubar uma criança?

— Eu *resgatei* aquela criança.

— Como assim?

— Não interessa. O que está feito está feito, e agora é seguir em frente. Sinto muito que você não vá mais fazer parte desta família.

Cuidadosamente, Caroline põe o pó de volta na colher e procura o acendedor de churrasqueira. Clica o botão várias vezes até produzir uma pequena chama azulada. Vejo que suas mãos tremem.

— Teddy se lembra de alguma coisa?

— O que você acha, Mallory? Ele parece traumatizado para você? Parece triste, infeliz? Não, não parece. Não se lembra de nada. É uma criança feliz, bem ajustada, e eu me esforcei muito para trazê-lo até aqui. Nunca vai saber todos os sacrifícios que fiz por ele. E tudo bem.

Enquanto Caroline fala, o pó na colher queima, escurece e finalmente se liquefaz. A heroína da Costa Leste não tem muito cheiro, mas sou acometida de uma baforada de algo químico — talvez o fentanil, talvez algum outro aditivo letal. Lembro de ouvir falar de um traficante em Camden Town que supostamente misturava a droga com produto de limpeza. Caroline deixa de lado o acendedor e pega a seringa. Mergulha a agulha no conteúdo da colher e puxa lentamente o êmbolo, enchendo a seringa com um nojento lodo amarronzado.

— Ele se lembra do coelho — digo a ela.

— Como é?

— Nos desenhos da Anya, ela mostra uma menininha correndo atrás de um coelho. A menina segue um coelho branco até ir parar em um vale. É só se lembrar da nossa entrevista de emprego, Caroline. Logo no primeiro dia, um dos desenhos de Teddy estava na sua geladeira. Um desenho de um coelho branco. Talvez ele se lembre de mais do que você imagina.

— Os desenhos dela são mentiras. Não dá para confiar neles.

— Tive muita dificuldade para entendê-los. Mas acho que finalmente os coloquei na ordem correta. Estão na pasta, na minha mesa de cabeceira. Eles mostram exatamente o que aconteceu.

Caroline procura na bolsa um torniquete de borracha. Estica-o com as mãos, como se estivesse pronta para enrolá-lo no meu braço. Mas é quando a curiosidade a vence. Ela caminha até minha mesa de cabeceira, abre a pasta e começa a percorrer os papéis com o olhar.

— Não, não, olha só, esses desenhos são tão injustos! Esta é a versão *dela* do que ocorreu. Mas se você tivesse visto o meu lado, o quadro geral, entenderia melhor.

— Qual é o quadro geral?

— Não estou dizendo que não sinto culpa. Eu *sinto*. Sinto remorso. Não tenho orgulho do que aconteceu. Mas ela não me deixou escolha.

— É só me mostrar o que você está querendo dizer.

— Como assim?

— Na gaveta da mesa de cabeceira, tem um bloco e um lápis. Desenhe o que aconteceu. Me mostre a sua versão da história.

Pois preciso de todo o tempo que puder.

O suficiente para Adrian fazer o caminho de volta, chegar até aqui, bater na porta e perceber que há algo muito, muito estranho acontecendo.

E Caroline parece querer fazer isso. Parece ávida para me contar a sua versão da história. Mas é inteligente o suficiente para reconhecer que está sendo manipulada.

— O que você quer é que eu me incrimine. Quer que desenhe uma confissão, com figuras, para que a polícia encontre e me prenda. É essa a ideia?

— Não, Caroline. Só estou tentando entender o que aconteceu. Por que havia uma necessidade de resgatar o Teddy?

Ela alcança o torniquete e se posiciona atrás da minha cadeira, mas não consegue amarrá-lo em volta do meu braço. As mãos tremem demais.

— Às vezes ela penetra na minha cabeça e a sensação é de um ataque de pânico. Vai passar em um ou dois minutos. — Ela se senta na beirada da cama e cobre o rosto com as mãos. Respira fundo diversas vezes, enchendo os pulmões de ar. — Não espero de você empatia alguma, mas isso tudo tem sido muito difícil para mim. É como um pesadelo que não termina.

Sua respiração é irregular. Ela abraça os próprios joelhos e os aperta com força, como se pudesse se acalmar puramente por meio da força de vontade.

— Morávamos em Manhattan. Riverside Heights, no Upper West Side. Eu trabalhava para o hospital Mount Sinai, tinha trinta e cinco anos e já estava totalmente esgotada. Os meus pacientes tinham muitos problemas. É tanta dor nesse mundo, tanta desgraça. E Ted tinha um emprego chato em TI que ele odiava. Acho que éramos duas pessoas muito infelizes tentando engravidar, e não conseguíamos, e isso nos deixava ainda mais infelizes. Tentamos todos os métodos conhecidos: inseminação, FIV, indução da ovulação. Você conhece essas coisas?

Caroline balança a cabeça.

— Não importa. Nada funcionava. Estávamos os dois trabalhando feito uns loucos, mas nem precisávamos do dinheiro porque meu pai tinha me deixado uma fortuna. Até que chegou uma hora em que pensamos: foda-se, vamos pedir demissão e tirar um ano sabático. Compramos uma casa na beira do lago Seneca, no interior do estado de Nova York. Na teoria, quem sabe, com a mente mais relaxada, conseguiríamos conceber. O único problema é que chegamos lá e não tínhamos amigos. Não conhecíamos ninguém. Éramos só eu e Ted, sozinhos naquela casa o verão inteiro. Ted se interessou muito por produção de vinho. Começou a ter aulas com um produtor local. Mas, nossa, Mallory, eu estava entediada demais. Sem saber o que fazer. Tentei escrever, fotografar, fazer jardinagem, pão, e nada me atraía. E comecei a ter a percepção horrível de simplesmente não ser uma pessoa muito criativa. Não é algo terrível a se descobrir sobre si mesma?

Tento demonstrar empatia e a incentivo a continuar. Do jeito que ela fala, parece que somos mãe e filha batendo um papo com café e bolinhos. Não que estou numa cadeira com os braços atados às costas enquanto Caroline mexe numa seringa cheia, torcendo ansiosamente o cilindro entre os dedos.

— A única coisa que me traz alguma alegria é caminhar. Tem um parque no lago Seneca com trilhas arborizadas lindas. Foi onde conheci Margit. Este é o nome verdadeiro da Anya: Margit Baroth. Eu a via sentada à sombra de uma árvore, pintando paisagens. Era muito talentosa, e acho que fiquei com inveja. E ela sempre levava a filha. Uma garotinha de dois anos de idade chamada Flora. Margit simplesmente a largava em cima de um cobertor e a ignorava. Por duas ou três horas. Enfiava um smartphone na mão da menina e a negligenciava por completo. E isso não foi só uma ou duas vezes, Mallory. Eu as via todo fim de semana! Era a rotina delas! Me dava raiva toda vez que passava por perto. Sabe... uma criança perfeita, uma menininha linda, sedenta por atenção, e a mãe só oferecia a ela vídeos do YouTube! Como se ela fosse um fardo! Já li muitas e muitas pesquisas sobre tempo de tela, Mallory. É um veneno para a imaginação de uma criança.

"Depois de um tempo, decidi intervir. Caminhei até o cobertor, tentei me apresentar, mas Margit não fazia ideia do que eu dizia. Percebi que ela não falava inglês. Tentei então me comunicar por mímica; tentei *mostrar* que ela estava sendo uma péssima mãe. E acho que ela me entendeu mal. Ficou com raiva, eu também fiquei. Quando me dei conta estávamos gritando, eu em inglês, ela em húngaro, até que algumas pessoas se aproximaram. Foi preciso elas literalmente se enfiarem entre nós duas.

"Depois disso, tentei frequentar parques e trilhas diferentes. Mas não conseguia parar de pensar naquela menininha. Sentia que estava deixando-a na mão, como quem teve a chance de intervir e a desperdiçou. Então um dia, uns dois meses depois da discussão, voltei ao lago. Era sábado de manhã e havia um festival incrível de balões. Acontece sempre em setembro, milhares de pessoas comparecem, o céu fica repleto de grandes silhuetas com cores vibrantes. É perfeito para a imaginação de uma criança, sabe? E Margit estava pintando um dos balões enquanto a pequena Flora estava com os olhos grudados no celular. Sentada no cobertor, ficando com queimaduras de sol nos braços e nos ombros.

"E eu, parada lá, cada vez mais louca de raiva, reparei em algo. Vi um coelho se contorcendo para brotar do chão. Devia estar entocado ali por perto. Ele saiu debaixo da grama, se sacudiu e a Flora viu. Gritou *'Anya, anya!'*, apontando para o coelho, rindo, mas a Margit nem se virou. Estava muito absorta na sua pintura. Não se deu conta de que a filhinha dela havia se levantado e começado a caminhar para longe, que a Flora estava atravessando um campo e indo na direção de um vale. Na direção de um riacho, Mallory. Então, eu tinha que fazer algo, certo? Não podia ignorar o que estava acontecendo. Segui a Flora até o vale e, quando a alcancei, ela estava totalmente perdida. Berrava, histérica. Me ajoelhei ao lado dela e disse que estava tudo bem. Disse que tinha como encontrar a mamãe dela e me ofereci para trazê-la de volta. E era *de fato* a minha intenção, Mallory. Era de fato a minha intenção levar a Flora de volta."

Quase perco o fio da meada pois me lembro do tabuleiro Ouija e da mensagem críptica, percebendo ter confiado excessivamente no Google Tradutor. A mensagem não era AJUDA FLOR — era AJUDE FLORA, para ajudarmos a filha dela.

— Eu só queria passar algum tempo com ela — continua Caroline. — Fazer uma rápida caminhada, dar um pouco de atenção. Imaginei que a mãe não se importaria. Não iria nem perceber que a menina havia sumido. Havia uma pequena trilha próxima, que ia dar numa floresta, e foi para lá que nós fomos. Para a mata. Só que a Margit *reparou* no sumiço da Flora. Estava procurando a menina por toda parte. E, de alguma forma, nos encontrou. Seguiu a gente até a mata. E quando me reconheceu, ficou furiosa. Começou a gritar e a agitar os braços como se estivesse pronta para me bater. E eu sempre carrego o Viper comigo, por questão de segurança, e o usei para me defender. Só a atingi uma vez, para ver se recuava. Mas imagino que ela tivesse alguma espécie de distúrbio neurológico porque, ao cair, não conseguia se levantar. Começou a ter uma convulsão. Fez xixi no vestido, os músculos dela tremiam. A pobre Flora ficou apavorada. E eu sabia que deveria ligar para a emergência, mas também sabia a péssima impressão que causaria. Sabia que, se Margit contasse a versão dela, as pessoas teriam uma ideia errada. Então peguei a Flora e a levei para trás de uma árvore. Disse para se sentar e para fechar os olhos. Para ela não ver o que aconteceria depois. E, se você quer saber, não me lembro do resto, honestamente. Mas essa é a beleza da mente humana. Ela bloqueia tudo de ruim. Você sabe do que estou falando, não sabe?

Caroline espera por uma resposta minha, e, como não falo nada, ela continua.

— Enfim. Cobri o corpo dela com folhas. Trouxe a Flora para casa no meu carro. Contei ao Ted o que havia acontecido e ele queria chamar a polícia, mas o convenci de que poderíamos dar um jeito em tudo. Estávamos no interior do estado, no meio do nada. A mulher era uma imigrante, não falava inglês, imaginei que devesse ser a faxineira de alguém. Pensei que, se escondêssemos o corpo e ficássemos com a criança, ninguém repararia no sumiço. Ou as pessoas simplesmente achariam que ela havia fugido com a filha. Mulheres fazem isso o tempo todo. Então mandei Ted ir ao parque. Ele catou o cavalete, o cobertor, todos os brinquedos da Flora e enterrou tudo na mata. Junto com o corpo. Passou a noite toda fora. Levou uma eternidade. Só voltou depois do nascer do sol.

"Tudo deveria ter terminado ali, só que o irmão da Margit, na verdade, é um mandachuva no lago Seneca. É dono de uma porcaria de fazenda de criação de cabras que todos os veranistas amam e havia bancado a mudança da Margit e do marido, József, da Hungria para os Estados Unidos, para trabalharem para ele. E o pior: não me ocorrera que Margit pudesse ter ido ao lago de carro — um Chevy Tahoe com cadeirinha infantil, ainda por cima. A polícia o encontrou num estacionamento e acionou a unidade K9. Em duas horas, acharam o corpo.

"De repente, a comunidade inteira estava à procura de uma menina perdida de dois anos — a mesma que estava gritando e chorando na minha casa. Corri então até a Target, comprei para ela um monte de roupas de menino. Camisas de times esportivos. Camisetas com imagens de jogadores. Passei a máquina na cabeça da Flora e a deixei com o cabelo raspado. E, juro, foi como apertar um interruptor — bastou mudar o cabelo e você juraria que era um menino."

Já não há mais nada de irregular na respiração de Caroline, e suas mãos pararam de tremer. Quanto mais ela fala, melhor fica sua aparência, como se estivesse livrando a consciência de um peso terrível.

— Aí pegamos o carro e fomos embora. Sem plano nenhum. Só precisávamos sair dali, quanto mais longe melhor. Só fomos parar quando chegamos à Virgínia Ocidental, a uma cidadezinha chamada Gilbert. População de quatrocentas pessoas, só aposentados em cadeiras de rodas. Mandei e-mails para os nossos amigos e dissemos que havíamos nos mudado para Barcelona, que Ted havia recebido uma oportunidade irrecusável. E alugamos, então, uma casa num terreno de quatro hectares, sem vizinhos, um local agradável e silencioso onde pudéssemos focar no nosso bebê.

"E, Mallory, juro, foi o ano mais difícil da minha vida. Por seis meses, Teddy se recusava a falar. Estava assustado demais! Mas fui paciente. Trabalhei com ele todos os dias. Dei-lhe amor, atenção e afeto. Enchi nossa casa de livros, de brinquedos, de comida saudável, e fomos evoluindo. Ele começou a se abrir. Aprendeu a nos aceitar, a confiar em nós, e hoje ele nos ama, Mallory. A primeira vez que ele me chamou de mamãe, saí gritando.

"Ao final do nosso primeiro ano, foi incrível a evolução que tivemos. Começamos a sair em público com Teddy. Pequenos passeios, idas ao mercado. Programas normais de família. E era o retrato da perfeição. Quem não tivesse nos conhecido antes não teria ideia do que a gente passou.

É quando sua voz fraqueja. Como se estivesse nostálgica por uma época em que ainda tinha esperanças.

— O que aconteceu?

— Eu nunca imaginaria que a Margit fosse nos encontrar. Sempre fui ateia. Nunca acreditei em qualquer tipo de mundo espiritual. Mas passado o nosso primeiro ano na Virgínia Ocidental, Teddy começou a receber visitas. Uma mulher de vestido branco. Ela o aguardava no quarto na hora da soneca.

— Você a via?

— Não, nunca. Ela só aparece para o Teddy. Mas eu conseguia senti-la, pressentir a presença, sentir aquele cheiro horrível de podridão. Dissemos ao Teddy que ela era uma amiga imaginária. Dissemos que não era de verdade, mas que tudo bem ele fingir que fosse. Ele era novo demais, não teria como saber.

— Ela alguma vez perseguiu você? Tentou se vingar?

— Ah, ela adoraria. Me mataria se pudesse. Mas seus poderes são muito limitados. Aparentemente, consegue manejar um tabuleiro Ouija e mover um lápis, mas para por aí.

Tento imaginar o tédio de alguém presa numa casa isolada em quatro hectares de terra no meio da zona rural da Virgínia Ocidental — sem companhia alguma a não ser o marido, uma criança raptada e um espírito vingativo. Não sei quanto tempo aguentaria sem ficar louca.

— Eu sabia que não poderíamos ficar para sempre em "Barcelona". Precisávamos dar sequência à nossa vida, todos nós. Eu queria morar numa cidadezinha agradável com boas escolas para que Teddy pudesse ter uma infância normal. Por isso nos mudamos para cá em abril. Mais ou menos na época do Dia das Mães, lá estava Anya de volta ao quarto de Teddy, cantando canções de ninar em húngaro.

— Ela seguiu vocês?

— Seguiu. Como, eu não sei. Só sei que fugir dela não é uma opção. Para onde quer que a gente vá, Anya nos segue. Foi quando tive minha grande sacada: trazer alguém de fora. Uma nova colega de brincadeiras para competir com Anya pela atenção de Teddy. Você era a candidata perfeita, Mallory. Jovem, atlética, cheia de energia. Inteligente, mas não tanto. E seu histórico de abuso de drogas era um grande bônus. Eu sabia que você era insegura. Sabia que, se visse coisas estranhas, duvidaria da própria sanidade. Ao menos por algum tempo. Eu só não contei com essas porcarias desses desenhos. Nunca imaginei que ela fosse encontrar um jeito de se comunicar.

Caroline parece exausta, como se tivesse acabado de reviver os últimos três anos de sua vida. Dou uma espiada furtiva no relógio e são apenas 23h37. Preciso fazer com que ela continue falando.

— E a Mitzi? O que aconteceu com ela?

— A mesma coisa que está acontecendo com você. Quinta-feira passada, algumas horas depois da sua sessão espírita, Mitzi veio bater na nossa porta em pânico. Disse que o tabuleiro Ouija não parava de se mexer. Que a prancheta se movia em círculos e não parava de soletrar a mesma palavra, inúmeras vezes: *ovakodik, ovakodik, ovakodik*. Mitzi levou a gente até a casa dela e nos mostrou. Ela havia conseguido decifrar que a palavra queria dizer "cuidado". Ela disse que você estava certa o tempo todo, Mallory. Que nossa casa era assombrada e que nós precisávamos de ajuda. Ted e eu voltamos para casa, discutimos sobre o que seria o melhor a fazer, mas finalmente o convenci a segurar Mitzi enquanto eu lhe ministrava a overdose. Ele então arrastou o corpo dela até a mata e eu espalhei as tampas de agulhas por toda a sala. Larguei o torniquete na mesa de canto. Foi o suficiente para a polícia ligar os pontos. Aí inventamos nossa história sobre Mitzi ter recebido uma visita tarde da noite, para que não fosse tudo perfeitinho demais.

Olho de novo para o relógio — só se passou um minuto — e dessa vez Caroline me flagra.

— O que você está fazendo? Por que está olhando as horas?

— Por nada.

— Mentira. Mas não importa.

Ela se levanta e pega o torniquete. Suas mãos estão firmes. Ela se movimenta com confiança e controle renovados, envolvendo meu braço com o torniquete e apertando-o. Em instantes, meus músculos formigam.

— Não faça isso, por favor.

— Sinto muito, Mallory. Queria que tudo tivesse sido diferente.

Sinto o toque suave de seus dedos enluvados na curvatura do meu braço, esperando que minhas veias inchem e cooperem. Percebo que é sério, que ela de fato pretende ir até o fim.

— Você vai se sentir culpada pelo resto da vida — digo a ela, tomada de tal forma pelo medo que estou gaguejando. — Você vai se odiar. Não vai ser capaz de se olhar no espelho.

Sei lá por que imagino que possa assustá-la e fazê-la mudar de ideia. Meu alerta só parece deixá-la com mais raiva. Sinto uma espetada dolorosa quando a agulha perfura a pele e penetra na veia.

— Veja pelo lado bom — diz ela. — Quem sabe você não vê a sua irmã de novo.

Então solta o êmbolo, me aplicando dois miligramas de heroína e fentanil, o suficiente para derrubar um cavalo. Meu corpo inteiro tensiona quando sinto o familiar arrepio inicial — como se alguém tivesse posto um cubo de gelo no local da injeção. A última coisa que vejo é Caroline correr na direção da porta para apagar as luzes. Não vai sequer ficar ali para me ver morrer. Fecho os olhos e rogo a Deus que me perdoe, que me perdoe por favor. Sinto como se desabasse sobre a cadeira, como se a cadeira e o meu corpo tivessem sumido chão abaixo e agora eu estivesse sem peso, flutuando no espaço. A heroína intravenosa tem efeito relâmpago e não sei como ainda estou consciente. Como é que ainda estou respirando? Mas aí abro os olhos, vejo Margit à minha espera nas sombras e percebo que já sofri a overdose.

# 28

Ela paira em uma espécie de névoa, uma mulher de branco, com longos cabelos negros repartidos ao meio. O vestido está sujo com pedaços de folhas e terra. O rosto está encoberto pela escuridão e a cabeça, inclinada num ângulo que sugere não lhe ser possível mantê-la reta. Mas eu já não tenho medo. Se sinto algo, é alívio.

Tento me erguer e abordá-la, mas continuo sentada na cadeira. Meus punhos ainda estão amarrados às costas.

É quando me ocorre um pensamento aterrador:

Seria essa a minha vida após a morte?

Seria essa a minha punição pelo tempo que passei neste mundo? A eternidade sozinha num chalé vazio, presa a uma cadeira dura de madeira?

— Não sei o que devo fazer — sussurro. — Pode me ajudar, por favor?

Margit se aproxima sem caminhar. Sinto seu odor, aquela mistura tóxica de enxofre e amônia, mas isso não me incomoda mais. Estou tão grata por sua presença que o cheiro é quase reconfortante. Quando Margit passa pela janela, a luz da lua ilumina seu rosto e corpo. E percebo que, tirando os arranhões, os hematomas escuros, o pescoço quebrado e o vestido repuxado e rasgado, é uma mulher espantosamente bonita.

— Você precisa me ajudar, Margit. Você é a única que pode me ajudar. Por favor.

Ela faz um esforço para erguer a cabeça — como se tentasse me escutar melhor —, mas esta volta a pender, como uma flor com o caule partido. Ela repousa a mão no meu ombro, mas não sinto o toque nem qualquer pressão externa. Contudo, sou inundada por uma intensa sensação de tristeza e culpa. Enxergo em minha mente um lugar que nunca visitei — um campo à beira de um lago, com uma tela em um cavalete e uma criança sobre um cobertor. Percebo conhecer esse lugar a partir de imagens — de um desenho que Margit deixou na minha varanda, de uma pilha de ilustrações de Teddy que Caroline tem guardadas na sala. Puxo da memória ambas as imagens, a mesma cena retratada por dois artistas diferentes.

E ao contemplar a mulher e a criança, sinto a dor de Margit com a mesma clareza que sentiria a minha própria: *Eu deveria ter prestado mais atenção, não deveria ter ficado tão distraída. Se tivesse sido um pouquinho mais cuidadosa, tudo ainda estaria bem.* Ou, quem sabe, esta seja a *minha* dor, pois também ouço Margit dizendo *não é sua culpa,*

*faça as pazes com o passado, perdoe-se*. Não sei bem se sou eu a consolá-la ou se é ela quem me consola. Não consigo estabelecer onde termina a minha culpa e começa a dela. Talvez seja o tipo de dor que nunca, jamais nos deixe, nem mesmo depois de mortos.

Então a porta se abre e Ted acende a luz.

Ele vê minhas lágrimas escorrerem e seu rosto desaba.

— Ah, meu Deus — diz ele. — Sinto muito, Mallory. Aguenta firme.

Procuro Margit, mas ela desapareceu.

Continuo no meu chalé.

Não estou em uma vida após a morte vaga e etérea. Continuo em Spring Brook, Nova Jersey, presa a uma cadeira de madeira com meus pés no chão, e o relógio do micro-ondas indica 23h52.

Continuo a sentir um calafrio na dobra do braço, onde Caroline injetou a agulha — mas estou bem viva e com a percepção nem um pouco alterada.

— Ela me drogou. Sua mulher...

— Talco de bebê — diz Ted. — Substituí a heroína por talco. Você está bem. — Ele para atrás de mim, puxando as tiras de pano que prendem meus punhos à cadeira. — Meu Deus, ela caprichou nesses nós. Preciso de uma faca. — Ele vai à cozinha e começa a remexer a gaveta de talheres.

— O que você está fazendo?

— Protegendo você, Mallory. Eu sempre te protegi. Não se lembra da entrevista de emprego? De todas aquelas perguntas grosseiras e maliciosas sobre as suas qualificações? Estava tentando te assustar. Eu sempre tentava assustar as candidatas. Mas você foi persistente. Queria muito estar aqui. E Caroline achava que seria a solução para todos os nossos problemas.

Ele traz uma lâmina serrilhada até minha cadeira e rapidamente corta as amarras. Meus braços pendem para os lados e estou livre novamente para movê-los. Aos poucos, com cuidado, pressiono um calombo latejante em minha cabeça com os dedos e sinto pequenas farpas de vidro agarradas ao couro cabeludo.

— Desculpe por ter agredido você. A gente para em um posto de gasolina e pega um pouco de gelo para colocar na sua cabeça. — Ted abre a porta do armário e fica radiante em ver todos os cabides vazios. — Você já arrumou tudo! Perfeito. Minha mala está no carro, estamos prontos para ir embora. Imagino que será uma noite inteira na estrada. A gente encontra um hotel para descansar. E então continuamos para oeste. Achei uma casa linda no AirBnb. Só para a gente se acalmar. Você vai amar, Mallory, tem uma vista linda da enseada de Puget.

— Peraí, Ted. Do que você está falando?

Ele ri.

— É verdade, é verdade, eu estava planejando fazia tanto tempo que esqueci que nunca havíamos discutido o assunto a fundo. Mas sei como você se sente a meu respeito, Mallory. Sinto o mesmo e estou pronto para investir nesses sentimentos.

— O quê?

— Saquei todo o dinheiro da poupança da aposentadoria. Tenho oitenta mil dólares numa conta a que Caroline não tem acesso. É o bastante para a gente recomeçar. Reconstruir a vida no estado de Washington. Na ilha de Whidbey. Mas precisamos partir agora, neste minuto. Antes que ela volte para limpar tudo.

— Por que você tem tanto medo dela?

— Ela é louca! Não entendeu ainda? Ela acabou de tentar te matar. Não vai hesitar em me matar. E, se eu contar tudo à polícia, vou ser preso. A gente precisa fugir. Neste exato instante. Se deixarmos a criança, ela não vai nos seguir.

— Você quer deixar Teddy aqui?

— Sinto muito, Mallory. Sei que você o ama. Eu também. Ele é um doce. Mas não podemos levá-lo. Não quero que Caroline e Margit nos persigam país afora. A criança fica aqui com suas duas mães. Elas que briguem entre si até a morte, não quero nem saber. Não aguento mais essa merda. Aqui não fico nem mais um minuto. Esse pesadelo acaba hoje, entende?

Do lado de fora do chalé, ouvimos o discreto estalo de um galho. Ted se dirige até a janela, vasculhando o lado de fora. Balança então a cabeça, me garantindo se tratar de um alarme falso.

— Agora, por favor, preciso que tente se levantar. Quer ajuda?

— Ele me oferece a mão, mas faço sinal de que não é preciso e consigo me erguer sozinha. — Ótimo, Mallory. Ótimo. Você precisa ir ao banheiro? Porque a maioria dos lugares vai estar fechada depois da meia-noite.

Eu *preciso* ir ao banheiro — simplesmente para ter um lugar silencioso onde eu possa colocar meus pensamentos em ordem.

— Não vai levar mais do que um minuto.

— O mais rápido que puder, ok?

Fecho a porta do banheiro, ligo a torneira e jogo um pouco de água fria no rosto. Que diabos faço agora? Apalpo meus bolsos, mas, claro, estão vazios. Vasculho o armário de remédios e o box do chuveiro, mas não encontro nada que possa usar para me defender. O mais próximo de uma arma que encontro é uma pinça.

No banheiro tem uma minúscula janela telada, de poucos centímetros, instalada junto ao teto para ventilação. Baixo o tampo da privada e subo nela. A janela fica do lado sul do chalé, na direção de Hayden's Glen, e dá para a sombra dos espinheiros da mata. Consigo retirar a tela e empurrá-la para fora, deixando-a cair no solo da floresta. Mas, mesmo que conseguisse reunir força suficiente para me impulsionar até lá, não passaria de jeito nenhum pelo buraco.

Ted bate na porta.

— Mallory? Está pronta?

— Quase!

Tenho que ir com ele. Não me resta outra opção. Vou entrar em seu Prius, sorrir enquanto ele descreve o estado de Washington e a ilha de Whidbey, tentar soar animada quanto à nossa nova vida juntos.

Mas, na primeira oportunidade, quando pararmos para reabastecer, comer ou tomar água, vou procurar um policial e gritar como nunca.

Fecho a torneira. Seco as mãos numa toalha.

E abro a porta.

Ted está imóvel, à espera.

— Pronta?

— Acho que sim.

— *Acha* que sim?

Seus olhos se desviam de mim. Ele espia dentro do banheiro. O que será que está olhando? Será que deixei pegadas em cima do tampo da privada? Será que reparou que a tela da janela desapareceu?

Abraço-o com força, repouso a cabeça no seu peito, apertando-o o máximo que posso.

— Obrigada, Ted. Obrigada por me resgatar. Você não imagina o quanto queria isso.

Ele se assusta com tamanha explosão de afeição. Me puxa para ainda mais perto dele, se inclina e beija minha testa.

— Eu prometo, Mallory. Nunca vou te decepcionar. Vou me esforçar todos os dias para fazer você feliz.

— Então vamos dar o fora daqui.

Faço menção de pegar minha mala e a sacola de lixo cheia de roupas, mas Ted insiste em carregá-las, uma em cada mão.

— Tem certeza de que isso é tudo de que precisa?

— Ted, isso é tudo que eu tenho.

Ele volta a sorrir para mim com amor e afeição reais, e aparenta estar a ponto de dizer algo muito delicado, mas é interrompido por um estrondo e por uma bala que penetra seu ombro esquerdo, o desequilibra e espalha sangue por toda a parede. Dou um grito e em seguida ocorrem mais três estampidos. Continuo a berrar enquanto Ted cai em cima da mala, com as mãos no peito e sangue escorrendo pelos dedos.

Pela janela aberta do chalé vejo Caroline apontando para mim o revólver de Mitzi. Ela me manda calar a boca, mas só consigo registrar as palavras lá pela quarta ou quinta vez. Abre a porta e, com o cano da arma, faz um gesto para que eu me sente novamente na cadeira.

— Aquilo era sério? — pergunta ela. — Você ia mesmo embora com ele?

Nem ouço as perguntas direito. Continuo a olhar fixamente para Ted, caído no chão e tentando falar com dificuldade, como se tivesse desenvolvido uma gagueira. Os lábios tremem como os de quem tenta pronunciar uma palavra difícil, e ele baba sangue, que escorre pelo queixo e pela camisa, manchando tudo de vermelho.

— Olha, eu só *acho* que você estava mentindo — continua Caroline. — Creio que, a essa altura, provavelmente diria qualquer coisa para sair daqui. Mas posso garantir que Ted falava cem por cento sério. Ele estava de olho em você desde que chegou aqui. — Ela aponta para o detector de fumaça branco na parede da cozinha, do outro lado do chalé. — Você em nenhum momento pensou por que o alarme de incêndio nunca disparou? Mesmo que seu jantar estivesse queimando?

Não respondo e ela bate com a coronha da pistola na bancada da cozinha três ruidosas vezes.

— Mallory, eu fiz uma pergunta. Você reparou que o alarme de incêndio não funcionava?

Que porra ela quer que eu diga? Está apontando uma arma para o meu rosto e estou apavorada demais para responder. Tenho medo de que qualquer coisa errada que eu disser a faça puxar o gatilho. Só mesmo olhando para o chão consigo juntar coragem para responder.

— Ted disse que a fiação do chalé era antiga. Ele usou um termo que não conheço.

— É uma webcam, idiota. Ted a instalou imediatamente depois da sua entrevista. Com um amplificador de sinal para que fosse acessível pela nossa rede Wi-Fi. Disse que queria ficar de olho em você para garantir que não usasse drogas. "Medida de precaução", sabe como é. Dá um tempo. Não sou trouxa. Tinha noites em que ficava horas acordado, no escritório, torcendo pra você ir tomar banho. Eu sempre ficava me perguntando se você sabia, se sentia estar sendo observada.

— Eu achava que era a Anya.

— Não, de noite a mamãe fica com o bebê. Era sempre o sr. Homem de Família aqui. O sr. Pai do Ano.

Ted balança a cabeça, como se quisesse contradizê-la, como se estivesse desesperado para que eu soubesse a verdade. Mas quando abre a boca, só o que sai é mais sangue.

Volto o olhar para Caroline, que continua apontando o revólver para mim.

Só quero desaparecer no chão, me encolher e implorar por perdão.

— Por favor — digo, erguendo as mãos. — Eu não conto para ninguém.

— Claro que não. Você matou Ted, usando a arma que roubou da casa de Mitzi. A gente se engalfinhou, mas consegui tirar a arma da sua mão, então você pegou uma faca da gaveta da cozinha, aí fui forçada a atirar. Foi legítima defesa. — Ela dá uma olhada no chalé, como se procurasse definir a coreografia exata da sequência. — Humm, acho que vou precisar que fique mais perto da geladeira. Junto à gaveta de talheres. — Aponta o revólver para mim. — Vai, não me faça repetir.

Ela se aproxima — a arma se aproxima — e eu me afasto, indo na direção da cozinha.

— Ok, melhor assim. Agora se abaixe e abra a gaveta. Até o fim. Isso. — Ela vai para o outro lado da bancada e se inclina para poder estudar o compartimento das facas. — Acho que você deve usar essa grandona, lá no fim. Pegue o cabo. Segure bem firme.

Estou tão assustada que mal consigo me mexer.

— Caroline, por favor...

Ela balança a cabeça.

— Agora, Mallory. Estamos quase lá. Se abaixe e pegue a faca.

Pela minha visão periférica, imediatamente acima do ombro dela, ainda avisto o sangue escorrendo da parede. Mas Ted não está mais lá. Desapareceu.

Estico a mão para baixo. Encontro a faca. Fecho os dedos em torno do cabo. É muito difícil fazer algo quando alguém lhe diz que é a última coisa que você vai fazer.

— Muito bem — diz ela. — Agora segure a faca apontada para cima.

Aí ela grita e cai — Ted deu o bote em suas pernas —, e sei que meu momento chegou. Sem nem pensar, largo a faca, pois não quero perder nem um segundo tirando-a da gaveta.

Simplesmente saio correndo.

Abro a porta de bate-pronto e ouço uma explosão atrás de mim — um tiro reverbera nas paredes do chalé. Salto da varanda e meus pés pousam na grama já em plena corrida. Por três aterrorizantes segundos, estou totalmente exposta, uma silhueta em movimento em campo aberto, e me preparo para a explosão seguinte.

Mas ela não vem. Protegida pela sombra, disparo pela lateral da casa principal, passando pelas latas de lixo e pelos recipientes de reciclagem. Cruzo o jardim e paro na entrada, onde ficam estacionados os dois carros. As luzes das casas de todos os vizinhos estão apagadas. Todo o quarteirão dorme. Ninguém caminha pela rua Edgewood depois da meia-noite. E não ouso bater à porta de algum vizinho — não faço a menor ideia do tempo que levará para a pessoa vir à porta. Neste momento, meu trunfo é a velocidade — aumentar a distância entre mim e Caroline. Se eu correr bem rápido, posso chegar ao Castelo das Flores em três minutos. Posso esmurrar a porta e gritar pela ajuda dos pais de Adrian.

É quando olho de relance para a casa dos Maxwell e percebo que Teddy continua dormindo profundamente no segundo andar. Alheio ao caos que ocorre no quintal.

O que acontecerá quando Caroline se der conta de que escapei?

Será que pegará Teddy, o colocará no carro e fugirá para a Virgínia Ocidental? Ou para a Califórnia? Ou para o México?

Até onde ela irá para proteger seu segredo?

No chalé, ressoa outro tiro. Torço pelo melhor desfecho. Quero acreditar que Ted conseguiu, de alguma forma, tirar a arma da esposa. Talvez nos últimos instantes de vida, tenha dado a mim e a Teddy a chance de escapar.

Mas, se não for o caso — bem, ainda tenho tempo para consertar as coisas. Corro bem rápido. Já fui a sexta garota mais veloz da Pensilvânia. Disparo margeando a casa, de volta ao quintal, e, graças a Deus, a porta de vidro de correr que dá acesso à cozinha está destrancada.

Entro na casa e tranco a porta. O primeiro andar está escuro. Passo às pressas pela sala de jantar e subo a escada dos fundos para o segundo andar. Invado o quarto de Teddy, mas não acendo a luz. Só puxo os cobertores e sacudo seus ombros para que acorde.

— Teddy, levanta, a gente precisa ir embora.

Ele me empurra, enterrando o rosto no travesseiro, mas não temos tempo para ir com jeitinho. Puxo-o da cama e ele resmunga em protesto, ainda meio adormecido.

— Mallory!

Caroline já entrou na casa e grita meu nome do foyer. Ouço-a subir os degraus de madeira. Corro para o outro lado, pegando a escada dos fundos de volta à cozinha. Teddy não pesa nem vinte quilos, mas ainda assim quase o deixo cair: penduro-o no meu ombro, segurando firme, e corro para o lado de fora, para o pátio de trás.

O silêncio no quintal é absoluto. Só o que ouço é o delicado ondular da água da piscina, o canto ocasional de alguma cigarra e minha própria respiração pesada. Mas eu sei que Caroline vem aí. Por dentro da casa ou por algum dos lados. O caminho mais seguro é adiante, rumo à Floresta Encantada. É uma longa corrida quintal afora, mas não creio que Caroline vá atirar em mim, não enquanto estou com Teddy no colo. E, se chegarmos até as árvores, conseguiremos escapar.

Teddy e eu passamos o verão inteiro explorando esta mata. Conhecemos todas as trilhas, atalhos e becos sem saída. Basta que o luar seja forte o suficiente para nos guiar. Seguro-o com mais firmeza e me jogo contra os espinheiros, empurrando galhos, mato e arbustos pontudos até chegarmos ao terreno familiar da Estrada de Tijolos Amarelos. A trilha segue para oeste, paralela a todos os quintais dos fundos da Edgewood; por ali, chegamos à grande pedra cinzenta Ovo do Dragão, e de lá desvio para o Passo do Dragão. Ouço passos frenéticos atrás de mim, mas perdi qualquer senso de escala e perspectiva na escuridão. Não consigo distinguir se Caroline está bem atrás de mim ou a quase cem metros de distância. Ouço ainda o som débil de sirenes de polícia, tarde demais. Se tivesse corrido até o Castelo das Flores, estaria a salvo agora.

Mas Teddy está bem acolhido nos meus braços e é só isso que importa. Não deixarei nada acontecer com ele.

O barulho do Rio Real está mais alto em meio à escuridão e sou grata pelo ruído, que esconde o dos meus passos. Mas, ao chegarmos à Ponte Musgosa, sou tomada pelo medo. O tronco é estreito demais, coberto de musgo e não tenho como cruzá-lo com Teddy no colo.

— Ursinho, me escuta. Vou precisar que você ande.

Ele faz que não com a cabeça e me abraça mais forte. Não sabe o que está havendo, mas está morrendo de medo. Tento abaixá-lo, mas seus braços estão enroscados no meu pescoço. As sirenes de polícia uivando à distância parecem mais e mais numerosas; a essa altura, já devem estar na casa dos Maxwell. Provavelmente algum vizinho ouviu os tiros e chamou a polícia. Mas estão longe demais para ajudar.

Um facho estreito de luz branca corta a floresta. A lanterna do Viper de Caroline. Não sei se ela já me avistou, mas tenho que seguir em frente. Aperto Teddy com toda a força, dou um passo pela ponte, então outro. Enxergo apenas o bastante para discernir os contornos do tronco, mas não toda a superfície. Não tenho como adivinhar quais os trechos em que está apodrecido, ou coberto de musgo escorregadio. Abaixo de nós, a água corre rapidamente a uma profundidade que deve ser algo entre meio metro e um metro. A cada novo passo, tenho mais certeza de que escorregarei para algum dos lados, mas de alguma forma me mantenho firme até o final. Me arrasto trilha acima até a base do Pé de Feijão Gigante, quando meus braços não aguentam mais. Não tenho como carregar Teddy nem por mais um metro.

— Garotão, essa parte vou precisar que você faça sozinho. — Aponto para nosso esconderijo entre os galhos da árvore. — Vamos, você tem que escalar.

Ele está aterrorizado demais para se mover. Usando a última reserva de energia que me resta, empurro-o para cima da árvore e ele, felizmente, se agarra a um galho para se firmar. Empurro-o pelo bumbum e ele, hesitante e aos poucos, começa a subir.

O facho da lanterna percorre a base da árvore — Caroline está no rio, cada vez mais perto. Agarro o ramo mais baixo e dou impulso para cima, seguindo Teddy de galho em galho, bem até o alto, onde fica um galho que apelidamos de Deque das Nuvens. Queria que pudéssemos subir ainda mais, só que não há tempo e não ouso me arriscar a fazer barulho.

— Está ótimo assim — sussurro. Ponho os braços em torno da cintura dele, segurando-o com força, e aproximo a boca de seu ouvido. — Agora a gente precisa ficar muito quieto, ok? Você está bem?

Ele não diz nada. O corpo treme, contraído como uma mola. Parece compreender que não, nós não estamos bem, que há algo muito, muito errado. Olho para o chão e desejo que tivéssemos subido mais um pouco. Estamos apenas dois ou três metros acima da trilha e, se Caroline continuar a segui-la, vai passar diretamente abaixo de nós. Se Teddy der um soluço que seja...

Enfio a mão no oco e reviro nosso arsenal de pedras e bolas de tênis até achar a flecha partida, a haste curta e estilhaçada com a ponta afiada em forma de pirâmide. É uma arma inútil, sei disso, mas é reconfortante ter algo — qualquer coisa — à mão.

E agora vejo Caroline se aproximando. Ela está cruzando a ponte e avança em nossa direção, vasculhando o caminho à frente com a lanterna. Sussurro para Teddy que precisamos ficar em silêncio absoluto. Digo a ele que sua mãe vai aparecer, mas ele terá que prometer não dizer nada. E felizmente ele não faz qualquer pergunta, pois ela sobe a trilha e para bem debaixo de nossa árvore. Ouvem-se vozes ao longe, vozes masculinas, gritos. Um cão latindo. Caroline olha na direção do ruído. Parece compreender que não lhe resta mais muito tempo. Estou tão assustada que prendo a respiração. Aperto Teddy com tanta força que é impossível ele não soltar um pequeno gemido de protesto.

Caroline olha para cima. Aponta a lanterna para a árvore e a claridade é tamanha que preciso proteger os olhos.

— Teddy, graças a Deus! Você está aí! Mamãe estava te procurando feito louca! O que você está fazendo aí em cima?

Vejo que o revólver continua na outra mão. Ela a carrega casualmente, como se fosse um iPhone ou uma garrafa de água.

— Fica aqui — peço a Teddy.

— Não, Teddy, por favor, aí em cima não é seguro — diz Caroline. — A Mallory está errada. Você precisa descer já e a gente te leva de volta pra casa. Agora é hora de dormir!

— Não sai daqui — digo a ele. — Aqui você está bem.

Mas sinto-o se mover na direção dela, instintivamente atraído pelo som de sua voz. Seguro sua cintura com mais força ainda e fico chocada pelo calor que emana de seu corpo. Ele queima como se estivesse com febre.

— Teddy, me escuta — diz Caroline. — Você tem que se afastar da Mallory. Ela está muito doente. Teve o que se chama de surto psicótico. Foi por isso que ela desenhou as paredes todas. Roubou essa arma da Mitzi, a usou pra machucar o papai e agora está tentando ficar com você só para ela. A polícia está na nossa casa procurando a gente neste exato momento. Vamos, desce daí. Vamos contar a eles o que aconteceu. Deixe a Mallory aí em cima da árvore e vamos dar um jeito nisso.

Mas Caroline jamais me deixará ficar em cima da árvore. Ela já me contou coisas demais. Revelou o nome da verdadeira mãe de Teddy. Seu nome era Margit Baroth e ela foi assassinada perto do lago Seneca. Bastaria à polícia fazer uma investigação preliminar da minha versão e ficaria claro que estou dizendo a verdade. Caroline não tem escolha a não ser me matar. Só está esperando Teddy descer da árvore. Depois distorcerá a história toda para parecer que foi legítima defesa. E nunca saberei se funcionou ou não. Estarei morta.

— Vem, amor. Está na hora. Se despede e desce.

Ele se sacode, se solta de mim e oscila pelo galho.

— Teddy, não!

E quando se vira novamente para mim, vejo o branco dos seus olhos. As pupilas se voltaram para dentro da cabeça. A mão direita se estende, puxando a flecha da minha mão, e ele salta da árvore. Caroline abre os braços, como quem acha que conseguirá pegá-lo, mas desaba sob o seu peso e cai para trás. A arma e a lanterna voam de suas mãos, desaparecendo em meio aos arbustos. Ela cai de costas com um baque assustador, mas com Teddy grudado ao peito, protegendo-o da queda.

— Está tudo bem? Teddy, meu amor, você está bem?

Ele se senta com o corpo montado na cintura de Caroline. Ela ainda lhe pergunta se está bem no momento em que ele crava a flecha na lateral de seu pescoço. Creio que ela não se dá conta de ter sido golpeada até ele puxar a flecha e repetir o gesto mais três vezes, *chop-chop-chop*. Quando Caroline consegue começar a gritar, já perdeu a voz; só o que sai dos lábios é um ganido gorgolejante.

Grito "Não!", mas isso não detém Teddy — melhor dizendo, isso não detém Margit. Ela não tem controle sobre todo o corpo do filho, apenas a mão e o braço direitos — mas o efeito-surpresa lhe garantiu a vantagem, e Caroline está sendo sufocada pelo próprio sangue. Ela se debate, tenta vomitar, e o som atrai os cachorros, que latem mais alto. Os homens na floresta estão cada vez mais próximos. Dizem que vêm nos ajudar, gritam nos pedindo para fazer mais barulho. Quase caio ao descer da árvore e arranco Teddy de cima de Caroline. Sua pele arde como uma panela no fogão. Caroline, caída de costas, continua a ter espasmos, com as mãos apertando o que resta do pescoço. Teddy está ensopado de sangue, no cabelo, por todo o rosto, pingando do pijama. E, em meio a tudo, nem sei bem como, consigo ter a clareza de pensamento para entender o que acabou de acontecer. Eu sei que Margit acabou de salvar minha vida. E sei que, se eu não agir bem rápido, Teddy vai passar o resto da dele numa instituição psiquiátrica.

Ele continua segurando a flecha com toda a força na mão direita. Levanto-o do solo e puxo-o para mim, apertando-o bastante para que o sangue das suas roupas se espalhe para as minhas. Carrego-o então trilha abaixo, de volta às margens do Rio Real. Entro na água e meu pé afunda em lama e musgo. Dou um passo, e mais outro, cada vez mais fundo, até a água estar na minha cintura e o choque da temperatura despertar Teddy.

Suas pupilas reaparecem, o corpo amolece nos meus braços. Ele larga a flecha, mas eu consigo pegá-la antes que caia na água, afunde e desapareça.

— Mallory? Onde a gente tá?

Teddy está morrendo de medo. Imagine acordar de um transe e se ver em plena mata escura, afundado até o pescoço num riacho gélido.

— Está tudo bem, Ursinho. — Espalho água por suas bochechas para limpar o grosso do sangue. — A gente vai ficar bem. Tudo vai ficar bem.

— A gente tá sonhando?

— Não, garotão, sinto muito. Isso é de verdade.

Ele aponta para a margem do rio.

— Por que tem um cachorro ali?

É um cão grande, um labrador preto, que fareja furiosamente o solo e late feito um alucinado. Alguns homens surgem correndo da mata, vestidos com roupas de segurança e brandindo lanternas.

— Achamos! — grita um homem. — Mulher e criança, no riacho!

— Moça, você está machucada? Está sangrando?

— A criança está bem?

— Você está segura agora, moça.

— Deixa a gente te ajudar.

— Vem, cara, me dá sua mão.

Mas Teddy agarra minha cintura com mais força ainda, grudado ao meu quadril. Mais policiais e mais cachorros se aproximam da margem oposta do rio, cercando-nos por todos os lados.

Então uma voz feminina grita ao longe:

— Encontrei outra! Mulher adulta, sem pulso, sem respiração, múltiplos ferimentos a faca.

Estamos cercados agora, um anel de fachos de lanterna que se aproximam de todas as direções. Não fica claro quem está no comando, pois todos falam ao mesmo tempo: está tudo bem, vocês estão bem, estão em segurança, mas eles estão vendo todo o sangue em nossas roupas e percebo que estão nervosos. Teddy também está. Sussurro em seu ouvido:

— Tá tudo bem, Ursinho. Eles estão aqui para nos ajudar.

Carrego-o então até a margem do rio e ponho-o no chão com delicadeza.

— Ela está segurando alguma coisa.

— Moça, o que você tem na mão?

— Pode nos mostrar, por favor?

Um dos policiais agarra o braço de Teddy e puxa-o para um local seguro, e a gritaria reinicia. Todos querem que eu saia devagar da água, me abaixe e ponha a flecha no chão, e haveria por um acaso mais alguma arma comigo? Mas já nem escuto mais ninguém, pois reparo em outra figura à distância, imóvel atrás do círculo de policiais. O luar se reflete em seu vestido branco e sua cabeça pende, torta, para um lado. Ergo a mão esquerda e exibo a todos a flecha partida.

— Fui eu — digo a eles. — Quem matou ela fui eu.

Estendo então o braço e deixo a flecha cair ao chão. Quando volto a olhar para cima, nem sinal de Margit.

# UM ANO DEPOIS

Foi difícil colocar esta história no papel, e certamente deve ter sido ainda mais difícil para você lê-la. Por muitas vezes estive a ponto de desistir, mas seu pai insistiu para continuar enquanto os detalhes ainda estavam frescos na minha memória. Ele estava convencido de que um dia, no futuro, daqui a dez ou vinte anos, você desejaria saber a verdade sobre o que de fato ocorreu naquele verão em Spring Brook. E ele queria que você soubesse por mim, não por meio de algum podcast idiota sobre crimes.

Porque só Deus sabe quantos podcasts já foram feitos a respeito. E isso sem falar nos boletins urgentes do noticiário da TV, nas manchetes sensacionalistas, nas piadas em programas de entrevistas e na infinidade de memes. Nas semanas posteriores ao seu resgate, fui procurada pelo *Dateline*, pelo *Good Morning America*, pela Vox, pelo TMZ, pelo *Frontline* e mais uma dezena de outros veículos. Não faço ideia de como todos aqueles produtores conseguiram meu celular, mas todos faziam a mesma promessa: deixar que eu contasse o meu lado da história e defendesse meus atos nas minhas próprias palavras, com o mínimo de interferência. Prometeram ainda montanhas de dinheiro se lhes desse uma entrevista exclusiva.

Mas, após uma longa conversa com seu pai, nós decidimos manter distância da mídia. Divulgamos um comunicado conjunto informando que você havia sido reintegrada à sua família e precisava de tempo para se recuperar, e que tudo o que desejávamos era que nos deixassem em paz. Trocamos de celular e de e-mail, na esperança de que as pessoas nos esquecessem. Levou algumas semanas, mas deu certo. Com o tempo, surgiram outras notícias relevantes. Um louco em San Antonio entrou atirando em um supermercado. Funcionários do departamento de saneamento da Filadélfia fizeram greve por oito semanas. Uma mulher no Canadá deu à luz óctuplos. E o mundo seguiu seu caminho.

Minhas primeiras tentativas de contar esta história não deram em nada. Me lembro de sentar com um caderno em branco e ficar totalmente paralisada. Até então, o máximo que havia escrito era uma redação de cinco páginas para a escola sobre *Romeu e Julieta*. A ideia de escrever um livro — um livro inteiro, de verdade, tipo *Harry Potter* — me parecia *monumental* demais. Mas mencionei os desafios à mãe de Adrian e ela me deu alguns bons conselhos. Disse que não deveria tentar escrever um livro, mas simplesmente me sentar ao notebook e *contar a história*, uma frase por vez, usando a mesma linguagem que usaria para contá-la a uma amiga durante um café. Disse que tudo bem se não soasse como J.K. Rowling. Tudo bem soar como a Mallory Quinn da Filadélfia. Uma vez estabelecida a ideia, o texto começou a jorrar. Mal acredito que estou olhando neste momento para um arquivo de oitenta e cinco mil palavras.

Mas olha eu aqui, me adiantando!

Preciso voltar um pouco e explicar algumas coisas.

Ted Maxwell morreu devido aos ferimentos a bala no chão do meu chalé. Sua esposa, Caroline, morreu cerca de meia hora depois, na base do Pé de Feijão Gigante. Confessei que foi legítima defesa e que os golpes foram dados com a flecha quebrada (tecnicamente, o nome era "virote", o projétil disparado por bestas) que nós havíamos encontrado na floresta algumas semanas antes. Talvez ela tivesse até sobrevivido se a ponta da flecha não houvesse perfurado sua carótida. Quando a ambulância chegou, era tarde demais.

Eu e você fomos levadas à delegacia de Spring Brook. Você foi levada para um refeitório onde havia um cesto de animais de pelúcia e uma assistente social com cara de sono; eu, para uma cela com uma câmera de vídeo, microfones e uma série de detetives, cada um mais hostil que o outro. Para manter você a salvo, contei uma versão meramente parcial da minha história. Não mencionei os desenhos da sua mãe. Não descrevi como ela me muniu de pistas para me ajudar a entender o que ocorria. A bem da verdade, não mencionei sua mãe em momento algum. Fingi ter descoberto sozinha todos os segredos dos Maxwell.

A detetive Briggs e seus colegas estavam céticos. Percebiam que eu escondia algo, mas me ative à minha versão dos acontecimentos. Suas vozes subiam de tom, as perguntas ficavam cada vez mais agressivas, e eu continuava fornecendo as mesmas respostas improváveis. Por algumas horas, eu tinha certeza de que seria acusada de duplo homicídio e passaria o resto da vida na cadeia.

Mas quando o sol nasceu, já começava a ficar claro que minha história continha no mínimo vários elementos de verdade:

Uma assistente social confirmou que Teddy Maxwell de fato tinha a anatomia de uma menina de cinco anos.

Uma criança chamada Flora Baroth tinha ficha no Centro Nacional de Crianças Desaparecidas e Exploradas, e todas as características físicas que a identificavam batiam com as de Teddy Maxwell.

Uma busca on-line por registros de propriedade confirmou a compra por parte dos Maxwell de uma cabana perto do lago Seneca, apenas seis meses antes do desaparecimento de Flora.

Uma rápida checagem dos passaportes de Ted e Caroline (encontrados em uma cômoda do quarto do casal) confirmou que nunca haviam estado na Espanha.

E ao ser localizado por telefone, seu pai, József, confirmou vários detalhes importantes da minha história — entre os quais a marca e o modelo do carro da esposa dele, um Chevy Tahoe, informação que jamais viera a público.

Às sete e meia da manhã seguinte, a detetive Briggs deu um pulo na Starbucks ao lado para me comprar um chá e um sanduíche de ovo e queijo. Também chamou Adrian para se juntar a nós na sala de interrogatório. Ele havia passado a noite inteira à espera no lobby, num desconfortável banco de metal. Seu abraço foi tão forte que me levantou do chão. E depois que paramos de chorar, tive que lhe contar toda a história outra vez.

— Desculpe por não ter chegado antes — disse ele.

No fim das contas, a ligação para a emergência havia sido de Adrian, ao chegar à minha casa e encontrar Ted Maxwell no chão, morto.

— Eu jamais deveria ter ido para Ohio — continuou ele. — Se tivesse ficado aqui em Spring Brook com você, nada disso teria acontecido.

— Ou talvez estivéssemos os dois mortos. Não dá para ficar obcecado com o que poderia ter acontecido, Adrian. Você não pode se culpar.

Do lago Seneca a Spring Brook são mais ou menos cinco horas de carro, mas naquela manhã seu pai fez o trajeto em três horas e meia. Mal posso imaginar o que lhe passava pela cabeça enquanto cruzava a interestadual em disparada. Adrian e eu ainda estávamos na delegacia, devorando balinhas para nos mantermos acordados, quando seu pai chegou. Ainda me lembro do instante exato em que a detetive Briggs o trouxe para a sala. Ele era alto e magro, com cabelo desgrenhado, barba malcuidada e olhos profundos. A princípio, imaginei que pudesse ser o criminoso da cela ao lado. Mas estava vestido de fazendeiro, com galochas, calças de lona e uma camisa de flanela desabotoada. E ele se ajoelhou, pegou minha mão e começou a chorar.

Eu poderia escrever um livro inteiro só sobre o que aconteceu depois, mas tentarei ser breve. Você e o seu pai voltaram para o lago

Seneca e Adrian voltou para New Brunswick, para terminar seu último ano na Rutgers. Ele me convidou para ir junto, para ficar com ele enquanto eu considerava qual seria meu próximo passo na vida. Mas todo o meu mundo havia virado de ponta-cabeça e eu tinha medo de assumir compromissos sérios num momento de fraqueza. Então acabei me mudando para o quarto de hóspedes do meu padrinho de N.A. em Norristown.

Talvez seja difícil imaginar um homem de sessenta e oito anos como o colega de apartamento ideal, mas Russell era tranquilo, correto e tratava de abastecer nossas despensas com todo tipo de whey. Fui trabalhar numa loja de tênis de corrida, só para ter algum dinheiro. Os outros funcionários tinham um clube de corrida informal e comecei a me exercitar com eles, duas ou três vezes por semana, pela manhã. Encontrei uma boa igreja com um monte de paroquianos entre vinte e trinta e poucos anos. Voltei a frequentar reuniões dos N.A., compartilhando minhas histórias e experiências com o objetivo de ajudar os demais.

Quis visitar você em outubro, no seu aniversário de seis anos, mas seus médicos me recomendaram não ir. Disseram que você ainda estava muito frágil e vulnerável, ainda em processo de "montagem" da sua verdadeira identidade. Tivemos permissão de conversar pelo telefone, mas apenas se a iniciativa partisse de você, e você jamais mostrou qualquer interesse em conversar comigo.

Mesmo assim, seu pai ligava uma ou duas vezes por mês para me atualizar sobre seu progresso, e trocamos muitos e-mails. Soube que você e seu pai moravam em uma grande fazenda com sua tia, seu tio e suas primas. Em vez de ir para o jardim de infância, estava participando de uma série de atividades terapêuticas: arteterapia, terapia de fala, musicoterapia, com bonecos e teatrinho, tudo a que tinha direito. Seus médicos ficaram atônitos em saber que você não tinha qualquer lembrança de ter sido retirada às pressas da cama, arrastada para a mata e empurrada para cima de uma árvore. Concluíram que seu cérebro havia reprimido as memórias como reação ao trauma.

Só o seu pai soube o que ocorreu de fato na floresta naquela noite. Contei para ele toda a história e, é claro, tudo parecia uma loucura, mas quando lhe enviei cópias dos desenhos da sua mãe, naquele estilo inconfundível, ele não teve dúvidas de que eu falava a verdade.

Seus médicos lhe contaram uma versão bem resumida dos fatos. Você soube que nasceu menina, que seu nome era Flora e que seus verdadeiros pais eram József e Margit. Soube que Ted e Caroline eram pessoas muito doentes que cometeram muitos erros, e o maior deles foi afastar você dos seus pais. O segundo maior erro foi vesti-la com roupas de menino e mudar seu nome de Flora para Teddy. Seus médicos lhe explicaram que, mais para a frente, você poderia escolher ser chamada de Flora, Teddy ou algum novo nome. Poderia se vestir de menino, de menina ou um pouco dos dois. Ninguém pressionou você a tomar decisões rápidas. Você foi incentivada a ir com calma e fazer o que lhe parecesse natural. Os médicos alertaram que seria provável você questionar sua identidade de gênero por anos, mas estavam errados. Dois meses depois, você já pegava emprestados os vestidos das primas, fazia tranças no cabelo e atendia por "Flora". Portanto, não houve muita confusão. Creio que, bem lá no fundo, você sempre soube quem era.

Um pouco antes do Dia das Bruxas, atendi o telefone e fiquei chocada ao ouvir a voz da minha mãe. Ela disse meu nome e imediatamente caiu em prantos. Pelo visto, havia acompanhado a nossa história no jornal e passara semanas tentando me localizar — mas com todos os meus esforços para evitar a mídia, eu me tornara impossível de ser encontrada. Ela disse que tinha orgulho de mim por ter ficado sóbria e que sentia minha falta, e quis saber se eu consideraria, talvez, ir jantar na casa dela. Mantive a compostura apenas por tempo suficiente para perguntar "Quando?" e ela respondeu: "Você está fazendo alguma coisa agora?"

Minha mãe finalmente parou de fumar e estava com uma ótima aparência, e fiquei surpresa de saber que tinha se casado de novo. Seu novo marido, Tony — o homem que eu havia visto na escada, retirando folhas das calhas —, era muito legal. Haviam se conhecido em um grupo de apoio depois que Tony perdeu o filho, viciado em metanfetaminas. Ele tinha um bom emprego como gerente de uma loja da Sherwin-Williams e canalizava toda a sua energia extra em projetos de reforma da casa. Havia pintado todos os cômodos e consertado todos os tijolos da fachada. O banheiro havia sido completamente reformado, com chuveiro e banheira novos, e meu antigo quarto, convertido em sala de exercícios, com bicicleta e esteira. A surpresa maior foi saber que minha mãe começara a correr! Beth e eu havíamos passado todo o ensino médio sem conseguir arrastá-la para fora do sofá, e agora ela corria um quilômetro em menos de seis minutos. Tinha shorts de lycra, um Fitbit, serviço completo.

Minha mãe e eu nos sentamos na cozinha e conversamos até o anoitecer. Eu estava preparada para lhe contar toda a história dos Maxwell, mas ela já sabia a maioria dos detalhes. Tinha uma pasta gigantesca estufada de páginas impressas com as reportagens que lia na internet. Havia recortado cada artigo do *Inquirer* e reunido num álbum. Ela me disse que havia se tornado uma subcelebridade, pois todos os nossos velhos vizinhos se diziam muito orgulhosos de mim. Fizera uma lista de todas as pessoas que haviam telefonado na esperança de reatarem contato comigo — amigos de escola, colegas e treinadores de corrida, minhas companheiras da Safe Harbor. Mamãe, zelosa, guardara cada nome e cada número de telefone. "Você deveria ligar para essas pessoas, Mallory. Para saberem como você está. Ah! Quase me esqueci da mais estranha!" Ela atravessou a cozinha até a geladeira e ergueu um ímã para retirar de baixo dele um cartão de visitas: dra. Susan Lowenthal, da Faculdade de Medicina Perelman, da Universidade da Pensilvânia. "Essa mulher veio até aqui e bateu na porta! Disse que conheceu você em alguma espécie de projeto de pesquisa... Passou anos tentando te localizar. Que diabo de história é essa?"

Disse a ela que não sabia exatamente, guardei o cartão na carteira e mudei de assunto. Ainda não tive coragem de ligar para o número. Não sei se quero ouvir o que a dra. Lowenthal tem a me dizer. Certamente não quero mais ser alvo da atenção pública e muito menos famosa.

Neste momento, tudo o que quero é uma vida normal.

No fim de julho — um ano exato desde que saímos de Spring Brook —, eu me preparava para me mudar. Ia morar num dormitório na Universidade de Drexel. Já completava trinta meses livre das drogas e me sentia muito bem com a recuperação. Após um ano pensando sobre meus próximos passos, escolhi fazer faculdade para me tornar professora. Queria trabalhar com educação básica, de preferência com turmas de jardim de infância. Procurei seu pai pela centésima vez e perguntei se seria possível uma visita de férias. E desta vez, milagrosamente, os médicos liberaram. Achavam que você estava se adaptando bem à nova vida e concordaram que retomar nosso contato poderia fazer bem.

Adrian sugeriu que aproveitássemos a visita para uma viagem de férias — a nossa primeira grande viagem juntos. Permanecemos em contato o ano todo enquanto o curso dele na Rutgers terminava. Ele se formou em maio e conseguiu um emprego na Comcast, num dos grandes arranha-céus de Center City, na Filadélfia. Adrian propôs que fôssemos visitar você no interior de Nova York e dali seguíssemos para as Cataratas do Niágara e Toronto. Ele encheu um cooler grande de comidinhas, fizemos uma playlist de músicas de viagem e eu trouxe um saco de presentes para você.

Vocês moravam a oeste do lago Seneca, numa cidade chamada Deer Run, e sua nova vizinhança não se parecia em nada com Spring Brook. Lá não havia Starbucks nem centros comerciais e *megastores* — só uma longa extensão de florestas e fazendas. As casas eram poucas e afastadas umas das outras. O último quilômetro da nossa viagem foi por uma tortuosa estrada de cascalho que levava ao portão da Fazenda Baroth. Seu pai e seu tio criavam cabras e galinhas, e sua tia vendia leite, ovos e queijo a turistas ricos nos Finger Lakes. Sua nova moradia era uma enorme casa de troncos e toras de dois andares, com telhado de telhas verdes. Cabras pastavam num redil próximo, e ouvia-se o cacarejar das galinhas no celeiro. Tudo me parecia estranhamente familiar, apesar de ter a certeza de nunca ter estado em qualquer lugar semelhante.

— Está pronta? — perguntou Adrian.

Estava nervosa demais para responder. Limitei-me a pegar o saco de presentes, subir os degraus que levavam à porta da frente e tocar a campainha. Respirei fundo, me preparando para o choque de ver você como uma menina. Tinha medo de ter uma reação estranha, algo que pudesse constranger você, a mim ou a nós duas.

Mas foi seu pai quem abriu a porta. Ele deu um passo para fora e me recebeu com um abraço. Graças a Deus ganhara um pouco de peso. Uns sete, oito quilos. Usava uma calça jeans novinha, uma camisa de flanela macia e botas pretas. Fez menção de apertar a mão de Adrian, mas então o abraçou também.

— Entrem, entrem — disse ele, rindo. — Que bom que vocês vieram.

Por dentro, a casa era um ambiente aconchegante de pura madeira com mobiliário rústico e janelões com vista para o pasto verdejante. Seu pai nos conduziu à sala grande, um misto de sala de estar com cozinha e sala de jantar, com uma enorme lareira de pedra e escadas em espiral que levavam ao segundo andar. Havia cartas de baralho e peças de quebra-cabeça espalhadas pelos móveis. Seu pai pediu desculpas pela bagunça; disse que seu tio e sua tia tiveram uma emergência profissional e ele ficara com todas as crianças. Dava para ouvir os guinchos e os risos da brincadeira no andar de cima, cinco vozes infantis falando ao mesmo tempo. Seu pai parecia exasperado, mas eu lhe disse que estava tudo bem. Disse que era ótimo saber que você tinha amigos e amigas.

— Já, já eu chamo a Flora — disse ele. — Primeiro vamos relaxar.

Ele trouxe café para Adrian e uma xícara de chá para mim. Também nos serviu um prato de minúsculos doces recheados de damasco.

— É kolache — disse ele. — Sirvam-se, por favor.

Seu inglês havia melhorado substancialmente ao longo do último ano. O sotaque ainda era inequívoco, mas para alguém que estava no país fazia poucos anos, me pareceu estar se saindo muito bem. Reparei em um quadro enorme pendurado em cima da lareira, um lago plácido num tranquilo dia de sol. Perguntei se era obra da sua mãe e seu pai disse que sim, guiando-nos então pela sala grande, mostrando as outras pinturas dela. Havia quadros na cozinha, na sala de jantar, na escadaria — pela casa toda. Sua mãe era muito talentosa e seu pai tinha muito orgulho dela.

Perguntei se você ainda desenhava, se ainda tinha interesse em arte. Seu pai disse que não.

— Os médicos falam que existe o Mundo de Teddy e o Mundo de Flora. E eles não têm muitos pontos em comum. O mundo de Teddy tinha uma piscina. O de Flora tem os lagos. No mundo de Teddy, desenhava-se muito. No mundo de Flora, há uma porção de primas que ajudam a cuidar dos animais.

Tive medo de fazer a pergunta seguinte, mas sabia que me arrependeria se não fizesse.

— E Anya? Faz parte do mundo da Flora?

Seu pai balançou a cabeça.

— Não. Flora já não vê mais a sua *anya*. — Por um momento, ele chega a me parecer decepcionado. — Mas melhor assim, é claro. É como as coisas devem ser.

Não sabia bem como responder e preferi olhar pela janela um grupo de cabras pastando na grama. Ainda escutava suas primas brincando no andar de cima quando, de repente, reconheci o tom e a cadência da sua voz, exatamente do jeito que eu lembrava. Suas primas estavam encenando passagens de *O Mágico de Oz*. Você era Dorothy e uma das suas primas era o prefeito da Terra dos Munchkins. Ela inalava gás hélio de um balão para que a voz ficasse engraçada.

—Vão ver o Mágico! — resmungava ela, e todos vocês rolavam de rir.

E então todas as cinco desceram a escada em marcha, cantando "We're Off to See the Wizard". Sua prima mais velha tinha doze ou treze anos, a mais nova devia ter uns dois e as demais tinham idades intermediárias. E embora seu cabelo tivesse crescido e você estivesse usando um vestido azul-claro, eu a reconheci de imediato. Seu rosto era exatamente o mesmo. Ao redor dele, tudo era diferente — mas todas as feições delicadas e doces continuavam ali. Você carregava um bastão de líder de banda e o brandia bem acima da cabeça.

— Flora, Flora, espera! — chamou seu pai. — Nós temos visitas. Mallory e Adrian, de Nova Jersey! Lembra deles?

As outras crianças pararam e nos encararam de olhos bem abertos, mas você não fez qualquer contato visual.

— A gente vai lá para fora — disse a mais velha. — Vamos para a Cidade das Esmeraldas e ela é a Dorothy.

— A Flora fica — disse József. — Outra pessoa pode ser a Dorothy.

Todas começaram a reclamar, enumerando todas as razões pelas quais aquilo era uma injustiça e uma idiotice, mas József tocou todas porta fora.

— A Flora fica. Vocês todas podem voltar daqui a pouco. Meia hora. Vão lá pra fora.

Você se sentou ao lado do seu pai no sofá, mas ainda assim não me encarava. Era realmente impressionante como um vestido azul e um cabelo ligeiramente mais longo alteraram toda a percepção que eu tinha de você. Bastaram essas pequenas deixas sutis e meu cérebro fez o resto do trabalho, virando todas as chaves. Você um dia foi um menino. Agora era uma menina.

— Flora, você está linda — eu disse.

—*Muy bonita* — acrescentou Adrian — Você lembra de mim também?

Você fez que sim, mas com os olhos grudados no chão. Me fez lembrar o dia em que nos conhecemos, o dia da minha entrevista de emprego. Você estava desenhando no seu bloco e se recusava a fazer contato visual. Tinha dado algum trabalho convencê-la a conversar.

Era como se tivéssemos virado duas estranhas de novo, como se estivéssemos recomeçando do zero.

— Me falaram que você vai para o primeiro ano no mês que vem. Está animada?

Você se limitou a dar de ombros.

— Eu também vou para a escola. Vou começar na faculdade. Na Universidade Drexel. Vou estudar Pedagogia e ser professora de jardim de infância.

Seu pai pareceu genuinamente feliz por mim. Disse "Que boa notícia!" e falou por vários minutos sobre como havia estudado agricultura na Hungria, na Universidade de Kaposvár. Falou tanto que me deu a sensação de querer tentar evitar os longos silêncios desconfortáveis.

Resolvi então tentar outra abordagem.

— Eu trouxe presentes.

Estendi a mão com a sacola e juro que nunca tinha visto uma criança parecer tão temerosa de receber presentes. Você chegou até mesmo a recuar, afastando-se da sacola, como se temesse que estivesse cheia de cobras.

— Flora, olha que legal — disse seu pai. — Abre a sacola, por favor.

Você desembrulhou o primeiro pacote — uma caixa de lápis de cor aquareláveis com uma ampla gama de cores. Expliquei que eram como lápis normais, mas que bastava adicionar uma gota de água para ser possível espalhar a cor, com um efeito semelhante ao de uma pintura.

— A moça da loja de materiais de desenho disse que é muito legal. Caso você queira voltar a desenhar.

— Olha que cores lindas — disse seu pai. — Que presente legal!

Você sorriu, disse "obrigada" e então rasgou o embrulho do presente seguinte — seis frutos amarelos de cera aninhados numa caixa de papel de seda branco.

Você me encarou, como que à espera de uma explicação.

— Você não lembra, Flora? São carambolas. Do mercado. Lembra do dia em que a gente comprou uma carambola? — Voltei-me para o seu pai. — De vez em quando nós caminhávamos até o supermercado de manhã e eu deixava a Flora comprar o que quisesse. Qualquer tipo de comida, mas tinha que ser algo que a gente nunca tivesse experimentado. E tinha que custar menos de cinco dólares. Um dia a gente escolheu uma carambola. E achamos incrível! Foi a melhor coisa que a gente já tinha provado!

Foi só neste momento que você assentiu como quem acha a história familiar, mas não tenho certeza de que realmente se lembrava. E naquele momento me senti constrangida. Quis pegar a sacola de volta — não queria de jeito nenhum que você abrisse o último presente —, mas já era tarde demais. Você arrancou o papel, revelando um pequeno livreto com o título RECEITAS DA MALLORY que eu imprimira numa copiadora. Eram os ingredientes e as instruções para todas as sobremesas que fizemos juntas — os cupcakes e os brownies de cream cheese, as *magic cookie bar*s e o pudim de chocolate caseiro. Caso você algum dia quisesse comer tudo isso de novo. Caso quisesse experimentar algum dos seus favoritos de antigamente.

E você agradeceu, com toda a educação, mas percebi que o livro iria parar numa prateleira e ficaria por lá, esquecido.

De repente, ficou dolorosamente claro para mim por que os médicos não queriam que lhe fizesse uma visita — era porque *você* não queria. Estava tentando me esquecer. Você não sabia exatamente o que havia acontecido em Spring Brook, mas sabia que era ruim, sabia que o assunto deixava os adultos desconfortáveis, que as pessoas preferiam falar de outras coisas. Então você seguiu em frente e se adaptou à nova vida. E percebi, num momento de clareza devastadora, que eu nunca seria parte dela.

A porta da frente se abriu de supetão e suas primas retornaram em marcha para dentro de casa, cantando triunfantemente "Ding Dong! The Witch Is Dead!" enquanto subiam as escadas para o segundo andar, pisando firme. Você se virou para seu pai com uma expressão suplicante e o rosto dele enrubesceu. Ficou morto de vergonha.

— Isso é muita falta de educação — sussurrou ele. — Mallory e Adrian vieram de longe nos visitar. Trouxeram presentes muito generosos para você.

Mas decidi limpar a sua barra.

— Tudo bem — disse. — Não tem problema nenhum. Fico feliz de você ter tantas amigas, Flora. Feliz de verdade. Sobe, vai brincar com elas. Boa sorte no primeiro ano, ok?

Você sorriu e disse:

— Obrigada.

Eu teria gostado muito de um abraço também, mas tive que me contentar com um aceno rápido do outro lado da sala. Depois disso, você subiu correndo as escadas atrás de suas primas e deu para ouvi-la chegando a tempo da última estrofe, feliz da vida, gritando mais alto que todas as outras: "Ding dong, a bruxa morreeeu!" E todas riram e gritaram enquanto seu pai não tirava os olhos do chão.

Ele nos ofereceu mais chá e café e disse que ainda gostaria que ficássemos para o almoço. Explicou que sua tia Zoe havia feito *paprikas*, uma espécie de guisado de cabra servido com macarrão como acompanhamento. Mas eu disse que estava na hora de irmos. Expliquei que iríamos de carro até o Canadá visitar as Cataratas do Niágara e Toronto. Adrian e eu ainda ficamos mais alguns minutos, por uma questão de educação, e juntamos nossas coisas.

Seu pai notou minha decepção.

— Podemos tentar de novo daqui a alguns anos — prometeu. — Depois que ela crescer. Depois de saber toda a história. Eu sei que ela vai ter perguntas a fazer, Mallory.

Agradeci a ele por permitir que eu visitasse você. Dei um beijo na bochecha dele e lhe desejei boa sorte.

Já do lado de fora, Adrian envolveu minha cintura com o braço.

— Está tudo bem — falei para ele. — Estou bem.

— Ela parece ótima, Mallory. Parece feliz. Está numa fazenda linda com a família e a natureza. Aqui é maravilhoso.

E eu sabia que tudo isso era verdade, mas ainda assim.

Sei lá, acho que esperava algo diferente.

Descemos a tortuosa entrada de carros de volta à picape de Adrian. Ele deu a volta até o lado do motorista e destrancou as portas. Eu já esticava a mão para abrir a porta quando ouvi passos suaves e apressados atrás de mim e senti todo o impacto do seu corpo nos meus quadris. Ao me virar, você estava abraçada à minha cintura, o rosto enterrado na minha barriga. Não disse nada, mas nem precisava. Nunca senti tanta gratidão por um abraço.

Você logo se soltaria e correria de volta para a casa, mas não sem antes enfiar um pedaço de papel dobrado nas minhas mãos — um último desenho de despedida. E aquela foi a última vez em que nos vimos.

Mas sei que seu pai tem razão.

Algum dia no futuro, daqui a dez ou vinte anos, você vai sentir curiosidade sobre o seu passado. Vai ler o artigo da Wikipédia sobre o seu sequestro, ficar sabendo de todos os rumores que cercam o caso, talvez até mesmo identificar uma ou duas inconsistências no relatório oficial da polícia. Talvez questione como os Maxwell enganaram tanta gente por tanto tempo, ou como uma viciada de vinte e um anos matou a charada. Você terá perguntas a fazer sobre o que realmente aconteceu em Spring Brook.

E, quando chegar o dia, este livro vai estar à sua espera.

E eu também vou.

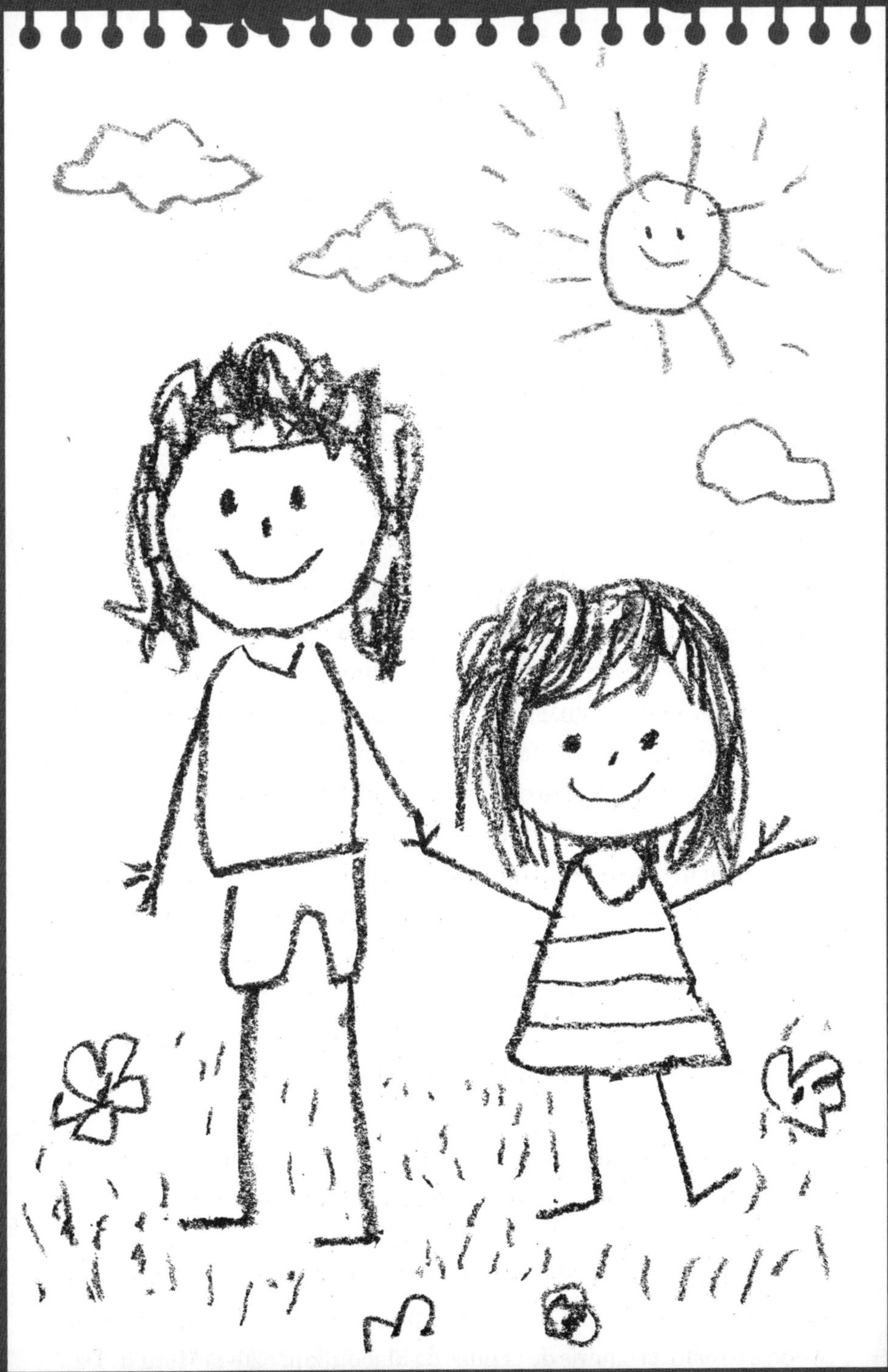

# AGRADECIMENTOS

Fiquei muito feliz por Will Staehle e Doogie Horner terem aceitado fazer os desenhos para este livro — muito antes de eu ter um contrato assinado, um manuscrito ou mesmo uma ideia clara de como seriam tais desenhos. Obrigado, amigos, por sua fé neste projeto, pela arte formidável e por me fazerem companhia durante o lockdown.

A Dra. Jill Warrington compartilhou comigo informações valiosas sobre os vícios, a reabilitação e analgésicos controlados, e sua filha Grace me chamou a atenção para alguns erros embaraçosos na versão inicial do texto. Rick Chillot e Steve Hockensmith leram o texto com atenção e me deram boas ideias. Nick Okrent me ajudou na pesquisa sobre contos de fadas. Deirdre Smerillo, com questões legais. Jane Morley me forneceu informações sobre corridas de longa distância. E Ed Milano, uma perspectiva adicional sobre vício e recuperação.

Doug Stewart é um cara ótimo e um agente literário fantástico. Ele me apresentou a Zack Wagman, um editor incrível que sugeriu muitas sábias formas de melhorar este livro. Obrigado também a Maxine Charles, Keith Hayes, Shelly Perron, Molly Bloom, Donna Noetzel e todos da Flatiron Books; Darcy Nicholson, da Little Brown UK; Brad Wood e o resto da equipe de vendas da Macmillan; Szilvia Molnar, Danielle Bukowski e Maria Bell, da Sterling Lord Literistic; Rich Green e Ellen Goldsmith-Vein, do Gotham Group; Caspian Dennis, da Abner Stein; Dylan Clark, Brian Williams e Lauren Foster, da Dylan Clark Productions; Mandy Beckner e Liya Gao, da Netflix.

Acima de tudo, sou grato à minha família, em especial à minha mãe (que foi babá), ao meu filho Sam (corredor cross-country) e à minha filha Anna (que desenha desde que aprendeu a segurar um lápis). Não poderia ter escrito este livro sem eles. Ou sem minha esposa, Julie Scott, dona da dedicatória deste livro e de todo o meu amor. A todos, beijos e abraços!

|              |                                      |
|-------------:|:-------------------------------------|
| *1ª edição*  | OUTUBRO DE 2022                      |
| *reimpressão*| MAIO DE 2025                         |
| *impressão*  | BARTIRA GRÁFICA                      |
| *papel de miolo* | LUX CREAM 60 G/M$^2$             |
| *papel de capa* | CARTÃO SUPREMO ALTA ALVURA 250 G/M$^2$ |
| *tipografia* | FILOSOFIA                            |